Ren Dhark®

Der Drakhon-Zyklus

Band 7

Schatten über Babylon

HJB®

Ein Verzeichnis sämtlicher bisher erschienenen
und lieferbaren REN DHARK-Titel und -Produkte
finden Sie auf den Seiten 349 und 350.

1. Auflage

HJB Verlag & Shop KG
Postfach 22 01 22
56544 Neuwied
Bestellungen und Abonnements:
0 26 31 – 35 48 32
0 26 31 – 35 61 00
Fax: 0 26 31 – 35 61 02
www.ren-dhark.de

Herausgeber und Exposé-Autor: Hajo F. Breuer
Titelbild: Ralph Voltz
Illustrationen: Swen Papenbrock
Druck und Bindung:
Wiener Verlag Ges. m. b. H.

ISBN 3-930515-33-4

Vorwort

Mit dem vorliegenden Band stoßen gleich zwei neue Autoren zu REN DHARK. Ladys first, wie es sich gehört: Als Gastautorin darf ich Susan Schwartz begrüßen, die den meisten von Ihnen wohl als Mitglied des Perry Rhodan-Teams bekannt ist.

Ebenfalls schon für Perry Rhodan geschrieben hat Achim Mehnert, der mit diesem Band seinen Einstand als Stammautor bei REN DHARK gibt. Der Austausch mit der nach wie vor größten SF-Serie der Welt geht übrigens nicht mehr nur in eine Richtung: Wie einige von Ihnen sicher schon wissen, hat RD-Autor Michael Nagula (der übrigens gerade an einem REN DHARK-Lexikon arbeitet) einen Gastroman für Perry Rhodan abgeliefert. Man ist also auch an anderer Stelle auf die Qualität unserer Autoren aufmerksam geworden...

Die beiden anderen Männer, die das vorliegende Buch vervollkommnet haben, sind Uwe Helmut Grave und Marten Veit. Einen wichtigen Beitrag lieferte auch Werner K. Giesa, indem er auf einen Fehler im Exposé hinwies, der mir bei Veröffentlichung ziemlich peinlich gewesen wäre – und über den ich deshalb hier kein weiteres Wort verlieren werde. Danke, Werner!

So ganz langsam beginnen nun auch schon die Vorbereitungen für den nächsten Handlungsabschnitt – für den Mysterious-Zyklus...! Das ist für uns Anlaß, noch näher auf Sie, die Leser, zuzugehen. 35 Jahre REN DHARK, sieben Jahre REN DHARK-Buchausgabe und ein erfolgreiches Jahr der Fortsetzung sind Grund genug, in kleiner Runde mit unseren Lesern zu diskutieren und natürlich auch zu feiern. Werfen Sie einen Blick hinter die Kulissen der REN DHARK-Serie und lernen Sie die Menschen hinter den Büchern kennen. Seien Sie dabei, wenn wir über die Zukunft von REN DHARK reden, und stehen Sie im direkten Austausch mit den Romanautoren und dem Verfasser der Exposés, wenn es um die nächsten Abenteuer unserer Helden geht.

Am 6. Oktober 2001 findet im Mercure Hotel in Koblenz der erste RD-Event statt unter dem Titel »Ein Abend mit REN DHARK«. Uwe Helmut Grave, Manfred Weinland und meine Wenigkeit werden über die verschiedenen Aspekte bei der Gestaltung eines derart großen Projektes wie REN DHARK berichten und mit Ihnen diskutieren.

Da wir Wert auf einen gepflegten Rahmen legen, ist selbstverständlich ein erstklassiges Abendessen im Preis inbegriffen. Und richtig interessant dürfte es dann am späteren Abend werden, wenn sich das Geschehen an die Hotelbar verlagert. Die Plaudereien am Tresen mit bekanntlich berufsbedingt trinkfesten Autoren blieben Teilnehmern ähnlich gearteter Veranstaltungen stets in unvergeßlicher Erinnerung.

Um den Insider-Aspekt der Veranstaltung zu wahren, ist die Teilnehmerzahl streng auf 80 Personen begrenzt. Genauere Informationen finden Sie auf den letzten Seiten dieses Buches. Wer Lust verspürt, am 6. Oktober in Koblenz mit dabei zu sein, sollte möglichst rasch buchen, denn wie gesagt – die verfügbaren Plätze sind begrenzt.

Jetzt aber darf ich Ihnen viel Spaß wünschen mit »Schatten über Babylon« – und Ihnen versichern, daß das Buch genau das hält, was der Titel verspricht. Gute Unterhaltung!

Giesenkirchen, im Juni 2001
Hajo F. Breuer

Prolog

Die galaktische Katastrophe, die Ende des Jahres 2057 die Milchstraße heimsuchte, hat sämtliche technischen Errungenschaften der Mysterious, die nicht von einem Intervallfeld geschützt waren, in nutzlosen Schrott verwandelt. Darüber hinaus hatten die Völker der Milchstraße alle unter den Folgen der Energiefront aus dem Hyperraum zu leiden, ob sie nun Mysterioustechnik benutzten oder nicht. Bewußtlosigkeit, Kurzschlüsse und Unfälle forderten allen technisch entwickelten Zivilisationen einen hohen Blutzoll ab. Allein auf der Erde fanden mehr als 50 Millionen Menschen den Tod.

Ren Dhark vermutet einen Zusammenhang zwischen dieser Katastrophe, den verheerenden Strahlenstürmen in der Galaxis und der unerklärlichen Entdeckung der Galaxis Drakhon, die mit der Milchstraße zu kollidieren droht. Weil offenbar auch die Grakos, jene geheimnisvollen Schattenwesen, die so unerbittliche Feinde aller anderen intelligenten Lebensformen zu sein scheinen, unter den Folgen der kosmischen Katastrophe leiden und ihre Angriffe eingestellt haben, bricht Ren Dhark mit seinen Getreuen zu einer Expedition nach Drakhon auf. Da die Erde nach dem Ausfall ihrer meisten S-Kreuzer auf kein Raumschiff verzichten kann, steht für die Expedition nur ein einziges Schiff zur Verfügung: die POINT OF.

Ausgerüstet mit von den Nogk konstruierten Parafeldabschirmern steuert das terranische Flaggschiff noch einmal den Planeten Salteria an, auf dem die letzten Salter Zuflucht bei den paramental enorm starken Shirs gefunden hatten. Diesen gewaltigen Kolossen war es offenbar gelungen, die Erinnerungen und Sinneseindrücke der Terraner beim ersten Aufenthalt auf ihrer Welt fast nach Belieben zu manipulieren.

Beim Einflug nach Drakhon macht die Funk-Z der POINT OF eine erstaunliche Entdeckung: In der fremden Galaxis, die beim ersten Besuch funktechnisch »tot« war, wimmelt es nun von Kommunikationssignalen im Hyperraum. Offenbar hatte auch in dieser Sterneninsel ein kosmischer Blitz zugeschlagen, der die hier lebenden Völker aber früher außer Gefecht gesetzt haben muß als die Bewohner der Milchstraße…

Ren Dhark erhält Hinweise auf das geheimnisumwitterte Volk der Rahim, das Drakhon früher mit seiner Supertechnik beherrscht haben soll, aber seit rund 600 Jahren verschwunden ist. Den Commander packt das Jagdfieber: Die Parallelen zu den Mysterious sind kaum zu übersehen!

Von den Galoanern, einer höchst friedfertigen Zivilisation, bekommt das terranische Expeditionskorps Hinweise auf eine »verbotene Zone«, in der Spuren der Rahim zu finden sein sollen. Die Besatzung der POINT OF entdeckt in dieser Zone den Planeten der Rags. Auf dieser technisch noch rückständigen Welt finden sich Artefakte der Rahim – und deutliche Hinweise auf ihren Lebensraum.

Doch Ren Dhark kann die Spur nicht sofort aufnehmen, denn die Nomaden, ein äußerst aggressives Sternenvolk, haben ein Rahim-Beiboot mit überlegener Tarntechnologie in ihre Gewalt gebracht. Es muß ihnen wieder abgenommen werden, oder der Frieden in Drakhon wird nicht mehr lange halten.

In der Milchstraße geht es hingegen alles andere als friedlich zu: Zu Beginn des Jahres 2058 hat die Menschheit die ersten brauchbaren Spuren der unheimlichen Schatten, die man auch als Grakos kennt, entdeckt. Nun wird es ernst für die neuformierte Schwarze Garde, eine Elitetruppe, in der jeder Soldat zugleich auch Wissenschaftler der Spitzenklasse ist. Auf dem Grako-Planeten Spooky erlebt sie ihre Feuertaufe…

1.

»Kommt zur Schwarzen Garde, hieß es«, murmelte irgendwo jemand, während sie warteten. »Dann gehört ihr zur Elite der Nation, hieß es.«

Kurt Buck wagte einen kurzen Blick über den Wall und stellte fest, daß sich momentan nichts rührte und ihm Zeit für eine Reaktion blieb. Er forschte mit scharfen blauen Augen den Graben entlang. »Wer hat das gesagt?« zischte er.

»Niemand«, kam es ebenso leise zurück. »Sir.«

Sollte ihn das besänftigen? Kurt war Schütze. Aber vielleicht verwechselte ihn auch jemand mit Feldwebel Jannis Kaunas, der im Kampf zum wahren Raubtier wurde. Nicht einmal der einsneunzig-Riese Kurt mit seinen einundneunzig Kilo Muskeln und den mächtigen Schaufelhänden würde Kaunas dann gern in die Quere kommen.

Vorerst saßen sie auf diesem *Spucknapf* fest, wie Kurt den Planeten still bei sich nannte. Obwohl der offizielle Name »Spooky« ebenfalls paßte, denn diese kleine Welt war in der Tat gespenstisch, düster unter der permanenten Wolkendecke, und für Menschen ohne Schutzanzug unangenehm feuchtheiß. Genau das richtige Klima für Insektoide wie die Grakos, die man auch die Schatten nannte, weil sie teilweise in einer Art Hyperraum verankert waren und nur schwer greifbar… zumindest bis vor kurzem. Inzwischen gab es technische Möglichkeiten, sie zu orten und zu bekämpfen.

»Und dann dieser ewige Regen«, murmelte jemand auf der anderen Seite. Wobei das im Grunde niemandem etwas ausmachen durfte, denn sie trugen alle schwere Kampfanzüge und geschlossene Helme.

Aber Kurt Buck verstand dennoch, worauf der Mann anspielte. Sie vermißten alle die Sonne. Spooky würde jeden depressiv Veranlagten innerhalb kürzester Zeit an den Rand des Wahnsinns treiben.

Die Soldaten der Schwarzen Garde waren weder Feiglinge noch ewige Nörgler, aber dieser Kampf war die erste Bewährungsprobe der Eliteeinheit.

Und möglicherweise sogar aussichtslos…

Man wußte noch zu wenig über die Grakos. Es gab bisher keine Chance, sich auf eine Strategie einzustellen. Darüber hinaus waren sie zahlenmäßig weit überlegen, auch wenn die Menschen nach den ersten Gefechten endlich einmal Erfolge auf eigener Seite verbuchen konnten.

Die Schatten waren überall, Tausende von ihnen. Sie kamen in dichtgedrängten Verbänden über die Hügel auf die Menschen zu, von allen Seiten, motorisiert und mit Fußtruppen. Und natürlich schwerbewaffnet.

In den Empfängern der Terraner war ein merkwürdiges, schwer zu beschreibendes Summen und Rauschen zu hören, das ein höchst unangenehmes Kribbeln auf der Haut auslöste. Als ob Käfer darüberkrabbelten, was bei manchem ein irritiertes Kratzen auslöste.

Der erste Einsatz und schon Paranoia, dachte Kurt und betrachtete mitleidig zwei etwa gleichaltrige Soldaten, die sich hektisch die Arme rieben und sich gegenseitig abklopften.

Kurt war trotz seiner Jugend zu sehr Mathematiker, um sich von Angstgefühlen beeindrucken zu lassen. Natürlich besaß er einen gesunden Überlebensinstinkt, aber wenn er für etwas scheinbar Unnatürliches keinen Beweis fand, ging er davon aus, daß es nur in seiner Einbildung existierte und somit ignoriert werden konnte.

Dennoch empfand auch er das zunehmende Summen als unangenehm, und er regulierte die Lautstärke nach unten, doch es setzte sich als Kribbeln auf der Haut fort.

»Sie werden bald da sein«, murmelte Kurt.

Zu sehen war noch nichts; natürlich nicht. Das machte das Ganze erst recht unheimlich. Die motorisierten Einheiten würden sich vermutlich zurückhalten, bis die Fußtruppen das Feuer eröffnet hatten. Soweit als möglich wollten die Grakos sicherlich ihre »Unsichtbarkeit« ausnutzen. Für das menschliche Auge tauchten sie schemenhaft auf, wenn sie an einem Ort einige Sekunden verweilten, doch gleich darauf konnten sie von einer ganz anderen Seite feuern.

Als Morrow von der Aufklärungseinheit Delta-Echo-Zwei den Rotalarm gemeldet hatte, hatte MacCormack nicht lange gefackelt und sofort vier Züge aus der Station nach draußen beordert, um die Angriffswellen der Grakos aufzuhalten.

In Windeseile waren 160 Mann ausgerückt und rund um die Station ausgeschwärmt. Die natürlichen Bodenfurchen ausnutzend, hatten sie sich eingegraben und mit den schweren Pressorgeschützen Stellung bezogen. Kurt Bucks Gruppe hatte sich in einem kleinen Graben verschanzt.

Alle beteten darum, daß nicht doch noch ein Angriff aus der Luft erfolgte.

Die übrigen acht Züge sicherten die Station, und nun mußten sie warten; aber nicht lange.

*

Kurt Buck zählte in Gedanken nur wenige Sekunden, als die erste Angriffswelle erfolgte.

Von den Soldaten der Schwarzen Garde fiel jetzt jegliche Unsicherheit ab; gleichzeitig entsicherten alle ihre Waffen und begannen aus der Deckung heraus zu feuern, was das Zeug hielt.

»Es sind so viele!« rief jemand. Ein anderer knirschte trotz des Kampflärms hörbar mit den Zähnen.

Die Sicht wurde bald versperrt durch umherfliegende Maschinenteile der abgeschossenen Grako-Einheiten, der Boden wurde aufgewühlt, Staub, Erde und Grasbrocken spritzten umher. Die Ortungen überschlugen sich; es war unmöglich, ein Ziel genau zu erfassen. Die schweren Pressorgeschütze mähten breite Bahnen in die anrollenden Fronten und richteten fürchterliche Verwüstungen an.

Die Überzahl zeigte nun einen Nachteil: Die Menschen konnten auf breiter Front schießen, ohne ein deutliches Ziel vor Augen zu haben. Ihre Waffen schlugen verheerende Breschen in die Reihen der Grakos. Doch das hielt die Insektoiden, die einmeterachtzig großen Gottesanbeterinnen ähnelten, nicht auf. Welle um Welle erfolgte. Ein Ende war nicht absehbar.

Immerhin war der Luftraum frei, weswegen die Pressorgeschütze freies Feld für die Bodenunterstützung hatten. Ein Fehler der Grakos, der sich nun rächte und massenweise Opfer unter ihnen forderte.

»Warum geben sie nicht auf?« schrie der Mann neben Buck. »Warum ziehen sie sich nicht erst mal zurück, anstatt sinnlos so viele zu opfern? Sie müssen doch merken, daß sie nicht durchkommen!«

Kurt hatte keine Zeit zu antworten. In diesem Moment stürmte eine ganze Einheit direkt auf ihn zu. Die Ortungsanzeigen in seinem Anzug überschlugen sich, und seine Augen erkannten in Sekundenbruchteilen huschende Schemen, dicht gedrängt, während von anderer Seite gefeuert wurde. Sein Strahler war im Dauereinsatz.

Sie werden durchkommen, dachte Kurt. *Früher oder später. Sie arbeiten sich wie Ameisen vor – der Einzelne zählt nichts, aber die Masse überwindet letztendlich alles.*

Noch war die Schwarze Garde leicht im Vorteil. Die Masse der anstürmenden Grakos wurde aufgehalten, die Verluste auf ihrer Seite gingen inzwischen in die Hunderte. Doch Kurt gab sich keinen Illusionen hin. Sie konnten die Stellung nicht mehr lange halten, wenn sie nicht bald Luftunterstützung von der HAMBURG erhielten.

In diesem Moment kam der Befehl zum Rückzug.

*

Oberstleutnant Kenneth MacCormack beobachtete von der gesicherten Station aus den Verlauf der Angriffe. Erstaunlicherweise bekamen die acht Züge innerhalb der Station und in der unmittelbaren Umgebung kaum etwas zu tun. Sie setzten lediglich zur Unterstützung der Kameraden in den Gräben draußen die Pressorgeschütze ein.

»Die Grakos wollen die Station nicht gefährden«, bemerkte er laut. »Die vier Züge sollen sich sofort zurückziehen und rund um die Station Stellung beziehen.« Mehr für sich selbst fügte er hinzu: »Dann werden wir ja sehen.«

Unter dem Feuerschutz ihrer Kameraden vor der Station formierten sich die vier Züge und traten langsam den Rückzug an. Da es inzwischen einige Verwundete gab, kamen sie nicht schnell genug voran, und die Grakos setzten sofort nach, die eigenen hohen Verluste weiterhin außer acht lassend.

Doch an einem bestimmten Punkt hörten sie plötzlich auf.

Und zogen sich zurück!

MacCormack nickte. Auf der Stirn des rothaarigen, vierschrötigen Iren hatte sich trotz der Anzugklimatisierung ein feiner Schweißfilm gebildet. »Genau wie ich es mir dachte. Das verschafft uns eine Atempause! Die Verwundeten sollen in die Station gebracht werden. Funktioniert eines der Labors zu einem behelfsmäßigen Lazarett um! Ich setze mich mit der HAMBURG in Verbindung.«

*

Kurt Buck wanderte durch das zu einem Lazarett umfgewandelte Biolabor. Neun Kameraden lagen hier, teilweise sehr schwer verwundet. Sie waren ruhiggestellt worden; an Bord der HAMBURG verfügte man über genügende medizinische Ausrüstung, um sie zu heilen. Aber bis dahin mußten sie durchhalten…

Die leichter Verwundeten waren schon wieder zu Witzen aufgelegt. Darunter war auch Jake Calhoun, der Texaner, der sich als erstes darüber beklagte, daß ihm sein Glückshut fehle. »Mit meinem Stetson wäre das nie passiert!«

Er war mit einem Streifschuß am Arm davongekommen.

In einer Nebenkammer wurden drei Gardisten gerade in Säcke gepackt. Sie waren ihren schweren Verwundungen erlegen. Kurt Buck hatte sie alle gekannt. *Sie sind viel zu jung gestorben*, dachte er bitter. *Sicher, wir sind Soldaten und müssen jederzeit mit dem Tod rechnen. Aber das macht es nicht leichter.*

Seine Empfänger übermittelten ein lautes Dröhnen, und er ging rasch zu einem Fenster. Über der Station nahmen mehrere aus der HAMBURG ausgeschleuste Kampfjetts Parkposition ein, um den Luftraum zu sichern. Eine weitere Einheit flog Patrouille und beschoß Grakos, sobald die Ortungen anschlugen.

Die Schatten hatten sich zurückgezogen und schienen abzuwarten oder eine neue Strategie zu planen.

Sie fürchten um ihren Nachwuchs, dachte Schütze Buck. *Das wäre doch endlich einmal eine Gelegenheit zu verhandeln.*

Der Ansicht war auch Kenneth MacCormack, der gerade mit Feldwebel Jannis Kaunas über das weitere Vorgehen diskutierte.

»Mit Verlaub, Sir«, sagte der 38jährige Balte in sachlich-kühlem Tonfall, »die einzige Lösung besteht darin, die Station nach unserem Abzug zu sprengen!«

»Keineswegs«, widersprach der Oberstleutnant. »Wir haben endlich ein Druckmittel gegen die Grakos in der Hand, das wir jetzt nicht einfach aus der Hand geben dürfen. Diese Trumpfkarte ist das Wertvollste, was wir gegen sie einsetzen können!«

»Aber wie sollen wir es einsetzen, Sir? Die Grakos greifen die Station zwar nicht an, aber sie haben noch keinen Versuch zur Kontaktaufnahme unternommen! Normalerweise müßten sie um eine Unterredung betteln, wenn ihnen wirklich so viel an ihrem Nachwuchs läge!«

»Ich denke eher, daß sie an einer Möglichkeit arbeiten, die Station zu retten und uns dennoch zu überwältigen«, erwiderte MacCormack. »Deswegen werden wir uns auch so schnell wie möglich absetzen. Wir können hier auf Spooky keine Handbreit Boden mehr gewinnen. Immerhin haben wir einige wertvolle Informationen bekommen.«

»Und als Geste guten Willens wollen Sie die Station den Grakos zurückgeben?« fragte Kaunas verständnislos. »Das kann nicht Ihr Ernst sein!«

»Kaunas, auch wenn wir Soldaten sind, ist es nicht unser oberstes Ziel, um jeden Preis Krieg zu führen! Wir dürfen nicht aufgeben, eine Verbindung zu den Schatten herzustellen. Wenn wir es schaffen, zu kommunizieren, können wir die gegenseitige Vernichtung vielleicht beenden! Wir müssen über den Tellerrand blikken! » MacCormack machte eine umspannende Geste. »Ich will wissen, welche Motive die Grakos haben!«

»Na, ganz einfach: Eroberung!« sagte Kaunas spöttisch. »Sir, sicher wäre es besser für uns, die Grakos verstehen zu lernen, um ihren Angriffen entsprechend begegnen zu können – oder sie zu verhindern! Das ist aber auch alles. Jegliche Kontaktaufnahme ist bisher fehlgeschlagen, und daran wird sich auch nichts ändern.«

Der Oberstleutnant war anderer Ansicht. Er gab dem Raumschiff Order, auf allen Frequenzen die Botschaft zu senden, daß man zu einer friedlichen Verhandlung bereit sei und bis dahin die Sicherheit der Grako-Nachkommen garantiere.

Diese unterschwellige Drohung müßte eigentlich ausreichen, um dem Feind klarzumachen, daß es den Menschen ernst war – ein Angriff, und die Station war hinüber.

Die Schatten griffen nicht an. Aber sie antworteten auch nicht. Sie blieben still und unsichtbar, als wären sie nicht da. Auch die Kampfjetts konnten keine Aktivitäten mehr entdecken.

*

»Was geht nur in diesen Insektenschädeln vor?« äußerte sich Kaunas, als er das Warten satt hatte. »Bei allem Respekt, Sir, wir können nicht weiter hier herumsitzen. Wir haben Verwundete, die dringend der medizinischen Versorgung bedürfen. Wir sollten uns zurückziehen.«

MacCormack nickte. »Es hat keinen Sinn, sie werden nicht antworten. Damit müssen wir uns eben abfinden. Also führen wir den Krieg weiter. Geben Sie der HAMBURG Bescheid, uns abzuholen.«

»Gut. Inzwischen lasse ich die Station verminen.«

»Nein.«

»Sir, wir müssen das tun!«

»Wenn wir gleich die erste Brutstation vernichten, verspielen wir unseren ersten und einzigen Trumpf«, beharrte MacCormack ungeduldig. »Sollte es je zu Verhandlungen kommen, dann haben wir ein Argument. Bringen wir die Nachkommen um, werden die Grakos niemals zu Verhandlungen bereit sein und nur um so gnadenloser vorgehen.«

»Bei allem Respekt, Sir«, beharrte Kaunas, dem man privat solche Äußerungen nie zutrauen würde, »aber die Grakos haben genug Zeit gehabt, eine Einigung zu erzielen. Wir können ihnen ja noch einmal zehn Minuten einräumen. Selbst wenn die sprachliche Hürde nicht überwunden werden kann, so werden sie doch begreifen, was wir ihnen mitteilen wollen, nachdem wir ihnen gegenüber im Vorteil sind. Sie hätten ihrerseits einen Versuch zu einer friedlichen diplomatischen Mission starten können.« Er deutete um sich. »Hier werden Tausende neuer Grakos gezüchtet, die uns später das Leben schwermachen werden. Sie werden ihre Dankbarkeit, daß wir sie verschont haben, sicher dereinst dadurch ausdrücken, daß sie uns in aller Freundschaft die Kehlen durchschneiden.«

MacCormack zögerte. »Wir setzen noch eine Meldung ab«, sagte er schließlich. »Vielleicht reagieren sie jetzt.«

Zehn Minuten später fuhr Jannis Kaunas fort: »Sehen Sie es doch ein, Sir. Die werden nicht antworten, aus welchen Gründen auch immer. Ganz sicher aber wird es unsere Beziehungen nicht verbessern, wenn wir die Station verschonen. Damit können wir im Gegenteil einen Maßstab setzen: Wir haben die erste Brutstation gefunden, und wir werden weitere suchen. Und nachdem es zu keiner Einigung gekommen ist – und wir haben wirklich lange genug gewartet, um unseren Willen zur Verhandlung deutlich zu machen – handeln wir eben kompromißlos. Ich sehe das so, daß wir keine Schwäche zeigen dürfen. Wenn die Grakos überhaupt eine Sprache verstehen, dann die der Gewalt. Immerhin sind sie die Aggressoren, nicht wir!«

»Kaunas, Sie können ja wie ein Buch reden, das ist mir ganz neu«, brummte der irische Oberstleutnant. »Es ist gut, ich habe Ihre Hinweise schon verstanden. Uns nützt kein Druckmittel etwas, das wir nicht benutzen können. Aber ich weigere mich, unschuldiges Leben zu töten – egal welchem Volk es angehört. Wir wissen jetzt, wo wir die Grakos empfindlich treffen können, wenn wir dazu gezwungen werden. Doch ich bin nicht bereit, solche unmenschlichen Maßnahmen anzuordnen, wenn es sich nur irgendwie vermeiden läßt. Und hier besteht die Notwendigkeit zu einem solchen Schritt keinesfalls. Dieser eine Planet ist nicht bedeutungsvoll genug, um ein Exempel zu statuieren.«

Kaunas brummte etwas Unverständliches, gab sich aber geschlagen.

»Wir werden allerdings von jedem Entwicklungsstadium der Embryos je drei Exemplare mit an Bord nehmen«, befahl MacCormack. »Natürlich mit den dazugehörigen Geräten zur Versorgung und Erzeugung der Hyperfelder. Behandelt sie wie einen kostbaren Schatz! Das ist unsere beste Chance, mehr über die Grakos herauszufinden.«

»Wir haben acht verschiedene Stadien gezählt«, meldete Antoku Seiwa, Anführer der Gruppe 3 aus Kurts Zug.

»Das macht dann 24 Brutkästen. Macht euch an die Arbeit!«

»Sir!« meldete ein Posten von draußen. »Sie greifen wieder an!«

*

Eventuell war das eine Antwort auf MacCormacks Botschaften; vielleicht hatten sie auch die Geduld verloren oder dachten, daß die Menschen den Kampf aufgegeben hätten. Die Schatten nahmen jetzt die Peripherie unter Beschuß, aber immer noch nicht die Station selbst. Der Oberstleutnant ließ die Pressorgeschütze einsetzen, die den Ansturm einiger Einheiten sehr schnell zum Stoppen brachten. Kampfjetts fegten über das Feld hinweg und nahmen die Stellungen der Feinde aus der Luft unter Beschuß.

Der Name »Spooky« paßte nun mehr denn je zu diesem Planeten. Die Luft rings um die Station war durchsetzt mit Rauch und Staubpartikeln, der Boden aufgewühlt, mit tiefen, kraterähnlichen Löchern. Durch den Qualm hindurch schossen Energieblitze, huschende Schemen bewegten sich unheimlich schnell von Deckung zu Deckung.

MacCormack befahl, die entferntest liegende Sektion der Station zu sprengen, in der sich keine Brutkästen befanden. Dies sollte eine letzte Warnung an die Schatten sein.

Der Boden zitterte und bebte, und die Außenmikrofone regulierten automatisch die Lautstärke herunter, als das Bauwerk explodierte und seine Trümmer in weitem Umkreis ins Land verstreute.

»Verdammt, wacht endlich auf!« knurrte der Oberstleutnant.

Aber die Grakos dachten nicht daran, aufzugeben. Im Gegenteil, sie sammelten sich erneut und formierten sich zu einem gestaffelten Angriff auf die Station. Die Pressorgeschütze und die Strahler errichteten eine breite Abwehrfront, die für die Grakos nicht so schnell zu durchdringen war.

Wenige Minuten später, der Qualm der Explosion hatte sich noch nicht verzogen, schwebte die HAMBURG langsam hernieder, begleitet von den Kampfjetts, die sie in weitem Umkreis wie Hornissen umschwärmten.

Als erstes wurden die Verwundeten und die fünf Toten mit den Antigravfeldern aufgenommen, dann die 24 Brutkästen mit der gesamten technischen Ausrüstung. Danach begann die Einschleusung der Soldaten.

Die Grakos setzten nun alles daran, diese Verschiffung zu verhindern oder zumindest zu verzögern. Sie eröffneten das Feuer auf die Jetts und die Antigravfelder zwischen dem Schiff und der Station.

Die HAMBURG übernahm die Verteidigung zusammen mit den Jetts. Ein koordinierter massiver Schlag der Bordgeschütze beendete den Kampf in wenigen Minuten. Die Grakos der vordersten Front wurden allesamt in Sekunden ausgelöscht, und die übrigen mußten sich geschlagen zurückziehen; es hatte selbst für sie keinen Sinn, hier noch ein einziges weiteres Leben zu opfern. Immerhin sahen sie ein, daß sie unterlegen waren.

Als letzte gingen Kaunas und MacCormack an Bord; noch ehe die Schleuse ganz geschlossen war, nahm die HAMBURG bereits Fahrt auf, um den unwirtlichen Planeten so schnell wie möglich zu verlassen.

*

Die HAMBURG verließ in steter Beschleunigung den Orbit des Planeten und bereitete sich auf die Transition vor. Erst jetzt, bei steigender Geschwindigkeit, schleusten die Kampfjetts ins Mutterschiff ein. Eine äußerst heikle Angelegenheit, die eine Menge Erfahrung und Fingerspitzengefühl der Piloten erforderte. Zeit zum Durchatmen blieb da keine, die Maschinen kamen in rascher Folge herein, ein ununterbrochener Nervenkitzel und banges Hoffen, daß nichts schiefging.

Doch die Piloten bewahrten die Ruhe und Professionalität; dieses Manöver hatten sie mehr als einmal geübt. Mit der Hilfe von Suprasensor, Augenmaß, Erfahrung und Vertrauen auf ein bißchen Glück sahen sie zu, daß sie »nach Hause« kamen. Manche schlidderten mehr in den Hangar, als tatsächlich zu landen, und der eine oder andere entging nur haarscharf einem Aufprall. Doch schließlich waren sie alle an Bord; und keine Sekunde zu früh meldete der Schattenspürer das Auftauchen des Feindes. Die Unterstützung für die Grakos auf Spooky war eingetroffen, doch für die Schatten gab es keinen Grund zur Freude. Genau in diesem Moment ging der Kugelraumer in die Transition und entzog sich dem Angriff der Schattenstation.

*

An Bord brach allgemeiner Jubel aus. Die Soldaten beglückwünschten sich gegenseitig zu ihrem ersten erfolgreichen Einsatz.

»Wer hätte das gedacht, daß wir die Feuertaufe gleich so gut überstehen!« rief Philippe Tourneau und klopfte Jake Calhoun auf die Schulter – die verletzte, wohlgemerkt.

Jake steckte es nach dem Motto »ein Texaner kennt keinen Schmerz« weg, verzog nur das Gesicht zu einer Grimasse und steckte sich eine dicke Zigarre in den Mund. Seinen geliebten Stetson hatte er natürlich sofort aufgesetzt, nachdem er sich aus dem Schutzanzug geschält hatte.

»Wenn du das noch mal machst, werde ich mit deinem Gesicht den Boden aufwischen«, versprach er Tourneau.

»Ach, sei doch nicht so mädchenhaft«, grinste Philippe, sah dann aber zu, daß er Land gewann.

Ähnliches trug sich überall im Schiff zu, vor allem auf der Krankenstation. Nachdem die Verwundeten die Erstversorgung überstanden hatten und die Schmerzen einigermaßen unter Kontrolle waren, übertrumpften sie sich gegenseitig mit haarsträubenden Märchen und prahlten damit, wie sie bei ihren Freundinnen nach der Rückkehr auf die Erde Eindruck schinden würden.

Selbst Jannis Kaunas bekam einen fast verträumten Ausdruck auf dem Gesicht, als er überlegte, welche Freundin er zuerst aufsuchen wollte, wobei er allerdings bei der Aufzählung der Namen leicht ins Stottern geriet und durcheinanderkam.

»Am besten ist es, Sir, wenn Sie diejenige aufsuchen, zu der Sie nur *Schätzchen* oder so was sagen!« schlug ein junger Soldat mit Kopfverband vor.

»Also alle!« sagte Kaunas prompt und erntete brüllendes Gelächter.

Sie verstummten erschrocken, als einer »Achtung, stillgestanden!« schrie, und Kenneth MacCormack hereinkam.

Der Oberstleutnant machte ein gespielt strenges Gesicht, doch das konnte er nicht lange durchhalten, als er gerührt sah, wie die Verwundeten vergeblich versuchten, Haltung anzunehmen. Manche konnten sich nicht einmal von der Liege aufrichten, was sie dennoch mit zusammengebissenen Zähnen versuchten.

»Rühren, Männer, und bleibt um Himmels willen liegen!« sagte er. »Ich wollte nur sehen, wie es euch geht. So, wie es aussieht, könnt ihr ja schon den nächsten Einsatz kaum mehr erwarten!«

»Jawoll, Sir!« schallte ihm die Antwort im Chor entgegen.

MacCormack nickte zufrieden. »Das beweist mir, daß die richtigen Männer für diese Mission ausgesucht wurden. Ihr seid die Schwarze Garde und tragt bereits jetzt dazu bei, ihren Ruf legendär zu machen. So soll es auch sein! Der Feind soll erkennen, mit wem er es in Zukunft zu tun hat. Niemand kann so ignorant sein, daß er diese Zeichen nicht versteht!«

Er ging ein paar Schritte auf und ab, um seinen Worten mehr Gewicht zu verleihen. »Wir haben den Grakos heute einen entscheidenden Denkzettel verpaßt und sie an einer empfindlichen Stelle getroffen. Diesen Brocken werden sie einige Zeit verdauen müssen. Und wir können unsere Strategie künftig darauf ausbauen, von Gejagten zu Jägern zu werden, ihre Brutstationen zu suchen und notfalls sogar zu vernichten! Irgendwann werden sie verhandeln müssen – oder sie suchen sich ein anderes Angriffsziel und lassen uns in Ruhe. So oder so, wir haben heute gesiegt, und das soll der Maßstab für alle weiteren Aktivitäten sein!«

»Darauf können Sie wetten, Sir!« brüllte Jake Calhoun und schwenkte seinen Hut mit dem gesunden Arm. »Die Schatten werden bald wirklich nur noch *Schatten ihrer selbst* sein!«

»Wette angenommen«, lächelte MacCormack. »Erholt euch gut, Männer.«

Er drehte sich um. Im Vorbeigehen sagte er zu Kurt: »Schütze Buck, ich möchte mit Ihnen reden.«

*

Kurt folgte dem Oberstleutnant auf den Gang. Eine Weile gingen sie schweigend nebeneinander, bis der Lärm aus der Krankenstation hinter ihnen verklang.

»Alle auf diesem Schiff sind guter Dinge«, eröffnete MacCormack das Gespräch. »Bis auf einen – Sie, Buck. Sie machen ein Gesicht wie drei Tage Regenwetter.«

»Ich bin kein Freund großer Feiern, Sir«, antwortete Kurt ausweichend.

»Reden Sie keinen Blödsinn, Mann! Normalerweise sind Sie ein Garant für ausufernde Vergnügungen, und nicht selten braucht man nur dem Klang der lautesten Stimme in einer Bar nachzugehen, um Sie zu finden! Ich mußte Sie da rausholen, damit Ihre Laune sich nicht negativ auf die anderen auswirkt. Die machen noch genug Schlimmes durch, wenn in der Nacht der Schock abklingt und die Schmerzen richtig einsetzen. Da brauchen sie vorher entsprechend Zuspruch, Aufmunterung, Optimismus!«

»Ja, Sir.«

»Also, was ist los?«

Kurt zögerte. Er hatte nicht geglaubt, daß MacCormack überhaupt auf ihn achten würde. Der Oberstleutnant hatte wichtigere Dinge zu tun. Aber er hatte seinen Männern persönlich ein Lob ausgesprochen; er war eben mehr als nur Soldat mit Leib und Seele. Auch wenn er es sich selten anmerken ließ, lag ihm jeder einzelne seiner Untergebenen am Herzen. Und die Gardisten waren nicht nur Kämpfer, sondern samt und sonders hochqualifizierte Wissenschaftler. Das sorgte für einen völlig anderen Umgangston in der Truppe.

»Darf ich offen sprechen, Sir?« fragte Kurt schließlich.

»Sprechen Sie frisch von der Leber weg, deswegen unterhalten wir uns ja unter vier Augen«, nickte MacCormack. »Geht es um die Verwundeten?«

»Nein, Sir, die werden wieder gesund, unsere moderne Medizin vollbringt ja fast schon wahre Wunder. Mir geht es um die Toten«, antwortete der Schütze. »Ich weiß, wir haben nur fünf Verluste und der Feind mehrere hundert. Aber ich habe alle fünf gekannt, und...«

»Als Soldat müssen Sie täglich mit dem Tod rechnen, und das schließt auch Ihre Freunde ein«, unterbrach der Oberstleutnant. »Da steckt doch mehr dahinter als nur die Gefühle über den Verlust der Kameraden.«

»Wir sind nicht so viele«, murmelte Kurt.

»Bitte?«

»Ich meine, die Schwarze Garde ist zahlenmäßig nicht so groß. Da wiegt jeder Verlust schwer. Denn wie sollen die Lücken ersetzt werden? Elitesoldaten findet man nicht an jeder Ecke, sie sind jedenfalls kein Kanonenfutter. Sie selbst haben gesagt, daß die Garde nur die besten Männer der Erde brauchen kann. Aber von denen gibt es nicht so viele. Da wiegen Verluste besonders schwer.«

MacCormack blieb stehen. »Buck, Sie denken da sehr weit voraus und vor allem sehr destruktiv.«

»Aber ich habe doch recht, Sir«, beharrte Kurt. »Wir haben heute Dusel gehabt. Aber was machen wir das nächste Mal, wenn die Schatten mit allem angreifen, was sie aufbieten können? Mit Raumschiffen, Kampfgleitern und Bodentruppen? Und sie haben Waffen von uns erbeutet, das läßt sich schließlich nicht vermeiden. Sie werden daran arbeiten, sie zu verbessern und zu verfeinern. Vielleicht arbeiten sie auch an einem verbesserten Schutz vor unseren Spürern. Was dann, Sir? Selbst wenn wir jedesmal nur fünf in einer Schlacht verlieren, können Sie sich ausrechnen...«

»Ich verstehe, was Sie meinen«, unterbrach MacCormack erneut. Er legte die Stirn nachdenklich in Falten. »Ich muß zugeben, daß ich darüber bisher noch nicht nachgedacht habe.«

Kurt versuchte, die widerspenstige blonde Stirntolle glattzustreichen. »Ich dachte darüber bereits auf Spooky nach, als die Grakos ohne Unterlaß angriffen. Für jeden Gefallenen sprangen mindestens fünfzig weitere ein. Wir können die Brutstationen gar nicht so schnell finden, wie sie Nachwuchs erzeugen, der anscheinend schon mit der Waffe in der Hand geboren wird. Sie sind Insektoide, und ihre Vorgehensweise ähnelt der von Ameisen. Aber bei uns zählt jeder einzelne etwas, Sir. Wir dürfen uns im Grunde nicht einen einzigen Verlust leisten, weil wir die Lücken nicht so schnell füllen können. In der Schwarzen Garde versammeln sich die besten Männer Terras.«

»Buck, Sie müssen bei Kaunas in die Lehre gegangen sein, weil Sie genauso Reden halten können wie er«, bemerkte der Bataillonskommandeur trocken. »Ich danke Ihnen, Sie haben mich da auf eine wichtige Sache gebracht. Aber Sie sollten deswegen nicht die ganze Zeit Trübsal blasen. Freuen Sie sich lieber mit den Kameraden, die überlebt haben, und konzentrieren Sie sich auf zukünftige Siege. Ich werde mich um das Problem kümmern. Einverstanden?«

»Ist das ein Befehl?«

»Allerdings.«

Kurt Buck nahm vorschriftsmäßig Haltung an. »Erbitte Erlaubnis, zu den anderen zurückzukehren, Sir.«

MacCormack schmunzelte. »Erlaubnis erteilt, Schütze Buck. Weggetreten.«

*

MacCormack schob das Problem nicht auf die lange Bank. Er ging unverzüglich zum Bordarzt der HAMBURG, Dr. Hal Forrig.

»Ich habe einen heiklen Auftrag für Sie«, kam er ohne lange Vorrede zur Sache, nachdem er sich vergewissert hatte, daß sie allein waren.

»Inwiefern heikel?« wollte der Arzt wissen. Er war ein mittelgroßer, unauffälliger Mann Mitte Vierzig, mit früh ergrautem Haar. »Wenn es um die Erforschung der Grakos geht…«

»Nein, nein, das überlassen wir den Spezialisten auf der Erde. Es geht um etwas völlig anderes.«

»Spannen Sie mich doch nicht auf die Folter…«

»Bevor ich Ihnen sage, worum es geht, brauche ich Ihre Zusicherung der strengsten Geheimhaltung. Der Auftrag, den ich Ihnen jetzt gebe, muß strikt unter uns bleiben, egal, was passiert. Haben Sie das verstanden?«

Dr. Forrig furchte die Stirn. »Es gefällt mir nicht besonders, was Sie da andeuten, Sir«, sagte er aufrichtig. »Als Arzt bin ich ohnehin an die Schweigepflicht gebunden, das wissen Sie.«

MacCormack winkte ab. »Es geht nicht um mich, Dr. Forrig. Ich muß mich nur vergewissern, daß ich Ihnen absolut vertrauen kann.«

»Nun, wir kennen uns noch nicht lange persönlich… aber meiner Akte konnten Sie entnehmen, daß ich als zuverlässig gelte«, versetzte der Bordarzt. »Ich kann Ihnen aber erst ein Versprechen geben, wenn ich weiß, worum es sich handelt. Denn etwas Illegales mache ich nicht, selbst wenn Sie mir den Befehl dazu erteilen. Das kann mich meine Zulassung kosten.«

»Bedauerlicherweise handelt es sich aber um einen solchen Fall«, erwiderte der Oberstleutnant. »Ich möchte, daß Sie von den fünf Gefallenen Gewebeproben für die Erbgutanalyse entnehmen.«

Hal Forrig blinzelte. »Und wozu das, bitte? Sie sind einwandfrei identifiziert! Das ist eine absolut unübliche Vorgehensweise…«

»An Bord eines Schiffes, ich weiß. Aber ich möchte trotzdem, daß Sie es tun, und mir die Proben dann übergeben«, ordnete MacCormack an.

Der Bordarzt schüttelte den Kopf. »Ihnen? Ausgeschlossen. Sie kennen die rechtlichen Bestimmungen. Ich mache mich strafbar, wenn ich…«

»Herrgott noch mal, dann lassen Sie die Proben auf dem Tisch liegen und verlassen kurz den Raum!« unterbrach der Oberstleutnant ärgerlich. »Anschließend geben Sie mir eine Meldung über die fünf verschwundenen Proben, oder auch nicht, wie es Ihnen beliebt! Aber Sie sind aus der Sache draußen, so oder so.«

»Sir, es tut mir leid, aber so ist es nicht. Ich benötige einen schriftlichen und genehmigten Auftrag, die Proben zu entnehmen. Als Bordarzt bin ich dazu einfach nicht befugt. Und ich habe keine Lust, wegen solch einer Lappalie, wie Sie es augenscheinlich darstellen, die Zulassung zu verlieren.«

MacCormack atmete ein paarmal tief durch. »Sie tun es für die Forschung, Doktor, glauben Sie mir. Und egal wie, ich komme an die Proben heran. Wenn Sie so ängstlich darauf bedacht sind, die Vorschriften einzuhalten, wende ich mich eben an jemand anderen. Nur leider haben wir dann einen Mitwisser mehr, und Sie hängen doch irgendwie drin. Jetzt aber sind wir beide ganz allein in diesem Raum und niemand erfährt von dieser Unterhaltung.«

In Forrigs Gesicht arbeitete es. Er steckte bereits jetzt zu tief drin, das war ihm klar. »Ich kann es einfach nicht«, flüsterte er.

»Ich bitte Sie«, beharrte MacCormack. »Die Sache bleibt unter uns, niemand wird davon erfahren. Sie erweisen mir einen kleinen Gefallen. Nehmen wir an, ich hege den Verdacht, daß diese fünf Gefallenen sich irgendwie infiziert haben und eine Veränderung durchmachten, ehe sie starben. Nehmen wir an, ich will jeglichen Verdacht ausräumen, daß sie an etwas anderem als den Schußverletzungen gestorben sind. Nehmen wir an, der Verdacht ist nicht einfach so von der Hand zu weisen, dann haben wir da etwas Hochexplosives, worüber niemand so schnell Kenntnis erhalten darf. Sie übergeben mir die Proben und die Verantwortung und halten den Mund. Wenn mein Verdacht stimmt, tragen Sie möglicherweise indirekt dazu bei, viele Leben zu retten.«

Hal Forrig schwieg. Es war so still im Raum, daß man eine Maus hätte husten hören können.

»Ich kann Sie unter keinen Umständen davon abbringen, nicht wahr?« fragte der Arzt schließlich.

MacCormack schüttelte den Kopf. »Ich bleibe hier, bis ich bekommen habe, was ich verlange.«

»Ich glaube Ihnen kein Wort dieser hanebüchenen Geschichte.«

»Das ist mir vollkommen gleichgültig.«

»Also schön«, gab Forrig daraufhin endlich nach. »Ich habe wohl keine Wahl. Aber Sie schulden mir dann etwas, Sir. Wir werden es Ihrem Vorschlag gemäß machen: Ich entnehme die Proben und werde so unerwartet weggerufen, daß ich keine Zeit habe, sie wegzuschließen. Wenn ich zurückkomme, sind Sie und die Proben verschwunden, und ich habe keinen blassen Schimmer, was vorgefallen ist. Ich werde einen Vermerk in mein medizinisches Logbuch eintragen, aber weiter keine Meldung erstatten. Sollte es jedoch zum Äußersten kommen, Sir, werde ich alles auf Sie abwälzen.«

»Das steht Ihnen frei«, sagte der Oberstleutnant ruhig. »Halten Sie sich nur an den Befehl der Geheimhaltung, den Sie von mir bekommen haben. Alles weitere überlassen Sie mir.«

Forrig verschwand für eine Viertelstunde. Als er zurückkam, war sein Gesicht ernst und verschlossen. »Ich hoffe, Sie wissen, was Sie da tun, Sir«, sagte er düster. »Und ich will nicht darüber nachdenken, was Sie möglicherweise tatsächlich planen. Damit will ich nichts zu tun haben. Ich lege jetzt die DNS-Proben hierher und gehe hinaus.«

MacCormack wartete, bis er allein war, dann nahm er die fünf unauffälligen, kleinen Röhrchen an sich. Als nächstes hatte er einen schweren Gang zu Generalmajor Christopher Farnham vor sich; aber er war fest entschlossen, ihn zu gehen.

2.

Henk DeGroot lehnte sich im Pilotensitz seines Schwebers zurück und lächelte Charlize Farmer an.

»So, ich habe den Kurs einprogrammiert, den Rest des Fluges macht der Vogel allein.«

Charlize erwiderte das Lächeln. »Heißt das tatsächlich, daß du jetzt ein paar Minuten Zeit nur für mich hast? Keine Spielereien an der Technik des Schwebers, um irgendwelche Komponenten zu optimieren?«

»Ich schwöre!« Der Ingenieur hob feierlich die rechte Hand. »Jetzt beginnt unser Kurzurlaub. Nur du und ich und die Natur Babylons.«

»Du zählst also den Goldenen Menschen zur Natur des Planeten?« erkundigte sich Charlize spitzfindig.

»Ähm… nein«, sagte Henk etwas kleinlaut. »Aber er gehört nun mal zu Babylon. Und er ist ein erhebender Anblick, das mußt du zugeben.«

Seine Freundin nickte. Die perfekt modulierte goldene Statue eines Menschen ohne Gesichtszüge, die auf ihrem gewaltigen Sokkel mehr als acht Kilometer in den Himmel ragte, war das Wahrzeichen Babylons und ein beliebtes Ausflugsziel für die Kolonisten, sofern sie überhaupt Zeit für die Reise fanden oder einen Schweber zugeteilt bekamen. Und an beidem – an Zeit wie an verfügbaren Transportmitteln – herrschte seit dem verheerenden Hyperraumblitz im Spätherbst des letzten Jahres chronischer Mangel.

Dabei hatte die Kolonisierung Babylons so vielversprechend begonnen.

Babylon, so hatten Ren Dhark und seine Gefährten den Planeten auf Grund der unzähligen riesigen Ringpyramiden getauft, die an den legendären Turmbau des biblischen Babel erinnerten. Teilweise mehr als zwei Kilometer hohe, in Terassenform erbaute Kegel mit abgeschnittenen Spitzen, so daß sich die Flachdächer als

Landeplätze für Schweber, Jetts und sogar kleinere Raumschiffe eigneten.

Der Wohnraum, den die gut erhaltenen und mit Mysterious-Technik ausgestatteten Ringpyramiden boten, war nahezu unermeßlich. Deshalb war Babylon schon wenige Tage nach seiner Entdeckung trotz der gigantischen Entfernung zum Solsystem von der terranischen Regierung zur Besiedelung freigegeben worden. Einer ersten Schätzung nach würde theoretisch die gesamte Menschheit problemlos Luxuswohnungen von Ausmaßen beziehen können, um die sie die Bevölkerung Terras und anderer Kolonialplaneten nur beneidet hätte.

Doch dann hatte der Hyperraumblitz aus den Tiefen des Alls sämtliche Mysterious-Technik lahmgelegt und Babylon quasi über Nacht auf einen vorindustriellen Status zurückgeworfen. Seither versuchten die Kolonisten mit ihren bescheidenen Mitteln, den energetisch toten Gebäuden neues Leben einzuhauchen.

Knapp vierzig Millionen Menschen mußten versorgt werden, und Nachschub von der Erde traf wegen der angespannten Lage so gut wie gar nicht mehr ein.

Wie die meisten Babylonier hatten Henk und Charlize in den letzten Monaten rund um die Uhr geschuftet – er als Ingenieur, sie als Krankenschwester – ohne sich auch nur ein freies Wochenende zu gönnen. Diesen Ausflug hatten sie sich redlich verdient, um ein bißchen auszuspannen und neue Kraft zu tanken.

Die Ringpyramidenstadt mit ihren inzwischen verwilderten Grünflächen blieb hinter ihnen zurück, und vor ihnen breitete sich ein Streifen hügliger, savannenartiger Parklandschaft aus. Es war ein sonniger Tag, kaum eine Wolke trübte das klare, saubere Blau des Himmels.

»Bei diesen Lichtverhältnissen muß der Goldene funkeln und strahlen, als stünde er in Flammen«, murmelte Henk nachdenklich. »Ich frage mich, wie stark die Sonne ihn aufheizt und welche Auswirkungen die Erhitzung des Materials hat. Vermutlich entsteht um die Statue herum eine Zone thermischer Energie, die eine lokale Hochdruckzone erzeugt, am Boden Luft von allen Seiten anzieht und...«

»Henk«, fiel ihm Charlize warnend ins Wort. »Hör auf damit! Ich kann deutlich sehen, wie dein Gehirn auf Hochtouren arbeitet. Was wir unternehmen, ist ein Erholungsausflug, keine wissenschaftliche Expedition.«

Der Ingenieur grinste verlegen. »Schon gut, entschuldige.« Er strich mit den Fingern über ihren gebräunten, nackten Arm.

Charlize Farmer war eine hübsche junge Frau. Keine perfekte Schönheit wie die Modelle aus den 3-D-Modekatalogen, aber sie strahlte eine Natürlichkeit und Lebendigkeit aus, die sie weitaus anziehender machte als so manche der eingebildeten und zickigen Schönheitsköniginnen, von denen Männer wie Henk nur träumen konnten. Er liebte die Lachfältchen um ihre wasserblauen Augen, ihre Stupsnase und die zahllosen Sommersprossen auf ihrem Gesicht, die er immer noch nicht alle gezählt hatte.

Vielleicht würde es ihm heute oder morgen gelingen.

Sie flogen in rund dreihundert Metern mit nur halber Leistung dahin. Charlize hatte darauf bestanden, daß sie sich Zeit ließen. Sie war bisher erst einmal in der Nähe des Goldenen Menschen gewesen, mit über hundert Kolonisten eingepfercht in einem Großraumjett, der zwei Schleifen um die Statue geflogen hatte und danach ohne Zwischenladung auf direktem Weg in die provisorische Hauptstadt Babylons zurückgekehrt war. Diesmal wollte sie etwas mehr von ihrer neuen Heimat mitbekommen.

Vor ihnen tauchte die nächste Ansammlung der terrassenförmigen Ringpyramiden auf, die fast die gesamte Landmasse des Planeten überzogen, und der Schweber stieg automatisch höher. Die gewaltigen Kegelbauten, seit mehr als tausend Jahren verwaist, glitten unter ihnen dahin.

Die Verwaltung Babylons hatte beschlossen, die Kolonisten vorläufig nicht in der Nähe des Goldenen anzusiedeln. Eine reine Sicherheitsvorkehrung. Die riesige Statue war einfach zu auffällig und schon aus weiter Entfernung aus dem All anzupeilen. Sollten feindliche Intelligenzen den Planeten entdecken, würden sie vermutlich zuerst den Goldenen Menschen anfliegen. Außerdem barg die überdimensionale Plastik eine Unmenge an unbekannter Technologie und höchstwahrscheinlich gigantische Speicher voller schlummernder Energie. Und seit dem Ausfall der Mysterious-Technik bestand zumindest theoretisch die Gefahr, daß diese Energie irgendwann durch einen Unfall schlagartig freigesetzt wurde.

Wieder folgte ein Streifen naturbelassener Landschaft zwischen diesem und dem nächsten Gebäudekomplex. Dann erschien am Horizont ein heller Lichtschein, als würde dort eine zweite Sonne aufgehen.

»Sieh mal.« Henk streckte eine Hand aus und deutete auf die goldene Aura. »Sollen wir höher steigen?«

Charlize schüttelte den Kopf und schmiegte sich an ihn. »Nein. Ich möchte sehen, wie die Statue langsam hinter der Planetenkrümmung erscheint.«

Henk nickte und legte einen Arm um sie. Sie flogen schweigend weiter.

Das Leuchten wurde immer heller. Goldene Flammenzungen schienen über dem Horizont zu wabern, und dann strahlte ein winziger, aber heller Lichtpunkt auf.

Eine Fingerkuppe des Goldenen, die die Sonnenstrahlen einfing und reflektierte.

Allmählich wuchsen die in den Himmel gereckten Arme der Statue vor ihnen in die Höhe, gefolgt von der glatten Fläche des konturlosen Gesichts, die das Sonnenlicht wie ein konvexer Spiegel über das Land streute.

»Ich frage mich, wie die Statue wohl in einer wolkenlosen und mondhellen Nacht aussieht«, flüsterte Charlize ergriffen. Natürlich kannte sie die Bilder, die die vor dem Sockel des Monuments montierten Kameras rund um die Uhr in das planetare Viphonetz übertrugen, aber es war etwas ganz anderes, den Anblick ohne den Filter der Technik direkt zu erleben.

»Wenn auf die Wettervorhersage Verlaß ist, wirst du es heute nacht wissen«, erwiderte Henk leise.

Immer höher ragte die goldene Plastik vor ihnen auf, die durch das reflektierte Sonnenlicht in einen energetischen Schutzschirm gehüllt zu sein schien. Aber Henk wußte, daß der Eindruck trog. Obwohl der Goldene Mensch offenbar nur teilweise auf Mysterious-Technik basierte, wie aus den Berichten von Chris Shanton und Arc Doorn hervorging, war auch er seit dem Hyperraumblitz inaktiv.

Und das war der Punkt, an dem Henk ansetzen wollte, auch wenn er Charlize versprochen hatte, daß ihr Ausflug nicht in Arbeit ausarten würde. Vielleicht bestand ja die Möglichkeit, zumindest bestimmte Komponenten des Goldenen wieder in Betrieb zu nehmen…

Mittlerweile hatten sie die letzte Reihe der Ringpyramiden überquert, und vor ihnen erstreckte sich eine flache Ebene, ein künstlich erschaffenes Plateau, das in hellem Blau leuchtete. Henk schaltete vom Autopilot auf Handsteuerung zurück und ließ den Schweber bis auf Schulterhöhe des Goldenen steigen. In rund dreißig Kilometern Entfernung umrundete er die riesige Statue.

Wie er es nicht anders erwartet hatte, schlug die Energieortung nicht an. Selbst von den Speicherbänken, die nach menschlichem Ermessen irgendwo tief unter dem Sockel liegen mußten, ließ sich nicht einmal Streustrahlung auffangen.

Nur eines von vielen Rätseln, die noch ihrer Lösung harrten.

Vor dem Sockel des Monuments setzte der Ingenieur den Schweber auf der teilweise mit Flugsand bedeckten blauen Unitallfläche auf, exakt an der gleichen Stelle, an der damals Ren Dhark und seine Gefährten gelandet waren. Er ließ die Einstiegsluke aufgleiten, sprang zu Boden und reichte Charlize galant eine Hand.

Gemeinsam traten sie an den Rand des Sockels, die Köpfe in den Nacken gelegt.

Aus dieser Position versperrte ihnen der gut einen Kilometer hohe Fuß, der aus dem gleichen goldenen Material wie die Statue

selbst bestand, die Sicht auf das Monument. Die senkrechte Wand war glatt und fugenlos und warf einen langen Schatten. Charlize kam sich angesichts dieser Gigantomanie winzig und unbedeutend vor.

Wie mußte die Psyche eines Volkes beschaffen sein, das trotz seines immensen technischen Könnens derartige götzenartige Gebilde statt schlichter und funktionaler Strukturen erbaut hatte? Waren sie ein Ausdruck von tiefer Religiosität, ästhetischem Empfinden oder einfach nur Größenwahn? Stellten sie ein Abbild ihrer Erbauer dar, und wenn ja, warum hatte dann keiner der Goldenen, die die Menschen bisher entdeckt hatten, ein Gesicht? Aberglaube, ein kulturelles Tabu… oder hatten die Mysterious vielleicht ganz einfach keine Gesichter gehabt? Mußte eine intelligente Lebensform von humanoider Gestalt zwangsläufig über einen den Menschen vergleichbaren Kopf verfügen?

Charlize erschauderte, umklammerte instinktiv Henks Hand und verdrängte diese Gedanken. Die Mysterious trugen ihren Namen nicht von ungefähr. Seit Ren Dhark auf dem Planeten Hope zum ersten Mal auf ihre Spur gestoßen war, kamen auf jedes Rätsel, das im Zusammenhang mit den Geheimnisvollen gelöst wurde, zwei neue hinzu.

Das Paar umrundete eine Ecke des Sockels und trat ins helle Sonnenlicht. Während die beiden an der senkrechten Wand entlangschritten, suchte Henk mit zusammengekniffenen Augen nach dem feinen Haarriß, der eine Seite des Portals markierte, durch das der Tel Dro Cimc als erster in den Kopf der Statue gelangt war.

Nach einer Weile entdeckte Henk die kaum wahrnehmbare Linie und griff nach dem Vielzweck-Meßgerät, das er am Gürtel trug. Er richtete es auf das Portal und fahndete erfolglos nach irgendeiner der den Menschen bekannten Energieformen.

»Merkwürdig«, knurrte er. »Bei einem so gewaltigen Bauwerk müßte es eigentlich Reste irgendwelcher Energiesignaturen geben, aber dieses Ding ist auf allen Frequenzen so tot wie eine simple Steinpyramide. Allein das beweist schon, daß da drinnen irgend etwas noch aktiv sein muß und die statische Elektrizität bindet, mit der sich ein so monströses Objekt zwangsläufig auflädt. Stellt sich nur die Frage, wie man eine Verbindung dazu herstellen kann.«

Er gab eine Reihe unterschiedlicher Impulse ab, aber weder reagierte das Portal noch erhielt er ein meßbares Echo. Das goldene Material schien jegliche Emissionen regelrecht aufzusaugen. Bis heute wußte niemand, was das Tor damals dazu veranlaßt hatte, sich zu öffnen.

Charlize Farmer hatte sich in der Zwischenzeit umgedreht und ließ den Blick über die ebene Unitallfläche schweifen, die nur hier und da von Sanddünen und vereinzelten Pflanzeninseln unterbrochen wurde, die im Lauf der Jahrhunderte auf dem angewehten Erdreich Fuß gefaßt hatten. In der Ferne zeichneten sich die Spitzen der Ringpyramiden wie eine verschwommene, gezackte Linie am Horizont ab. Von dort aus mußte man einen phantastischen Blick auf die Statue haben. Weit genug entfernt, daß sich die Perspektive nicht verzerrte, aber nahe genug, um die gewaltigen Ausmaße auf sich einwirken zu lassen.

»Henk?« Sie zupfte ihren Freund am Ärmel. »Was hältst du davon, wenn wir uns irgendwo dort drüben unser Nachtlager suchen?«

Der Ingenieur hakte das Meßgerät wieder an seinem Gürtel fest und wandte sich der Kinderkrankenschwester zu.

»Auf einem Pyramidendach?« fragte er, etwas mißmutig durch die hartnäckige Weigerung der goldenen Statue, ihre Geheimnisse preiszugeben.

»Oder in einer Luxuswohnung in den oberen Stockwerken«, erwiderte Charlize. »Es dürfte dir doch nicht schwerfallen, die Energieversorgung in einem Raum wiederherzustellen.«

Henks Gesicht hellte sich auf, und Charlize verbarg ein Lächeln. Männer waren ja so leicht zu beeinflussen. Man mußte nur an ihre überlegenen Fähigkeiten appellieren, und schon fraßen sie einem aus der Hand. Ein Trick, den die Frauen schon seit Jahrtausenden meisterhaft beherrschten, und Henk stellte in diesem Punkt keine

Ausnahme dar.

Seit der Hyperraumblitz jegliche Mysterious-Technik, die nicht zufällig durch ein Intervallfeld geschützt war, unwiederbringlich zerstört hatte, tat Henk nichts anderes, als irdische Technik in den Ringpyramiden zu installieren und sie wieder bewohnbar zu machen. Mittlerweile hatte er es dabei zur Perfektion gebracht, und einige Gebäude verfügten bereits wieder über elektrischen Strom, fließendes Wasser, funktionierende Klimaanlagen und ein effektives Abfallentsorgungssystem. Mit einem mobilen Speicheraggregat aus dem Schweber würde Henk im Handumdrehen eine der Wohnungen provisorisch in ein gemütliches Liebesnest verwandeln können.

Und die Arbeit würde ihn, der eigentlich dringend eine längere Erholungsphase benötigte, nicht belasten, sondern sogar entspannen.

»Gut«, sagte er unternehmungslustig. »Du suchst das Hotel aus, ich kümmere mich um den Rest.«

*

Charlize Farmer saß auf der obersten Terrasse der Pyramide unterhalb des Flachdachs in einem bequemen Lehnstuhl, der sich den Konturen ihres Körpers anpaßte und so keine Rückschlüsse auf die Physis seines ursprünglichen Besitzers zuließ. Legte man jedoch die Anordnung und Dimensionen der Inneneinrichtung in den Wohnräumen zugrunde, mußte die Bevölkerung Babylons aus humanoiden Geschöpfen von der ungefähren Größe eines erwachsenen Menschen bestanden haben. Zumindest waren alle Geräte, Bedienungselemente und Möbel wie geschaffen für Menschen.

Henk hatte die Wandverkleidung an einer Stelle aufgebrochen, das tragbare Speicheraggregat mittels Universalkupplungen an das Energienetz der Wohneinheit angeschlossen und einen Teil der Außenwand geöffnet. Jetzt war er dabei, den Kreislauf innerhalb der Wohnung zu schließen, damit die Energie nicht in dem riesigen Bauwerk versickerte.

Von außen betrachtet besaßen die Terrassenbauten keinerlei Fenster oder Türen, doch das hatte sich als Täuschung erwiesen. Sowohl am Fuß als auch auf jeder einzelnen Terrasse der Pyramiden gab es in regelmäßigen Abständen große Tore, die sich bei Annäherung automatisch öffneten. Das heißt, sie hatten sich bis zum Totalausfall der Mysterious-Technik automatisch geöffnet. Und alle an der Außenseite der Pyramiden gelegenen Räume verfügten über beliebig wandelbare Wände, in denen ihre Bewohner nach eigenem Ermessen Fenster oder Türen hatten erscheinen lassen können.

Diese Möglichkeiten waren jetzt nur noch sehr eingeschränkt nutzbar. Henk und seine Mitarbeiter hofften, die volle Funktion der Gebäude wieder herstellen zu können, sobald sie den ersten leistungsfähigen Fusionsmeiler installiert hatten, der aus den Komponenten eines ausgeschlachteten Giantraumers bestand. Doch bis dahin würden noch einige Wochen vergehen. Solange mußten sie sich mit stationären Fenstern und Türen begnügen, da sie gezwungen waren, mit ihren Energievorräten hauszuhalten.

Die Sonne sank dem Horizont entgegen, tauchte das Land in weiches rötliches Licht und strahlte die goldene Statue von der Seite an. Charlize verfolgte das spektakuläre Wechselspiel der Farben und Schatten fasziniert. Sollten eines Tages auch diese Pyramiden zur Besiedlung freigegeben werden, würde sie versuchen, hier eine Wohnung zu ergattern. Sie konnte sich nicht vorstellen, jemals dieses Anblicks überdrüssig zu werden.

Ein sanfter Wind war aufgekommen und spielte mit ihrem blonden, im Nacken zu einem Pferdeschwanz zusammengebundenen Haar. Der lindgrüne Boden der Terrasse, der noch vor einigen Stunden fast metallisch geschillert hatte, veränderte sich mit dem Lichteinfall und nahm einen gedämpften Farbton an. Auch die anderen Terrassen, jede in einer anderen Farbe gehalten, durchliefen eine unmerkliche Wandlung. Charlize stellte sich vor, daß sich hier früher Nachbarn nach getaner Arbeit getroffen, friedlich miteinander geplaudert und entspannt in der Abendsonne gesessen hatten, während ihre Kinder fröhlich herumtollten und spielten. Vielleicht legte sie aber auch ganz falsche Maßstäbe an die Mysterious an, vielleicht unterschied sich das rätselhafte Volk noch stärker von der Menschheit als die Tel, die Utaren oder sogar die Rateken.

Ein leises, melodisches Singen erfüllte die Luft, hervorgerufen von dem Wind, der über die Kanten der unzähligen Terrassen strich wie ein vielstimmiger, unsichtbarer Chor.

Charlize zuckte zusammen, als etwas Kühles ihren Hals berührte. Sie drehte sich schnell um.

»Na, zufrieden?« fragte Henk und zog die Weinflasche zurück. In der anderen Hand hielt er zwei langstielige Gläser, die er auf einem kleinen Tisch abstellte, den seine Freundin mit den Stühlen aus der Wohnung geholt hatte. Er ließ sich auf dem anderen Stuhl nieder, füllte beide Gläser und reichte Charlize eines.

»Ein Chianti aus der Toskana«, erklärte er. »Auf der Erde abgefüllt. Jahrgang 43. Habe ich von Cipelli für eine kleine Gefälligkeit bekommen.«

Echter Wein von der Erde! Charlizes Augen wurden groß. Es konnte beileibe keine *kleine* Gefälligkeit gewesen sein, die Henk dem italienischen Systemtechniker erwiesen hatte, denn Originalwaren aus der Heimat waren buchstäblich ihr Gewicht in Gold wert. Fünfzig Kilogramm Gepäck hatte jeder Kolonist mitnehmen dürfen, und für jedes zusätzliche Kilo ein kleines Vermögen zahlen müssen.

»Auf uns«, sagte der Ingenieur leise. Sie stießen an. Das Klirren der Gläser untermalte das wehmütige Singen des Windes.

»Vermißt du die Erde?« fragte Charlize nach einer Weile. Sie trank den Wein in winzigen Schlucken, um den seltenen Luxus voll auszukosten. Vielleicht würde dies der letzte echte Chianti sein, den sie in ihrem Leben jemals trank.

»Ja«, erwiderte Henk ernst. »Was nicht heißt, daß ich meinen Entschluß bereue, nach Babylon auszuwandern. Wenn ich noch einmal die Wahl hätte, würde ich es sofort wieder tun.« Er machte eine weitausholende Geste. »Diese Welt könnte ein wahres Paradies für uns werden. Unbegrenzter Wohnraum. Reiche Bodenschätze. Ein ausgeglichenes Klima. Fruchtbarer Boden in den riesigen Parkanlagen. Keine gefährlichen Raubtiere oder Krankheitskeime, soweit wir wissen. Fernab von den gefährlichen Brennpunkten der Galaxis oder fremden Machtbereichen. Eine neue Welt, auf der wir in Frieden leben und unsere Träume verwirklichen können. Eine Welt, in der Kindern alle Möglichkeiten offenstehen.«

Kinder. Ein Thema, dem sie bisher immer ausgewichen waren. Sie hatten sich erst auf Babylon kennengelernt und nie die Zeit gefunden, sich ernsthaft Gedanken über eine gemeinsame Zukunft zu machen. Dafür gab es einfach viel zu viel zu tun.

Noch…

»Ich habe heute geholfen, ein kleines Mädchen auf die Welt zu bringen«, sagte Charlize nach einem weiteren Schluck. »Sarah Markowitz. Ein wunderschönes kleines Wesen. Mutter und Kind sind gesund. Der Chef der Verwaltung von Komplex VIII ist höchstpersönlich erschienen, um den Eltern zu gratulieren.«

»Typisch Bürokraten«, brummte Henk wenig einfühlsam. »Haben nicht wirklich was zu tun, wenn sie es sich leisten können, die Arbeit liegenzulassen, um frischgebackene Eltern zu besuchen.«

In Charlizes blauen Augen blitzte es gefährlich auf. »Sarah ist das erste auf Babylon geborene Kind.«

Henk hob erstaunt die Brauen. »Warte mal, es gibt fast vierzig Millionen Menschen auf Babylon. Du willst doch nicht behaupten, daß bisher noch niemand…«

»Männer!« unterbrach ihn die junge Frau. »Ich wette, den meisten Junggesellen unter euch ist gar nicht bewußt, welche Kriterien für weibliche Auswanderer gelten. Generell keine schwangeren Frauen ab dem dritten Monat. In einigen Fällen gab es Ausnahmen bis zum fünften Monat, aber die waren ziemlich selten. Gunda

Markowitz gehört zu diesen wenigen Ausnahmen, und ihre Tochter kam drei Wochen zu früh. So ist sie offiziell zur ersten echten Babylonierin geworden. Das wird heute abend auf allen Nachrichtenkanälen die wichtigste Meldung sein.«

»Ich hatte ja keine Ahnung…« murmelte Henk hilflos.

»Ich weiß.« Charlize lächelte und nahm damit ihren nächsten Worten den Stachel. »Du bist eben ein typischer Mann. Also von Natur aus ein Ignorant.« Sie beugte sich zu ihrem Freund hinüber und erstickte seinen Protest mit einem Kuß. »Aber ein äußerst liebenswerter Ignorant«, fügte sie hinzu.

Danach saßen sie lange Zeit Hand in Hand da, tranken ihren Wein und sahen zu, wie die Sonne hinter dem Horizont versank. Die gigantische Statue verwandelte sich von unten nach oben von gleißendem Gold in loderndes Rot, leuchtendes Purpur und geheimnisvoll glühendes Violett. Ihr Kopf und die erhobenen Hände reflektierten noch immer die Sonnenstrahlen, als sich die Dunkelheit über das Land gelegt hatte und bereits Myriaden Sterne am Himmel funkelten. Der Wind war eingeschlafen. Tiefe Stille herrschte.

Serena, der größte Mond Babylons, etwas größer als Luna und mit nur 200.000 Kilometern Entfernung seinem Planeten deutlich näher als der Trabant der Erde, war wie eine riesige Orange aufgegangen. Durch seine dünne Atmosphäre wurde er von einem milchigen Schleier umgeben. Secundus, der zweitgrößte Mond mit einem Durchmesser von knapp zweitausend Kilometern und rund doppelt so weit wie Serena entfernt, stand als winzige Scheibe fast genau im Zenit. Tertius, Quartus und Quintus, die drei restlichen Monde, nicht viel mehr als gigantische, unregelmäßig geformte Gesteinsbrocken, zogen als winzige Lichtpunkte ihre unterschiedlichen Bahnen.

Eine Sternschnuppe schoß über den Himmel und verglühte funkensprühend in den oberen Schichten der Atmosphäre.

»Ich habe noch ein paar italienische Spezialitäten von Cipelli im Schweber, mit denen wir die Standardnahrung verfeinern können«, brach Henk schließlich das Schweigen, nachdem sie den letzten Schluck Chianti getrunken hatten. »Und die Kocheinheit in unserer Wohnung funktioniert. Wollen wir gemeinsam ein romantisches Abendessen zubereiten?«

Charlize stand auf. »Ja«, sagte sie, nahm Henk an der Hand und zog ihn hoch. »Laß uns kochen, damit wir schneller zum Nachtisch kommen können.«

*

Den nächsten Tag ließen sie geruhsam angehen. Sie schliefen lange und frühstückten dann ausgiebig auf der Terrasse vor ihrer Wohnung. Erst am späten Vormittag bestiegen sie den Schweber, um die Umgebung der Statue zu erkunden.

Henk schraubte des kleine Flugzeug immer höher, bis er die untere Grenze der Stratosphäre erreicht hatte. Selbst aus dieser Höhe wirkte die goldene Statue, deren ausgestreckte Hände nach ihnen zu greifen schienen, immer noch gigantisch. Die Ringpyramiden mit ihren vielfarbigen Terrassen bildeten konzentrische Kreise um den Sockel des Goldenen Menschen. Zwischen ihnen erstreckten sich grüne Parkanlagen, in denen hier und da kleine blaue Teiche und Seen aufblitzten.

»Hast du einen bestimmten Wunsch, wohin wir fliegen sollen?« fragte Henk gutgelaunt.

Charlize überlegte. »Vielleicht nach Norden«, sagte sie schließlich. »Dort soll es eine Bergkette mit einem spektakulären Wasserfall geben, der zwischen auf den Steilhang gebauten Ringpyramiden in einen türkisfarbenen See stürzt. Ich habe eine Viphodokumentation darüber gesehen.«

»Wie Sie wünschen, Ma'am.« Henk neigte leicht den Kopf. »Ihr Wunsch ist mir Befehl.« Er legte den Schweber in eine sanfte Kurve und beschleunigte. Während sie genau über den Kopf des Goldenen hinwegflogen, programmierte er den Kurs und warf dabei einen Blick auf den Ortungsschirm, der die Landschaft mit allen markanten Punkten unter ihnen schematisch abbildete. Plötzlich stutzte er. Seine Finger huschten über die Eingabesensoren der Ortungskontrolle. Auf dem Display erschien eine Reihe von Linien und Kreisen, daneben eine Tabelle mit Zahlenkolonnen.

»Was ist?« fragte Charlize neugierig.

Der Ingenieur hob kurz eine Hand, ohne seine Freundin anzusehen. »Moment. Ich muß noch etwas überprüfen.«

Wieder nahm er ein paar Einstellungen vor, und dann änderte er unvermittelt den Kurs. Der Schweber begann, in einer weiten Spirale abzusinken.

»Ich bin zwar keine Navigatorin«, bemerkte Charlize trocken, »aber selbst mir ist klar, daß wir so nicht weiter nach Norden kommen.«

»Richtig.« Henk schaltete die automatische Aufzeichnung zu. »Wir legen einen kleinen Zwischenstopp ein. Ich habe da etwas entdeckt, das ich mir ansehen möchte.«

»Was?«

Er deutete auf den Bildschirm und danach durch das Seitenfenster nach unten. »Diese Pyramide dort.«

Charlize betrachtete zuerst den Bildschirm, beugte sich dann zu ihrem Freund hinüber und spähte in die Tiefe. »Sieht aus wie alle anderen Pyramiden«, murmelte sie. »Was ist daran so besonders?«

»Ihre Lage«, erwiderte Henk knapp und beschleunigte den Sinkflug.

»Ihre Lage?« Charlize runzelte die Stirn. Mit dem bloßen Auge konnte sie keinen Unterschied zu den anderen Pyramiden erkennen, doch dann zoomte Henk einen Ausschnitt auf dem Ortungsschirm näher heran, berührte zwei Sensorfelder, und eine der bogenförmigen Linien auf dem Monitor wurde blau. Direkt auf dem Kreisabschnitt blinkten in regelmäßigen Abständen grüne Punkte – bis auf einen. Dieser Punkt war nicht nur rot, er lag auch ein Stückchen vor der blauen Linie.

»Alle blinkenden Punkte bezeichnen die Längsachse einer Pyramide«, kam Henk einer Frage der Krankenschwester zuvor. »Die

Farben haben nichts zu besagen, die habe ich nur gewählt, um diese eine besonders zu markieren. Worauf es ankommt, ist, daß sie aus dem exakten Kreis, den die anderen bilden, um rund einen Kilometer ausschert, und zwar in Richtung des Goldenen.«

»Und was schließt du daraus?« erkundigte sich Charlize nur mäßig interessiert.

»Daß es einen Grund für diese Abweichung geben muß«, erwiderte Henk. »Es kann kein Zufall sein. Ich habe nicht nur den inneren, sondern auch die nächsten beiden Ringe überprüft, und dort gibt es nicht einen einzigen weiteren Ausreißer. Nein, ich gehe jede Wette ein, daß diese Pyramide absichtlich näher an der Statue errichtet wurde.«

Der Schweber durchstieß eine hauchdünne Schicht von Schleierwolken, nicht mehr als feiner Nebel, der kurzfristig als Feuchtigkeitsfilm auf den Windschutzscheiben kondensierte, und steuerte direkt auf sein Ziel zu.

»Merkwürdig nur, daß niemand vor dir diese Entdeckung gemacht hat«, sagte Charlize.

»So merkwürdig ist das gar nicht.« Henk drosselte die Geschwindigkeit und schaltete sämtliche Ortungssysteme auf Höchstleistung. »Würde der Mittelpunkt der Pyramidenkreise aus einer Säule, einem Kegel oder einer Kugel bestehen, würde die Abweichung eher ins Auge fallen. Aber da die Statue nicht völlig symmetrisch ist, kommt es zu einer optischen Täuschung. Aus der Luft oder dem All betrachtet wirken die Kreise nicht ganz rund, sondern leicht elliptisch. Ich bin eher durch Zufall darauf gestoßen, als ich den Kurs gesetzt und für den Autopiloten eine exakte Landkarte der Umgebung erstellt habe. Vermutlich ist die Abweichung dieser einen Pyramide in allen planetaren Datenbänken gespeichert, es ist eben nur noch nie jemand auf die Idee gekommen, den Suprasensoren die Frage zu stellen: ›Gibt es irgendwelche Diskrepanzen in den Positionen der Ringpyramiden in Bezug auf den rechnerischen Mittelpunkt der Statue?‹ Was auch kein Wunder ist, denn wie du selbst weißt, haben wir zur Zeit Wichtigeres zu tun, als uns mit rein akademischen Fragen zu beschäftigen. Das ist eine Aufgabe für die Generation nach uns.«

Er nahm eine letzte Kurskorrektur vor und setzte den Schweber genau vor der Ringpyramide auf einer gedachten Linie auf, die von ihrem Mittelpunkt zu dem der Statue führte.

Fünf Minuten später stand er mit Charlize und einem Rucksack voller Ausrüstungsgegenstände am Fuß der Pyramide in knöcheltiefem Sand.

»Genau wie ich mir gedacht habe«, stellte er mit einem Blick auf das tragbare Ortungsgerät befriedigt fest. »Eines der Portale befindet sich genau vor uns.«

Wie bei allen anderen Gebäuden ließ sich auch dieses Tor trotz der tausend Jahre, die es verschlossen war, problemlos öffnen. Dazu benutzte Henk ein einfaches Gerät aus dem Bordwerkzeug des Schwebers, das auch in Großraumjetts und Raumschiffen bei Energieausfall Verwendung fand: zwei Universalhaftschalen an einem leichten Teleskopstangengerüst, die mittels eines schlichten Gewindes und eines leistungsstarken Servomotors auseinandergedrückt wurden. Im äußersten Notfall ließ sich der Türöffner sogar mit Muskelkraft bedienen – ein absolut idiotensicheres und in sich autarkes System. Henk befestigte eine der Schalen am Tor, die andere an der Seitenwand des Gebäudes und ließ den Motor an.

Beinahe lautlos glitt der Torflügel zur Seite, bis ein breiter Spalt entstanden war, durch den Licht in einen dunklen Gang fiel.

Charlize zögerte. »Sollten wir nicht lieber Verstärkung anfordern?« fragte sie nervös. »Ich meine, wenn diese Pyramide sich von den anderen unterscheidet, könnte es in ihr vielleicht gefährlich werden.«

»Ach was«, winkte Henk unbekümmert ab. »Wenn das Ding irgendwie gesichert wäre, würden jetzt schon die Alarmsirenen heulen, bildlich gesprochen. Aber ich fange keinerlei Impulse auf, die auf irgendwelche Aktivitäten da drinnen hinweisen.«

Instinktiv lauschte Charlize auf irgendein Geräusch, doch alles was sie hörte, war das leise Singen des Windes, der über die Kanten des Gebäudes und die angewehten Sanddünen strich. Schweren Herzens ergriff sie die Tragetasche, in der Henk vier kompakte Energiespeicherzellen verstaut hatte, und folgte ihrem Freund in die Pyramide hinein. So hatte sie sich ihren Ausflug eigentlich nicht vorgestellt.

Der Gang hatte einen quadratischen Querschnitt von etwa vier Metern Kantenlänge und erstreckte sich knapp hundert Meter tief schnurgerade in die Pyramide hinein, bevor er vor einer glatten Fläche endete.

»Sieh an«, sagte Henk auf halber Strecke, den Blick auf ein kleines Meßinstrument gerichtet. »Hier gibt es tatsächlich ein schwaches Energieecho.« Er setzte den Rucksack ab und machte sich an einem flachen Kasten in Kopfhöhe an der rechten Wand zu schaffen. Mit flinken Fingern, hundertfach geübt, löste er den Deckel ab und spähte in die Öffnung. »Wie in den anderen Pyramiden auch«, kommentierte er. »Ein Knotenpunkt der Energieversorgung. Gib mir eine Zelle.« Ohne sich umzudrehen, streckte er eine Hand aus.

Charlize reichte ihm den Energiespeicher von der Größe eines Schuhkartons und sah mit gemischten Gefühlen zu, wie Henk die beiden so grundverschiedenen Techniksysteme miteinander vernetzte.

»So«, brummte der Ingenieur, nahm Charlize an der Hand und trat mit ihr ein paar Schritte zurück. »Ich glaube zwar nicht, daß die Schaltkreise hier anders funktionieren, aber sicher ist sicher.« Er hob eine kleine stiftförmige Fernsteuerung und drückte auf eine Taste.

Drei Sekunden lang geschah gar nichts, als die Zelle ihre gesamte Energie in das Leitungsnetz der Pyramide entlud, doch dann wurde es schlagartig hell.

Der Energiestoß hatte ausgereicht, um den Mechanismus zu aktivieren, der die Wandung der Pyramide an von ihren Erbauern vorprogrammierten Stellen lichtdurchlässig werden ließ. Es war, als hätten sich von einer Sekunde zur anderen in regelmäßigen

Abständen große ovale Fenster aufgetan, durch die helles Sonnenlicht fiel. Ein Betrachter, der draußen stand, würde nichts davon bemerken, denn die Durchsichtigkeit wirkte nur in eine Richtung.

»Komm«, sagte Henk, schulterte den Rucksack und marschierte unbekümmert weiter, ohne die Energiezelle mitzunehmen, die sich vollständig entladen hatte.

Eine Ringpyramide von diesen Ausmaßen vollständig zu durchsuchen wäre eine Aufgabe gewesen, die ein ganzes Heer von Wissenschaftlern wochenlang beschäftigt hätte, doch Henk kannte den grundlegenden Aufbau dieser Gebäude, und so schritt er zielstrebig aus. Aber je tiefer sie in die Pyramide eindrangen, desto ratloser wirkte er.

»Du verschweigst mir doch irgend etwas«, sagte Charlize irgendwann, nachdem Henk auf ihre Fragen nur ausweichend geantwortet hatte. »Ich verstehe zwar nicht viel von Technik, aber kannst du mir nicht mit ganz einfachen Worten erklären, was hier nicht stimmt?«

Henk blieb stehen und sah sie an. »Bin ich so leicht zu durchschauen?«

Die junge Frau lächelte. »Für mich schon. Ich kenne deine Mimik in- und auswendig. Und dein Gesichtsausdruck verrät mir, daß du zwar keine unmittelbare Gefahr befürchtest, aber ziemlich verunsichert und ratlos bist.«

»Das kann man wohl sagen.« Henk seufzte und deutete mit einer unbestimmten Geste auf die Seitenwand eines riesigen Raumes, an der sich ein kastenförmiges Gebilde an das andere reihte. »Auf den ersten Blick sieht das wie eine Versorgungseinheit in den Wohnpyramiden aus, aber der Eindruck täuscht. Während die Architektur unverkennbar von den Mysterious stammt, basiert der größte Teil der Innenausstattung auf Giant-Technik.«

Er bemerkte Charlizes Zusammenzucken, streckte eine Hand aus und berührte ihre Wange. »Kein Grund zur Besorgnis. Das Gebäude ist energetisch tot. Was mich überrascht: Trotz seiner äußeren Form ist es keine Wohnanlage, sondern dient eindeutig anderen Zwecken. Wäre es eine Wohnpyramide, hätten wir längst eine der zahlreichen Wasseraufbereitungsanlagen oder Klimakontrollen passieren müssen. Haben wir aber nicht. Auch keine Abfallkonverter, keine der Hallen, die vermutlich einmal hydroponische Gärten beherbergt haben, nichts dergleichen. Das hier ist pragmatische Technik pur, aber noch durchschaue ich das System nicht. Bisher haben wir nur Subkomplexe entdeckt, und ich suche eine Zentralstelle, eine Schaltzentrale, in der die Fäden zusammenlaufen.«

»In einem so riesigen Gebäude? Gibt es nicht irgendwo so etwas wie Wegweiser oder schematische Grundrißzeichnungen?«

»Leider nicht. Aber auch die Mysterious haben sich an grundlegende Prinzipien gehalten, und offenbar wurde das Gebäude selbst von den Giants nicht verändert. Das heißt, ihre Steuerzentralen liegen zwangsläufig an exponierten Punkten. Dort, wo sie schnell und leicht zugänglich sind. Wir müssen also immer den größten Gängen folgen. Und vermutlich auf dieser Ebene bleiben. Nur hätten wir in der Zwischenzeit zumindest eine Nebenstelle der Schaltzentralen finden müssen.«

Sie gingen weiter. Charlize schätzte, daß sie mittlerweile mehr als einen Kilometer zurückgelegt hatten und sich in der Nähe der Längsachse des Gebäudes befinden mußten.

Für sie unterschiedenen sich die Maschinen oder technischen Konstrukte kaum voneinander, abgesehen davon, daß sie in manchen Räumen andere Farben hatten. Ihre Funktionen waren ihr völlig rätselhaft. Henk dagegen schien sie wenigstens grob einordnen zu können. Vielleicht ähnelte er in dieser Beziehung dem legendären Arc Doorn, über den man sich die wildesten Geschichten erzählte. Angeblich war er ein Universalgenie, der jede fremde Technik auf Anhieb durchschaute. Doch Charlize zweifelte an den Heldentaten, die er vollbracht haben sollte, wie auch daran, daß er ein zwei Meter großer, kultivierter Modellathlet mit vollendeten Umgangsformen war, ein charmanter und witziger Plauderer und Salonlöwe, dem die Frauen reihenweise zu Füße lagen.

Manchmal trieb die Heldenverehrung schon seltsame Blüten.

Sie hatten bereits die meisten Energiezellen verbraucht, um irgendwelche Systeme zu aktivieren und diverse Zwischenwände transparent zu machen, als sie einen kuppelförmigen Raum erreichten und Henk mit unverkennbarer Erleichterung einen tiefen Seufzer ausstieß.

»Endlich!« rief er und lief auf eine gewölbte Konsole zu, die Charlize eher an ein surrealistisches Kunstwerk als an ein Werk der Technik erinnerte. Er zog verschiedene Gegenstände aus seinem Rucksack hervor und begann, in einer atemberaubenden Geschwindigkeit mit ihnen zu hantieren.

Charlize hielt sich still im Hintergrund und beobachtete ihn. Er schien völlig vergessen zu haben, daß er nicht allein war, und murmelte ständig unverständliches Zeug vor sich hin.

»Aha, ein tripolares Konversionsmodul mit Barentsrückkopplung… Nein, das glaube ich nicht, diesen Werten nach müßte die Phasenvariante astronomisch hoch sein… Eine Escherschlaufe mit gravitorischer Sekundärkopplung in einem Graufeldgenerator…? Wenn das kein tachyonischer Negativwandler ist, fresse ich ein Pfund Antimaterie… Wozu, bei allen Göttern der Quantenmechanik, brauchen die einen Trigonenangleicher, nur um eine simple Vakuumpumpe zu betreiben…?« Plötzlich stutzte er. »Das ist es«, murmelte er aufgeregt. »Das muß es sein! Von hier aus haben die Zugriff auf eine ganze Batterie hypertaktischer Sicherungsschalter. Ein kleiner Impuls aus dem Intervallspeicher, und schon…«

Er drehte sich um. Sein Gesicht war gerötet, seine Augen leuchteten, und seine Lippen zuckten. »Liebling«, flüsterte er heiser, »wenn mich nicht alles täuscht, sind wir gerade auf Gold gestoßen.«

»Auf Gold…?« fragte Charlize verständnislos.

»Sozusagen.« Er fuchtelte in der Luft herum und deutete nacheinander in verschiedene Richtungen. »Siehst du das Dupontgitter dort?«

Es war Charlize völlig schleierhaft, wie er der Giant-Technik irdische Begriffe zuordnen konnte. Abgesehen davon, daß sie nicht wußte, was ein Dupontgitter war und was es bewirkte, sah das von der Decke über einer offenen Halbkugel herabhängende Gebilde für sie wie ein zerrissenes Fischernetz aus, in dem verhaltensgestörte Webervögel überdimensionale Nester gebaut hatten.

»Äh... ja«, sagte sie mißtrauisch.

»Dann paß mal auf, was jetzt passiert.« Henk wirbelte herum, schloß die letzte Energiespeicherzelle an das Innenleben der Konsole an, beugte sich über eine runde Schaltfläche, preßte eine Hand auf ein schwarzes Feld und legte mit der anderen gleichzeitig einen langen Hebel um.

Das »Fischernetz« begann zu vibrieren, und die »Webervogelnester« pulsierten abwechselnd in Gelb und Blau. Dann flimmerte die Luft über der Hohlkugel, und aus dem Nichts heraus materialisierte eine Ansammlung durchscheinender Würfel, Pyramiden, Kegel und Rauten, die erst langsam und dann immer schneller werdend einander umkreisten. Von irgendwoher klang ein dissonantes Jaulen auf, das Charlize die Haare zu Berge stehen ließ.

»Ist das nicht wunderbar?« rief Henk fröhlich. »Aber das ist noch nicht alles. Jetzt sieh dir das an!«

Wieder nahm er ein paar Schaltungen vor, und zwischen den rotierenden geometrischen Gebilden entstanden farbige Linien, die sich ineinander verknoteten, verdrehten und sich wieder entwirrten.

Henk hüpfte wie ein Springteufel auf und ab. Das Jaulen wurde zu einem Plärren, als würde sich eine Horde Kleinkinder mit Verdauungsstörungen die Seele aus dem Leib schreien.

»Das ist das Schaltschema der Notfallsicherungen«, verkündete Henk glücklich. »Da, da, da und da!« Seine Hand tanzte durch die Luft und folgte den wandernden Knotenpunkten zwischen den leuchtenden Linien. Dann eilte er an ein hufeisenförmiges Pult und streckte beide Arme aus. »Wenn ich jetzt diese Felder aktivieren würde, könnte ich die Kontakte nacheinander schließen. Und weißt du, was dann passiert?«

»Ich habe nicht die geringste Ahnung«, gestand Charlize.

»Dann hätte der Goldene wieder Saft«, behauptete Henk. »Dann könnten wir ihn benutzen, um direkt mit der Erde zu sprechen. Ohne Umwege über Relaisstationen wie Erron-1 und irgendwelche Raumschiffe. Und wer weiß, welche Möglichkeiten noch in ihm stecken? Wir hatten ja nie die Gelegenheit, ihn zu erforschen.«

»Bist du dir sicher?« erkundigte sich Charlize mit weiblichem Pragmatismus. Ihr waren die seltsamen Geräusche, die wirbelnden Gebilde und die verwirrenden Linien einfach unheimlich. Sie konnte sich nicht vorstellen, daß ein Mensch in der Lage war, diese fremdartige Technik schon nach kurzer Zeit zu durchschauen. Vielleicht dieser Arc Doorn, wenn die Legenden über seine intuitiven Fähigkeiten zutrafen, aber ein normaler Ingenieur wie Henk DeGroot? »Weißt du wirklich, was du da tust?«

»Ich…« begann Henk hitzig und verstummte abrupt. Er starrte seine Freundin an, als würde er sie zum ersten Mal sehen. Auf einmal sackten seine Schultern herab. »Eigentlich nicht«, bekannte er leise. »Die Technik der Giants ist wie die der Mysterious immer noch ein Buch mit sieben Siegeln für uns. Wir benutzen sie, ohne wirklich zu verstehen, wie sie eigentlich funktioniert.« Er schwieg einen Moment lang, dann richtete er sich wieder auf, und seine Stimme nahm einen beinahe trotzigen Tonfall an. »Aber wir können sie anwenden. So wie ein Durchschnittsterraner einen Suprasensor bedient, ohne die grundlegende Funktionsweise zu begreifen. Ich bin mir ziemlich sicher, daß ich den Goldenen wieder funktionstüchtig machen könnte, wenn ich nur…«

Ein schrilles Summen seines Armbandviphos ließ ihn mitten im Satz verstummen. Auch Charlizes Vipho hatte sich selbständig aktiviert.

»O mein Gott!« wisperte sie tonlos nach einem Blick auf die winzige Anzeige. »Planetarer Alarm der Kategorie eins! Wir müssen sofort zurück!«

Henk verharrte eine Sekunde lang, als wäre er in einem Stasisfeld gefangen. Dann kam wieder Leben in ihn. Mit ein paar schnellen Handbewegungen schaltete er die Giantversion des Dupontgitters ab, stopfte seine Ausrüstungsgegenstände in den Rucksack und eilte zusammen mit Charlize zurück durch das Labyrinth von Gängen und Fluren zu dem vor der Pyramide wartenden Schweber.

*

»Ich habe nichts anderes erwartet, als daß die HAMBURG wohlbehalten wieder zurückkehrt«, empfing Marschall Bulton seine beiden Gäste, Christopher Farnham und Kenneth MacCormack. »Die Schwarze Garde hat ihre Feuertaufe gut bestanden. Vor allem die mitgebrachten Grako-Embryonen werden vermutlich den großen Durchbruch im Krieg gegen die Schatten bringen.«

»Aber es ist sehr wichtig, größte Sicherheitsmaßnahmen zu treffen, Sir«, warnte MacCormack. »Selbst die jungen Grakos sind äußerst gefährlich und angriffslustig. Wir müssen mit allem rechnen.«

»Selbstverständlich, wir werden alles berücksichtigen«, beschwichtigte der Marschall. »Unsere Wissenschaftler können es gar nicht mehr erwarten, mit der Forschung anzufangen.« Er lehnte sich in seinem großen Sessel zurück. MacCormack und Farnham saßen auf der anderen Seite des Schreibtischs in kaum weniger bequemen Sesseln. »Ich habe Ihren ausführlichen Bericht gelesen und bin beeindruckt. Aber deswegen haben Sie mich sicher nicht um eine Unterredung gebeten, bevor ich auf Sie zukommen konnte.«

»Nein, Sir«, gab Farnham zu. »Ken... Oberstleutnant MacCormack ist mit einer sehr brisanten Sache zu mir gekommen, über die wir mit Ihnen reden müssen.«

»Wird es mir gefallen?« erkundigte sich Bulton.

Seine Gäste sahen sich an. »Nun... vermutlich nicht besonders«, gab MacCormack dann zögernd preis.

»Also, schießen Sie los.«

MacCormack legte fünf kleine Röhrchen auf den Schreibtisch

des Marschalls. »Hierin sind die DNS-Proben der fünf Gefallenen des Spooky-Einsatzes«, erklärte er. »Ich stelle den Antrag, daß wir von *jedem* Gardisten eine solche Probe nehmen.«

Marschall Bulton starrte die Röhrchen eine Weile schweigend an. »Sie machen Witze«, stieß er schließlich hervor.

»Das sagte ich zuerst auch«, meinte Farnham. »Aber es ist ihm sehr ernst.«

»Und er hat Sie überzeugt?«

»Ja, Sir. Es dauerte eine Weile, aber das ist der Grund, weshalb ich hier mit Ken sitze.«

Bulton erhob sich, stellte sich vor das Fenster und blickte auf einen sonnigen Nachmittag hinaus. »Wir brauchen nicht drumherum zu reden«, erklang seine Stimme. »Sie wollen die DNS-Proben nehmen, um bei Bedarf Klone herzustellen.«

»Hmm... so in etwa, Sir.« MacCormack kratzte sich unbehaglich den kräftigen Nacken. Obwohl Farnham ihn begleitete, riskierte er eine Menge.

»Sie wissen, daß das Klonen von Menschen streng verboten ist.« Der Marschall wandte sich ihnen wieder zu. »Und nicht ohne Grund. Ich kann einfach nicht glauben, daß Sie eines unserer elementaren Gesetze brechen wollen – und damit auch noch zu mir kommen!«

»Nun, deshalb baten wir ja auch um ein vertrauliches Gespräch«, bemerkte Farnham gelassen. Was auch immer es gewesen war, das ihm jene markante Narbe eingebracht hatte, die die linke Hälfte seines Gesichtes praktisch zweiteilte und ihn ein Auge gekostet hatte, hatte damals wohl ein für alle Mal jeglichen Angstimpuls in ihm ausgelöscht. Farnham war zu einem kühlen Analytiker geworden, der sich jeder Herausforderung stellte. »Wir bewegen uns hier am Rand der Legalität...«

»... mit anderen Worten, es ist absolut illegal...« korrigierte MacCormack vorsichtig.

»... aber als Militär haben wir gewisse Möglichkeiten, besondere Klippen zu umgehen. Lassen Sie uns zumindest darüber diskutieren, Marschall. Diese Proben sind schnell vernichtet und die Idee aus der Welt geschafft, wenn wir uns nicht einigen können.«

»Einigen? Sie wollen mich überzeugen und dazu bringen, Verrat an unseren Gesetzen zu begehen!« Bultons Stimme hatte einen schneidenden Tonfall angenommen. »Ich sollte Sie beide einsperren und Ihren Verstand untersuchen lassen!«

»Auch das steht Ihnen frei«, meinte Farnham. »Aber zuerst hören Sie uns an – bitte.«

Bulton fixierte die beiden Männer schweigend. Dann ließ er sich wieder in seinem Sessel nieder und legte die Fingerspitzen aneinander. »In Anerkennung Ihrer Verdienste werde ich Ihnen zuhören.«

*

Kenneth MacCormack erläuterte nun im wesentlichen das, was Kurt Buck angeschnitten hatte, unterstützt von Christopher Farnham. Marschall Bulton hörte schweigend zu, die Stirn von düsteren Gedanken umwölkt.

»Sie müssen davon ausgehen, Sir, daß jeder einzelne Angehörige der Schwarzen Garde über besondere Fähigkeiten verfügt und nicht nur weit überdurchschnittlich intelligent ist, sondern auch über einen gesunden, vollendeten Körper verfügt«, argumentierte MacCormack. »Es klingt vielleicht pathetisch, aber wir versammeln die menschliche Elite in der Garde. Angesichts der Bedrohungen, denen wir heutzutage ausgesetzt sind, ist es wichtig, gerade die herausragenden Fähigkeiten zu fördern und zu erhalten. Wir können es uns nicht leisten, diese Elite leichtfertig aufs Spiel zu setzen. Andererseits können wir sie auch nicht unter Verschluß halten und mit Samthandschuhen anfassen.«

»Es muß ja nicht unbedingt geklont werden«, setzte Farnham fort. »Wir haben eigentlich an eine Erbgutbank gedacht, die es uns ermöglicht, Nachkommen mit wertvollen Fähigkeiten zu erzeugen. Mit anderen Worten, die Gardisten könnten auch nach ihrem Tod noch zu Vätern werden.«

»Auch das ist sehr kritisch«, merkte Marschall Bulton an. »Damit gewinnen wir keineswegs die Sympathie der Öffentlichkeit. Rechtlich würden wir uns in einer Grauzone bewegen, vermutlich könnte man uns nichts anhaben – aber was nützt uns das, wenn wir einen Skandal heraufbeschwören und die Allgemeinheit gegen uns haben? Ihre Idee ist nach den heute geltenden sittlichen und rechtlichen Gesichtspunkten weder ethisch noch moralisch durchführbar! Mir dreht sich der Magen um, wenn ich an die Konsequenzen denke!«

»Bei den Grakos ist dies offenbar gang und gäbe und nichts Verwerfliches«, wagte MacCormack einen Einwurf.

»Die Grakos sind Insektoide, und was für sie normal ist, muß nicht auch zwangsläufig für uns zutreffen«, schmetterte Bulton ab. »Es geht hier nicht um Anpassung an die Moderne oder Weiterentwicklung, sondern um Grundsatzfragen, welche die gesamte Menschheit betreffen! Wir können doch nicht alle moralischen Bedenken einfach über den Haufen werfen!«

»Sir, wir sind dennoch in der Lage dazu«, erwiderte Farnham. »Medizinisch, meine ich. Es ist kein Problem für uns, weshalb also sollte eine solche Chance vertan werden, nur weil sie gegen irgendwelche, irgendwann aufgestellten Regeln verstößt? Die genetische Manipulation ist doch bei uns schon lange kein Fremdwort mehr. Wir züchten Organe, selbst Gliedmaßen nach. Es geht hier ja nicht um die ungezügelte Freigabe des Klonens oder die Vermehrung lauter kleiner Genies, um sozusagen eine neue Superrasse zu erschaffen. Dagegen würde ich ebenso wie Sie aufs schärfste protestieren. Deswegen haben wir ja dieses Gesetz, damit wir uns nicht selbst zum Gott erheben.«

»Ganz recht, es geht nur darum, daß kostbare Erbanlagen nicht im Krieg verlorengehen.« MacCormack hatte sich warmgelaufen, jetzt war er nicht mehr zu bremsen. »Natürlich sollte die Bank so beschaffen sein, daß notfalls Klone erschaffen werden können, um dramatische Lücken zu schließen. Aber nur mit dem Hintergedanken, die Freiheit und Unabhängigkeit der Menschheit zu bewahren – und ihr Überleben. Die Innenpolitik muß dabei außen vor bleiben und darf keine Rolle spielen. Das ist selbstverständlich.«

»Deshalb muß es auch ein Geheimprojekt bleiben, und zunächst darf über diese vier Wände nichts nach außen dringen«, fügte Farnham hinzu. »Wir wissen natürlich, worauf wir uns einlassen, Sir.«

»Auf Hochverrat, sonst nichts.« Bultons Finger trommelten auf die Tischplatte. »Was Sie mir da vorschlagen, ist wirklich ungeheuerlich.«

»Mal abgesehen von Ihrer Karriere, Sir, und der drohenden Gefängnisstrafe – weshalb sind Sie so dagegen?« fragte MacCormack. »Wenn das Gesetz morgen aufgehoben würde und wir könnten uns hierüber legal unterhalten, wären Sie dann immer noch so strikt dagegen?«

»Ich kann das eine nicht vom anderen trennen, MacCormack«, entgegnete Bulton unwirsch. »Gerade das Militär hat sich an das Gesetz zu halten, wo kämen wir sonst hin? Anarchie ist sicher keine Lösung! Insofern muß ich das Gesetz achten, das mir die Anlage einer solchen genetischen Datenbank verbietet. Das ist Punkt Eins. Punkt Zwei: Auch mir persönlich widerstrebt dieser Gedanke, er widerspricht meinem ethischen und moralischen Empfinden.«

»Aber wodurch ist dieses Empfinden entstanden, Sir?« bohrte MacCormack weiter. »Rein wissenschaftlich betrachtet, ist es nicht verwerflich. Das Tierreich macht uns das Klonen vor, man denke nur an die Polypen, die sich nur durch Knospung vermehren und dadurch reine Klone ihrer selbst erschaffen. Und nur, weil der Mensch von Anfang nicht dazu in der Lage war, heißt das noch lange nicht, daß es deswegen für immer ausgeschlossen sein muß.«

»Sir, gerade deswegen müssen wir uns unserer Verantwortung bewußt sein, und genau deshalb sitzen wir jetzt hier unter sechs Augen«, gab auch Farnham nicht auf. »Wir müssen strikte Regeln aufstellen, für welche Fälle diese Datenbank angelegt werden soll – und wann sie zum Einsatz kommen wird. Wir werden diese Regeln schriftlich festhalten, obwohl das wegen der Ungesetzlichkeit sehr gefährlich für uns ist. Aber damit verlieren wir das Ziel nicht aus den Augen. Wir müssen jeglichen Mißbrauch von vornherein ausschließen!«

»Farnham, Ihr Optimismus in Ehren, aber das ist sehr blauäugig«, sagte Bulton düster. »Sobald diese Bank angelegt ist, öffnen wir dem Mißbrauch Tür und Tor. Wenn jemand die Bank für seine eigenen Zwecke benutzen will, wird er es auch schaffen. Bisher ist noch jeder gordische Knoten geknackt worden, meine Herren. Ich bin mir nicht so sicher, daß Sie sich wirklich über die Tragweite Ihrer Verantwortung bewußt sind. Sie können noch so viele Sicherheitsvorkehrungen einbauen, irgendwer wird sie irgendwann umgehen, und dann sind Sie es, die dafür geradestehen müssen. In dem Bewußtsein, möglicherweise eine Katastrophe heraufbeschworen zu haben.«

»Mag sein, Sir, aber das sollte uns die Sache wert sein«, meinte MacCormack ruhig. »Wenn wir es nicht tun, kommt ein anderer auf die Idee, darauf gehe ich jede Wette ein. Es ist besser, wenn wir von Anfang an die Kontrolle haben und den Bemühungen anderer einen Riegel vorschieben. Im Gegenzug haben wir alles Nötige getan, um unsere Elite zu sichern. Für eine sehr unsichere Zukunft, Sir, denn auch wenn wir jetzt die Grakos erforschen können, halten sie sicherlich noch eine Menge Überraschungen für uns bereit. Und dann gibt es da sicher noch andere, irgendwo da draußen, die uns das Leben früher oder später schwermachen.«

Bulton erhob sich erneut und wanderte vor der Fensterfront auf und ab, in nachdenkliches Schweigen versunken. Die beiden anderen Offiziere warteten gespannt ab. Ihnen war bewußt, daß ihre Zukunft nunmehr an einem seidenen Faden hing. Doch nach wie vor waren sie von der Richtigkeit überzeugt, und auch davon, sich Bulton anzuvertrauen.

Zehn Minuten vergingen. Bulton hatte sich von ihnen abgewandt, so daß sie seine Gedankengänge nicht mitverfolgen konnten. Sowohl Farnham als auch MacCormack rutschten zusehends unruhiger in ihren Sesseln herum; so gemütlich sie auch wirkten, irgendwann schlief einem alles ein. Sie waren nicht für lange Sitzungen gedacht.

Zudem war die Spannung allmählich unerträglich. Wie entschied Bulton sich nun? Würde er sie noch hinhalten oder gleich ins Gefängnis befördern? Oder hatten sie ihn überzeugt? Unabhängig voneinander grübelten die beiden Männer darüber nach, ob sie auch wirklich alle Argumente vorgetragen hatten. Vielleicht hatten sie doch noch etwas Wichtiges übersehen?

Marschall Bulton beendete sein langes Schweigen.

»Also gut, ich bin einverstanden«, sagte er. »Die Proben können den Gardisten bei der nächsten Routineuntersuchung entnommen werden. Es ist natürlich genau darauf zu achten, daß sie das nicht mitbekommen! So sehr mir das auch widerstrebt. Aber es ist sehr wichtig, daß nur wir drei davon Kenntnis haben, denn, wie Sie schon sehr richtig bemerkten, tun wir hier etwas höchst Ungesetzliches. Wir legen diese Datenbank an, aber darüber sind wir uns einig: Die genetischen Informationen sollen nur dazu dienen, gefallenen Gardisten die Weitergabe ihres Erbgutes auch über den Tod hinaus zu ermöglichen. Daß mit dem Material theoretisch auch die Herstellung von Klonen möglich wäre, darüber haben wir uns niemals unterhalten – weil keiner von uns gegen die entsprechenden Gesetze verstoßen würde.«

»Ja, Sir«, sagte Farnham und MacCormack nickte. »So sehen wir es auch. Wir sind schließlich keine machtbesessenen Verbrecher. Wir sorgen uns nur um die Zukunft der Menschheit.«

»Hoffentlich verrennen wir uns mit dieser Sache nicht«, sagte Marschall Bulton sorgenvoll. »Das ist ein sehr gefährlicher Grat, auf dem wir uns von nun an bewegen, meine Herren. Vergessen Sie das bitte nie.«

3.

Joan Gipsy gähnte herzhaft. Sie hatte einen langen Arbeitstag hinter sich und wollte sich jetzt bei einer erfrischenden Kleinigkeit in einem Café erholen. Allerdings hatte sie auch einen Hintergedanken dabei. Sie wollte, daß der unbekannte Verfolger endlich ein Gesicht bekam.

Anfangs hatte sie nur so ein unbestimmtes Gefühl. Irgend etwas hatte sich verändert, aber sie kam nicht so schnell darauf, was es war. Sie fühlte sich unbehaglich, vor allem in der Öffentlichkeit. Zunächst schob sie das auf ihren anstrengenden Beruf; ihr derzeitiger Auftrag forderte alles. In einem freien Forschungsinstitut ging es anders zu als etwa beim Staat. Noch dazu wurden dort hauptsächlich Aufträge von Wallis Industries bearbeitet, und das verlangte vollen Einsatz von Joan. Nicht zuletzt wegen ihres guten Drahtes zu Terence Wallis hatte sie diesen prestigeträchtigen Job überhaupt erhalten, das Institut erhoffte sich davon bedeutende Vorteile. Ren Dhark hatte sie darüber nur das Notwendigste erzählt, er war so schon eifersüchtig genug, obwohl er das nie offen zugeben würde. Er wußte bis heute nicht genau, wie ihr Verhältnis zu Terence Wallis beschaffen war, und sie hatte nicht vor, es ihm zu erläutern. Sie würde nicht ihr ganzes Leben vor ihm ausbreiten – noch nicht. Dafür waren sie zu kurz und zu wenig zusammen. Ren spielte schließlich auch gern den Geheimnisträger.

Als Futurologin war es nicht immer ganz einfach, nach Dienstschluß wieder zurück in die Wirklichkeit zu finden. Deshalb war ihr auch erst jetzt bewußt aufgefallen, daß sie nicht einfach nur ein übertrieben merkwürdiges Gefühl hatte, sondern tatsächlich verfolgt wurde.

Woran mochte das wohl liegen? Natürlich waren alle Aufträge brisant und geheim. Aber bisher hatte niemand versucht, mehr über ihre Arbeit herauszufinden, man spionierte ausschließlich ihr selbst nach und wollte wohl ihr Leben lückenlos aufzeichnen. Sie wurde offensichtlich (noch) nicht bedroht, auch ihre Wohnung war bisher nicht durchsucht worden.

Seltsamerweise empfand Joan keine Furcht. Es lag nicht daran, daß sie nichts zu verbergen hatte; die Verfolgung konnte schließlich eine Menge bedeuten. Aber ein weiteres, ebenso undefinierbares Gefühl vermittelte ihr die Sicherheit, daß sie nicht in Gefahr war.

Einmal dahintergekommen, war Joan höchst sensibilisiert und achtete sehr genau auf ihre Umgebung. Ihre Verfolger wechselten sich ab, das fand sie schnell heraus. Manche von ihnen waren nämlich sehr professionell, von ihnen bekam sie nicht mehr mit als das prickelnde Gefühl, beobachtet zu werden. Andere waren äußerst dilettantisch; sie benutzten gerade noch Hüte und Sonnenbrillen, um nicht gleich erkannt zu werden, gaben sich aber ansonsten kaum Mühe, sich verborgen zu halten.

Der heutige Verfolger war ebenfalls wieder so ein Dilettant. Joan entdeckte ihn schon, als sie das Werk verließ. Er spazierte auffällig-unauffällig die Straße entlang und tat so, als ob er auf jemanden wartete.

Was ja auch stimmte – denn nachdem Joan sich zu Fuß auf den Weg gemacht hatte, konnte sie sich bei einem kurzen Blick in ein Schaufenster davon überzeugen, daß der Mann in ihrer Nähe blieb.

Joan wußte nicht, ob sie lachen oder wütend sein sollte. Für wie dumm hielt man sie, daß sie das nicht merkte? Natürlich hatte es eine Weile gedauert; sie war keine Abenteurerin wie ihr Freund Ren, der ohnehin hinter jeder Hecke Verdächtige und Feinde vermutete. Als »Normalbürgerin« mußte sie kaum damit rechnen, die Aufmerksamkeit bestimmter Mächte zu wecken. Und was ihre Arbeit betraf, so gab es Bedeutenderes, Gefährlicheres.

Trotzdem war sie eindeutig das Ziel. Nachdem die schlanke, attraktive junge Frau sich einen sonnigen Platz ausgesucht und bestellt hatte, gab sie sich ganz unbefangen. Sie ordnete die dunkelblonden Haare, lächelte Passanten an, deren Blicke sie streiften, und tat so, als entspanne sie sich.

Ihr Schatten hatte drei Tische weiter einen Platz gefunden und sich einen Drink bestellt. Joan beschloß, den Spieß umzudrehen, und beobachtete verstohlen den Mann. Er trug einen falschen Bart und eine Perücke, sein Gesicht war so allerweltsmäßig, daß sie ihn nicht leicht wiedererkennen würde. Als er den Arm hob, um seinen Drink zu bezahlen, verrutschte seine Jacke.

Joan blinzelte und suchte sich schnell eine andere Blickrichtung, um sich nicht zu verraten. Das Emblem war nur ansatzweise sichtbar geworden, aber dennoch unverkennbar: die GSO!

Was hat das nur zu bedeuten? dachte Joan aufgebracht. *Ich hätte ja mit vielem gerechnet, aber ausgerechnet die GSO... das ist doch nicht zu fassen!*

Als ihr eigenes Getränk kam, bezahlte sie unauffällig, nippte kurz und stand dann auf. Zielsicher steuerte sie zur Damentoilette, huschte jedoch daran vorbei und machte sich auf der anderen Seite des Cafés aus dem Staub. Als sie vorsichtig um die nächste Ecke zurückschaute, sah sie, daß ihr Verfolger noch geduldig wartete. *Der soll ruhig warten, bis er schwarz wird.*

Um sich abzureagieren, ging Joan ins Fitneßstudio.

»Sie waren schon lange nicht mehr hier«, meldete sich ihr elektronischer Fitneßberater, nachdem sie ihre Daten eingegeben hatte. »Ihr Blutdruck hatte das letzte Mal bedeutend bessere Werte, ebenso der Puls, und Ihre Atemfrequenz ist...«

»Klappe«, unterbrach Joan ungehalten. »Ich muß mich konzentrieren.«

Der Computer schwieg jedoch nicht lange und beanstandete, daß Joan zu schnell und zu heftig mit den Geräten hantierte, und eigentlich alles falsch machte. Leider konnte er nicht abgestellt werden; es war gesetzliche Vorschrift, daß der Trainierende jederzeit auf eine eventuell gesundheitsschädigende Aktivität aufmerksam gemacht werden mußte. Wobei es hier in erster Linie nicht um die Gesundheit ging, sondern die Möglichkeit verwehrt werden sollte, eine Klage gegen die Institution einzureichen...

Immerhin konnte Joan anschließend im Entspannungsraum in

Ruhe eine Zigarette rauchen, ohne daß sie gleich von irgendeinem elektronischen oder menschlichen Trainer angeblafft wurde. Im Moment wenigstens wurde sie nicht überwacht, denn sie war allein und konnte ungestört nachdenken. Im Grunde genommen gab es nur eine Möglichkeit herauszufinden, warum sie von der GSO verfolgt wurde. Und Joan schob solche Dinge nicht auf die lange Bank; es wurde Zeit, daß sie aktiv wurde und nicht einfach abwartete.

Kurz bevor sie ihr Apartment betrat, drehte sie sich nochmals um. Sie hatte momentan niemanden entdeckt, war aber sicher, daß sie auch jetzt nicht unbeobachtet zu Hause angekommen war. Die Bewacher hatten garantiert wieder gewechselt, und auch im Studio hatte sie sich nicht hundertprozentig sicher gefühlt.

Natürlich konnte es auch sein, daß sie allmählich Wahnvorstellungen bekam, was eigentlich kein Wunder war. Aber dem würde sie bald einen Riegel vorschieben.

Sie rief über Vipho bei Liao Morei an, der neuen Leiterin des Wallis-Sicherheitsdienstes.

»Erinnern Sie sich an mich?« fragte sie.

»Aber natürlich«, antwortete die kleine, zerbrechlich wirkende Chinesin, die sich in nicht weniger als elf Kampfsportarten perfekt auskannte und eine zwölfte selbst erfunden hatte. Sie lächelte Joan an. »Was kann ich für Sie tun?«

»Ich habe ein Problem.« Joan Gipsy wollte noch nicht so recht mit der Sprache heraus. Die beiden Frauen waren sich zwar von Anfang an sympathisch gewesen, aber als Freundinnen konnte man sie nicht direkt bezeichnen. Aber Liao war eine Topfrau bei Wallis Industries und ein absoluter Profi. Wenn jemand Ren Dharks Freundin helfen konnte, dann sie.

»Nur zu«, forderte Liao sie munter auf. »Wenn Sie nach Dienstschluß bei mir anrufen und ein Gesicht machen, als wäre Ihnen eine Laus über die Leber gelaufen, haben Sie ganz sicher ein Problem und hoffen, daß ich Ihnen helfen kann.«

»Genauso ist es«, meinte Joan etwas verlegen. »Es ist so – ich werde von der GSO verfolgt.«

»Von der GSO? Sind Sie sicher?«

»Absolut sicher. Ich habe zufällig ein Abzeichen gesehen.«

»Was? Die Agenten scheinen mehr als dämlich zu sein. Oder man hält Sie für sehr – hmm…«

»Beschränkt, ja, danke. Der Gedanke ist mir auch schon gekommen. Allerdings wechseln sie sich ab, und ich entdecke meinen Verfolger nicht immer. Aber ich weiß, daß immer einer da ist.«

»Wie lange schon?«

Joan hob die Schultern. »Wenn ich das wüßte! Einige Tage sicher. Ich muß herausfinden, worum es geht!«

»Vielleicht dient die Überwachung Ihrem Schutz und wird deswegen so lässig durchgeführt«, stellte die Chinesin eine Vermutung an. »Damit könnten potentielle Übeltäter von vornherein abgeschreckt werden.«

»Das eben muß ich herausfinden. Haben Sie eine Idee, wie ich das machen soll?«

Liao überlegte kurz. »Nun, wir könnten natürlich das Angenehme mit dem Nützlichen verbinden«, sagte sie schließlich. »In Pittsburgh hat eine neue Disco aufgemacht, die ›Blaue Wolke‹. Ich wollte da sowieso mal hin, und das wäre eine gute Gelegenheit, den Agenten zu befragen. Haben Sie Lust?«

»Ja, gern«, stimmte Joan sofort erfreut zu. Da Liao die Sache in die Hand nahm, konnte eigentlich nichts mehr schiefgehen. »Ich schulde Ihnen was.«

»Geschenkt. Also dann bis Samstag. Wir treffen uns um acht Uhr, einverstanden?«

*

Joan fand sich am Samstag pünktlich vor der Disco ein. Der Eingang war von jeder Menge jugendlicher Tanzwütiger belagert, und der Türsteher hatte alle Hände voll zu tun, um sie zurückzuhalten. Liao wartete bereits auf Joan und winkte ihr zu. Sie trug ein hautenges, in schrillen Farben schillerndes Catsuit mit einem breiten Gürtel um die zierliche Taille und hochhackige Schuhe. Trotzdem mußte Joan sich zu ihr herabbeugen, um ihr einen Freundschaftskuß auf die Wange zu geben.

»Schön, daß du gekommen bist«, wurde Liao ohne weitere Umstände vertraulich. »Du siehst großartig aus!«

Joan trug eine engsitzende, schwarzgrüne Kombination aus Hose und Jacke, die perfekt zu ihren grünen Augen paßte. »Ich habe dir zu danken!« erwiderte sie.

»Was für ein Unsinn! Komm, laß uns Spaß haben!« Sie hakte sich bei Joan unter und zog sie Richtung Türsteher.

»Da bin ich aber gespannt, der Schuppen scheint ja hoffnungslos überlaufen zu sein«, bezweifelte Joan, daß sie eingelassen wurden.

»Überhaupt kein Problem!« zwitscherte die Chinesin mit Vogelstimme. Sie lächelte den Türsteher an, über dessen Gesicht augenblicklich Erkennen huschte. Ohne weiteres wurden die beiden jungen Frauen eingelassen, während draußen die wütende Menge mit dem Mann über dessen Auswahlkriterien stritt.

Die Disco war tatsächlich brechend voll, obwohl sie sich über mehrere Etagen erstreckte; sie war in einem alten Lagerhaus aufgebaut worden, dessen Baufälligkeit als Stil mit integriert war. Es gab mehrere Bars und Tanzflächen, auf denen sich die Besucher geradezu ekstatisch austobten, und die Musik war so kreischend laut, daß man sein eigenes Wort nicht mehr verstand. Der absolute Hit aber war eine Blase von Nullschwerkraft im Zentrum, die als ungewöhnliche Tanzfläche fungierte. Joan zögerte, aber Liao legte es gerade darauf an und zerrte sie einfach hinter sich her.

Joan unterdrückte ein Quietschen, als sie den Boden unter den Füßen verlor, und ruderte hilflos mit den Armen. Liao kicherte wie ein kleines Mädchen; sie hatte in kürzester Zeit ihren Gleichgewichtssinn wieder und paßte sich der hämmernden Musik mit wiegenden, schlangengleichen Bewegungen an, während ihr Körper sich schwerelos drehte.

Joan stand Kopf, aber als sie feststellte, daß ihr dabei keineswegs übel wurde, mußte sie ebenfalls lachen und versuchte einen eigenen »Tanz«. Die beiden jungen Frauen waren bald von den anderen Tänzern umringt, die sie anfeuerten und versuchten, ihren Stil zu kopieren.

Nach einer Weile hatte Joan den tatsächlichen Grund ihres Hierseins völlig vergessen, aber Liao erinnerte sie schnell wieder daran. Sie ergriff plötzlich ihren Arm und machte ihr Zeichen, ihr zu folgen.

Nach dem Verlassen der Blase hatte Joan zuerst Schwierigkeiten, sich wieder den normalen Schwerkraftverhältnissen anzupassen. Nach ein paar Schritten ging es aber besser; zudem hatte Liao es eilig.

»Zwei meiner Leute haben deinen Verfolger erwischt!« brüllte sie Joan ins Ohr. »Komm mit, sie warten in einem Nebenraum!«

Die Disco hatte einige Separées, in die sich frisch Verliebte eine Weile zum stillen Kuscheln zurückziehen konnten. Liaos Agenten hatten das anwesende Pärchen kurzerhand hinausbefördert und präsentierten ihrer Chefin nun ihren Fang; einen jungen, blonden Mann mit unauffälligem Gesicht ohne Maskierung. Sie hatten ihn an einen Stuhl gefesselt.

Joan erkannte ihn sofort. »Er war schon einmal hinter mir her!« sagte sie zu Liao. »Ihr habt den richtigen erwischt!«

»Hattest du etwa daran gezweifelt?« Liao stellte sich vor den Gefangenen, und nun klang ihre Stimme keineswegs mehr zwitschernd, sondern schneidend scharf. »Weshalb bist du hinter Joan Gipsy her?« fragte sie geradeheraus.

Der Agent schwieg.

»Oh, ein kleiner Verstockter«, konstatierte die Chinesin und hob das Kinn des jungen Mannes zu sich an. »Also, ich hoffe, das geht jetzt in dein kleines Köpfchen: Wir haben zwei Möglichkeiten. Du sagst uns freiwillig alles und spazierst unbeschadet hier raus. Wir spendieren dir sogar noch einen Drink. Oder du gibst uns unfreiwillig alles preis, und ich verspreche dir, das wird keine angenehme Prozedur.«

Der Agent sah zu ihr hoch und lächelte dann geringschätzig.

Liao schaute Joan an. »Was sagt man dazu! Er glaubt, ich bin nicht fähig dazu!« Sie machte eine Kopfbewegung zu ihren beiden Männern. »Sichert draußen die Tür, ich möchte gern ungestört sein... mit meiner neuen Eroberung.«

Als die beiden Männer gegangen waren, atmete der junge Agent sichtlich auf. Liao lächelte lieblich, aber ihre geschlitzten schwarzen Augen glitzerten eiskalt. »Glaub mir, darüber solltest du nicht froh sein!«

»Beantworten Sie doch meine einfache Frage!« mischte sich Joan ein. »Ich möchte nur wissen, weswegen die GSO mich verfolgen läßt! Damit verraten Sie doch kein Staatsgeheimnis! Sie sind doch ohnehin aufgeflogen, also warum reden Sie nicht?«

Der Agent blickte von einer zur anderen. »Was soll das hier werden? Guter Bulle – böser Bulle? Vergeßt es.«

»Nun sieh mal einer an, es kann reden!« rief Liao begeistert. »Also verstehst du uns auch, Bürschlein! Und du wirst uns gleich noch viel besser verstehen. Es ist nämlich so, daß man im Kampfsport nicht nur das brutale Eindreschen lernt, o nein, da gibt es auch noch viel Theorie, und zwar über die anatomische Beschaffenheit des Menschen.« Während sie redete, schob sie langsam den Ärmel des Mannes hoch. »Weißt du, ich verabscheue rohe Gewalt, ich bin mehr für das Feine, Subtile. Ich werde also keine Finger abhacken, Ohren abschneiden oder ähnliches machen, denn es gibt sehr viel bessere Methoden, jemanden zum Reden zu bringen.« Sie spielte eine Weile mit den Fingern auf dem Unterarm herum und drückte plötzlich an einer bestimmten Stelle zu.

Der Agent stieß ein japsendes Keuchen aus.

Liao lächelte hintergründig. »Ich liebe Sensibilität«, flüsterte sie dem jungen Mann ins Ohr. »Und dementsprechend kenne ich alle neuralgischen Punkte. Je nachdem, wo und wie ich zudrücke, kann ich dir unendliche Freuden bereiten... oder unendliches Leid...

wie du es lieber hast.« Es schien nicht mehr als ein flüchtiges Darüberstreichen zu sein; Joan konnte es trotz genauer Beobachtung nicht sehen, aber der Agent biß sich die Unterlippe blutig in dem verzweifelten Bemühen, seinen Schmerz nicht hinauszuschreien.

Joan war viel zu wütend und angespannt, um Liao zu bremsen. Sie ging außerdem davon aus, daß die Chinesin genau wußte, was sie tat.

Als er wieder atmen konnte, bedachte der Agent Liao mit einer Reihe wüster Beschimpfungen. Sein Gesicht war schweißgebadet, denn die Chinesin hatte gerade zwei scheinbar harmlose Handgriffe getan.

»Er ist bald weich«, behauptete Liao zuversichtlich. »Wenn so ein Kerl erst mal soweit ist, ist sein Redefluß bald kaum mehr zu bremsen. Ich glaube, ich muß ihm nicht mal einen Knochen brechen.«

»Reden Sie doch endlich!« forderte Joan ihn wiederholt auf. »Sie machen es doch nur noch schlimmer, und meine Freundin wird nicht aufhören, bis Sie den Mund aufmachen! Was kann nur so wichtig sein, daß Sie mir nicht mal diese einfache Frage beantworten?«

»Das werden wir gleich wissen«, versprach Liao und legte eine Hand an den Nacken des Agenten, die andere an seinen Arm. Diesmal konnte er den Schmerzensschrei nicht unterdrücken, unter den strömenden Schweiß mischte sich Tränenflüssigkeit.

»Aufhören!« flehte er. »Ich werde reden!«

Liao machte ein enttäuschtes Gesicht. »So schnell schon? Die GSO muß ja in schrecklichen Nöten sein, wenn sie so schlechte Leute bezahlt. Also, dann erzähle uns mal, wieso ihr hinter Joan her seid.«

»Es ist ein Überwachungsauftrag«, gab der Agent zähneknirschend preis. »Und es stimmt, es ist die GSO. Aber woher wissen Sie das?«

»Das hat Joan von ganz allein herausgefunden, stell dir vor. So gut habt ihr gearbeitet. Es ist also kein Personenschutz?«

»Nein.«

»Und warum soll sie überwacht werden?«

»Ich habe keine Ahnung.«

Der Mann schrie auf, als Liao diesmal ein wenig fester zupackte. »Ich kenne noch 396 weitere neuralgische Punkte«, warnte sie. »Und das war erst der vierte. Soll ich bis zum Schluß weitermachen?«

»Aber ich weiß wirklich nicht mehr«, winselte der Agent. »Ich kenne nur den Auftrag, nichts sonst. Das unterliegt der strikten Geheimhaltung, damit habe ich nichts zu tun. Ich mache doch nur meine Arbeit!«

»Ja, und zwar grauenvoll schlecht!« stellte die Chinesin fest. »Dir würde ich nicht mal einen Job als Toilettenwächter geben! Hast du jetzt wirklich alles gesagt? Ich warne dich!«

»Ich schwöre es!« rief der junge Mann. »Nur hören Sie auf, bitte!«

»Weichling!« zischte Liao verächtlich. Sie löste die Fesseln und schubste den Agenten mit einem Fußtritt vom Stuhl. »Hau bloß ab! Und such dir einen anderen Job, als Buchhalter oder so!«

Der junge Mann stand taumelnd auf und schlich niedergeschlagen davon. »Was für ein Jammerlappen!« stellte Liao kopfschüttelnd fest. »Nicht mal der jüngste meiner Leute würde sich so dämlich anstellen. Nun, Joan, bist du einen Schritt weiter?«

Ren Dharks Freundin hob die Schultern. »Ich habe im Grunde nur eine Bestätigung erhalten, sonst nichts.«

»Immerhin ist die GSO noch nicht ganz verblödet und teilt ihren Leuten alles mit. Was willst du jetzt tun?«

»Ich muß wohl in die Höhle des Löwen. Wenn, dann kann ich nur bei Eylers selbst die Antworten bekommen.«

»Dabei helfe ich dir.«

»Danke, aber das ist nicht nötig. Er kennt mich ja, durch meine Beziehung zu Ren.«

»Er wird nicht erfreut über deinen Besuch sein. Vielleicht brauchst du Hilfe, Joan.«

»Liao, das ist wirklich sehr nett, aber das will ich allein durchziehen. Und zwar so schnell wie möglich.«

Liao Morei überlegte. »Kein Problem«, meinte sie gleich darauf. »Ich stelle dir einen schnellen Firmenjett zur Verfügung. Mit dem bist du in einer knappen Stunde in Alamo Gordo. Stelle Eylers gleich zur Rede, dann ist die Überraschung auf deiner Seite! Dieser Schwachkopf hier geht garantiert den bürokratischen Weg, Eylers wird also noch nicht wissen, daß er aufgeflogen ist. Und wenn ich sonst noch was für dich tun kann…«

Joan lächelte. »Du bist eine tolle Frau, Liao, und ich schulde dir eine Menge. Obwohl wir uns gar nicht so gut kennen…«

»Nun ja, gewissermaßen sind wir doch alle eine Familie, oder nicht?« erwiderte die Chinesin heiter. »Also dann viel Glück, Joan!«

*

Der Angriff des Schattenschiffes war ohne jede Vorwarnung erfolgt. Als die Babylon umkreisenden Überwachungssatelliten den Raumer anpeilten und ihre Beobachtung an die Bodenstationen weiterleiteten, zuckte bereits ein flimmernder Energiestrahl durch die Atmosphäre, bohrte sich in die zweihundert Meter durchmessende Kugel des einzigen funktionsfähigen Raumschiffs der Kolonie und ließ die Energiekonverter hochgehen.

Die Explosion war so gewaltig, daß der ehemalige Giantraumer wie ein Kürbis zerplatzte, in den übermütige Kinder eine Familienpackung Sylvesterkracher gestopft und angezündet hatten. Trümmerstücke segelten kilometerweit durch die Luft und durchschlugen die Außenwandungen einiger Ringpyramiden. In einem Umkreis von drei Kilometern um den Explosionsherd fegte die Druckwelle alle Schweber, Jetts und provisorischen Gebäude auf dem kleinen Raumhafen fort. Nur die zahlreichen terrassenförmigen Kegelbauten, die auf Grund ihrer Form die Druckwelle brachen und nach oben ableiteten, verhinderten noch größere Verwüstungen. Die sich fast zeitgleich ausbreitende Hitze ließ die Bäume und Büsche in den Parks, die der Orkan nicht entwurzelt hatte, wie trockenen Zunder auflodern.

Oberst Claude Pétain, Oberbefehlshaber der militärischen Streitkräfte Babylons, ging gerade mit seinem Adjutanten eine Liste der am dringendsten benötigten Nachschubgüter durch, als die Pyramide, in deren oberstem Stockwerk er sein Hauptquartier aufgeschlagen hatte, wie bei einem Erdbeben wackelte.

»Was, bei allen Raumgeistern...«, ächzte er und hielt sich mit beiden Händen an der Tischplatte fest. Das Beben hörte genauso schnell auf, wie es gekommen war, und dann heulten die Alarmsirenen.

Sein Adjutant, Stabshauptfeldwebel Heisenberg, ein alter Haudegen, der bereits vor der Jahrtausendwende Soldat gewesen war und eigentlich seit zwanzig Jahren im Ruhestand hätte sein müssen, hieb blitzschnell auf die Taste des Viphos und aktivierte den Notfallkanal. »Bericht!« bellte er in das Mikro.

Eine Weile drang nur Krachen und Knistern aus den Lautsprechern, und über den großen Wandbildschirm tanzten gezackte Linien durch ein farbiges Flimmern. Dann schälte sich ein bleiches Männergesicht aus dem bunten Schneesturm, und eine heisere Stimme erstattete Meldung. »Gustavson hier. Wir haben...«

Ein paar Sekunden lang fiel die Bild- und Tonverbindung aus, bevor sie sich wieder stabilisierte.

»... Verletzte und Tote unter den Zivilisten. Die Zahlen sind...« – Heulen und Jaulen – »... Verbindung unterbrochen, aber wie es scheint, werden wir von einem Schattenschiff beschossen, das über...«

Die Lippen des Infanteriemajors bewegten sich weiter, aber es war kein Ton mehr zu hören. Pétain sah, daß das Haar des Offiziers auf einer Hälfte seines Kopfes verbrannt war, und von der linken Schulter seiner Uniform stieg ein dünner Rauchfaden auf. Im Hintergrund taumelte ein Mann mit blutverschmiertem Gesicht durch das Bild, stolperte über einen am Boden liegenden Körper mit unmöglich verrenkten Gliedmaßen, brach zusammen und rührte sich nicht mehr. Dann vollführte die Aufnahmekamera einen unkontrollierten Schwenk, zeigte ein zerfetztes Bodenfahrzeug am Rand des Raumhafens, einen undefinierbaren, brennenden Trümmerhaufen, mehrere Tote oder Bewußtlose, ein klaffendes Loch in einer Stufenpyramide und dann nur noch blauen Himmel, durch den ölige, pechschwarze Rauchschwaden trieben. Kurz darauf brach die Übertragung endgültig zusammen.

»Gütiger Gott!« flüsterte Pétain erschüttert, während sich sein Adjutant mit versteinerter Miene bemühte, eine neue Verbindung herzustellen und über eine Standleitung einen Trupp Kommunikationstechniker anforderte. Doch die Lähmung des Obersten dauerte nicht lange. Er sprang auf, griff nach seinem Blaster, zog einen versiegelten Umschlag aus der Schreibtischschublade, riß ihn auf und schüttelte einen Datenträger heraus.

»Wir haben Katastrophenalarm Rot«, sagte er hart. »Daß heißt, bis auf weiteres herrscht Kriegsrecht auf Babylon. Die zivile Verwaltung ist mir ab sofort unterstellt. Ich bin vorläufig der Regierungschef dieses Planeten.« Er grinste freudlos. »Und Sie sind hiermit mein Vize, Heisenberg. Herzlichen Glückwunsch zur Beförderung. Sie kennen die Notfallprozedur. Alles, was Sie sonst noch wissen müssen, finden Sie auf diesem Datenträger. Halten Sie die Stellung. Ich melde mich wieder, sobald ich kann.« Er eilte zur Tür.

»Sir!« protestierte der Stabshauptfeldwebel. »Sie können doch nicht im Ernst von mir erwarten, daß ich hier bleibe, während Sie sich in die Schlacht stürzen. Ich bin Soldat, kein Politiker!«

Er war ebenfalls aufgesprungen und wollte seinem Vorgesetzten folgen.

Pétain blieb vor der Tür stehen und drehte sich kurz um. »Jetzt sind Sie es«, erwiderte er mit erzwungener Ruhe. »Ein Politiker, meine ich. Hören Sie, alter Freund.« Er hob eine Hand und deutete auf seinen Schreibtisch. »Wir haben jetzt keine Zeit, darüber zu diskutieren. Ihr Platz ist dort. Sie bleiben hier und versuchen, alle zivilen und militärischen Aktivitäten zu koordinieren. Das ist ein Befehl Ihres Kommandanten. Und den gebe ich Ihnen bestimmt nicht, weil ich Lust habe, an der Front den Helden zu spielen.«

Die Tür flog auf, und drei Techniker stürmten herein, Werkzeugtaschen und Kisten voller Ausrüstungsgegenstände in den Händen.

»Vergessen Sie für den Moment den militärischen Rang, Heisenberg«, fuhr Pétain fort. »Gegen Sie bin ich ein junger Hüpfer. Sie haben sechzig Jahre Berufserfahrung als Stabsunteroffizier auf dem Buckel. Ich brauche Sie hier. Babylon braucht Sie hier. Alles klar?«

»Jawohl, Sir«, erwiderte der alte Soldat unglücklich und salutierte gehorsam. »Ich werde den Laden schon schmeißen.«

»Davon bin ich überzeugt.« Pétain lächelte. »Und jetzt wünschen Sie mir… wünschen Sie uns Glück.«

»Viel Glück, mein Junge«, sagte Heisenberg, ohne mit der Wimper zu zucken.

»Danke.« Der Oberst machte kehrte und rannte in Richtung des Schweberhangars davon. *Mein Junge,* dachte er. Er wußte genau, warum Heisenberg ihn so genannt hatte, und es tat ihm verdammt gut.

*

Henk DeGroot kitzelte die letzten Leistungsreserven aus dem Schweber heraus. Die Aggregate winselten an der oberen Belastungsgrenze, und einige der Kontrolleuchten glühten in bedrohlichem Rot. Um den Luftwiderstand so gering wie möglich zu halten und ein paar weitere Minuten zu gewinnen, flog Henk über der zulässigen Dienstgipfelhöhe, wo die Atmosphäre bereits so dünn war, daß man selbst bei Tag vereinzelte Sterne im tiefblauen Himmel funkeln sehen konnte.

Auf den gängigen Funkfrequenzen herrschte das reinste Chaos. Charlize hatte auf die normalerweise für das Militär reservierten Kanäle umgeschaltet und versuchte, die von Störgeräuschen überlagerten Meldungen zu entziffern. Dem Bordsuprasensor gelang es hin und wieder, die empfangenen Daten so aufzuarbeiten, daß zumindest ein paar Sequenzen verständlich waren.

Was sie hörten, war verworren und teilweise vollkommen widersprüchlich. Mal war von einem ganzen Geschwader angreifender Raumschiffe die Rede, dann wieder nur von einer Handvoll oder sogar nur einem einzigen. Die gemeldeten Verluste schwankten zwischen Millionen und ein paar Hundert. Kurz darauf hieß es, es gäbe gar keinen Angriff, die Katastrophe wäre durch eine Explosion des im Aufbau befindlichen Fusionskraftwerks ausgelöst worden. Auf einem anderen Kanal behauptete eine hysterische Stimme, nichts von allem sei wahr, in Wirklichkeit hätte der Herrgott das Jüngste Gericht eingeläutet, und alle Sünder sollten ihre Missetaten bereuen, oder sie würden der ewigen Verdammnis anheim fallen. Dann wiederum sollte eine Revolte auf Babylon ausgebrochen sein, angezettelt von robonischen Exilagenten.

»Was, glaubst du, ist wirklich passiert?« fragte Charlize ängstlich. Sie spähte durch die Frontscheibe, als traute sie den Ortungsanzeigen des Schwebers nicht.

»Eine Invasion«, erwiderte Henk angespannt. »Der Alarm kam vom militärischen Oberkommando. Bei einem Unfall hätten zuerst die zivilen Stellen reagiert. Ich habe selbst mitgeholfen, die entsprechenden Notfallpläne auszuarbeiten. Und eine Revolte schließe ich aus. Es gibt kaum schwere Waffen auf Babylon. Zivilisten hätten nicht die geringste Chance gegen Pétains Männer. Und ein Aufstand der Streitkräfte selbst ist unwahrscheinlich. Die TF bräuchte nur ein halbes Dutzend Schiffe zu schicken, um jeden Aufstand sofort niederzuschlagen. Es sei denn…« Er verstummte und vollführte ein wahnwitziges Flugmanöver, um eine günstige Luftströmung auszunutzen.

»Es sei denn… was?«

»Es sei denn, die Rebellen hätten vor, die gesamte Zivilbevölkerung als Geiseln zu nehmen. Aber das kann ich mir beim besten Willen nicht vorstellen.«

In diesem Moment traf ein Überrangfunkspruch ein, der alle anderen Frequenzen überlagerte.

»Hier spricht Stabshauptfeldwebel Frank Heisenberg im Auftrag von Oberst Pétain«, klang es laut und deutlich aus den Bordlautsprechern. »Babylon wird von einer noch unbekannten Anzahl feindlicher Raumschiffe angegriffen. Oberst Pétain hat das Kriegsrecht über den gesamten Planeten verhängt. Ab sofort tritt Kode Blau in Kraft. Alle Bürger haben die ihnen zugewiesenen Sammelstellen und Schutzunterkünfte aufzusuchen. Diese Sendung kann jederzeit abbrechen, da der Feind offensichtlich alle Punkte mit starken Energieemissionen anpeilen kann und beschießt. Schalten Sie Ihre Empfänger auf permanenten Passivempfang. Ich wiederhole…«

»Also tatsächlich eine Invasion«, knurrte Henk. »Ich weiß, es klingt verrückt, aber irgendwie ist mir das lieber als eine Revolte unserer eigenen Leute.« *Auch wenn unsere Bewaffnung geradezu jämmerlich ist,* fügte er in Gedanken hinzu.

»Henk, was ist das?« fragte Charlize mit zitternder Stimme und deutete genau in Flugrichtung.

Über dem Horizont stieg eine graue Säule auf.

»Rauch«, antwortete der Ingenieur tonlos. »Eine ganze Menge Rauch. Und die Sensoren messen eine immense Hitze an.«

Eine Weile herrschte Ruhe im Äther, dann wurde Heisenbergs Ansprache auf einer anderen Frequenz wiederholt.

Die Rauchwolke wurde größer und dichter, je näher der Schweber ihr kam. Der untere Teil der dunklen Säule schien zu glühen. Dann wurden die ersten Flammenzungen sichtbar.

»Das ist völlig unmöglich«, stöhnte Henk. »Eine der Ringpyramiden brennt. Von der Basis bis zur Spitze. Auf allen Seiten! Wie konnte das geschehen?«

Charlize sah die Anzeigen auf einem Nebenmonitor. Es handelte sich um eine bewohnte Pyramide. Sie betete, daß die Menschen sich rechtzeitig in Sicherheit bringen konnten. Diese Feuersbrunst würde niemand überleben, der sich in der Nähe aufhielt.

»Verdammt!« fluchte Henk unbeherrscht, drückte die Nase des Schwebers steil nach unten und schaltete den Antrieb ab.

Aus mehr als dreißig Kilometern Höhe stürzte die kleine Maschine wie ein Stein in die Tiefe.

»Ein Schiff der Grakos, wenn ich das verschwommene Ortungsecho richtig interpretiere«, erklärte der Ingenieur. »Genau im Osten, rund siebzig Kilometer über dem Raumhafen. Und es beschießt unser medizinisches Depot!«

In der angegebenen Richtung stand ein verwaschener Fleck mit ausgefransten Rändern am Himmel, von dem ein nadelfeiner flirrender Strahl ausging, der gleich wieder erlosch. Charlize konnte nicht erkennen, wo er eingeschlagen war, da ihr eine Pyramide die Sicht versperrte. Durch den freien Fall und die von Henk deaktivierten Aggregate des Schwebers war sie schwerelos, und ihr Magen drehte sich um. Sie unterdrückte den aufsteigenden Brechreiz und klammerte sich an den Armlehnen ihres Sessels fest.

Der undeutliche Fleck am Himmel vollführte einen blitzschnellen Sprung und war verschwunden. Henk fing den Sturz des Schwebers ab, und die Schwerkraft kehrte schlagartig zurück. In immer noch mehr als zehn Kilometern Höhe flog er antriebslos an der brennenden Pyramide vorbei.

»Wo ist deine Sammelstelle?« fragte er knapp.

»Sektor 27/B«, sagte Charlize. »Aber das ist ganz in der Nähe des medizinischen Depots. Und wenn…« Sie sprach nicht weiter.

»Ausweichstelle?«

»Sektor 13/B. Am Wasserwerk vor der Algenplantage.«

»Okay.« Henk korrigierte den Kurs und überprüfte die Anzeigen. Sektor 27/B wies leicht erhöhte, wenn auch nicht kritische Strahlungswerte auf. Also war er tatsächlich unter Beschuß geraten.

Das Radar zeigte zwei schnell fliegende unsichtbare Objekte in geringer Entfernung an, die aber gleich wieder aus dem Erfassungsbereich verschwanden. Der Suprasensor hatte sie nicht identifiziert, aber Henk konnte sich denken, worum es sich handelte.

Vermutlich um kleine Kampfflieger der Angreifer, die nicht von ungefähr den Beinamen »Schatten« erhalten hatten.

In nur noch zwei Kilometern Flughöhe aktivierte der Ingenieur den Antrieb des Schwebers und steuerte Charlizes Ausweichsammelstelle an. Unter ihnen glitt ein glühender Krater dahin. Die wie ein loderndes Fanal brennende Pyramide blieb hinter ihnen zurück.

»Achtung, das wird eine harte Landung!« stieß Henk hervor. »Die Piste ist zerstört. Ich muß direkt im Park runtergehen.«

Er schoß so dicht über eine Reihe von Baumwipfeln hinweg, daß er eine Spur aus Laub und abgerissenen Zweigen hinter sich herzog, gab vollen Gegenschub und setzte auf einer ebenen Rasenfläche auf.

Charlize löste die Sicherheitsgurte.

»Henk...«, wisperte sie.

Er beugte sich zu ihr hinüber, schloß sie in die Arme und drückte sie. »Ich weiß«, erwiderte er leise. »Ich habe auch eine Heidenangst und würde gern bei dir bleiben. Aber wir müssen uns hier trennen.«

Sie küßten sich, als wäre es ein Abschied für immer.

»Geh jetzt, Liebling«, fügte er mühsam beherrscht hinzu. Irgendwo in der Nähe klang eine gedämpfte Explosion auf. Eine Gruppe Menschen huschte geduckt durch ein Blumenbeet, angeführt von einer Frau in der dunklen Uniform des Katastrophenschutzes. »Ich muß zu meiner Einheit. Wir werden uns bald wiedersehen.«

»Versprichst du mir das?« fragte Charlize, die tapfer gegen ihre Tränen ankämpfte.

»Ich verspreche es«, log Henk. Auch seine Augen waren feucht. Er blinzelte, küßte seine Freundin ein letztes Mal und entriegelte die Seitentür.

Charlize löste sich von ihm, atmete einmal tief durch, sprang ins Gras und hastete davon, ohne sich noch einmal umzudrehen. Henk wartete, bis sie zwischen zwei blühenden Hecken verschwunden war, schaltete die Aggregate auf Vollast und jagte im Tiefflug mit halsbrecherischer Geschwindigkeit durch den Park zu seiner Sammelstelle.

*

Eine halbe Stunde zuvor:

»Was ist passiert?« fragte Oberst Pétain und starrte fassungslos durch den Feldstecher zu der mehr als drei Kilometer entfernten Ringpyramide, die nach einer Reihe von Explosionen zu brennen begonnen hatte. Trotz der großen Distanz konnte er die Hitze spüren. Am Fuß des Gebäudes begann das Erdreich zu kochen und Blasen zu werfen. Dort mußten 1.000 Grad Celsius und mehr herrschen. *Wie kann das Material der Pyramiden überhaupt brennen?* fragte er sich erschüttert.

»Die Schatten haben die Pyramide von allen Seiten gestürmt, Menschen hineingetrieben und die Eingänge blockiert«, berichtete Sergeant Nova atemlos. Er hatte den Abschuß seines Schwebers wie durch ein Wunder überlebt und war fast zwei Kilometer in wildem Zickzack durch ein Strahlengewitter zum Nachbargebäude gerannt, in dessen Nordportal er jetzt mit Pétain und einer Handvoll anderer Soldaten kauerte. »Captain Chang hat unserer Gleiterstaffel befohlen, durch das untere Osttor einzudringen. Wir haben uns ein hartes Gefecht mit den Schatten geliefert, und kurz bevor es uns gelungen ist, ihren Abwehrriegel zu knacken, sind sie blitzartig geflohen.«

Er schluckte und wischte sich mit einer zitternden Hand den Schweiß von der Stirn. »Wir dachten schon, wir hätten tatsächlich einen Sieg errungen und die Leute gerettet, doch dann kam es überall im Inneren zu Explosionen. Die Bastarde müssen die halbe Pyramide mit Thermominen gespickt haben, Sir! Ich habe noch nie eine solche Hitzeentwicklung auf konventioneller Basis erlebt. Keine nennenswerte r-Strahlung, aber die Temperatur, die ich vor dem Abschuß meines Schwebers angemessen habe, betrug im Inneren des Gebäudes über 20.000 Grad!« Seine Stimme versagte. Er räusperte sich mehrmals, bevor seine Stimmbänder ihm wieder gehorchten. »Sir, wir haben unsere eigenen Leute umgebracht! Hätten wir nicht angegriffen...«

»Reißen Sie sich zusammen, Mann!« herrschte Pétain den Unteroffizier scharf an. So leid es ihm tat, er konnte jetzt keine Rücksicht auf die Gefühle des Soldaten nehmen, obwohl er Novas Entsetzen teilte. »Das ist Teil der Strategie des Feindes. Psychologische Kriegführung. Damit versuchen die Grakos, unsere Moral zu brechen. Wollen Sie ihnen diesen Triumph gönnen?«

»Nein, Sir«, krächzte der Sergeant. »Aber...«

Pétain brachte ihn mit einer raschen Handbewegung zum Schweigen. Auf der anderen Seite des Parks züngelten die Flammen immer höher. Die Pyramide brannte wie ein Scheiterhaufen, und in gewisser Weise war sie das auch, ein Scheiterhaufen für Tausende unschuldige Zivilisten.

Hin und wieder entdeckte er undeutliche Schemen, die wie dünne Nebelfetzen durch den Himmel huschten und nur dann einen flüchtigen Moment lang deutlicher sichtbar wurden, wenn ein Blasterstrahl der verzweifelt kämpfenden Soldaten harmlos an ihren Schutzschilden abprallte. Die Verteidiger benötigten dringend schwerere Waffen, aber die wenigen Kampfjetts, die sie besaßen, waren zusammen mit dem Kugelraumer vernichtet worden.

Babylon war ein rein ziviles Siedlungsprojekt, und Terra hatte die wiederholten Bitten Oberst Pétains, eine reguläre Militärgarnison auf der neuen Kolonie einzurichten und ihnen ein paar kampfstarke Raumschiffe zur Verfügung zu stellen, immer wieder kategorisch abgelehnt.

»Wir dürfen unsere Kräfte nach dem Ausfall der meisten Ringraumer nicht weiter verzetteln«, hatte das Oberkommando argumentiert. »Durch eine im Raumsektor um Babylon patrouillierende Flotte würden wir nur die Aufmerksamkeit potentieller Feinde erregen und den Planeten dadurch eher gefährden als schützen.« Eine Entscheidung, die sich jetzt bitter rächte.

»Wo ist Ihr Captain, Sergeant?« fragte Pétain, ohne den Feldstecher sinken zu lassen. Sein Blick glitt über den verwüsteten Grünstreifen, der diese Pyramide von der brennenden trennte. Die Grakos hatten Bodentruppen ausschwärmen lassen, kaum erkennbare Schemen, es sei denn, sie feuerten auf die Widerstandsnester der Menschen. Kode Blau sah vor, die rudimentären Streitkräfte der Babylonier in kleine Gruppen aufzuteilen, die ständig in Bewegung bleiben mußten, um den Feinden kein festes Ziel zu bieten.

»Tot, Sir«, erwiderte Nova. »Er war mit der Hälfte seines Zuges in der Pyramide, als die Thermobomben hochgegangen sind. Und auch von der anderen Hälfte, die ihm den Rücken freihalten sollte, hat kaum jemand überlebt. Außer mir nur eine Handvoll Männer.« Seine Lippen wurden schmal. »Und die meisten davon sind verwundet und kampfunfähig.«

Der Franzose mit dem schmalen Oberlippenbärtchen nickte wortlos. Nach dem ersten Überblick, den er sich verschafft hatte, waren bereits ein Drittel seiner Soldaten und mindestens doppelt so viele Angehörige der Miliz während der ersten Angriffswelle gefallen. Jetzt griff die Guerillataktik allmählich, und die Verluste nahmen ab, aber das war nur ein schwacher Trost, denn die Grakos konnten sich Zeit lassen und ohne nennenswertes Risiko für ihre eigenen Truppen die Verteidiger gemächlich dezimieren. Es war ein mehr als ungleicher Kampf. Realistisch betrachtet hatte Babylon nicht den Hauch einer Chance gegen die erdrückende Übermacht.

Und trotzdem dachte Oberst Pétain nicht eine Sekunde lang daran, zu kapitulieren. Die Grakos waren kein Gegner, der einen Unterlegenen verschonte, wenn dieser die Waffen streckte.

Außerdem mußten die Schatten irgend etwas im Schilde führen. Ihr Schiff, das mittlerweile auf dem teilweise zerstörten Raumhafen stand, griff nicht mehr in den Kampf ein, nachdem es den Kugelraumer, die wenigen schweren Abwehrbatterien und die meisten der im Betrieb befindlichen Kraftwerke mit einigen gezielten Schüssen ausgeschaltet hatte. Es wäre ihm ein Leichtes gewesen, die Kolonie der Menschen mit seinen Bordwaffen auszulöschen.

Was hatten die Schatten vor? Wollten sie Babylon ohne große materielle Schäden erobern? Oder ging es ihnen darum, Gefangene zu machen, Geiseln in die Hand zu bekommen, um Terra damit zu erpressen? Die Vorstellung ließ Pétain erschaudern. Das wäre eine völlig neue Strategie der Fremden gewesen, aber er durfte diese Möglichkeit nicht ausschließen.

Und deshalb war es völlig undenkbar, sich zu ergeben und auf die Gnade der Unheimlichen zu vertrauen.

»Sir, vier oder fünf Schattenkrieger nähern sich unserer Position«, meldete ein junger Leutnant, der sein Offizierspatent erst vor wenigen Monaten erhalten hatte. »Sie sind schon in Kernschußweite. Sollen wir feuern?«

Der Oberst schwenkte den Feldstecher in die Richtung, in die der Offizier deutete, und schaltete den Infrarotverstärker zu. So perfekt die Tarnung der Schatten auf allen energetisch höherwertigen Ebenen auch war, sie schirmte die von der brennenden Pyramide ausgehende Wärmestrahlung ab und erzeugte dadurch dunkle Flecken im Infrarotbereich.

»Noch nicht«, befahl er kalt. »Lassen Sie sie näherkommen. Und dann gezieltes Feuer nur auf den Grako in der Mitte. Orientieren Sie sich an meinem Blasterstrahl. Wenn wir ihn voll erwischen, geht er vielleicht hoch, und die Energieentladung jagt die anderen mit in die Luft. Nach dem Beschuß teilen wir uns sofort auf und wechseln die Position. Sie, Leutnant, nehmen die Männer rechts von mir, ziehen sich in die Pyramide zurück und verlassen sie durch einen anderen Ausgang. Ich versuche, mich mit meinen Leuten zum Ostrand des Raumhafens durchzuschlagen.«

»Sir, das sind fast fünf Kilometer ohne vernünftige Deckung!« protestierte der Leutnant. »Und der Raumhafen ist nicht nur eine einzige Trümmerwüste, dort steht auch das Mutterschiff der Schatten!«

»Um so besser«, knurrte Pétain und strich sich unbewußt über den dünnen Schnurrbart. »Dann dürften die Bastarde dort kaum mit uns rechnen, und wir werden ganz in ihrer Nähe genügend Löcher finden, in die wir uns verkriechen können. Außerdem hat sich Major Gustavson vom Rand des Hafens gemeldet. Ich kann ihn nicht mehr über Vipho erreichen und möchte nachsehen, ob er noch lebt.«

Die Schatten waren keine dreihundert Meter mehr entfernt, nahe genug, um sie aus einem halben Dutzend Blastern unter Beschuß zu nehmen, aber sie waren auf breiter Front ausgeschwärmt. Jetzt konnte Pétain erkennen, daß es sich tatsächlich um fünf Krieger handelte. Er wartete, bis sie wieder einen Pulk bildeten, visierte den Schemen in der Mitte an und drückte ab.

Sein Blasterstrahl ließ den Schutzschirm des Grakos flimmern. Keine Sekunde später gesellten sich die Energiefinger aus den Waffen der anderen Soldaten dazu. Sofort strebten die Schatten auseinander, doch sie schafften es nicht mehr, eine ausreichende Distanz zu ihrem Kameraden zurückzulegen, als dieser in einem grellen Lichtblitz verging, der mit einem unheimlichen schwarzen Wabern durchsetzt war. Um ihn herum blühten vier weitere Miniatursonnen auf.

»Rückzug!« rief der Oberst, sprang auf und sprintete auf einen flachen Wassergraben zu, der sich am Rand des Parks erstreckte. Er war kaum mit seinen Männern in Deckung gehechtet und herumgewirbelt, als ein verwaschener Schatten in der Luft über dem Eingangsportal auftauchte und das Tor aus seinen Bordwaffen beschoß.

Unter den schwarzen Strahlen, die alles Licht zu absorbieren und widersinnigerweise trotzdem zu leuchten schienen, löste sich ein Teil der Seitenwände des Eingangs wie zerbröckelnder Lehm auf und rieselte zu Boden.

Zu spät, die Verteidiger hatten sich bereits in Sicherheit gebracht.

Oberst Pétain lächelte grimmig. Fünf Schatten mit einer einzigen Aktion und ohne eigene Verluste erledigt! Doch gleich darauf erlosch sein Lächeln wieder. Ein Glückstreffer, der sich kaum wiederholen lassen würde. Er durfte sich keinen Illusionen hingeben. Die Grakos waren überall, Hunderte, Tausende, vielleicht sogar Zigtausende mit haushoch überlegener Feuerkraft.

Es war nur eine Frage der Zeit, bis sie Babylon erobert hatten, und was dann mit den überlebenden Menschen geschehen würde, mochte sich der Kommandant lieber nicht vorstellen.

»Weiter!« befahl er, nachdem die Kampfmaschine der Grakos verschwunden war. Aus der Ferne dröhnten vereinzelte Explosionen und ein schrilles Heulen auf, das das nervenzermürbende Knistern und Prasseln der lodernden Pyramide wie ein Klagelied untermalte. »Niemand schießt ohne meinen ausdrücklichen Befehl! Wir müssen unter allen Umständen den östlichen Randbezirk des Raumhafens erreichen!«

Den wahren Grund, weshalb er sich ausgerechnet dieses Ziel ausgesucht hatte, verschwieg er seinen Leuten.

*

Henk DeGroot lag keuchend hinter einem umgestürzten Kistenstapel, die Arme schützend über den Kopf gelegt. Um ihn herum regneten Trümmer herab, manche so groß wie ein Kühlschrank, und einige davon stammten von seinem Schweber, den er gerade noch rechtzeitig hatte verlassen können, bevor er von den Schatten unter Beschuß genommen worden war.

Direkt neben ihm bohrte sich eine dünne Metallplatte wie ein überdimensionales Wurfmesser in den Boden, und als er den Kopf hob, sah er, daß die Platte einen Sanitäter der Länge nach halbiert hatte. Er übergab sich, rollte sich von der Leiche weg und blieb zusammengekrümmt liegen.

Nach einer undefinierbaren Zeitspanne rüttelte ihn irgend jemand an der Schulter. »Sind Sie in Ordnung?« drang eine laute Stimme an sein Ohr. »He, Mister, können Sie mich hören?«

Henk richtete sich langsam auf. »Ich... ich glaube... schon«, stammelte er. Ihm war schwindlig, und sein Magen revoltierte immer noch. Vor ihm hockte ein kahlköpfiger Soldat in einer lehmverschmierten Uniform.

»Dann machen Sie, daß Sie hier wegkommen!« zischte der Mann und deutete mit dem Daumen über seine Schulter. »Der Gastank da drüben ist leck und kann jeden Moment hochgehen. Los, kommen Sie!«

Er hängte sich den Kombikarabiner um, packte den Ingenieur am Arm und zerrte ihn mit sich.

Henk stolperte ihm hinterher, ohne wahrzunehmen, wohin sie liefen. Rauch stieg ihm in die Nase und ließ ihn husten. Er blinzelte und schüttelte betäubt den Kopf, worauf ihn ein erneuter Anfall von Übelkeit würgen ließ.

»Kein schöner Anblick, der Sanitäter, ich weiß«, keuchte der Soldat neben ihm. »Aber sehen Sie es so, der Bursche hat garantiert nichts mehr gespürt. Er hat's hinter sich. Ganz im Gegensatz zu uns.«

Seine Worte ließen Henk das Blut in den Adern gefrieren. Er wollte protestieren, wollte sich losreißen, brüllen und toben, doch dann sagte er sich, daß der Mann recht hatte. Wahrscheinlich war diese abgebrühte Haltung die einzige Möglichkeit, mit dem Entsetzen umzugehen, ohne den Verstand zu verlieren. Wer wußte schon, was ihnen drohte, wenn sie den Grakos lebendig in die Hände fielen?

»Wo ist Ihre Sammelstelle?« fragte der Kahlköpfige.

»Sektor 3/D«, brachte Henk mühsam hervor. »Beim Generatormagazin. Ich bin für die Energieversorgung der Wohneinheiten zuständig und im Krisenfall den Pionieren zugeteilt.«

»Da haben Sie Glück«, erwiderte der Soldat trocken. »Ich gehöre zu den Kampfverbänden. Das heißt, ich darf gleich wieder ins Feuer laufen, sobald ich Sie abgeliefert habe, und den Monstren mit diesem Spielzeug einheizen.« Er klopfte mit der freien Hand auf den Kolben des Karabiners und lachte zynisch. »Das ist in etwa so, als würde man versuchen, mit einer Steinschleuder auf Büffeljagd zu gehen.«

Vor ihnen klaffte ein länglicher Spalt im Boden, der Zugang eines Luftschutzbunkers.

»Okay, Kumpel.« Der Soldat ließ Henk los, blieb einen Moment stehen und atmete schwer. »Hier trennen sich unsere Wege. Schaffen Sie den Rest allein?«

Henk nickte und wischte sich Erbrochenes vom Kinn. »Ich denke… schon«, sagte er stockend. »Danke für Ihre Hilfe. Tut mir leid für die Mühe, die ich Ihnen gemacht habe.«

»Kein Grund, sich zu entschuldigen.« Der Soldat grinste flüchtig. »Sie haben mir ein paar Minuten Aufschub verpaßt. Jetzt muß ich die versprengten Reste meiner Einheit finden. Sofern es die überhaupt noch gibt. Wenn nicht, suche ich mir 'nen neuen Trupp. Spielt ohnehin keine Rolle. Wir stecken bis zum Hals in der Scheiße, wenn kein Wunder geschieht. Viel Glück, Kumpel.«

Damit wandte er sich ab und stakste steifbeinig davon.

Henk starrte ihm eine Weile hinterher. *Wir stecken bis zum Hals in der Scheiße, wenn kein Wunder geschieht,* hallte es in seinem Kopf nach. Wie von einem fremden Willen getrieben, setzte er sich wieder in Bewegung und stolperte die Stufen in den Luftschutzbunker hinunter. *Ist die Lage wirklich so hoffnungslos?* fragte er sich erschüttert.

*

»Ich will euch nichts vormachen, Männer«, sagte Leutnant Emilio di Stefano, »unsere Lage ist hoffnungslos. Wir haben den Grakos nichts entgegenzusetzen, aber ich erwarte trotzdem von euch, daß ihr euer Bestes gebt. Unsere Funkspezialisten arbeiten mit allen Kräften daran, einen Notruf loszuschicken, um einen oder mehrere S-Kreuzer zu erreichen. Wir müssen versuchen, ihnen so viel Zeit wie möglich zu verschaffen.«

Sie lagen im Trümmerfeld der untersten Terrasse einer Pyramide am Rande des Raumhafens, die einen schweren Treffer durch einen Kampfflieger der Grakos eingesteckt hatte, fünf Berufssoldaten und noch knapp siebzig Zivilisten der Miliz. Acht waren bereits gefallen, etliche verwundet, ohne daß sie auch nur einen Grako hatten erledigen können.

»Und wie groß ist die Wahrscheinlichkeit, daß sich ein S-Kreuzer oder ein anderes kampftüchtiges Schiff in der Nähe rumtreibt, Boß?« fragte einer der Zivilisten. Er trug einen behelfsmäßigen Verband um den linken Oberarm, wo er von einem herumfliegenden, scharfkantigen Metallfetzen gestreift worden war.

»Wie groß schätzen Sie die Wahrscheinlichkeit ein, Ihrer Trophäensammlung ein Höschen von Anja Riker hinzufügen zu können?« fragte di Stefano zurück.

Einige Männer lachten. Der verwundete Zivilist grinste breit. Er war als notorischer Weiberheld bekannt und trug ständig ein Bild von Dan Rikers bildhübscher Frau mit sich herum, das er aus einer Viphodokumentation herauskopiert und ausgedruckt hatte. Eines Tages, so pflegte er oft nach etlichen Gläsern Bier zu prahlen, würde er auf die Erde zurückkehren und dem besten Freund Ren Dharks Hörner aufsetzen.

Di Stefano wußte, was seine Leute von ihm hören wollten. Die nackte Wahrheit. Auch die Zivilisten hatten mittlerweile den Ernst der Lage erkannt, und mit unhaltbaren Versprechungen würde er sie nicht bei der Stange halten können, sondern nur mißtrauisch machen.

»Die Chancen stehen denkbar schlecht«, fuhr der schlanke Italiener fort, »aber das ist noch lange kein Grund für mich, die Waffen zu strecken und die Hände zu heben. Selbst wenn wir nur einen von diesen Bastarden erledigen, haben wir schon einen Sieg errungen. Wer anderer Meinung ist, soll sich absetzen und in den Luftschutzbunkern verkriechen. Ich werde ihn nicht aufhalten.«

Niemand trat vor oder zog sich heimlich zurück. Di Stefano ließ den Blick über seinen bunt zusammengewürfelten Haufen schweifen. Männer jeglichen Alters aus allen gesellschaftlichen Schichten und Berufen, die wenigsten für den Kampfeinsatz geeignet. Lehrer, Hausmeister, Historiker, Redakteure, Sprachwissenschaftler,

Produktdesigner, Therapeuten – sogar ein Opernintendant war dabei. Was für eine Zusammenstellung… Auf jedem anderen Planeten, der erst mit harter Arbeit erschlossen werden mußte, wären sie fehl am Platz gewesen, aber Babylon, diese friedliche, sanfte Welt mit endlosem Wohnraum, der nur darauf wartete, belegt zu werden, hatte buchstäblich jedem Menschen eine neue Heimat versprochen, eine sichere Zukunft…

Sicherheit! Di Stefano schnaubte. Sie hätten es besser wissen müssen. Kein Ort der Milchstraße war sicher vor den Grakos, den Geißeln der Galaxis, wie die Utaren sie so zutreffend genannt hatten.

»Genug geplaudert«, sagte er ernst. »Die Grakos rücken strahlenförmig um ihr Mutterschiff herum vor. Wir können sie vielleicht nicht aufhalten, aber wir können ihren Vormarsch in diesem Sektor zumindest ein bißchen verlangsamen. Also, wir haben noch zwei Granatwerfer und drei mobile Blasterkanonen. Die Granatwerfer taugen höchstens gegen Bodentruppen. Aber da die sich hier nicht sehen lassen, können wir die Werfer nur als Köder benutzen. Wir positionieren einen hier, warten, bis eine Kampfmaschine aufkreuzt, und schießen ihr ein paar Eier vor den Bug. Wenn der Pilot dann näherkommt, um das Ding auszuschalten, heizen wir ihm mit allem ein, was hier haben. Aus verschiedenen Positionen. Wir schwärmen breitgefächert aus. Geschossen wird erst, wenn alle Gruppen Stellung bezogen haben.« Er deutete mit dem Finger der Reihe nach auf drei der Berufssoldaten. »Custer, Imanez, Bertam, ihr schnappt euch jeweils eine Blasterkanone und fünf Männer und sucht euch geschützte Stellungen auf der Terrasse über uns. Ich bleibe mit dem Rest hier und veranstalte ein Feuerwerk aus unseren Handfeuerwaffen, um die Arschlöcher abzulenken. Wenn ein oder mehrere Maschinen uns angreifen, gebt ihr ein paar gezielte Schüsse ab. Nur kurze Salven, verstanden? Danach Rückzug wie abgesprochen. Wir sammeln uns im Zentralschacht und schlagen einen Bogen zum Westflügel. Alles klar?«

Die Soldaten nickten.

»Gut. Dann rückt aus.«

Zehn Minuten später erfolgte die Klarmeldung der drei Scharfschützengruppen. Komprimierte Funksprüche mit den Koordinaten der Schützennester.

Di Stefano mußte nicht lange warten.

Gleich zwei Grako-Gleiter schwebten langsam im Formationsflug vorbei, als wollten sie die Menschen provozieren. Obwohl alles nach einer Falle roch, konnte der Leutnant sich die Chance nicht entgehen lassen. Er winkte seine Leute in die Deckung der Pyramide zurück, visierte sein Ziel an und bediente den Granatwerfer persönlich.

Drei Feuerbälle flammten vor den dunklen Flecken der Grako-Maschinen auf, deren Schutzschirme die Beinahetreffer mit Leichtigkeit absorbierten. Die Schatten reagierten augenblicklich und bestrichen die zerstörte Terrasse mit einer Mischung aus gleißend weißen und schwarzen Strahlen.

Im gleichen Moment bohrten sich drei flirrende Energiebahnen aus den Blasterkanonen in die vordere Maschine.

Blendende Helligkeit zeichnete die Konturen der Flugmaschine nach, die geradezu gelangweilt herumschwenkte, gemächlich in die Höhe stieg und das Feuer erwiderte.

Di Stefanos Trupp deckte sie von unten mit allen verfügbaren Handfeuerwaffen ein. Der zweite Gleiter vollführte einen blitzschnellen Satz und raste auf sie zu.

»Ignorieren!« brüllte di Stefano. »Feuer auf erstes Ziel halten!« Er entleerte das gesamte Magazin seines Granatwerfers auf den Angreifer, und eine Flammenwand verschluckte das Fluggerät. Eine Hitzewelle fegte über ihn hinweg.

Aus der Höhe ertönte ein Geräusch, als würde eine straff gespannte Stahlseite vibrieren und plötzlich zerreißen. Ein farbloser Blitz flammte auf…

… und di Stefano fiel durch einen endlosen Schacht, in dem bunte Lichter rotierten. Er sah seine Frau, die ihren ungeborenen Sohn in den Armen hielt. Er sah sich selbst als Greis vor einem

Grabstein, dessen Inschrift er nicht entziffern konnte, und dann als kleines Kind in einem Sandkasten. Er sah ein wirbelndes Doppelsternensystem, dessen Planeten in einem verrückten Tanz hinter dem Ereignishorizont eines gigantischen Schwarzen Loches verschwanden. Er sah... Dinge... für die sein Verstand keine Worte fand, als eine Wolke lebendiger Schwärze über ihn hinwegleckte, sich Löcher nach außen stülpten, um ihre Ränder herumflossen und nach Moschus riechende Stimmen grün gellten. Er sah...

... den farblosen Blitz über sich verblassen und zwei sich auflösende menschliche Körper in einer grauen Staubwolke wie in Zeitlupe vor seinen Augen vorübertreiben. Ein Gebilde, das wie ein zusammengeknüllter Ball aus Silberfolie aussah, stürzte brennend in die Tiefe, prallte vom Fuß der Pyramide ab und löste sich in ein Gewirr verschlungener Fäden auf.

»Rückzug!« schrie di Stefano und hörte bereits das vielfache Echo seiner Stimme, noch bevor er den Mund geöffnet hatte. Er sah sich selbst, von schillernden, irrlichternden Flammen umzüngelt, einen gewaltigen Satz vollführen, und dann folgte sein Geist widerwillig der Materie, verband sich wieder mit seinen Molekülen zu einer Einheit, etwas Scharfes bohrte sich in seine Seite...

... und schlagartig war der Spuk vorüber.

Hinter ihm tanzte die zweite Maschine der Schatten wie eine nervöse Mücke in der Luft, fräste mit ihren schwarzen Strahlen eine breite Schneise in die Terrasse der Ringpyramide und scherte seitlich weg.

Inmitten seiner Männer hetzte di Stefano tiefer in die Eingeweide der Pyramide hinein, während sich hinter ihm riesige Brokken aus der Decke des Ganges lösten und zu Boden stürzten. Beißender Staub wallte auf und raubte ihm den Atem. Instinktiv packte er einen taumelnden Schemen und zerrte ihn mit sich. Eine Biegung, eine Abzweigung, eine steile Schräge und dann eine ovale Öffnung...

Seine Beine knickten ein. Er stürzte, rutschte über eine glatte kühle Fläche und prallte gegen etwas Nachgiebiges, das sich bewegte.

»Leutnant?« Er kannte die Stimme, aber er konnte sie nicht einordnen. *Schlafen,* dachte er. *Schlafen und vergessen, daß Löcher außen und Ränder innen sein können, daß ich in ferner Zukunft vor dem Grab eines geliebten Menschen stehen werde, wenn ich das hier überlebe…*

»Sir, verdammt… Emilio!«

Schusters Stimme.

Mit einem Mal fiel die Verwirrung von di Stefano ab. Er richtete sich auf und blinzelte. Halbdunkel umgab ihn. In den Tiefen der Pyramide rumorte es.

»Korporal?« fragte er und sah sich um.

Er hockte am Fuß einer Rampe. Um ihn herum drängten sich seine Männer. Der Rest seines Trupps. Einige wirkten desorientiert, ein paar grinsten dümmlich, andere stammelten unverständliches Zeug. Fast alle wiesen irgendwelche Blessuren auf.

»Wir haben es geschafft, Leutnant«, sagte Schuster seltsam gelöst. »Gott, ich weiß nicht, was passiert ist, ich glaube, ich habe für einen Moment den Verstand verloren, aber wir haben es geschafft! Wir haben eine ihrer Maschinen in die Hölle geschickt!«

Es war ein teuer erkaufter Sieg. Sieben seiner Männer waren gefallen, dazu Custers Scharfschützengruppe. Machte zwölf Tote. Weitere dreizehn waren verwundet, vier davon so schwer, daß sie den Tag kaum überleben würden. Er selbst blutete unter dem rechten Rippenbogen, aber es war nur eine oberflächliche Fleischwunde, die ein Gesteinssplitter gerissen hatte.

Emilio di Stefano ließ die Verletzten in ein unterirdisches Geschoß bringen und stellte einen Botaniker mit Sanitätsausbildung ab, sich um die Kameraden zu kümmern. Er bezweifelte, daß er sie jemals wiedersehen würde. Vielleicht hatten sie das glücklichere Los gezogen. Für sie war der Kampf vorbei.

Er scharte seine Leute um sich und besprach das weitere Vorgehen. Sie hatten die Granatwerfer, eins der mobilen Blastergeschütze und einen Teil ihrer Handfeuerwaffen verloren. Dabei konnten sie sich noch glücklich schätzen, wie er aus dem nur noch sporadisch existierenden Viphofunkverkehr erfuhr. Die meisten anderen Trupps hatten schwerere Verluste als sie einstecken müssen und gruppierten sich ständig neu. Einige waren vollständig aufgerieben worden. Und offensichtlich war es außer ihnen niemandem sonst gelungen, eine Kampfmaschine der Schatten abzuschießen.

Wenn es in diesem Tempo weitergeht, dachte di Stefano, *sind wir morgen erledigt. Endgültig. Aus und vorbei.*

Und trotzdem... er würde weiterkämpfen, solange noch der Hauch einer Chance bestand. Wie verschwindend gering sie auch sein mochte.

*

Joan Gipsy war klar, daß zu dieser späten Stunde – inzwischen war es nach Mitternacht – nur noch die Nachtschicht in der Zentrale der GSO zugange war. Selbst hier, im Zentrum des Geheimdienstes, war irgendwann Dienstschluß.

»Ich möchte zu Bernd Eylers«, meldete die 22jährige ohne Umschweife ihren Wunsch an.

»Junge Dame, haben Sie etwas getrunken?« fragte der Pförtner. Er brachte kaum die Augen auf; anscheinend hatte er gerade ein kleines Nickerchen gehalten.

Joan war klar, daß ihr Aufzug nicht gerade seriös wirkte; vermutlich trug sie noch dazu eine Wolke aus den unterschiedlichsten Partygerüchen mit sich. Es hatte deshalb keinen Sinn, patzig zu reagieren. »Nein«, flötete sie mit verführerischer Stimme. »Wirklich nicht, Mister. Es ist nur äußerst wichtig, daß ich Bernd Eylers sofort spreche.«

»Das ist unmöglich.«

»Unmöglich? Das Wort existiert für mich nicht.« Joan beugte sich nach vorn. »Wissen Sie eigentlich, wer ich bin?« Sie hatte sich bereits eine wilde Agentenstory zurechtgelegt, aber der Pförtner kannte sie tatsächlich.

»Ich glaube, ich habe Sie schon gesehen, wenn auch nicht in ganz so auffälliger Aufmachung«, antwortete er zögernd. »Sie sind Joan Gipsy, die Neue von Ren Dhark, oder?«

Die »Neue«? Was sollte das denn wieder heißen? Joan schluckte ihren aufkeimenden Zorn hinunter. »Ich habe einen wichtigen Auftrag erledigt. Bernd Eylers hat mir zugesichert, daß ich jederzeit Zugang erhalten kann.«

»Ja, wenn das so ist!« rief der Pförtner erfreut aus. »Ich brauche nur Ihre Karte, dann…«

»Wenn ich die Karte bei mir hätte, bräuchte ich Sie doch nicht zu bitten, Eylers anzurufen, nicht wahr?« unterbrach Joan, die sich sofort der Situation anpaßte. »Hören Sie, mir läuft die Zeit davon. Es geht um eine hochbrisante Angelegenheit. Es ist ja sehr löblich, daß Sie Ihre Vorschriften einhalten wollen, aber gerade bei einer Institution wie der GSO sind Vorschriften eher die Ausnahme von der Regel, oder nicht?«

Der Pförtner zögerte. »Na ja, so unrecht haben Sie damit nicht… aber ich kann doch den Chef nicht einfach aus den Federn holen…«

»Als Chef der GSO ist er immer im Dienst! Nun holen Sie ihn schon an den Schirm, dann werden wir ja sehen, ob ich die Wahrheit gesagt habe!«

»Das kann schon zu spät sein, verstehen Sie?«

»Ganz genau!« Joan verdrehte die Augen. »So oder so wird Ihre berufliche Karriere bei der GSO Geschichte sein!«

Dem Mann war seine Verzweiflung deutlich anzusehen. Einerseits wagte er es nicht, eine Prominente wie Joan einfach abzuwimmeln. Andererseits kannte er seinen Chef sehr gut. Eylers befand sich längst in seiner Privatwohnung im Schlummerland, das wußte er genau. Wenn er ihn nun wegen einer Bagatelle störte, konnte ihn das Kopf und Kragen kosten. Hatte Joan aber recht, war er ebenfalls seinen Job los. Was sollte er nur tun?

Joan sah auf die Uhr und verlor die Geduld. »Nun machen Sie schon! Ich stehe mir hier die Beine in den Bauch!«

Sie hatte den richtigen Tonfall getroffen. Der Pförtner gab nach. Er stellte eine Viphoverbindung zu Eylers her, der sich erst nach geraumer Zeit ziemlich verschlafen meldete. Sonst stets adrett, war er jetzt völlig derangiert, die blonden Haare standen ihm wirr um den Kopf, und unter den Augen lagen müde Schatten.

»Verzeihung, Sir«, fing der Pförtner furchtsam an, »aber diese junge Dame hier…«

»Ich muß Sie sprechen, und zwar sofort!« unterbrach Joan und drängte sich ins Bild.

Eylers rieb sich die Augen und gähnte. »In welcher Angelegenheit?«

»Das wissen Sie doch genau! Tun Sie nicht so scheinheilig, und lassen Sie mich endlich rein, oder ich veranstalte hier einen Terror, der sich gewaschen hat!« schnaubte Joan.

Eylers starrte sie aus trüben blaßgrünen Augen an. Dann blitzte endlich Erkennen in ihnen auf. »Sie! Aber zu dieser Stunde…«

»Das stimmt, ich hätte schon viel früher hier sein sollen!« schnappte Joan. »Am besten in Begleitung von Terra-Press! Also, soll ich hier weiter in der Öffentlichkeit herumschreien, oder unterhalten wir uns unter vier Augen?«

Eylers unterdrückte ein Gähnen. Dann nickte er. »Ja, Sie haben recht, die Zeit spielt keine Rolle. Wir treffen uns in meinem Büro. Der Pförtner wird Sie persönlich hinführen.«

*

Als Bernd Eylers kurz nach Joan Gipsy eintraf, war er korrekt gekleidet und frisiert. Die Müdigkeit hatte er sich aber nicht so einfach aus dem Gesicht wischen können.

»Ich lasse mir nicht gern drohen, auch nicht von Ren Dharks Freundin«, sagte er. »Worum geht es?«

»Um die widerrechtliche Überwachung gesetzestreuer Zivilisten«, antwortete Joan. »Eigentlich gehören Sie bereits dafür bestraft, welche Idioten Sie seit neuestem als Agenten einsetzen!«

Eylers ließ sich in seinem Sessel nieder. »Wollen Sie nicht Platz nehmen? Etwas zu trinken?«

»Nein, ich will überhaupt nichts davon, vor allem keine höflichen Floskeln!« rief Joan aufgebracht. »Haben Sie mir überhaupt zugehört?«

»Selbstverständlich, obwohl ich zu dieser Stunde lieber das Ohr an meiner Matratze habe.« Eylers konnte ein Gähnen nicht unterdrücken. »Ich habe einen langen Arbeitstag und eine schreckliche Woche hinter mir und wollte mich dieses Wochenende eigentlich erholen. Sie haben mich in einem ungünstigen Moment erwischt.«

»Sie mich in einem noch viel ungünstigeren! Warum lassen Sie mich überwachen?«

»Dies dient nur zu Ihrem eigenen Schutz. Sie sind nicht mehr einfach irgendwer. Man hielt es für notwendig, Sie rund um die Uhr zu bewachen.«

»Ach ja? Komisch, Ihr Mann hat was ganz anderes erzählt.«

»So?«

»Ja, mit einiger Überredungskunst konnte er dazu gebracht werden, zu plaudern. Er war regelrecht umgänglich. Und er sagte eindeutig, daß es bei mir um Überwachung, nicht um Personenschutz geht!«

Eylers legte bedächtig die Fingerspitzen aneinander. »Dann hat er eben etwas durcheinandergebracht. Die Agenten an der Front werden nur unzureichend informiert – und aus gutem Grund, wie sich gerade gezeigt hat.«

Joan schlug mit der flachen Hand auf die Tischplatte. »Versuchen Sie nicht, mich für dumm zu verkaufen!«

»Nun beruhigen Sie sich doch erst einmal, bitte. Zu dieser späten Stunde bin ich einfach nicht in der Verfassung, mich zu streiten, glauben Sie mir. Ich kann Ihnen ja ohnehin kaum folgen.« Eylers rieb sich die Augen. »Ich würde Sie niemals für dumm verkaufen wollen, Joan. Es kann sein, daß der Agent etwas verwechselt hat. Oder er wurde absichtlich falsch informiert. Ich kann dazu nichts sagen, da ich diese Leute nicht persönlich beauftrage. Das geht alles seinen Dienstweg. Ich weiß nur, daß Sie beschützt werden sollen. Offensichtlich hat derjenige, den ich mit der Ausführung beauftragt habe, versagt und Sie unnötig beunruhigt. Natürlich sollten Sie davon nichts mitbekommen.«

»Wer hat Sie dazu beauftragt?«

»Tut mir leid, aber das ist nun wirklich geheim.«

»Hören Sie, es geht hier um mich! Ich will wissen, ob Ren etwas mit dieser Sache zu tun hat oder nicht!«

»Was spielt das denn für eine Rolle? Es ist peinlich genug, daß Sie mich jetzt hier zur Rede stellen.«

»Sagen Sie mir die Wahrheit, und ich werde brav und zufrieden nach Hause gehen, andernfalls trommle ich Terra-Press zusammen!« forderte Joan. »Ich lasse mich nicht mit Ausflüchten abspeisen! Wenn die GSO Mist baut, muß sie eben auch die Konsequenzen tragen!«

Eylers schüttelte den Kopf. »Sie bauschen das zu hoch auf, meine Liebe.«

Joan richtete sich auf, ihre Augen verschossen grüne Blitze. »Ich will von Ihnen wissen, ob Ren Sie beauftragt hat, ja oder nein!«

»Zum Teufel noch mal, nein! Ren Dhark hat nicht mit jeder geheimdienstlichen Operation etwas zu tun!« explodierte Eylers, der endlich wieder in sein Bett zurückwollte.

»Dann haben Sie mich überwacht, nicht beschützt, so einfach ist das!« folgerte Joan triumphierend.

»Sie reimen sich da erstaunlich viel zusammen.«

»Sagen Sie mir lieber, warum Sie das tun. Sehen Sie mich als Sicherheitsrisiko, oder was? Denken Sie, ich bin eine Spionin, die von Außerirdischen beauftragt ist?«

»Selbstverständlich nicht. Glauben Sie mir, niemand will Ihnen etwas Böses, und das muß Ihnen genügen.«

»Wie bitte? So einfach geht das nicht!«

Eylers zog eine gequälte Grimasse. »Was wollen Sie denn, um Himmels willen?«

»Nun«, fing Joan gedehnt an. Auf dem Flug hierher hatte sie genug Zeit gehabt nachzudenken. Da bot sich eine einmalige Chance für sie. Als Futurologin war es sicher nicht schlecht, die Forschung mal in der Praxis zu erleben, nicht nur in der Theorie. Und vor allem konnte sie Ren früher wiedersehen als gedacht. »Ich weiß, daß demnächst eine Expedition nach Drakhon startet«, fuhr sie fort. »Und ich will mit an Bord sein.«

Für einen Moment herrschte Stille. Eylers legte den linken Arm mit der Unterarmprothese auf den Tisch. Seine Gesichtsfarbe wechselte zwischen Rot und Blaß, aber er beherrschte sich mühsam. »Welchen Sinn hat ein Staatsgeheimnis, wenn es keines mehr ist?« murmelte er, mehr zu sich selbst.

Joan lächelte siegessicher. »Keine Angst, das ist es immer noch. Und über meine Lippen kommt kein Sterbenswörtchen, wenn Sie mir meinen Wunsch erfüllen. Ich kann nicht mal versehentlich etwas ausplaudern, da ich ja gar nicht mehr auf der Erde sein werde.«

»Woher wissen Sie das?«

»Sie haben mir nicht alle meine Fragen beantwortet, also pariere ich nun ebenso. Damit sollten wir quitt sein.« Sie wußte von dem geplanten Flug über ihre Kontakte zu Wallis Industries, aber natürlich würde sie das niemals preisgeben.

»Also, was ist?« drängte sie. »Ich halte das für eine ausreichende Entschädigung, Mr. Eylers.«

Der Chef der GSO seufzte. »Bernd, bitte. Zu so später Stunde ist Förmlichkeit kaum mehr angebracht. Und schon gar nicht bei so einer Unterhaltung, die ich gar nicht führen darf.«

»Ich bin doch nicht Ihr Feind, Bernd«, versetzte Joan fröhlich. In Gedanken packte sie bereits die Koffer. »Sehen Sie es einfach als Geschäft an. Ich hetze Ihnen nicht die Presse auf den Hals, und Sie lassen mich mitfliegen.«

»Ich nenne das Erpressung.«

»Sagen wir mal so: Es ist eine verdiente Strafe für die dilettantische Vorgehensweise des Geheimdienstes. Dafür sollten Sie sich schämen!«

Eylers rieb sich den Nacken. »Tja, damit haben Sie leider recht. Aber das ist nicht das einzige Problem. Glücklicherweise ist Ren Dhark weit weg, wenn Sie ihn besuchen. Ich denke, bis zur Rückkehr wird er sich schon wieder einigermaßen beruhigt haben und reißt mir den Kopf nicht ab, weil ich Sie mitfliegen ließ.«

»Das lassen Sie mal meine Sorge sein. Er kennt mich gut genug um zu wissen, daß ich ziemlich hartnäckig sein kann.«

»Das scheint mir auch so.«

Der Chef der GSO erhob sich. »Und nun, meine Liebe, werde ich wieder zu Bett gehen. Ich werde keine weiteren Fragen mehr beantworten oder auf Erpressungen eingehen. Sobald die MAYHEM startklar ist, werden Sie den Bescheid erhalten. Ich lasse Sie dann abholen.« Er wandte sich zum Gehen, dann hielt er noch einmal inne. »Aber daß wir uns recht verstehen: Sie werden darüber den Mund halten, selbst Ihrem eigenen Spiegelbild gegenüber, verstanden? Wenn hiervon auch nur irgend etwas an die Öffentlichkeit durchsickert, sind Sie draußen, und ich werde mich mit allen Mitteln verteidigen.«

»Ich bin nicht dumm«, sagte Joan. »Keine Sorge, schon in eigenem Interesse werde ich schweigen. Halten Sie sich an Ihre Zusage, dann bekommen Sie keinen Ärger. Und ich bin auch nicht darauf erpicht, zu sehr im Licht der Öffentlichkeit zu stehen.«

*

Die restliche Nacht verflog im Nu, aber ohne Schlaf. Joan Gipsy wurde vom Firmenjett von Wallis Industries nach Hause gebracht. Von dort aus informierte sie Liao Morei, daß alles gut gegangen sei.

»Und um was ging es nun?« wollte die Chinesin wissen.

»Eylers ist ein ziemlich harter Brocken. Er wollte nicht mit der Wahrheit herausrücken«, antwortete Joan.

»So wirkt er gar nicht. Stille Wasser sind tief, wie?«

»Er schien ziemlich verschlafen. Aber er hat versprochen, mich künftig in Ruhe zu lassen. Das kann mir auch recht sein; es bringt nichts, genauer nachforschen zu wollen – zumindest momentan nicht.«

»Hmm…« Liao forschte per Vipho in Joans Gesicht. »Du verbirgst etwas, nicht wahr?«

Joan war keine gute Lügnerin. Deswegen hatte sie ja auch Ren die Wahrheit gesagt, nachdem sie sich ernsthaft in ihn verliebt hatte. »Also… es gibt da eine kleine Übereinkunft«, gestand sie zögernd ein. »Aber mehr kann ich wirklich nicht verraten, tut mir leid.«

Liao grinste. »Du scheinst ihm ganz schön zugesetzt zu haben. Wenn dabei Vorteile für dich herausspringen, um so besser.«

»Du bist mir nicht böse?«

»Warum sollte ich? Geheimhaltung ist mein Job. Früher oder später erfahre ich es sowieso. Also, dann wünsche ich dir noch eine schöne Nacht, Joan, und alles Gute. Vielleicht gehen wir mal wieder zusammen in die Disco. Es war doch trotz allem lustig, findest du nicht?«

»Ja, es hat Spaß gemacht.«

An Schlaf war natürlich nicht zu denken. Aufgeregt lag Joan im Bett und malte sich aus, wie ihr erster großer Raumflug verlaufen würde. Und was für ein Gesicht Ren machen würde, wenn sie plötzlich auftauchte. So verbrachte sie auch den Sonntag. Es war wie das Gefühl zu schweben. Sie hatte nicht einmal das Bedürfnis, zu rauchen oder die Wohnung zu verlassen. Es gab eine Menge an Vorbereitungen, und sie wollte Eylers keine Chance lassen, sie auszubooten. Die Sonntagnacht verbrachte Joan ebenfalls mehr wachend als schlafend.

Immer noch total aufgedreht kam sie am Montagmorgen im Institut an. Sie fühlte sich keineswegs übernächtigt. Als sie sich umschaute, war sie sicher, daß ihr niemand gefolgt war. Oder Eylers hatte höchstpersönlich bessere Leute beauftragt. Aber das spielte auch keine Rolle mehr. Die Hauptsache war, daß sie die große Chance genutzt hatte!

Am Abend war ihr der Terminplan des Fluges übermittelt worden, und Joan fackelte nicht lange. Am Dienstag reichte sie ein Urlaubsgesuch für vier Wochen ein. Da die Frist sehr kurz war, kam sie nicht umhin, ein paar Fragen ihres Vorgesetzten zu beantworten.

»Warum brauchen Sie den Urlaub so schnell?«

»Ich muß in einer privaten Angelegenheit für einige Zeit verreisen. Leider hat sich das so kurzfristig ergeben, und ich kann es nicht verschieben. Aber ich brauche diesen Urlaub unter allen Umständen.«

»Nun gut. Sie erhalten die Bewilligung, wenn Sie Ihren Auftrag bis dahin übergabereif haben.«

»Das ist kein Problem.«

Und wenn sie es nicht schaffte, dann würde Joan es trotzdem nicht zu ihrem Problem machen. Selbst wenn sie aus dem Job flog – diesen Flug würde sie um nichts in der Welt verpassen.

Aber es ging alles gut. Joan erledigte ihre Arbeit und wurde am Donnerstagabend mit Sack und Pack abgeholt.

4.

Stabshauptfeldwebel Frank Heisenberg fühlte sich wie der einsamste Mensch auf ganz Babylon, obwohl sich in seinem Büro noch mehrere Frauen und Männer aufhielten.

Die Bilanz der Kämpfe war ernüchternd. Die Verluste unter der Zivilbevölkerung gingen in die Zigtausend, und von den Soldaten war bereits die Hälfte gefallen oder kampfunfähig, wenn er die einlaufenden Meldungen richtig interpretierte. Die Grakos rückten trotz der erbitterten Gegenwehr der Menschen unbeeindruckt weiter vor. Ihre Verluste waren so minimal, daß sie nicht die geringste Rolle spielten.

Der Versuch, per Hyperfunk Hilfe herbeizurufen, war bisher erfolglos geblieben. Es schienen wieder besonders schwere Magnetstürme in der Milchstraße zu toben, und dazu sendete das Grakoschiff starke Störsignale aus.

Einen der beiden zivilen Hyperfunksender hatten die Schatten bereits ausgeschaltet, und den anderen ließ Heisenberg nur gelegentlich über verteilte Antennen funken, die meistens kurz darauf von den Angreifern zerstrahlt wurden. Aber auch diese Sendeanlage würden sie vermutlich schon bald anhand ihrer unvermeidlichen Streuemissionen anpeilen und zerstören.

Zumindest lebte Oberst Pétain noch. Er hatte sich vor wenigen Minuten kurz gemeldet. Offenbar versuchte er, sich mit einer Handvoll Soldaten zum Raumhafen durchzuschlagen.

Heisenberg ahnte, was der Kommandant vorhatte. Am Rand des Raumhafens gab es eine geheime unterirdische Anlage, in der der leistungsfähigste Hyperfunksender des Planeten und eine Produktionsstätte für Thermogranaten untergebracht waren. Eine im Grunde genommen illegale Einrichtung, da alle Waffenproduktionsanlagen ab einer bestimmten Größe offiziell vom terranischen Verteidigungsministerium abgesegnet werden mußten. Aber da Babylon quasi autonom und auf sich allein gestellt war, hatte Pétain entschieden, eigene Maßnahmen für die Verteidigung des Planeten zu ergreifen.

Thermogranaten gegen ein Schattenschiff! Wenn der Oberst sie tatsächlich einsetzen wollte, mußte er den Verstand verloren haben. Vermutlich war sein Ziel aber der Hyperfunksender, und die Energie der Granaten sollte dazu verwandt werden, um einen Funkspruch zu verstärken. Das war mittels eines Kontinuumswandlers möglich, wie Heisenberg wußte, auch wenn der Sender danach nur noch ein Haufen Schrott sein würde.

»Eine weitere Antenne wurde zerstört, Sir!« meldete ein Ortungsspezialist.

»Die Grakos haben den technischen Sektor der Saturnpyramide eingenommen!« rief ein anderer Mann, noch bevor der Stabshauptfeldwebel die Meldung des Spezialisten verdaut hatte.

Heisenberg waren die Flüche längst ausgegangen. Er wollte sich gerade über die Lage bei den Katastrophenschutzeinheiten informieren, als ein Spruch von Pétain durchkam.

»Wir haben die Randbezirke des Hafens erreicht«, berichtete der Oberst knapp. »Gustavson und seine Männer sind tot. Werde jetzt versuchen, in die unterirdische Station einzudringen und den Sender zu aktivieren. Schicken Sie mir ein oder zwei Hochenergieingenieure durch die Bunker rüber, wenn Sie welche auftreiben können. Sobald ich unten bin, melde ich mich über Standleitung und öffne das Schott zu dem entsprechenden Schutzbunker. Bestätigung!«

»Verstanden, Sir!« erwiderte Heisenberg. »Kümmere mich darum. Ende.«

Er schaltete auf die Frequenz der Pioniereinheiten um und gab Pétains Anforderung weiter. Die Ausbeute war denkbar mager. Viele Einheiten waren nicht mehr erreichbar, andere hatten die ihnen zugeteilten Ingenieure verloren, darunter den Mann, der für den Hyperfunksender in der geheimen unterirdischen Anlage zuständig gewesen war. Doch dann hatte Heisenberg Glück. Die siebte Versorgungseinheit meldete sich, und bei ihr befand sich einer der besten Ingenieure des Planeten, ein Mann namens Henk DeGroot.

Heisenberg ließ sich mit ihm verbinden, um ihm seine neue Aufgabe zu erklären.

*

Henk DeGroot hatte das Gefühl, in einem endlosen Alptraum gefangen zu sein. In dem Schutzbunker herrschte das reine Chaos. Ständig trafen Verletzte ein, viele mehr tot als lebendig. Soldaten und zivile Milizionäre schleppten defekte Waffen, leere Energiezellen, beschädigte Peil-, Funk- und Ortungsgeräte heran und verlangten Ersatz. Die Katastrophenschutzleiter brüllten sich die Seelen aus dem Leib und forderten die unmöglichsten Dinge von ihm, etwa zusammengebrochene Subsysteme und ausgefallene Energieaggregate ohne die passenden Ersatzteile zu reparieren. Ein untersetzter Fähnrich wollte ihn für seine taktische Einheit zwangsrekrutieren und wurde beinahe handgreiflich, als der zuständige Bunkerchef das Gesuch kategorisch ablehnte. Henk fingerte gerade an einer mobilen Sanitätseinheit herum, als ihn eine Eilmeldung aus dem militärischen Planungsstab erreichte.

»Ich kann mich nicht vierteilen!« schnauzte er ungehalten in Richtung des Mikros, ohne seine Arbeit zu unterbrechen. »Hier unten sterben uns die Leute weg wie die Fliegen, und ich...«

»Halten Sie den Mund, DeGroot, und hören Sie mir zu«, unterbrach ihn die schneidende Stimme aus dem Vipholautsprecher. »Hier spricht der Stellvertretende Militärkommandant Babylons. Sie setzen jetzt unverzüglich Ihren Arsch in Bewegung, oder ich komme zu Ihnen runter und erschieße Sie eigenhändig, bevor die Grakos es tun können. Ihr Auftrag hat äußerste Priorität. Einer meiner Männer ist zu Ihnen unterwegs. Sie haben seinen Anweisungen ohne Widerrede Folge zu leisten!« Er trennte die Verbindung, ohne eine Antwort abzuwarten.

Henk arbeitete verbissen weiter. Es gelang ihm, den defekten

Ringkondensator gegen ein Ersatzteil auszutauschen, das eigentlich in ein ganz anderes Gerät gehörte, als der von Heisenberg angekündigte Mann erschien.

»Kommen Sie mit, Sir!« befahl der Soldat, eine Hand in der Nähe seiner Waffe.

Der Ingenieur schluckte einen Fluch hinunter. Er konnte sich zwar nicht vorstellen, daß der Soldat tatsächlich von seiner Waffe Gebrauch machen würde, aber allein die Geste war wie eine schallende Ohrfeige.

»Wohin?« fragte er rauh.

»Sie erfahren alles, sobald wir unser Ziel erreicht haben, Sir«, erwiderte der Mann. »Kommen Sie, wir dürfen keine Zeit verlieren.«

*

Der Einstieg in die unterirdische Anlage war keine hundert Meter entfernt. Normalerweise ein Katzensprung, aber unter diesen Umständen hätten es auch zehn Kilometer sein können.

Oberst Pétain hatte sich mit seinen Männer unentdeckt bis zu diesem Punkt anschleichen und die zahllosen Trümmerstücke als Deckung ausnutzen können. Doch ausgerechnet auf dem Rest der Strecke gab es nicht ein einziges Versteck. Und überall wimmelte es von Grakos. In der Mitte des Landefeldes saß das Schiff der Schatten wie ein lauerndes Raubtier.

»Wir können es drehen und wenden, wie wir wollen, Sir«, flüsterte Sergeant Nova. »Ein paar von uns müssen ein Ablenkungsmanöver veranstalten, damit Sie die Luke erreichen können.«

Pétain nickte grimmig. Das lag auf der Hand. Aber es war ebenso offensichtlich, daß dieses Ablenkungsmanöver einem Todesurteil für die beteiligten Männer gleichkam. Und ob es ihm durch dieses Opfer gelingen würde, die Einstiegsluke zu erreichen, stand in den Sternen.

»Warten Sie noch«, erwiderte er, aktivierte sein Armbandvipho, wählte die Frequenz der Kampftruppen und schaltete es auf Minimalleistung. »Hier Oberst Pétain«, sagte er und gab seine Koordinaten durch. »Wenn ein Trupp in der Nähe ist, soll er sich melden.«

Die Antwort erfolgte unverzüglich. »Hier Leutnant di Stefano. Höre Sie klar und deutlich. Wir sitzen in der Pyramide am Nordrand, die bei der Explosion unseres Raumers stark beschädigt wurde. Sie müßten das klaffende Loch von Ihrer Position aus sehen können. Meine Männer und ich liegen in den Geröllhaufen auf der mittleren Terrasse.«

Der Oberst spähte in die angegebene Richtung. Das gezackte Loch reichte über drei Ringterrassen. »Hören Sie Leutnant, ganz egal, wie Sie es anstellen, Sie müssen irgendwie die Aufmerksamkeit der Schatten erregen. Ich brauche eine halbe Minute Zeit für ein Kommandounternehmen. Können Sie mir helfen?«

»Augenblick, Sir.« Eine Weile herrschte Stille, dann kehrte di Stefanos Stimme zurück. »Geben Sie mir zehn Minuten, Sir, dann veranstalte ich hier einen Feuerzauber, der sich gewaschen hat.«

»Okay, Leutnant. Ich warte. Pétain, Ende.«

»Was hat er vor, Sir?« erkundigte sich Nova leise. »Mit ein paar Blastern oder Karabinern kann er die Grakos aus dieser Entfernung kaum beeindrucken. Will er etwa einen Frontalangriff starten? Dann ist er tot, bevor er einen zweiten Schuß abgeben kann.«

»Lassen wir uns überraschen.« Pétain kramte eine längliche Pille aus seiner Brusttasche hervor, schob sie sich zwischen die Zähne, zerbiß sie und schluckte die säuerliche Flüssigkeit. Das Aufputschmittel lieferte ihm schlagartig einen Energieschub. Er würde ihn brauchen. »Nehmen Sie Ihre Pille, Sergeant«, befahl er. »Sie begleiten mich.«

»Sir, ich könnte das Ablenkungsmanöver leiten«, sagte der Soldat. »Ich habe…«

»Sie haben offensichtlich einen Schutzengel, sonst hätten Sie den Absturz Ihres Schwebers nicht überlebt«, unterbrach ihn Pétain. »Keine Diskussion, Sie kommen mit mir.«

Er drehte sich um und winkte den Rest seiner Leute näher heran. »Hört zu, Männer. Zieht euch zurück und schlagt einen Bogen nach Westen. Bleibt in Deckung. Sobald di Stefano seine Aktion startet, schießt ihr auf den erstbesten Grako oder Gleiter in der Nähe, was eure Waffen hergeben. Wenn ihr eine halbe Minute überstehen könnt, stellt ihr den Beschuß wieder ein und versucht, euch irgendwo zu verkriechen. Ist das klar? Nova und ich brauchen nicht länger als eine halbe Minute. Entweder haben wir es bis dahin geschafft, oder wir sind tot. Danach gibt es keinen Grund mehr für euch, Selbstmord zu begehen.«

Die Soldaten sahen einander an und nickten dann einmütig.

Pétain warf einen Blick auf seine Uhr. Die Zeit lief ab. Was immer di Stefano vorhatte, es mußte gleich passieren. Er gab Nova die letzten Instruktionen, als sein Armbandvipho anschlug und automatisch die Frequenz wechselte.

»Heisenberg hier«, erklang die Stimme des Stabshauptfeldwebels. »Ich habe einen Ingenieur aufgetrieben. DeGroot heißt der Mann, soll ein As auf seinem Gebiet sein. Er kommt durch den Stichtunnel von Bunker D.«

»Verstanden, alter Freund«, erwiderte Pétain. »Nachdem Gustavson tot ist, sind Sie der Boß des Ladens, sollte ich es nicht schaffen. Pétain, Ende.«

Danach blieb ihm nichts anderes übrig, als zu warten und zu beten.

*

Die beschädigte Pyramide am Nordrand des Raumhafens war noch nicht bewohnt, aber bereits teilweise mit Energie versorgt worden. Wie bei allen anderen Gebäuden auch hatten die Ingenieure in jedem ringförmigen Stockwerk Generatoren und gewaltige Akkubatterien installiert, die durch ein Geflecht von Leitungen miteinander vernetzt waren, um beim Ausfall eines Systems den Engpaß auf den jeweiligen Etagen zu überbrücken.

Unter den überlebenden Zivilisten aus di Stefanos Trupp befanden sich drei Techniker. Es waren zwar keine Spezialisten, aber ihre Kenntnisse reichten für diesen Zweck aus. Schließlich sollten sie keine technische Meisterleistung vollbringen, sondern ein Werk der Zerstörung.

In fliegender Eile legten sie alle Sicherungen auf den drei beschädigten Etagen lahm und schlossen die Netze so miteinander kurz, daß sich die gesamte freigesetzte Energie auf der dem Raumhafen zugewandten Seite des Gebäudes entladen würde. Dann schalteten sie die Generatoren mit Zeitverzögerung auf Maximalbetrieb. Zusätzlich opferten sie drei Blaster, die sie bei blokkierter Abstrahlvorrichtung und zerstörter Sicherheitsabschaltung ebenfalls auf Vollast stellten und inmitten der Akkubatterien deponierten.

Die ganze Aktion dauerte acht Minuten. Drei weitere Minuten blieben ihnen, um einen ausreichenden Sicherheitsabstand hinter sich zu bringen. Niemand wußte, welche Gewalten bei der Explosion freigesetzt werden würden, aber die Druckwelle würde, den Gesetzen der Physik folgend, den Weg des geringsten Widerstands nehmen, sich nach außen hin ausbreiten und dabei vermutlich einen Teil des Wandmaterials absprengen, das durch den geschoßartigen Einschlag der Trümmerteile aus dem Kugelraumer bereits einen großen Teil seiner Stabilität eingebüßt hatte.

So weit die Theorie.

»Hier di Stefano!« rief der Leutnant in sein Armbandvipho, während er mit den Technikern ins Innere der Pyramide hineinrannte. Den Rest seiner Männer hatte er bereits vorgeschickt. Wenn ihr Plan aufging, würden sie den horizontalen Schacht, der die Längsachse des Gebäudes bildete, passiert haben, bevor die Zeit ablief. »In rund zwei Minuten fliegt ein Teil der Pyramidenaußenwand auf Ihrer Seite in die Luft. Gleichzeitig wird eine starke elektromagnetische Schockwelle entstehen. Fahren Sie also vorsorglich lieber alle empfindlichen elektronischen Komponenten Ihrer Ausrüstungsgegenstände auf Null. Di Stefano, Ende!«

Er wartete, bis der Oberst bestätigt hatte, bevor er seinem eigenen Rat folgte und sein Vipho deaktivierte.

Sie erreichten den Mittelschacht, durchquerten ihn aber nicht, sondern hetzten um ihn herum. Sollte die Druckwelle stärker als vermutet auch nach innen wirken, würde der Schacht einen Teil der komprimierten Luftmassen aufnehmen und nach oben ableiten.

Noch bevor sie den Knall der gleichzeitig hochgehenden Generatoren und Akkus hörten, spürten sie das Beben, das die Pyramide erzittern ließ, und warfen sich zu Boden. Trotzdem wirbelte sie der künstlich erzeugte Orkan wie trockenes Laub durcheinander, aber sie überstanden die Rutschpartie ohne größere Verletzungen.

Nachdem das Grollen verstummt und die aufgepeitschten Luftmassen zur Ruhe gekommen waren, richtete sich Emilio di Stefano auf und massierte seine geprellte Schulter.

Er fragte sich, wie es jetzt auf der anderen Seite der Pyramide aussah, ob die Explosion ausgereicht hatte, die Grakos auf den Plan zu rufen. Und er fragte sich, wozu Oberst Pétain das Ablenkungsmanöver brauchte.

*

Henk DeGroot kannte den Grundriß der Schutzbunker, da er bei der Installation der technischen Einrichtung mitgeholfen hatte. Deshalb war er völlig verblüfft, als der Soldat eine getarnte Tür in einem Lagerraum am Ende des Bunkers öffnete und ihn durch einen niedrigen, in den gewachsenen Fels gefrästen Gang führte, der schon nach wenigen Metern vor einem Schott aus Unitall endete.

Ein Leuchtstoffkörper an der Decke spendete matt fluoreszierendes Licht. Henk beugte sich näher an das Schott heran und suchte mit zusammengekniffenen Augen nach einem Öffnungsmechanismus. Es gab keinen.

»Was liegt auf der anderen Seite?« wollte er wissen. »Wieso läßt sich das Schott von hier aus nicht öffnen?«

Der Soldat zuckte die Achseln. »Ich habe keine Ahnung.«

»Und was tun wir dann hier?« fragte Henk mit zunehmender Verwirrung.

»Warten«, erwiderte der andere lakonisch.

*

Die Wucht der Explosion überraschte Oberst Pétain so sehr, daß er sich instinktiv flach auf den Boden warf. Dann stieß er einen unterdrückten Fluch aus, stemmte sich hoch und spähte über den Rand des verbogenen Metallträgers, hinter dem er und Nova in Deckung lagen. Sein Reflex hatte ihn wertvolle Zeit gekostet. Was um alles in der Welt hatte di Stefano da in die Luft gejagt?

Auf dem Landefeld huschten graue Schemen wie aufgeschreckte Ameisen umher und jagten in Richtung der Pyramide. Die verwaschenen Schemen der Kampfmaschinen schossen durch die Luft und feuerten aus ihren unsichtbaren Geschützen auf den Explosionsherd. Tonnen von Materie verglühten im energetischen Gewitter oder lösten sich unter den unheimlichen schwarzen Strahlen der Grakos in Staub auf.

»Los!« rief Pétain und hastete geduckt los.

Fünfzehn Sekunden später hatten Nova und er die durch nichts gekennzeichnete Einstiegsluke erreicht, neben der eine flache, kreisrunde Vertiefung im glatten Boden zu sehen war.

Pétain nahm sich nicht die Zeit, sich zu vergewissern, ob die Grakos ihn und seinen Begleiter entdeckt hatten. Er packte seinen Blaster am Lauf und hieb den Kolben wuchtig in die Vertiefung. Ein Stück des Belags zersplitterte, darunter kam ein Ring zum Vorschein, an dem Pétain mit aller Kraft riß.

Im scheinbar fugenlosen Bogen sprangen zwei Flügeltüren auf. Ohne zu zögern hetzten beide Männer in die Öffnung, in der eine steile Treppe in die Tiefe führte. Im Rennen schlug Pétain auf eine große Taste, und hinter ihnen klappten die Flügeltüren genauso blitzschnell wieder zu, wie sie sich geöffnet hatten.

Nova stellte keine überflüssigen Fragen, obwohl es ihn brennend interessierte, wie es Pétains Leute geschafft hatten, diesen Gang und die Luke auf dem Landefeld unbemerkt anzulegen.

Der Schacht schien kein Ende zu nehmen. In regelmäßigen Abständen an den Wänden angebrachte Leuchtkörper spendeten düsteres rötliches Licht. Dann endlich hatten sie das Ende der Treppe erreicht, und vor ihnen öffnete sich ein gewaltiger Raum.

»Gott im Himmel«, flüsterte der Sergeant überwältigt. »Das ist ja gigantisch!«

»Die Höhle war schon da«, beantwortete Pétain die unausgesprochene Frage des Soldaten, ohne stehenzubleiben. »Nur die Einrichtung stammt von uns.«

Die wenigen Aufbauten nahmen sich in dem riesigen Hohlraum winzig aus, obwohl einige von ihnen mindestens fünf Meter hoch aufragten. Das Gebilde in der Mitte erkannte Nova. Ein leistungsstarker Hyperfunksender. Größer als die beiden Einheiten an der Oberfläche. Was aber die Maschinen an der Rückseite bedeuteten, war ihm schleierhaft.

Seine Verblüffung wuchs, als der Oberst einfach an der Anlage vorbei zur Stirnwand des unterirdischen Gewölbes lief und in ein mechanisches Drehrad griff. »Helfen Sie mir!« keuchte er.

Nova packte mit zu. Kurz darauf schwang ein schweres Schott aus verkleidetem Unitall auf. Zwei Männer warteten auf der anderen Seite, ein Soldat und ein Zivilist.

»Henk DeGroot?« fragte der Oberst.

Der Zivilist nickte.

Pétain grinste. »Schön, daß Sie sich die Zeit nehmen konnten«, sagte er in einem Tonfall, als wäre er während der letzten Stunden nicht durch die Hölle gegangen. »Ich habe schon von Ihnen gehört. Sie sollen einer der fähigsten Ingenieure von Babylon sein und auch ausgezeichnete Kenntnisse auf dem Gebiet des Hyperfunks besitzen. Jetzt beweisen Sie mir mal, daß Sie Ihren Ruf verdient haben.«

*

Charlize Farmer hatte schon mehrmals geglaubt, am Ende ihrer Kräfte zu sein, doch irgendwie gelang es ihr immer wieder, neue Energien zu mobilisieren.

Sie und ihre Kolleginnen leisteten Schwerstarbeit. Ganze Armeen von Verwundeten mußten notdürftig versorgt werden. Sterbende erhielten schmerzstillende Injektionen und ein letztes Wort des Trostes, verängstigte Kinder und hysterische Frauen wurden in separate Räume geführt.

Niemand wußte genau, was an der Oberfläche vor sich ging. Informationen trafen nur spärlich ein und waren meistens völlig widersprüchlich. Aber allein schon die Zahl der Verwundeten und die Art ihrer Verletzungen sprachen Bände.

Es stand schlecht um Babylon. Wenn keine Hilfe von außen kam, waren sie verloren.

Während der letzten Stunden hatte Charlize so viele Menschen sterben gesehen, daß sie den eigenen Tod nicht mehr fürchtete. Im Gegenteil, fast sehnte sie ihn herbei. Dann würde dieses Grauen ein Ende haben. Nur eines wünschte sie sich von ganzem Herzen: Henk noch einmal in die Arme schließen zu können, bevor sie starb.

»Träum nicht, Mädchen!« rief ihr eine matronenhafte Frau, die einen Bewußtlosen über den Boden schleifte, scharf zu. »Hilf mir lieber, diesen Burschen auf eine Pritsche zu verfrachten und seine Blutungen zu stillen.«

Charlize stellte den Karton mit Brandsalbe ab, den sie gerade aufgerissen hatte, und eilte der korpulenten Sanitäterin zu Hilfe.

*

»Warum steht das Ding eigentlich hier unten?« fragte Henk, während er die Brennkammer und die Feldgeneratoren des Kontinuumwandlers nachjustierte. »Und wer hat es installiert?«

»Ein Ingenieur der Flotte namens Chavez«, beantwortete Pétain die zweite Frage zuerst. »Vermutlich tot. Und der Sender steht für den unwahrscheinlichen Fall hier unten, daß uns ein übermächtiger Angreifer überrumpelt und die regulären Einheiten an der Oberfläche schnell ausschaltet.« Er stieß ein hartes Lachen aus. »Wie unwahrscheinlich dieser Fall ist, sehen Sie selbst. Was meinen Sie, können Sie die Sendestärke verdoppeln?«

»Ich kann sie sogar vervierfachen«, erwiderte Henk. »Das hält die Wandelkammer problemlos aus. Aber danach ist der Sender so gründlich hin, daß Sie ihn wegschmeißen können.«

»Schaffen Sie zwei Funksprüche?«

Henk überlegte kurz. »Wenn ich den ersten mit doppelter Leistung abschicke, brennt nur die Primärzuleitung durch. Der Sender selbst würde es überstehen. Aber der nächste Impuls würde nicht nur die Reserveeinheit, sondern auch das gesamte System zerstören.«

»Gut«, sagte Pétain sofort. »Dann verdoppeln Sie also die Leistung für den ersten Spruch. Und beim letzten geben Sie so viel Saft wie nur irgendwie möglich. Wenn das Ding schon den Geist aufgibt, können wir es auch gleich in alle Einzelteile zerlegen.«

»In Ordnung.« Henk nahm eine letzte Einstellung vor und ließ einen automatischen Systemcheck durchlaufen. »Der Wandler ist justiert, die Hauptkammer betriebsbereit. Wir können die Vorkammer bestücken.«

Sie verfrachteten acht Thermobomben, die Pétain persönlich scharfgemacht hatte, in die Beschickungsschächte. Der Oberst speicherte den Text des Funkspruchs ab, schaltete den Sender auf Fernbetrieb und tätschelte die Bedienungskonsole beinahe liebevoll.

»Schön, gehen wir«, knurrte er. »Und hoffen wir, daß wir diesmal durchkommen. Sonst können wir uns gleich einen Strick nehmen.«

Sie verließen das Gewölbe durch das Unitallschott, das sich selbsttätig hinter ihnen schloß. Als sie den kurzen Gang zum Bunker zurückgelegt hatten, löste Pétain eine in der Decke untergebrachte Sprengladung aus, und der Gang füllte sich mit herabstürzendem Geröll.

Der Oberst aktivierte sein Vipho. »Heisenberg, lassen Sie den Hypersender an der Oberfläche auf Dauerbetrieb gehen, sobald ich Ihnen Bescheid gebe. Wechseln Sie die Abstrahlantennen nach Zufallsprinzip. Ganz egal, ob die Grakos sie hintereinander wegpusten. Wir müssen nur einen funktionierenden Empfänger behalten.«

Heisenberg bestätigte.

Pétain wandte sich dem Ingenieur zu. »Sind Sie bereit?«

Henk nickte, die Fernsteuerung in der Hand.

»Okay, Heisenberg, legen Sie los!« bellte Pétain, wartete zwei Sekunden ab und gab Henk ein Zeichen.

In der Vorkammer des Kontinuumwandlers detonierten acht Thermobomben. Ihre Energie strömte in die Hauptkammer, wo sie von Fesselfeldern fixiert, in höherdimensionale Hyperenergie umgewandelt und in den Speicherpuffer weitergeleitet wurde.

»Der Sender ist betriebsbereit«, meldete Henk. »Sie können Ihre Botschaft losjagen.«

Oberst Pétains Lippen wurden schmal, als er die vorprogrammierte Sequenz auslöste.

»Spruch ist abgegangen«, berichtete Henk DeGroot, den Blick auf die Anzeige der Fernsteuerung gerichtet. »Hauptsystem des Senders noch immer intakt.«

Die Sekunden schleppten sich zäh dahin, reihten sich aneinander und wurden zu Minuten. Wenn irgend jemand den Funkspruch aufgefangen hätte, hätte längst eine Antwort eintreffen müssen. Doch alles, was der Hyperfunkempfänger anzeigte, waren die Störgeräusche des in den Tiefen der Galaxis tobenden Magnetsturms.

»Also gut, geben wir den letzten Schuß ab«, sagte Pétain schließlich leise. Er schickte den Impuls los, und Henk bestätigte, daß der Sender reagiert und Sekundenbruchteile später den Betrieb eingestellt hatte.

Wieder warteten sie schweigend ab. Heisenberg meldete den Abschuß der letzten Sendeantenne. Die Kampfgleiter der Grakos schwärmten wie wütende Hummeln umher und schossen auf alles, was nur entfernt an hyperdimensionale Felder erinnerte.

Und wieder war keine Antwort eingetroffen.

Oberst Pétain übernahm es, den Fehlschlag einzugestehen. Er klopfte Henk auf die Schultern. »Gute Arbeit, DeGroot. Wir haben getan, was wir konnten, aber es war nicht genug. Jetzt können wir nur noch mit Würde sterben und versuchen, dabei so viele Schatten wie möglich mitzunehmen.« Seine Lippen zuckten. »Und die letzten Energiereserven unserer Waffen dafür aufsparen, uns, unsere Frauen und Kinder selbst zu töten, bevor wir den Grakos in die Hände fallen.«

Das kann es noch nicht gewesen sein, dachte Henk. *Das darf es einfach nicht gewesen sein.* Plötzlich nahm eine Idee, die schon lange in seinem Hinterkopf geschlummert hatte, Gestalt an. Eine verrückte Idee, aus der Verzweiflung geboren, aber vielleicht ihre letzte Chance.

»Möglicherweise gibt es doch noch einen Ausweg, Oberst«, sagte er langsam. »Ich will nichts versprechen, vermutlich ist es nur ein Hirngespinst, aber was haben wir noch zu verlieren? Geben Sie mir den schnellsten Schweber, den Sie haben, und eine Handvoll Männer mit. Ich muß sofort zum Goldenen Menschen fliegen.«

*

Der S-Kreuzer MAYHEM wurde für den Start vorbereitet. Eine Million Tonnen Tofirit, von einem A-Gravfeld umhüllt, um die Struktur des Schiffes nicht überzubelasten, waren an Bord genommen worden. Diese Menge, die nur etwas mehr als zwei Kubikmeter Raum einnahm, reichte für zwei Füllungen, der »Tank« selbst wurde von einem an Bord automatisch erzeugten A-Gravfeld abgeschirmt. Zudem hatten die Nogk für das Schiff einen Parafeld-Abschirmer und 250 Stirnreifen für Einsätze außenbords geliefert.

Ralf Larsen, den Joan über Ren Dhark bereits früher kennengelernt hatte, begrüßte sie höchstpersönlich an Bord »seines« Schiffes, als dessen Kommandant er berufen war. Der kahlköpfige, untersetzte Mann redete dabei nicht viel – wie immer.

Chris Shanton war da schon anders; er hatte zur Feier des Abflugs wohl ein wenig tief ins Glas geschaut. Der geniale Diplomingenieur wuchtete seine zwei Zentner Fett und Muskeln dennoch zielsicher auf Joan zu und zerquetschte ihre schmale Hand beinahe in seinen Pranken. Er erinnerte die junge Frau entfernt an einen Gorilla, mit seinem dicken, verfilzten Backenbart und den behaarten, keulenartigen Armen. »Wie nett, ein wenig weibliche Gesellschaft zu haben!« säuselte er. »Ich habe hier die trockene Aufgabe des wissenschaftlichen Leiters übernommen…«

»… und deshalb gleich ordentlich die Kehle befeuchtet!« kläffte von unten eine nichtmenschliche Stimme. Schwanzwedelnd stieg Jimmy, der Robothund, an Joans Bein hoch. Er war einem Scotchterrier nachempfunden und ähnelte einem Brikett auf vier Beinen.

»Halt dich zurück, oder ich schalte dich ab!« drohte Shanton.

»Da hab' ich aber Angst!« bellte Jimmy und zog die Lefzen zu einem sehr menschlich wirkenden Grinsen hoch.

Joan lachte und knuddelte das überhaupt nicht maschinenhaft wirkende Wesen. »Mit dir wird mir bestimmt nicht langweilig!«

Wenig später startete der Ringraumer. Joan zog sich gehorsam in die zugewiesene Kabine zurück, wo sie niemandem im Weg war.

Sie hatte sich von niemandem verabschiedet, denn schließlich durfte ja keiner wissen, was sie vorhatte. Ob die vier Wochen Urlaub ausreichten, stand noch in Frage. Vielleicht mußte sie Liao Morei von unterwegs eine Nachricht zukommen lassen, daß es ihr gutging und ihre Heimkehr sich eventuell verschob, damit niemand rebellisch wurde.

Nachdem sie die Erdatmosphäre verlassen hatte, nahm die MAYHEM Fahrt auf. Im neuentdeckten Vollbetriebsmodus erreichte sie geradezu schwindelerregende Leistungswerte.

Die Route nach Drakhon war einprogrammiert, sie folgte dem üblichen Weg: Transition nach »oben« aus der Milchstraße heraus, dann wurde auf Sternensog umgeschaltet, mit kontinuierlicher Beschleunigung bzw. Verzögerung.

Joan Gipsy konnte in ihrer Kabine per Zuschaltung alles live miterleben. Sie war sehr nervös und aufgeregt; Angst hatte sie nicht, dazu war diese ganze Sache viel zu spannend.

Als Larsen sich einmal nach ihrem Befinden erkundigte, hatte sie große Mühe, ihn nicht mit einem begeisterten Redeschwall zu überschütten. »Es geht mir sehr gut, danke«, antwortete sie förmlich und setzte dann doch hinzu: »Ich finde es toll!«

»Dann hoffen wir nur, daß auch alles glattgeht und wir die POINT OF schnell finden«, versetzte Larsen mit Orakelstimme.

5.

Die Zentrale des militärischen Planungsstabes in der obersten Etage der Pyramide war so gut abgeschirmt, wie es die Möglichkeiten der Wissenschaftler erlaubten, und alle Viphoverbindungen liefen über isolierte Kabel zu verteilten Antennen weit außerhalb des Gebäudes.

Heisenberg hatte durch die nur einseitig transparenten Fenster des Großraumbüros eine ausgezeichnete Sicht auf die umliegenden Ringpyramiden und Parkanlagen, und was er sah, erinnerte ihn an das Szenario eines Katastrophenfilmes aus seiner Jugendzeit.

Überall Krater, Brandherde, schwelende Trümmerhaufen und klaffende Einschußlöcher in Pyramidenwänden. Rauchschwaden erfüllten die Luft und verdunkelten den Himmel. Hier und da schossen die Phantome feindlicher Kampfmaschinen umher und bestrichen Ziele, in denen der Stabshauptfeldwebel Widerstandsnester vermutete, mit ihren Bordwaffen. Dabei gingen sie planmäßig und mit unerbittlicher Präzision vor.

Von der brennenden Pyramide einmal abgesehen, bemühten sie sich, die Zerstörungen in Grenzen zu halten. Offensichtlich wollten sie die Stadt nicht vollständig auslöschen, sondern halbwegs intakt einnehmen, nachdem sie alle technischen Einrichtungen, die ihnen potentiell gefährlich werden konnten, ausgeschaltet hatten. Babylon, durch den Ausfall der Mysterious-Technik ohnehin stark geschwächt, war jetzt völlig hilflos. Selbst wenn die Grakos noch in dieser Minute die Kampfhandlungen einstellen und wieder abfliegen sollten, würde die Kolonie Wochen oder gar Monate brauchen, um den ursprünglichen Zustand aus eigener Kraft und mit ihren bescheidenen Mitteln wiederherzustellen.

Ein gedämpfter Alarmton klang auf.

»Sir, die Schatten greifen unsere Pyramide an!« rief ein Techniker, der vor einem Display mit dem Grundriß des Gebäudes saß. »Sie schießen scharf gebündelte Strahlen in verschiedene Etagen, die Kanäle durch mehrere Zwischenwände bohren. Es treffen immer mehr Schadensmeldungen der automatischen Überwachungssysteme ein.«

Der alte Soldat überlegte nicht lange. »Wir evakuieren!« befahl er. Das Personal in den Räumen des allgemeinen Verwaltungstraktes hatte er schon vorher in die Bunker oder zu den Sammelstellen der Einheiten des Katastrophenschutzes geschickt. »Sofortiger Rückzug in die Ausweichzentrale!«

Die Männer und Frauen des Stabes sprangen auf und verließen eilig aber diszipliniert das Großraumbüro.

Heisenberg wartete, bis alle verschwunden waren, dann aktivierte er den Selbstzerstörungsmechanismus und schaltete die Bewegungsmelder auf Bereitschaft. Sollten die Schatten in die Zentrale eindringen, würden die Sprengsätze hochgehen und die gesamte Einrichtung in Schutt und Asche legen, so daß den Feinden keine wichtigen Informationen über die Babylonier in die Hände fielen.

Danach blieb Heisenberg eine Weile hinter Pétains Schreibtisch sitzen und starrte durch die große Panoramascheibe. Vielleicht war das der letzte Blick, den er jemals auf seine verwüstete neue Heimat werfen würde.

Er atmete tief durch und ließ die geballte Faust schwer auf das Sensorfeld der Gegensprechanlage fallen. Die Standleitung wechselte automatisch auf die Prioritätsfrequenz über.

»Heisenberg an Kommandant«, sagte er rauh. »Habe das Hauptquartier evakuiert und Selbstzerstörung bei unautorisiertem Eindringen geschaltet. Der Stab ist unterwegs in die Ausweichzentrale.«

»Pétain hier«, erwiderte die Stimme des militärischen Oberbefehlshabers und amtierenden Regierungschefs der Kolonie. »Bestätige Ihre Maßnahmen. Räumen Sie die Stellung und kommen Sie runter. Ich erwarte Sie im Bunker.«

»Verstanden, Oberst.« Der Stabshauptfeldwebel erhob sich ohne Eile und ging zum Ausgang. Wenn er sich schon zurückziehen mußte, wollte er wenigstens nicht rennen wie ein Hase.

Eine leichte Erschütterung durchlief das Gebäude, als er einen der Aufzugsschächte erreichte, die Bewegungsmelder der Selbstzerstörung von Bereitschafts- auf Aktivmodus schaltete und eine primitive Kabine betrat. Der Antigravschacht war außer Betrieb. Er hätte in einer Woche, nach Fertigstellung des zentralen Fusionsmeilers, wieder in Betrieb genommen werden sollen. Dazu würde es jetzt nicht mehr kommen. Selbst wenn ein Wunder geschah und die Grakos Babylon verließen, würden die Menschen sich vorläufig mit elektrisch betriebenen Aufzügen begnügen müssen oder sogar gezwungen sein, die endlosen Treppenfluchten, über die die Pyramiden trotz ihrer technischen Einrichtungen verfügten, zu Fuß zu bewältigen.

Heisenberg legte einen Hebel um, und die Kabine stürzte wie ein Stein in die Tiefe. Erst kurz vor Erreichen des untersten Tiefgeschosses bremste sie so abrupt ab, daß der alte Soldat in die Knie ging. Er verließ den Aufzug, betrat ein Laufband und schritt zügig aus.

Durch mehrere Verbindungstunnels gelangte er in die unterirdische Ausweichzentrale.

Oberst Pétain saß mit einer Gruppe von Soldaten und zwei Zivilisten an einem Kartentisch. Seine sonst stets makellose Uniform war verdreckt, sein kurzes Haar zerzaust. Er entdeckte den Stabshauptfeldwebel und winkte ihn heran.

»Es tut gut, Sie zu sehen, Frank«, begrüßte er seinen Vize unmilitärisch. »Ich möchte Ihnen Henk DeGroot vorstellen, den Ingenieur, den Sie mir geschickt haben. DeGroot hat eine Idee, wie wir vielleicht im letzten Moment doch noch unsere Haut retten können.«

Heisenberg musterte den Zivilisten skeptisch. Ein unscheinbarer Mann mit schütterem Haar, an dem alles durchschnittlich zu sein schien. Mittleres Alter, mittlere Größe, mittleres Gewicht. Ein nicht unsympathisches Durchschnittsgesicht ohne markante Züge. Das einzig Auffällige an ihm waren seine dunklen Augen, die einen wachen Verstand, Energie und hohe Intelligenz verrieten.

»Und was für eine Idee soll das sein?« erkundigte sich Heisenberg. Er setzte sich, zog eine zerknitterte Packung aus der Brusttasche, zündete sich eine Zigarette an und inhalierte tief. Das einst so gefährliche Laster, das noch vor einer Generation jährlich Millionen von Menschen den Tod gebracht hatte, war heutzutage gesundheitlich völlig unbedenklich. Trotzdem mißbilligten viele Zeitgenossen es immer noch. Pétain, obwohl überzeugter Nichtraucher, gehörte nicht dazu.

»Hören Sie es sich selbst an«, sagte der Oberst und machte eine auffordernde Geste in Richtung des Ingenieurs.

*

Emilio di Stefanos Trupp war weiter zusammengeschrumpft. Ein knappes Dutzend seiner Leute hatte er auf dem Rückzug von der halbzerstörten Pyramide am Rand des Raumhafens verloren. Jetzt lag er mit seinen Männern in einem tiefen Bombentrichter am Fuß einer noch völlig intakten Ringpyramide.

Außer ihren Handfeuerwaffen besaßen sie nur noch eine mobile Blasterkanone, aber auch deren letzte Energiezelle war fast leer. Di Stefano hatte beschlossen, die Waffe erst dann abzufeuern, wenn er völlig sicher war, zumindest einen Schattenkrieger damit töten zu können. Für die Kampfgleiter der Grakos stellte eine einzelne Kanone keine Gefahr dar, es sei denn, sie traf eine Maschine mit ausgeschaltetem Schutzschirm aus geringer Distanz.

Und die Grakos waren trotz ihrer erdrückenden Überlegenheit nicht so leichtsinnig, ohne Schutzschirme herumzufliegen.

Eine halbe Stunde Erholungspause hatte der Leutnant seinem Haufen gegönnt, und obwohl erst die Hälfte der Zeit verstrichen war, wurden die ersten Männer schon wieder unruhig.

Di Stefano konnte sie verstehen, denn ihm erging es trotz seiner Erschöpfung nicht anders. Die Untätigkeit gab ihnen Gelegenheit, sich ihre hoffnungslose Lage vor Augen zu führen.

Deshalb war er beinahe erleichtert, als ein Funkspruch von der Kommandoebene durchkam.

»An alle Kampfeinheiten! Hier spricht Oberst Pétain. Leisten Sie weiter Widerstand, aber vermeiden Sie direkte Angriffe. Versuchen Sie, den Feind zu irritieren und seine Bodentruppen aufzusplitten. Oberste Priorität ist es, Zeit zu gewinnen. Wir arbeiten an einer möglichen Lösung des Problems. Ich wiederhole, richten Sie alle Anstrengungen darauf, uns Zeit zu verschaffen.«

»Er arbeitet an einer Lösung des Problems!« Schuster, einer der drei noch lebenden Berufssoldaten, lachte trocken. »Wenn das nicht die Verharmlosung des Jahrtausends ist. Eins muß man dem Alten lassen, er hat Humor.«

»Ihr habt Oberst Pétain gehört, Männer«, sagte di Stefano. »Wir bilden zwei Züge und schlagen uns Richtung Süden in einer zangenförmigen Bewegung zu diesem kuppelförmigen Aufbau am Rande des Sees durch. Ignoriert alle Kampfmaschinen. Wir dürfen unter keinen Umständen das Feuer der Gleiter auf uns ziehen und konzentrieren uns ausschließlich auf die Fußtruppen des Feindes. Die Gleiter kommen dann schon ganz von allein. Schuster, deponieren Sie zwei Sprenggranaten am Boden des Kraters. Zündmechanismus auf Fernsteuerungsmodus.«

Er kletterte die steile Böschung hinauf und spähte über den Rand hinweg. In der Nähe waren keine Grakos zu sehen, aber das hatte nicht viel zu bedeuten. Solange die Schatten sich nicht bewegten, blieben sie praktisch unsichtbar.

Die Kuppel, die er als Ziel ausgesucht hatte, befand sich rund einen halben Kilometer von seinem derzeitigen Standort entfernt, und sie schien noch völlig unbeschädigt zu sein. Das würde sich wahrscheinlich schon bald ändern.

Di Stefano biß die Zähne zusammen, atmete ein paar Mal tief durch und pumpte frischen Sauerstoff in seine Lungen.

»Okay, Männer!« stieß er hervor. »Auf geht's! Wir sehen uns entweder an der Kuppel oder in der Hölle wieder.«

Er umklammerte seinen Handstrahler und rannte geduckt los.

Sie hatten kaum ein Drittel der Strecke hinter sich gebracht, als er aus den Augenwinkeln heraus einen dunklen Schemen zu seiner Rechten durch die Luft huschen sah. Sofort betätigte er den Fernauslöser der Sprenggranaten. Hinter ihm erklang ein gedämpfter Knall. Eine Fontäne aus Erdreich stieg in die Höhe.

Der Kampfgleiter der Grakos verharrte auf der Stelle, und aus dem verwaschenen Fleck zuckte ein flirrender Strahl in Richtung des Kraters.

Emilio di Stefano hastete weiter. Viel Aufschub würde das Ablenkungsmanöver nicht bringen, aber jede gewonnene Sekunde zählte.

Oberst Pétain hatte den Soldaten befohlen, möglichst viel Zeit für irgendeine Operation der Kommandoebene herauszuschlagen. Also mußten auch die Soldaten für sich selbst möglichst viel Zeit gewinnen.

Es kam nicht mehr darauf an, einen Sieg zu erringen, und sei er auch noch so unbedeutend. Im Grunde war das von Anfang an illusorisch gewesen. Jetzt ging es nur noch darum, das Unvermeidliche ein wenig länger hinauszuzögern.

Di Stefano fragte sich, ob der Oberst wirklich noch ein As im Ärmel hatte, oder ob sein Funkspruch einen ganz anderen Zweck erfüllen sollte: die Moral seiner Truppen zu heben, damit die Männer wenigstens mit einem Rest von Hoffnung sterben konnten.

*

»Den Goldenen Menschen aktivieren?« fragte Heisenberg ungläubig. »Ich denke, der galaktische Blitz hat sämtliche Mysterious-Technik auf subatomarer Ebene zerstört.«

»Richtig, aber laut der von Arc Doorn und Chris Shanton erstellten Dokumentation basieren die Aggregate im und unter dem Goldenen auf Giant-Technologie«, erklärte Henk. Er strich sich fahrig mit den Fingern durchs Haar. »So wie auch die Sektion mit den Sicherungen in der Pyramide, die Charlize und ich erkundet haben.

Dem Schaltschema nach können die Sicherungen des Goldenen, die durch den Blitz herausgeflogen sind, von dort aus wieder aktiviert werden. Ich kann nicht versprechen, daß es klappt, aber einen Versuch ist es allemal wert. Dann können wir unter Umständen über den gigantischen Hyperfunksender Hilfe anfordern. Oder haben Sie einen besseren Vorschlag?«

Der Stabshauptfeldwebel schüttelte den grauhaarigen Kopf. »Geben Sie ihm seinen Schweber und die Begleitmannschaft, Oberst«, meinte er. »Wir müssen in dieser Situation nach jedem Strohhalm greifen, egal wie dünn er auch sein mag.«

»Also gut«, sagte Pétain, froh darüber, daß Heisenberg, dessen Rat er schätzte, zugestimmt hatte. Er wandte sich dem Ingenieur zu. »Ich unterstelle Ihnen fünf Soldaten mit technischer Grundausbildung. Die Männer sind im Kampf gegen die Grakos verletzt worden, aber noch einsatzfähig. Mehr Leute kann ich nicht erübrigen.«

»Mehr brauche ich auch nicht«, erwiderte Henk erleichtert. Ihm fiel ein Stein vom Herzen. Er deutete auf den einzigen anderen Zivilisten in der Runde. »Mezière ist Hyperfunkexperte. Er hat sich freiwillig gemeldet, uns zu begleiten.«

Der füllige Mann nickte. »Ich kenne Shantons Bericht fast auswendig und habe mir seine Viphodokumentation so oft angesehen, daß ich mich mit geschlossenen Augen in der Funkzentrale unter dem Sockel des Goldenen zurechtfinden würde.«

»Gut.« Pétain erhob sich. »Einer meiner Männer bringt Sie zum Schweberhangar. Sie erhalten ein für die Polizei umgerüstetes Modell. Es ist mit einem leichten Bordgeschütz ausgestattet und der schnellste Flieger, über den wir noch verfügen. Wir werden noch zwei andere reguläre Maschinen einsetzen, um die Grakos auf eine falsche Fährte zu locken, sollten sie Ihren Start beobachten. Viel Glück, meine Herren. Ganz Babylon drückt Ihnen die Daumen.«

Er sah Henk DeGroot hinterher, der sich mit seiner Eskorte in einen winzigen A-Gravflitzer zwängte. Der für den Personenverkehr innerhalb des unterirdischen Tunnelsystems konstruierte Kleinsttransporter jagte mit schrill summenden Aggregaten davon.

»Glauben Sie wirklich, daß die Männer eine Chance haben, Sir?«, fragte Heisenberg ruhig, nachdem der Flitzer in einer Tunnelröhre verschwunden war.

Pétain hob ratlos die Schultern. »Wenn sie den Flug bis zu dieser Pyramide schaffen, ohne abgeschossen zu werden, wenn DeGroot die Sicherungen tatsächlich wieder einschalten kann, wenn die Technik in dem Goldenen den galaktischen Blitz ohne größere Beschädigungen überstanden hat, wenn die Männer den Hyperfunksender in Betrieb nehmen können, wenn der Spruch durchkommt und Terra uns schnell genug Hilfe schickt, wenn die Schiffe nicht von anderen Grakoraumern abgefangen oder aufgehalten werden...« Er ließ die Schultern wieder sinken.

»Das sind eine ganze Menge Wenns, Sir«, stellte Heisenberg nüchtern fest.

»Richtig.« Pétain seufzte. »Aber wie Sie ganz richtig bemerkt haben, alter Freund, müssen wir in dieser aussichtslosen Situation nach jedem Strohhalm greifen. Und jetzt geben Sie mir einen von Ihren stinkenden Glimmstengeln. Wie ich gehört habe, soll Rauchen beruhigen.«

*

Der Schweberhangar befand sich knapp außerhalb des Kampfgebiets, aber Henk gab sich keinerlei Illusionen hin. Die Grakos patrouillierten mit ihren kleinen Kampfmaschinen auch die Randbezirke der Stadt.

Er hockte neben Mezière auf der Rücksitzbank des Polizeischwebers und spähte zum Seitenfenster hinaus. Unter ihnen schoß ein grüner Vegetationsgürtel dahin. Der Pilot flog so tief, daß er gelegentlich Büsche und Sträucher streifte und höhere Bäume in einem halsbrecherischen Slalom umkurven mußte.

So würden sie zumindest der Ortung des Grakoschiffes auf dem

Raumhafen entgehen.

»Wir werden verfolgt«, klang die Stimme des Piloten eines der beiden anderen Schweber, die Henks Flieger im Formationsflug begleiteten, aus den Bordlautsprechern auf. »Drehen ab und versuchen, die Burschen von euch wegzulocken. Viel Glück, Jungs.«

Sie hatten den breiten Parkstreifen überquert, die nächste Ringpyramidenstadt erreicht und jagten zwischen den Gebäuden dahin.

»Messe ein starkes Energieecho hinter uns an«, meldete der Soldat im Sitz des Kopiloten an der Ortung. »Hohe Emissionen. Haben Scheitelpunkt erreicht und fallen steil ab. Jetzt nur noch stationäre Reststrahlung.«

Niemand kommentierte den lakonischen Bericht. Allen war klar, daß einer der beiden anderen Schweber getroffen worden sein mußte.

Aber offensichtlich hatte das Ablenkungsmanöver funktioniert. Zehn Minuten lang flogen sie unbehelligt mit Höchstgeschwindigkeit dahin, immer noch unverantwortlich niedrig. Der kleine blaue Punkt auf dem Radarschirm, der ihnen in großer Entfernung folgte, stammte von dem verbliebenen Schweber. Dann tauchte hinter dem blauen Punkt ein nebelhafter roter Fleck auf.

»Da sind sie schon wieder!« fluchte der Soldat an der Ortung. Er trug einen Verband um den Kopf und eine Bandage am linken Handgelenk. »Hoffen wir, daß die Kameraden diesmal mehr Glück haben.«

Der blaue Punkt verschwand vom Schirm, der rote Fleck folgte ihm und wanderte ebenfalls aus dem Erfassungsbereich der Ortung. Diesmal kam es zu keiner für eine Explosion charakteristischen spontanen Energieemission, aber das hatte nicht viel zu besagen. Durch den extremen Tiefflug verschluckten die sanften Bodenwellen und die zahllosen Ringpyramiden jede konventionelle Strahlung.

»Wie lange noch?« fragte Henk irgendwann. Er hatte den Eindruck, daß sie längst schon da sein müßten, obwohl er wußte, daß die reine Flugzeit trotz Höchstgeschwindigkeit fast eine Stunde betragen würde.

»Zehn Minuten, plus/minus zwei«, erwiderte der Pilot wortkarg.

»Feindortung auf drei Uhr.« Die Stimme des Mannes an der Ortung klang ruhig und beherrscht. »Entfernung sechs Kilometer. Fliegt fast Parallelkurs, vier Grad Abweichung in unsere Richtung. Scheint uns noch nicht entdeckt zu haben.« Er schaltete das Bordgeschütz auf Bereitschaftmodus, ohne es jedoch gefechtsklar zu machen, um keine verräterische Streustrahlung zu erzeugen.

»Irgendeine Deckung in der Nähe?«

Sie überquerten gerade wieder eine freie Parkfläche. Vor ihnen am Horizont tauchten die abgeflachten Spitzen einer Reihe von Ringpyramiden auf, und als Henk die Wange an die Scheibe des Seitenfensters drückte, entdeckte er im Hintergrund einen goldenen Arm, der in den Himmel ragte.

Sie waren fast da!

»Ein flaches Flußbett, rechts von uns. Läuft auf den nächsten fünfzehn Kilometern fast direkt auf den Goldenen zu, bevor es nach Osten abbiegt.«

Kommentarlos schwenkte der Pilot herum und drückte den Schweber noch tiefer. Dann hatte er den Fluß erreicht, der nicht viel mehr als ein breiter Bach mit kaum fünf Meter hohen Uferböschungen war.

Die kleine Maschine jagte knapp über der Wasseroberfläche dahin, wobei sie die rechte Böschung als Deckung benutzte.

»Ortung hat feindliches Objekt verloren«, sagte der Soldat mit dem Kopfverband.

»Gehen wir auf Nummer sicher«, knurrte der Pilot und deaktivierte den Antrieb.

Der Sinn des Manövers lag auf der Hand. Im freien Gleitflug war der Schweber bis auf die Reibungshitze und die Luftturbulenzen, die er erzeugte, hinter der Uferböschung praktisch unsichtbar. Nur von seiner Restgeschwindigkeit getragen, raste er wie ein überdimensionales Geschoß dahin.

Geschickt folgte der Pilot den leichten Biegungen des Flusses.

Erst als die Geschwindigkeit so weit herabgesunken war, daß der Auftrieb durch den Luftwiderstand abzureißen drohte, schaltete er den Antrieb wieder ein und zog den Schweber ein Stückchen in die Höhe, um seinem Partner eine kurze Ortung zu ermöglichen.

»Feindliches Objekt nicht mehr auf dem Schirm«, meldete der Soldat.

Der Schweber verließ den Flußlauf und nahm wieder direkten Kurs auf den Goldenen, der jetzt bereits bis zur Hüfte zu sehen war.

»Wie schnell doch die Zeit vergeht, wenn man sich amüsiert«, bemerkte Mezière neben Henk trocken.

Gegen seinen Willen mußte der Ingenieur schmunzeln. Zum ersten Mal glaubte er wirklich, daß sie ihr Ziel erreichen würden.

Zumindest die erste Etappe.

Fünf Minuten später setzte der Schweber vor dem immer noch geöffneten Bodenportal der Technikpyramide auf. Ohne eine Sekunde Zeit zu verlieren, sprang Henk ins Freie und eilte mit Mezière und einem der Soldaten, die einen Vorrat an Energiezellen schleppten, in das Gebäude hinein.

Die restlichen vier Männer warteten im Schweber, um die Pyramide im Notfall gegen auftauchende Grakos zu verteidigen.

Es war nicht viel mehr als eine symbolische Geste. Mit dem leichten Bordgeschütz der Polizeimaschine und ihren Handfeuerwaffen würden sie nichts gegen einen der feindlichen Kampfgleiter ausrichten können, aber sie hatten nicht die Absicht, ohne Gegenwehr zu sterben.

*

Emilio di Stefano lag reglos auf dem Rücken im hüfthohen Gras neben dem Kuppelbau und starrte in den Himmel. Um sich herum konnte er die keuchenden Atemzüge seiner Männer hören.

Der Grakogleiter schwebte langsam in ihre Richtung und fräste dabei mit seinen schwarzen Strahlen eine tiefe Furche in den Boden. Wenn er den Kurs beibehielt, würde der Strahl direkt über sie hinwegwandern.

»Was auch immer geschieht, bleibt liegen, Jungs!« befahl di Stefano gepreßt. »Der Schatten hat uns nicht gesehen, sonst würde er uns direkt beschießen. Sobald ihr euch bewegt, ist es aus mit uns.«

Was er verlangte, war geradezu unmenschlich. Sich freiwillig bei lebendigem Leib zu einem Häufchen Staub pulverisieren zu lassen, ohne zumindest einen Fluchtversuch zu unternehmen. Aber es war die einzige Möglichkeit, um zu gewährleisten, daß zumindest ein Teil des Trupps überlebte.

Plötzlich änderte der Strahl die Richtung. Di Stefano wollte schon aufatmen, als die schwarze Energiebahn wieder herumschwenkte und sich erneut auf ihn zubewegte. Er schluckte schwer und biß die Zähne zusammen.

Kurz bevor der Strahl ihn erreicht hatte, verloren drei Zivilisten, die unmittelbar vor ihm lagen, die Nerven, sprangen auf und versuchten, sich hinter der Kuppel in Sicherheit zu bringen.

Genauso gut hätten sie versuchen können, vor einem herabzukkenden Blitz davonzulaufen. Der Gleiter schnellte wie von einem Katapult beschleunigt vor und verwandelte sie mit seinem unheimlichen Geschütz zu einer amorphen farblosen Materiewolke, die lautlos zu Boden rieselte. Dann schraubte sich der dunkle Schemen der Maschine in die Höhe, umkreiste einmal die Kuppel und flog davon.

Di Stefano wartete eine geschlagene Minute, bevor er sich vorsichtig aufrichtete und seinen Leuten ein Zeichen gab, weiter vorzurücken. Als er an der Stelle vorbeikam, an der die Unglücklichen gestorben waren, sah er, daß es nur zwei von ihnen erwischt hatte.

Falsch, korrigierte er sich gleich darauf. Nur zwei Männer waren vollständig zerstrahlt worden, der dritte lebte noch.

Der schwarze Strahl hatte einen Teil seiner rechten Hüfte, das komplette rechte Bein und die Hälfte des linken aufgelöst. Die

Wundränder bluteten nicht einmal, als wären sie versiegelt worden. Es war ein Wunder, daß der Schock den Mann nicht auf der Stelle umgebracht hatte.

Armer Teufel, dachte di Stefano. *Wenigstens hat er das Bewußtsein verloren und nicht mehr mitbekommen, was mit ihm passiert ist. Wahrscheinlich wird er nie mehr aufwachen.*

Er kramte in seinem Gedächtnis. Mark Lewis hieß der Mann. Ein freundlicher Botaniker, sanftmütig und stets hilfsbereit.

Der Leutnant bückte sich, um dem Schwerverletzten die Kennmarke abzunehmen. Ein reiner Reflex, denn er bezweifelte, daß es am Ende des Tages noch eine Registratur geben würde, wo er die Marke abliefern konnte.

In diesem Moment schlug der Mann die Augen auf.

»Verdammt«, sagte er mit überraschend klarer Stimme. »Da habe ich wohl Mist gebaut. Tut mir leid, Leutnant.«

Di Stefano würgte mühsam einen Kloß im Hals hinunter. Es wäre ihm lieber gewesen, Lewis hätte getobt und geschrien, um sich geschlagen und Gott und die Welt verflucht.

»Mir tut es leid«, flüsterte er. »Ich wünschte, ich könnte irgend etwas für Sie tun…«

Lewis stutzte und blickte an sich herab. Seine Augen weiteten sich. »Guter Gott!« stöhnte er, versuchte, sich aufzurichten, und fiel kraftlos ins Gras zurück.

»Bleiben Sie liegen, Kumpel.« Di Stefano legte dem Verstümmelten sanft eine Hand auf die Brust. »Ich verpasse Ihnen eine schmerzstillende Injektion und…«

»Nicht nötig«, unterbrach ihn der Botaniker. »Ich habe keine Schmerzen. Klingt verrückt, ich weiß, aber es ist so.« Er umklammerte di Stefanos Handgelenk. »Hören Sie, Leutnant, geben Sie mir die Blasterkanone und ein Funkgerät. Ich werde versuchen, einen Schatten anzulocken. Sie reagieren doch auf längere Funksprüche. Vielleicht landet eine ihrer Maschinen hier, um nachzusehen, was los ist. Wenn sie nahe genug runterkommt, habe ich vielleicht eine Chance, sie zu erwischen. Und wenn der Kerl mich vorher abschießt…« Er hustete und versuchte ein Lächeln. »Nun, ich kann nur einmal sterben, oder?«

Di Stefano überlegte einen Moment. Es wurde höchste Zeit, zu verschwinden und sich eine neue Deckung zu suchen. Lewis hatte recht. Er war bereits so gut wie tot, und vielleicht würde der Plan tatsächlich funktionieren.

»Also gut«, sagte der junge Leutnant. »Schuster! Bringen Sie mir die Kanone und ein Funkgerät.« Er erklärte Lewis die Funktionsweise der schweren Waffe und nahm ein paar Einstellungen an dem Funkgerät vor, so daß es auf ständig wechselnden Frequenzen mit schwankender Amplitude senden würde.

»Das könnte die Schatten neugierig machen«, beendete er seine kurze Einweisung. Er zögerte. »Lewis…«

Der Botaniker winkte ab. Er wirkte jetzt völlig entspannt. Seine Augen waren klar. »Um eines möchte ich Sie noch bitten, Leutnant. Falls Sie es schaffen… falls Babylon es schafft, grüßen Sie bitte meine Frau von mir. Sie heißt Sabrina und arbeitet in der Postverwaltung. Sagen Sie ihr, daß ich sie liebe und immer bei ihr sein werde. Erzählen Sie ihr, daß mein Tod schnell und schmerzlos war. Versprechen Sie mir das?«

Di Stefano nickte. »Versprochen, Lewis.« Er wollte noch irgend etwas Tröstliches hinzufügen, aber alles, was ihm einfiel, erschien ihm hohl und leer. Also drückte er statt dessen ein letztes Mal die Hand des Todgeweihten. »Leben Sie wohl, mein Freund«, sagte er. »Ich und meine Kameraden, wir werden Sie nie vergessen.« Damit wandte er sich ab und eilte seinen Männern hinterher.

*

»Das soll ein Dupontgitter sein?« fragte Mezière verblüfft und deutete auf das Gebilde, das Charlize an ein Fischernetz mit Webervogelnestern erinnert hatte.

»Ich hoffe es«, erwiderte Henk. »Zumindest die Grundmatrix. Wenn nicht, sind wir ganz schön aufgeschmissen. Bedienen Sie den Gammaregulator nach meinen Anweisungen.« Er legte eine Hand auf das schwarze Sensorfeld der Steuerkonsole und drückte den Hebel herunter.

Wie beim ersten Mal begann das »Fischernetz« zu vibrieren, und die »Webervogelnester« pulsierten abwechselnd in Gelb und Blau. Die Luft über der halben Hohlkugel flirrte, die Ansammlung der durchscheinenden geometrischen Gebilde vollführte ihren immer schneller werdenden Tanz, und das dissonante Jaulen, dessen Ursprung nicht zu ergründen war, ertönte. Das Feld mit den leuchtenden Linien baute sich auf, die Knotenpunkte begannen zu blinken, sich zu verdrehen und wieder aufzulösen. »Leistung um dreißig Prozent steigern!« rief Henk.

Mezière folgte wortlos den Anweisungen seines Kollegen. Er begriff in groben Zügen, was der Ingenieur vorhatte, aber einige der Zwischenschritte blieben ihm ein Rätsel.

Beide Männer arbeiteten verbissen, ohne dem Soldaten, der die hektische Aktivität verständnislos verfolgte, die geringste Beachtung zu schenken.

»So, jetzt leite ich die Hilfsenergie in das zweite System«, kündigte Henk an. »Danach müßte es funktionieren.«

Das nervtötende Jaulen und Heulen wurde leiser. Mezière ließ die blinkenden Knotenpunkte nicht für eine Sekunde aus den Augen. Plötzlich erstrahlten sie in einem gleichmäßigen rötlichen Goldton.

Henks Finger flogen mit traumwandlerischer Sicherheit über die fremdartige Sensorfeldtastatur, als hätte er sein Leben lang nichts anderes getan.

»Ich fasse es nicht!« stieß Mezière atemlos hervor. »Es funktioniert tatsächlich!«

Die leuchtenden Linien stabilisierten sich, ein Knotenpunkt nach dem anderen stellte seine ruhelose Wanderung ein und bezog eine feste Position. Jetzt erkannte auch Mezière, daß sie zusammen mit dem netzartigen Gebilde ein Dupontgitter formten. Sein Respekt vor Henk DeGroot wuchs ins Grenzenlose.

»Der letzte Schritt!« keuchte Henk. »Jetzt wird sich zeigen, ob ich mich getäuscht habe.«

Er zog mit beiden Händen zwei riesige Schieberegler langsam bis zum Anschlag herunter.

Die Projektion der mittlerweile starren Linien und Knotenpunkte über der offenen Halbkugel verschwand und machte einer Holographie Platz, die ein schematisiertes Schaltbild zeigte, das ebensogut irdischer Herkunft hätte sein können.

Ohne Henks Zutun lief ein automatisches Rückführungsprogramm an. Die »herausgeflogenen« Sicherungen, nicht etwa materielle Komponenten, sondern energetische Felder, schalteten sich der Reihe nach wieder ein. Dann erklang ein heller Pfeifton.

»Das war's.« Henk ließ die Hände sinken und trat einen Schritt zurück. »Zumindest vorläufig.« Sein Gesicht glühte fiebrig.

»Meldung von den Kameraden draußen!« schrie der Soldat aufgeregt. »Die Ortung registriert starke Emission aus der Richtung des Goldenen!«

Henk verzichtete auf eine Antwort, ließ Zubehör und Instrumententasche liegen, wirbelte herum und sprintete los. Mezière und der Soldat folgten ihm auf den Fersen zu dem wartenden Schweber.

Sie waren kaum eingestiegen, als der Pilot die Maschine aus dem Stand mit Vollast startete. Wie ein Blitz schoß der kleine Flieger über die blaue Unitallfläche und landete vor dem Sockel der gewaltigen Statue.

Die Männer sprangen heraus und eilten auf die kilometerhohe glatte Wand zu.

Wie von Geisterhand bewegt öffnete sich das riesige Portal. Ein blaues Leuchten drang daraus hervor.

»Einer muß im Schweber bleiben, die Stellung halten und für alle Fälle ein Ortungsprotokoll anfertigen«, sagte Henk hastig. »Der Rest kommt mit. Wahrscheinlich kann ich jede Hand brauchen.«

Der Mann mit dem Kopfverband und der Bandage um die Hand

meldete sich freiwillig und blieb zurück. Die anderen traten in das blaue Licht hinein.

Daß sie sich ohne meßbare Zeitverzögerung plötzlich annähernd acht Kilometer über der Oberfläche des Planeten befanden, wurde ihnen erst bewußt, als ihr Blick durch die von innen durchsichtige Hülle des Kopfes der goldenen Statue fiel.

Unter ihnen erstreckte sich die blaue Unitallfläche im weichen Licht der untergehenden Sonne nach allen Seiten bis zu den rund dreißig Kilometern entfernten Ringpyramiden.

»Das ist…«, flüsterte Henk ehrfürchtig.

»Atemberaubend«, beantwortete Mezière den Satz für ihn.

Eine Weile standen die Männer wie betäubt da. »Wir müssen weiter«, sagte Henk schließlich. »Mezière, Sie kennen den Grundriß der Statue am besten. Übernehmen Sie die Führung.«

Der Hyperfunkexperte riß sich mühsam von dem spektakulären Panorama los. »Richtig. Wir dürfen nicht trödeln.« Er schloß einen Moment lang die Augen, rief sich die Vipho-Dokumentation, die er so oft studiert hatte, ins Gedächtnis zurück und setzte sich in Bewegung.

»Es gibt hier oben drei A-Gravlifte«, erklärte er. »Alle führen aus dem Kopf durch mehrere Schleusen in die Halle, die wir durch das Portal im Sockel gesehen haben. Von dort aus gelangen wir entweder über einen Transmitter oder über einen mechanischen Lift in die unterirdische Steuerzentrale des Senders.«

Sie durchquerten einen Teil des Kopfes im Laufschritt. Plötzlich blieb einer der Soldaten stehen. »Halt!« keuchte er. »Die Statue bewegt sich!«

Die anderen verharrten mitten im Schritt.

»Ich spüre nichts«, sagte Henk.

»Ich auch nicht«, schloß sich Mezière an. »Wie kommen Sie auf die Idee…«

»Sehen Sie doch!« Der Soldat streckte eine Hand aus und deutete auf die durchsichtige Wandung des Kopfes.

Am Horizont glitt die endlose Reihe der Ringpyramiden wie auf einem Transportband vorbei.

Der Goldene mußte sich auf seinem Sockel langsam um die eigene Achse drehen. Trotzdem war nicht der geringste Ruck zu spüren und kein Laut zu hören. Wenn die Rotation Fliehkräfte verursachte, wurden sie irgendwie neutralisiert. Und dann sah Henk, daß sich auch die Arme der Statue bewegten. Sie sanken wie in Zeitlupe herab.

Als sie zum Stillstand kamen, baute sich in der Luft vor den sechs Männern ein kreisrundes kristallklares Feld auf, wie die Linse einer riesigen Lupe, und in dem Feld erschienen drei dunkle Punkte, die sich bewegten.

»Was ist das?« fragte der Schweberpilot verwirrt.

»Schweber oder Gleiter«, vermutete Henk. »Wenn das Bild nur größer wäre…«

Als hätte die Statue seine Worte verstanden, zoomte sie den Bildausschnitt näher heran.

Es waren tatsächlich drei Gleiter, Kampfmaschinen der Grakos, und verblüffenderweise schienen sie ohne Tarnschirme zu fliegen.

Oder war es die fremdartige Technik des Goldenen, die die Schemen trotz ihrer Tarnung so deutlich sichtbar machte?

»Verdammt!« stöhnte Mezière. »Sie müssen die plötzlich angelaufenen Energieaggregate des Goldenen angemessen haben! Jetzt kommen sie, um nachzusehen, wo die Quelle dieser starken Emissionen ist!«

Henk bemerkte, daß die Soldaten reflexartig ihre Waffen aus den Holstern gezogen hatten. Wäre die Lage nicht so bedrohlich gewesen, hätte er laut aufgelacht. Handfeuerwaffen gegen Gleiter der Grakos aus einer Entfernung von… wie vielen Kilometern? Zehn? Zwanzig? Es spielte keine Rolle. Selbst mit einem Dutzend Handblastern waren die Schutzschirme der Schatten auch aus kürzester Distanz und durch Punktbeschuß nicht zu knacken.

Und dann hallte ein Schrei aus sechs Kehlen gleichzeitig auf.

Aus den Fingerspitzen des Goldenen Menschen schossen gleißende Strahlen hervor und trafen das heranrasende Jagdgeschwader. Die drei Kampfmaschinen vergingen in grellen Feuerbällen.

»Gütiger Gott im Himmel!« krächzte Mezière. »Die Statue ist nicht nur ein Hypersender, sondern auch eine Waffe!«

»Sieht ganz so aus«, erwiderte Henk, dem plötzlich kalt wurde. »Und das bedeutet, daß die Grakos den Goldenen als ernstzunehmenden Gegner einstufen werden, sobald sie mitbekommen haben, was hier passiert ist.«

»Wollen Sie... wollen Sie... damit etwa sagen...?« stammelte Mezière.

Henk nickte grimmig. »Richtig. Wahrscheinlich wird ihr Raumer schon bald hier aufkreuzen. Und ob die Statue auch mit einem so großen Brocken fertig wird, steht auf einem anderen Blatt. Wir dürfen keine Zeit mehr verlieren. Wir müssen unter allen Umständen unseren Notruf abschicken, bevor wir herausfinden, wie gut der Goldene ist.«

*

Die MAYHEM erreichte das Tarrol-System, wohin Ren Dhark ursprünglich gestartet war. Hoffentlich hatte er tatsächlich Gelegenheit gehabt, wie verabredet kleine Funkbojen abzusetzen, um eine Spur seines Weges zu zeichnen – falls man einmal nach ihm suchen mußte...

Doch da empfing die Ortung auf der verabredeten exotischen Frequenz Peiltöne einer Minisonde. Nach ihrer Bergung wurden die Informationen über das nächste Ziel der POINT OF abgerufen.

Obwohl die Reise bisher nach Plan verlaufen war, war die Erregung in Joan Gipsy noch nicht abgeklungen – ganz im Gegenteil. Sie wurde es nicht müde, in die von Licht durchsprenkelte Schwärze des Alls hinauszuschauen. Es war ein überaus erhabener Anblick, ganz anders als von der Erde aus. Allmählich konnte sie Ren verstehen, daß er jedesmal nach einem längeren Aufenthalt auf der Erde darauf brannte, wieder ins All zu fliegen. Sie selbst wurde jetzt von einer regelrechten Leidenschaft ergriffen, die Geheimnisse des Kosmos zu ergründen.

Sie bereute keine Sekunde, ihren Platz auf dem S-Kreuzer erobert zu haben, und sie fieberte der Begegnung mit Ren entgegen. Wie er wohl reagieren würde?

Der Ringraumer erreichte das System der Galoaner, die der Besatzung ja noch unbekannt waren. Doch die Funk-Z konnte rasch einen freundschaftlichen Kontakt herstellen. Den Galoanern war sofort klargeworden, daß die Insassen dieses Schiffes dem selben Volk entstammten wie Ren Dhark. Auch in diesem System war eine Sonde mit Informationen verborgen, doch die Galoaner stellten alle Daten für den Weiterflug ins System der Owiden gern freiwillig zur Verfügung. Allerdings konnte die Funk-Z noch im Wanar-System die erste Hyperverbindung zur POINT OF herstellen. In Drakhon war der Funkverkehr nicht so dramatisch beeinträchtigt wie in der heimatlichen Milchstraße.

Joan hatte gebeten, noch nichts über ihre Anwesenheit zu verraten, und verfolgte die Unterredung heimlich mit.

Das Herz klopfte ihr bis zum Hals, als sie Rens vertrautes Gesicht mit dem energischen Kinn auf dem Schirm sah. Seine braunen Augen blickten verwundert. »Das ist aber eine Überraschung, Larsen! Was macht ihr denn hier?«

»Man hielt es wohl für notwendig, der POINT OF Verstärkung zu schicken«, antwortete Ralf Larsen.

»Ihr habt Glück, ich wäre beinahe schon gestartet. Wir haben nämlich neue Koordinaten entdeckt, an denen wir die Rahim vermuten.«

»Und wir haben etwas entdeckt, was Sie nicht für möglich halten werden, Sir! Wir wissen, wie man verhindern kann, daß die Meiler der Ringraumer *ertobit* werden. Möchten Sie die POINT OF auftanken?«

Es kam nicht oft vor, daß Ren Dharks Kinnlade herunterklappte, aber diesmal war der Commander wirklich sprachlos. Larsen genoß den seltenen Anblick mit heimlichem Vergnügen.

*

Wenige Stunden später ging die MAYHEM im Owid-System von Sternensog auf SLE. Kurz darauf trieb sie neben dem Flaggschiff der TF und der H'LAYV antriebslos durch das All.

»Das ist eine gute Gelegenheit, sämtliche Systeme zu überprüfen«, meinte Shanton und knackte mit den Fingern, als ob er es nicht mehr erwarten könne. »Gerade vor so einem Einsatz ist das unerläßlich!«

»Na, dann kommt mal alle rüber, damit wir uns in Ruhe unterhalten können!« forderte Ren Dhark auf.

Er erwartete die Gäste von der Erde höchstpersönlich an der Schleuse, auch die übrigen Besatzungsmitglieder freuten sich über den unerwarteten Besuch.

Ren Dhark wandte sich bereits zum Gehen, als Larsen zu ihm sagte: »Einen Moment, es kommt noch jemand.«

»Wer denn?« wunderte sich Dhark und riß die Augen auf, als er Joan erkannte. Sie hatte sich diesen Auftritt für den Schluß aufgespart, wenn die üblichen Begrüßungen schon abgelaufen waren.

»Hallo, Ren«, sagte sie lächelnd. »Ich kam zufällig hier vorbei und dachte mir, ich schau mal rein…«

So zuversichtlich und selbstbewußt, wie sie sich gab, fühlte sie sich allerdings in diesem Moment keineswegs. Doch sie hätte sich um nichts in der Welt ihre Aufregung und Unsicherheit anmerken lassen.

»Träume ich?« fragte Ren und sah Larsen an.

»Nein, sie ist durchaus real. Bernd Eylers hat sie mitgeschickt.«

»Eylers? Aber wie…«

»Na sag mal, Ren, willst du mich nicht erst begrüßen?« unterbrach ihn Joan.

»Komm mit«, sagte er kurz angebunden, packte sie am Arm und zog sie hinter sich her.

*

Joan schwieg, bis sie allein in seiner Unterkunft waren. »Du schäumst ja geradezu über vor Freude, mich zu sehen«, bemerkte sie dann sarkastisch.

»Was glaubst du denn?« Er fuhr sich durch die weißblonden Haare. »Mit dir hätte ich doch niemals gerechnet! Wie bist du nur auf die absurde Idee gekommen, mitzufliegen?«

»Das erzähle ich dir später. Aber ich kann dir vielleicht nützlich sein!«

»Nützlich? Wir sind quasi zu einem Himmelfahrtskommando unterwegs! Am liebsten würde ich dich sofort wieder nach Hause schicken!«

Joan näherte sich ihm langsam. »Ich finde, es ist an der Zeit, daß du mich in die Arme nimmst.«

»Joan, ich…«

»Sch-scht, sag jetzt einfach gar nichts.« Sie schlang ihre Arme um ihn und legte ihre weichen Lippen auf seinen Mund.

Nach kurzer Zeit gab Ren Dhark seinen Widerstand auf; zu lange schon hatte er Joans Umarmung entbehrt. Er zog sie an sich und küßte sie mit zunehmender Leidenschaft.

Als er sie wieder losließ, holte sie erst mal Luft. »Ich glaube, damit kann ich zufrieden sein«, hauchte sie. Ihre grünen Augen glänzten. »Das hast du zumindest nicht verlernt.«

Ren seufzte und ließ sich in einen Sessel fallen. »Joan, warum hast du das nur getan? Das war in höchstem Maße unvernünftig, und das weißt du genau! Ich kann dich nicht mitnehmen!«

»Natürlich kannst du, du willst nur nicht. Aber ich kann schon allein auf mich aufpassen, Ren. Und ich wollte endlich wissen, weshalb du das All so sehr liebst. Wenn wir uns je verstehen wollen, muß ich dein Leben teilen… und du vielleicht auch manchmal meines. Ich bin dir doch nicht gleichgültig, oder?« Sie setzte sich auf die Lehne und griff nach seiner Hand.

»Natürlich nicht, was für eine Frage«, brummte er. »Deshalb mache ich mir ja Sorgen. Wie hast du Eylers nur dazu bringen können?«

»Ich werde es dir später erzählen, wie gesagt. Jetzt haben wir Wichtigeres zu tun.«

»Wichtigeres?« Er sah zu ihr hoch.

Sie lachte leise. »Und ob«, flüsterte sie und setzte den begonnenen Kuß fort.

*

Ren Dhark blieb nichts anderes übrig, als Joans Anwesenheit zu akzeptieren. Natürlich freute er sich sehr, sie zu sehen, und sein Herz hatte einige Takte schneller geschlagen, als sie so plötzlich vor ihm gestanden war. Aber er machte sich nichts vor: Sie bedeutete eine Belastung für ihn. Ihre Anwesenheit konnte ihn in Krisensituationen erpreßbar machen. Und er würde es nicht vermeiden können, daß sie in Gefahr geriet. Aber genau das wollte er verhindern.

Doch jetzt war es zu spät dazu. Ren machte sich auch keine Illusion darüber, daß er Joan bei den Galoanern lassen konnte. Ihr Dickschädel war mindestens ebenso groß wie seiner. Und da sie es schon bis hierher geschafft hatte, konnte keine Macht des Alls sie daran hindern, auf der POINT OF mitzufliegen.

Noch dazu, da sie fast einen Tag Frist gewonnen hatte, der zur Betankung und Überprüfung der POINT OF benötigt wurde. Morgen, das war ihm klar, würde er ihr gar nichts mehr abschlagen können.

Überhaupt war es eine große Überraschung für den Commander, daß man auf der Erde angeblich entdeckt haben wollte, wie die POINT OF zu »betanken« sei. Beim letzten Aufenthalt auf Babylon waren die *ertobiten* Meiler ersetzt worden. Seit der galaktischen Katastrophe, die fast alle Mysterious-Technik vernichtet hatte, funktionierten diese Anlagen nicht mehr. Ren Dhark gab es nicht gerne zu, aber er hatte sich oft Gedanken darüber gemacht, wie lange die neuen Meiler seines Flaggschiffes noch arbeiten würden

– und was geschähe, wenn sie ihre Energievorräte aufgebraucht hätten. Und nun wollte dieser Saam herausgefunden haben, daß es genügte, eine Kammer im Schiff mit Tofirit zu füllen?

Dhark war mehr als nur skeptisch. Doch ihm stand eine gewaltige Überraschung bevor. Noch bevor alle Tofiritvorräte aufgefüllt waren, schaltete das Schiff auf einen anderen Betriebsmodus um.

Offensichtlich war der Tankraum schon bei der Entdeckung der POINT OF auf Hope nur mit sehr wenig des für die Mysterious vermutlich kostbaren Schwerstmetalls befüllt gewesen. Nun offenbarte das Schiff, was wirklich in ihm steckte.

Chris Shanton war begeistert von dieser Herausforderung. Er ging auf Entdeckungsreise durch den Ringraumer und sortierte die Erklärungen für die Mannschaft; das waren jene Momente, in denen er sogar das Essen vergaß, vom Trinken gar nicht zu reden. Er ließ sich nicht einmal von Jimmy provozieren.

*

»Ren, es ist schon nach sieben Uhr«, mahnte Joan Gipsy, als sie die Geduld verlor. »Es kann nichts Unaufschiebbares mehr geben, das heute noch dringend erledigt werden muß. Wir sollten ein wenig Zeit miteinander verbringen und reden.«

Genau dem war Ren Dhark bisher ausgewichen. Er war Profi, was seinen Beruf anging. Aber sein Privatleben hatte Nachholbedarf; es hatte nie einen Grund gegeben, allzu sehr darüber nachzudenken.

Doch Joan ließ ihm keine Wahl. Allerdings mußte der Commander zugeben, daß ein gemeinsames Abendessen bei schummrigem Licht und mit der richtigen Musikuntermalung nicht nur sehr angenehm war, sondern auch automatisch die Zunge löste. Sie unterhielten sich sehr gut an diesem Abend und kamen sich sehr nahe. Ren schaffte es sogar, nicht alle fünf Minuten nach dem Zustand des Schiffes zu fragen oder den Start vorbereiten zu wollen. Er wußte ja, daß dafür noch die ganze Nacht benötigt würde. Und am nächsten Tag sollte zunächst der Nomade verhört werden, den man als einzigen Überlebenden nach dem Absturz des Kreuzraumers auf dem Methanplaneten geborgen hatte. Dazu war es nötig gewesen, den Widerstand des Hundeartigen mit paralysierender Strichpunktstrahlung zu brechen. Freiwillig hätte er nie einen Flash betreten, der von Menschen gesteuert wurde, die er als »Schwächlinge« verachtete. Auch an Bord der POINT OF hatte er sich nicht kooperativ gezeigt. Bisher hatte man kaum mehr als seinen Namen aus ihm herausbekommen: Putt Azz.

Ein harter, schwieriger Brocken.

Als Manu Tschobe, Arzt und Hyperfunkspezialist, am vergangenen Nachmittag nach seinen Wunden hatte sehen wollen, hatte er blitzschnell nach ihm geschnappt und die Hand nur um wenige Millimeter verfehlt – und zwar nur deswegen, weil der Schwarzafrikaner ohnehin gerade in der Rückwärtsbewegung war. Daß er sich nicht auf den Mediziner stürzen und ihn töten konnte, hatte ein Fesselfeld verhindert, das ihn auf sein Lager drückte.

»Das nächste Mal binde ich dir die Schnauze zu, du undankbarer Hund!« hatte der Arzt wütend geschnaubt, nachdem er sich von dem Schrecken erholt und festgestellt hatte, daß sich seine Hand wirklich noch unversehrt am Armgelenk befand. »Ich bin nicht dein Feind, klar? Ich bin Arzt! Ein Heiler, Lebensretter! Solche muß es doch sogar bei euch geben, oder?«

»Ja, natürlich, aber sie haben keinen hohen Stand«, hatte Putt Azz gezischt. »Sie sind keine Kämpfer und deshalb minderwertig. Wir brauchen sie, das ist wahr, aber wir verehren sie nicht, wenn du das von mir erwartest.«

»Euch müßte man mal eine anständige Kultur beibringen! Ihr achtet Ärzte nicht? Dann verreckt doch an der nächstbesten Seuche, die ihr euch auf einem unbekannten Planeten holt! Geht elend an Viren zugrunde, die eure Knochen aufweichen und euer Innerstes nach außen stülpen! Dann möchte ich euch sehen, wo euer Stolz bleibt, wie ihr winselnd zu euren Heilern gekrochen kommt und sie um Hilfe anbettelt!« Er hatte sich Ren Dhark zugewandt, der im Hintergrund gewartet hatte. »Sollte er irgendwelche Beschwerden bekommen – dann ruft nicht mich!«

Der Commander hatte geseufzt. »Was soll das bringen, Putt Azz? Wohin soll das führen? Du hast keinen Ausweg. Und es ist nicht sehr klug, die Hand, die einem helfen will, zu beißen. Jeder braucht mal jemanden, irgendwann.«

»Aber nicht ich, und nicht jetzt«, hatte der Nomade ihm entgegengespien. »Du Kümmerling kannst mich schon gleich gar nicht beeindrucken!«

Dhark hatte sich kurzerhand entschlossen, abzubrechen und Chris Shanton hinzuzuziehen. Der Ingenieur war ein sehr guter Beobachter.

Es hatte keinen Sinn mehr, heute noch weiterzumachen; Ren war zu erschöpft, und das würde Putt Azz früher oder später merken und ihn nur noch mehr zu Spott und Hohn reizen.

Nach dem Essen ergriff Joan die Initiative, als Ren beiläufig meinte: »Ich muß dir noch ein Quartier geben, oder bleibst du auf der MAYHEM?«

»Weder noch«, antwortete sie mit sanfter, leicht gurrender Stimme. »Heute nacht werde ich gewiß kein eigenes Quartier brauchen.«

»Äh… die Mannschaft…«

»Die wird sich denken, was sie will, und zwar egal ob du dich nun keusch gibst oder nicht, mein Lieber.«

Joan leerte ihr Glas. »Ren, ich weiß, daß wir hier eine andere Situation als auf der Erde haben. Aber du bist doch immer noch du selbst, oder nicht? Ich meine, tief in dir drin, in deiner rauhen Kommandantenschale, steckt ein Mann. Ein ziemlich leidenschaftlicher Mann, wenn man ihn freiläßt. Ich bin jetzt hier, und wir haben diese Nacht frei. Gibt es da noch einen anderen Grund?«

Er schüttelte den Kopf. Als Commander war er ständig mit seinem Pflichtbewußtsein konfrontiert; an Bord eines Raumschiffes gab es kein Privatleben für ihn. Er wollte sich Joan gegenüber nicht so abweisend verhalten, aber es war schwierig, sie nun hier, sozusagen an seinem Arbeitsplatz, zu haben.

Dabei sah sie äußerst attraktiv und anziehend aus, und er hatte sie wirklich schon lange vermißt. In vielen Nächten war er erwacht und hatte neben sich getastet, nur um enttäuscht festzustellen, daß er allein war. Er erinnerte sich genau an die sanften Linien ihres Körpers, an ihre weiche Haut, ihre Leidenschaft und Wärme.

Ren Dhark stand auf und ging um den Tisch herum. Wortlos zog er Joan hoch in seine Arme und küßte sie mit einer Intensität, die beide sehr schnell alles um sich herum vergessen ließ. Sich küssend bewegten sie sich langsam Richtung Bett, wobei sie eine Spur aus Kleidungsstücken hinterließen.

Viel Schlaf fanden sie in dieser Nacht nicht.

*

Mark Lewis hielt den Blaster fest umklammert auf der Brust. Die schwere Waffe fühlte sich fast lebendig in seinen Händen an, und irgendwie wirkte ihr Gewicht tröstlich.

Di Stefano hatte den Sicherungsmechanismus, der die Abstrahlleistung begrenzte, ausgeschaltet, so daß sich die gesamte Restenergie der Speicherzelle mit einem Schlag entladen konnte. Vielleicht würde der Blaster dabei hochgehen, vielleicht auch nicht. Es spielte ohnehin keine Rolle mehr. Wichtig war nur, daß der letzte Schuß saß.

Der Botaniker löste die linke Hand vom Lauf der Waffe, nestelte mit tauben Fingern an seiner Brusttasche herum, zog das Foto seiner Frau daraus hervor und hielt es sich dicht vor die Augen, die ihm allmählich Schwierigkeiten machten. Er konnte nicht mehr ganz scharf sehen. Manchmal nahm er seine Umgebung nur noch wie durch einen Nebel wahr, dann wieder völlig klar.

So wie jetzt. Sabrina in einem schwarzen schulterfreien Abendkleid, das volle Haar mit einer silbernen Spange hochgesteckt. Sie lächelte leicht. Ihre Augen funkelten, und ihre roten Lippen schienen zu glühen. Wie schön sie war.

Als sie seinen Heiratsantrag angenommen hatte, war er der glücklichste Mann der Welt gewesen. Und vor drei Monaten hatte sie sein Glück perfekt gemacht. Denn an diesem Tag hatte er erfahren, daß sie schwanger war.

Es würden Zwillinge werden, wie die routinemäßige Vorsorgeuntersuchung gezeigt hatte. Zwei gesunde Jungen, keinerlei Anzeichen auf Behinderungen oder latente Erbkrankheiten.

Doch nun würde er seine Söhne nie sehen, würde nie miterleben, wie sie die ersten wackligen Schritte machten, die ersten Wörter sprachen.

Sabrinas Bild verschwamm vor seinen Augen. Mark blinzelte ein paar Mal und legte das Foto auf seine Brust. Direkt über sein Herz, das nur noch langsam und schwerfällig schlug, als wäre es seiner Aufgabe überdrüssig.

Irgendwann schreckte er hoch. War er einen Moment lang eingenickt? Wieder blinzelte er krampfhaft. Ein Kribbeln und Stechen breitete sich in seinem verstümmelten Unterleib aus und kroch langsam sein Rückgrat empor. In seinen Ohren summte es, ein unangenehmes durchdringendes Geräusch. Er öffnete und schloß den Mund, machte Kaubewegungen und schluckte.

Das Geräusch blieb. Es kam nicht aus seinem Kopf, es wurde sogar lauter.

Mark tastete über seine Brust, fand Sabrinas Bild und warf einen letzten Blick darauf, prägte sich jede Einzelheit ein. Das letzte, was er mit sich in die Ewigkeit nehmen wollte, war das Gesicht seiner Frau. Er hob das Foto an seine ausgetrockneten Lippen und küßte es. Dann streckte er die Hand nach dem Funkgerät aus und drückte die Sendetaste.

Das Geräusch veränderte sich, wurde heller und schriller, wie das nervtötende Summen einer wütenden Wespe. Und es kam schräg von vorn. Etwas Dunkles glitt in sein Blickfeld.

Der junge Botaniker zerbiß die Aufputschpille, die er sich schon vor einer Viertelstunde in den Mund geschoben hatte, und schluckte den Inhalt hinunter. Wärme durchflutete seinen Körper.

Vorsichtig und ganz langsam richtete er den Lauf der Blasterkanone auf den verwaschenen Schemen, der jetzt vor ihm herabsank, höchstens ein Dutzend Schritte entfernt. Er hatte die Waffe auf Totmannmodus geschaltet und den Abzug durchgedrückt. Sobald er ihn losließ, würde der Blaster feuern.

Totmannschaltung, dachte Mark belustigt und mußte ein albernes Kichern unterdrücken. *Wie passend. Eigentlich bin ich längst schon tot. Nur mein dämlicher Körper hat es noch nicht kapiert.*

Der Grakogleiter setzte vor ihm auf, das Summen verstummte. Mark wartete.

Er spürte, wie die Wirkung des Aufputschmittels schon wieder nachließ. Ein leichter, nicht unangenehmer Schwindel erfaßte ihn. Sein Kopf wurde schwer, so schwer. Müdigkeit breitete sich in seinem Körper aus. Schlafen, nur noch schlafen…

Noch nicht! flüsterte eine Stimme tief in ihm. Sabrinas Stimme. *Halt noch ein bißchen durch. Nur noch ein paar Sekunden. Tu es für mich, für deine ungeborenen Söhne.*

Mark mobilisierte seine letzten Kraftreserven. Die Blasterkanone schien ihn in den Boden drücken zu wollen, und er begriff, daß sein Atem ausgesetzt hatte, daß er die Kontrolle über seinen Körper verlor. Er konnte nicht einmal mehr blinzeln. Nur in den Händen hatte er noch einen Rest von Gefühl. Sein rechter Zeigefinger hielt den Abzug eisern fest.

Der Schemen vor ihm waberte, und dann nahm er unvermittelt scharfe Konturen an.

Der Idiot hat tatsächlich den Schutzschirm abgeschaltet, dachte Mark glücklich.

Vollkommener Frieden erfüllte ihn. Er hatte ein kurzes, aber ein gutes Leben gehabt. Und sein Tod würde nicht umsonst sein.

In dem Gleiter öffnete sich eine Luke. Marks Blasterkanone ruckte ein winziges Stückchen herum. Er wußte mit absoluter Sicherheit, daß er richtig zielte, als sich sein Finger vom Abzug löste.

Für einen Sekundenbruchteil stand ein blendend heller Feuerstrahl in der Luft. Mark spürte nicht mehr, daß der plötzlich weißglühende Lauf der Waffe seine Hände und Brust wie trockenes Papier auflodern ließ. Aber er sah noch den grellen Lichtblitz, mit dem der Gleiter explodierte, bevor er starb.

*

»Um Gottes willen, beeilen Sie sich!« quäkte Mezières sich fast überschlagende Stimme aus dem winzigen Lautsprecher von Henks Armbandvipho. »Schicken Sie mir endlich die verdammten Koordinaten rüber!«

»Halten Sie den Mund!« fauchte der Ingenieur ungehalten. »Glauben Sie, ich mache hier ein Nickerchen?«

Er stand vor der mit unzähligen Kippschaltern übersäten Halbkugel in dem kuppelförmigen Raum vor der eigentlichen Zentrale des Mammutsenders. Über ihm leuchtete das Abbild der Milchstraße. Der Spiralarm mit dem Solsystem war durch einen leuchtenden Kreis markiert, aber die Apparatur weigerte sich beharrlich, ihm verständliche Koordinaten zu nennen. Die Gedankenstimme, die in seinem Kopf aufklang, benutzte die Sprache der Mysterious.

Und die beherrschte Henk leider nicht. Selbst ein Translator hätte ihm nicht weitergeholfen, da diese Geräte auf akustische Dateneingabe angewiesen waren.

Sie hatten das unterirdische Gewölbe durch den von Chris Shanton entdeckten Transmitter erreicht und so den mechanischen Lift umgehen können. Ein wertvoller Zeitgewinn, aber jetzt steckten sie fest.

Projizier für mich folgendes Koordinatensystem als Gittermuster über die Milchstraße! dachte Henk konzentriert und visualisierte das gewünschte Ergebnis. Die Halbkugel, obwohl offensichtlich kein reines Mysteriousprodukt, verfügte trotzdem neben den mechanischen Schaltern über eine Gedankensteuerung. Kommentarlos führte sie Henks Anweisungen aus.

Und jetzt nimm folgende Werte als Referenzgrößen an, fuhr Henk in Gedanken fort und teilte dem fremdartigen Rechengehirn die entsprechenden Daten mit. *Ein Fenster unter der Sternenkarte öffnen. Gelber Hintergrund als Kontrast. Größer... ja, gut so. Ich brauche einen separaten Satz Balkendiagramme für alle Koordinatenachsen...*

Eine erneute hysterische Nachfrage Mezières ließ ihn kurzerhand das Armbandvipho ausschalten. Er begriff nicht, wieso die Gedankensteuerung ihn problemlos verstand, sich aber nicht bequemte, mit einer auch für ihn verständlichen Stimme zu antworten. Ein Rätsel, das ihn jetzt nicht interessieren durfte.

Einer der vier Soldaten war bei ihm geblieben, obwohl der Mann ihm nicht helfen konnte. Die drei anderen befanden sich bei Mezière in der eigentlichen Steuerzentrale, um dem Hyperfunkexperten bei der Ausrichtung der Antenne zu assistieren. Mezière hatte den Notruf bereits eingespeichert und wartete nur noch darauf, daß ihm sein Kollege endlich die erforderlichen Daten übermittelte, damit der Funkspruch nicht ungehört irgendwo in den Tiefen des Alls verpuffte.

Allmählich kam Henk der Lösung näher, Schritt für Schritt, quälend langsam, aber er machte eindeutig Fortschritte. Die Datenkolonnen begannen sich zu stabilisieren, und die Balken der Diagramme glichen sich an.

Eilige Schritte klangen auf. Ein Soldat stürmte leicht hinkend aus der Steuerzentrale in den Kartenraum. »Die Verbindung ist abgebrochen!« brüllte er. »Mezière kann Sie nicht mehr erreichen!«

Henk hob eine Hand, ohne aufzusehen. »Verbindung steht gleich wieder«, erwiderte er knapp. »Hab' das Vipho selbst deaktiviert. Der Kerl treibt mich sonst noch in den Wahnsinn. Ich melde mich bei ihm, sobald ich was für ihn habe. Richten Sie ihm das aus. Und jetzt Ruhe!«

Er wandte sich wieder der Gedankensteuerung zu. Eine kleine

Ewigkeit später hatte er das letzte Hindernis aus dem Weg geräumt. Zwei Testläufe zeigten ihm, daß sämtliche Werte und Maße jetzt deckungsgleich waren.

»Mezière, hier kommen die...« Er fluchte und schaltete das Armbandvipho wieder an. »Mezière, hier kommen die Daten für Terra«, begann er erneut. »Bestätigen Sie, bevor Sie die Eingabe abschicken. Es geht los...«

*

Leutnant Emilio di Stefano hatte mit dem Leben abgeschlossen. Von seinem ehemals achtzigköpfigen Trupp lebten nur noch zweiunddreißig Mann, wenn er die in verschiedenen Verstecken zurückgelassenen Schwerverletzten mitzählte.

Und wahrscheinlich waren einige davon in der Zwischenzeit gestorben.

Achtzehn Mann hatte er noch um sich geschart. Fast alle waren irgendwie verwundet – und alle zu Tode erschöpft. Daß er selbst bisher kaum einen Kratzer abbekommen hatte – die leichte Fleischwunde in seiner Seite nahm er nicht weiter zur Kenntnis – erfüllte ihn beinahe mit Schuldbewußtsein, obwohl er wußte, daß er das nicht etwa einer glücklichen Fügung, sondern in erster Linie seiner soldatischen Disziplin und Erfahrung zu verdanken hatte.

Lewis hatte es tatsächlich geschafft, eine der Bestien samt Kampfmaschine ins Nirwana zu schicken. Ausgerechnet der sanftmütige Botaniker, der es im zivilen Leben nicht einmal übers Herz brachte, eine Fliege totzuschlagen.

Der es nicht fertiggebracht hatte, korrigierte sich di Stefano, denn Mark Lewis war tot.

Sie lagen hinter einer gut einen Meter durchmessenden Röhre, die zum Wasserversorgungssystem einer noch weitestgehend intakten Ringpyramide gehörte, neunzehn erschöpfte und verdreckte Männer, schwitzend, blutend und keuchend. Durch den Park vor ihnen rückten die Schatten vor, und über ihnen standen drei, vier oder noch mehr Gleiter in der Luft, dunkle, nebelhafte Schemen, die so gründlich mit den treibenden Rauchschwaden verschmolzen, daß sie praktisch nicht mehr auszumachen waren.

Hinter den Männern erstreckte sich eine ebene Rasenfläche, ein mehrere hundert Meter breiter Gürtel ohne Deckungsmöglichkeit. Obwohl die Dunkelheit hereinbrach, hatten sie nicht die geringste Chance, sich irgendwohin abzusetzen. Die Grakos waren nicht auf Tageslicht angewiesen, um ihre Beute aufzuspüren. Sobald sie die Verteidiger entdeckten, war es um di Stefanos Leute geschehen. Jetzt ging es nur noch darum, möglichst den einen oder anderen Grako mit ins Grab zu nehmen.

»Ihr habt gut gekämpft, Jungs«, sagte di Stefano leise. »Ich bin stolz auf euch, auf jeden einzelnen, und ihr solltet auch stolz auf euch sein. Ich wünschte…«

Ein Signalton seines Armbandviphos unterbrach ihn.

»Hier Oberst Pétain!« klang die Stimme des Oberkommandierenden von Babylon auf. »An alle, die mich hören können! Es ist uns gelungen, einen Hyperfunkspruch an die Erde und verschiedene Stützpunkte abzuschicken! Noch haben wir keine Antwort erhalten, aber wir haben berechtigte Hoffnung…«

Seine Stimme ging in einem Orkan von Störgeräuschen unter.

»Was, zum Geier…«, murmelte di Stefano.

»Leutnant!« rief Schuster, der einzige noch unverletzte Berufssoldat, verhalten. »Die Grakos rücken nicht weiter vor! Ein Teil zieht sich sogar zurück. Die anderen sind stehengeblieben, als würden sie auf etwas warten.«

Di Stefano hob vorsichtig den Kopf und spähte über die Röhre. In diesem Augenblick sah er im Dämmerlicht in der Ferne einen riesigen Schatten über die Flachdächer der Ringpyramiden huschen. Der dunkle Schemen gewann an Höhe, beschleunigte mit irrwitzigen Werten und war gleich darauf verschwunden.

»Da hinten liegt der Raumhafen«, flüsterte der Zivilist, dessen Traum es war, Anja Riker zu vernaschen, neben di Stefano. »War das etwa das Schiff der Grakos?«

Der Leutnant nickte stumm. Es *mußte* der Raumer gewesen sein. Und ihm war noch etwas anderes aufgefallen.

In der Richtung, in der das Schiff verschwunden war, stand die Riesenstatue des Goldenen Menschen.

Leutnant Emilio di Stefano zählte zwei und zwei zusammen.

Wenn es Babylon gelungen war, einen Hyperfunkspruch zur Erde zu schicken, kam nur der Goldene als Sender in Frage.

Aber wie war das möglich? Seit dem galaktischen Blitz funktionierte nichts mehr, das auf Mysterious-Technik basierte. Hatten vielleicht doch einige Komponenten des Goldenen den Blitz überstanden? So wie die seinerzeit von ihren Intervallfeldern geschützten Ringraumer? Oder gab es auf Babylon ein technisches Genie, das die zerstörten Teile repariert und den Sender wieder in Betrieb genommen hatte?

Wie auch immer, die Grakos schienen die Sache nicht auf die leichte Schulter zu nehmen, sonst hätten sie ihr Schiff garantiert nicht losgeschickt. Und ihre Bodentruppen hatten offensichtlich den Befehl erhalten, die Offensive vorerst abzubrechen.

»Was sollen wir tun, Sir?« fragte Schuster.

»Wir warten«, erwiderte di Stefano. »Unser Motto lautet: In Deckung bleiben, uns unauffällig verhalten und auf weitere Nachrichten aus dem Hauptquartier warten. Nutzt die Zeit und versucht, euch ein bißchen zu erholen, Männer. Vielleicht ist das nur die Ruhe vor den Sturm, aber vielleicht hat sich die Situation auch grundlegend zu unseren Gunsten geändert.«

Den Rest seiner Überlegungen sprach er nicht laut aus, denn noch konnte er selbst nicht daran glauben.

Vielleicht ist das mehr als nur ein kurzer Aufschub. Vielleicht geschieht tatsächlich ein Wunder.

*

»Das war der letzte Spruch«, seufzte Henk und ließ sich neben Mezière in seinen Schalensessel vor der Galerie der überdimensionalen Steuerkonsole zurücksinken. »Ich habe Oberst Pétain per Kurzmitteilung Bericht erstattet.«

»Der Rechner hat meine Nachfragen bestätigt«, sagte Mezière. Seine Stimme klang immer noch ungläubig. »Alle Funksprüche sind ordnungsgemäß rausgegangen, und bei *dieser* Sendeleistung müssen sie ihr Ziel einfach erreicht haben. Jetzt fehlt nur noch die Antwort.«

Henk schloß die Augen und massierte sich mit beiden Händen das brennende Gesicht. Seine Haut fühlte sich ölig und entzündet an. Er schwitzte wie in einer Sauna. »Ich bezweifle, daß wir in absehbarer Zeit eine Antwort erhalten werden«, murmelte er müde.

»Wieso?« wollte Mezière wissen. »Warum sollten Terra und die anderen Stationen nicht antworten? Wir haben...«

»Darum«, fiel ihm Henk ins Wort. Er öffnete die Augen und deutete auf einen Bildschirm, über den eine Kolonne unterschiedlicher Symbole und Schriftzeichen lief. In einem Nebenfenster tanzte ein sinusförmiges Wellenmuster, das immer wieder gestaucht und gedehnt wurde. »Galaktischer Magnetsturm. Sehen Sie sich die Amplituden an, Kollege. Die Werte sind astronomisch hoch. Unsere Hyperfunksender verfügen nicht annähernd über die erforderliche Leistung, um gegen diesen Sturm anzustinken. Es müßte sich schon einer in der Nähe befinden, damit ein Spruch zu uns durchkommt.«

Mezière runzelte die Stirn. Er öffnete den Mund, als wollte er protestieren, doch schließlich nickte er widerwillig. »Sie haben recht«, gab er zu. »Also werden wir erst wissen, ob Hilfe kommt, wenn sie fast schon da ist. Ich weiß nicht...«

Er verstummte mitten im Satz, als sich unter der kuppelförmigen Decke eine riesige Holographie aufbaute. Alle Männer legten wie auf ein Kommando die Köpfe in den Nacken.

»Ich habe es befürchtet«, flüsterte Henk. »Das Mutterschiff der Grakos! Und sie kommen garantiert nicht, um uns einen Freundschaftsbesuch abzustatten.«

Das Schattenschiff raste in großer Höhe mit mehr als zehnfacher

Schallgeschwindigkeit heran. Die verdrängten Luftmassen umgaben es wie eine schimmernde Korona.

»Wenigstens haben wir unsere Hilferufe noch rechtzeitig abschicken können«, sagte Mezière tonlos. »Und sehen wir es positiv. Solange das Schiff damit beschäftigt ist, den Goldenen in Schutt und Asche zu legen, hat die Kolonie eine Verschnaufpause. Hoffen wir, daß der Goldene den Bastarden lange genug standhalten kann, bis uns die TF Hilfe schickt.«

»Amen«, erwiderte Henk. Und dann stockte ihm der Atem. Weitere Bildschirme erwachten schlagartig zum Leben. Doch was ihn überrascht hatte, war das, was die riesige Holographie an der Dekke zeigte.

Um den Goldenen Menschen herum hatte sich ein blaßblau glitzerndes Feld aufgebaut.

Ein Schutzschirm, der in seinen Ausmaßen denen der gigantischen Statue ebenbürtig war. Eine Glocke mit mehr als fünfzig Kilometern Durchmesser, die die gesamte den Goldenen Menschen umgebende Unitallfläche umschloß.

*

Putt Azz schüttete sich halb aus vor Lachen, als Jimmy neben Chris Shanton in den Verhörraum wackelte. »Was ist das? Euer neuer Folterknecht?«

Der Nomade maß knapp einsneunzig; sein Kampfanzug war ihm abgenommen worden, und man hatte ihn in eine einigermaßen passende Bordkombination gesteckt. Seine Wunden waren bereits fast verheilt. Das nicht vorhandene Fell machte seinen Anblick nicht gerade sympathischer, seine Schnauze war lang und breit, mit mächtigen Reißzähnen bewehrt, in seinen tiefliegenden Augen lag ein gelbes Glühen. Wie alle seine Artgenossen sabberte er.

»Wir werden nun alle Antworten von dir erhalten, Putt Azz«, eröffnete Ren Dhark das Verhör.

»Ich bin Kommandant, kein niederer Hund«, schnappte Putt

Azz. »Vergiß es, du windige Blattlaus. Ich habe mich bis nach oben durchgebissen, denkst du, du kannst mich beeindrucken?«

»Wenn du darüber nachdenkst...«

»Quatsch! Nur der Stärkste hat das Recht, Antworten zu fordern, nur der Stärkste kann führen! Ich beuge mich keinen windigen kleinen Schwächlingen, wie ihr es seid! Ihr seid mir in jeder Hinsicht unterlegen. Also verlaßt diesen Raum, ihr beleidigt meine Augen!«

»Du reißt das Maul ganz schön weit auf!« keifte Jimmy. »Komm doch her, wenn du dich traust!«

»Du lächerlicher Furz, dich zerdrücke ich mit einer Kralle!« Putt Azz streckte eine vierfingrige Pranke aus, soweit die Fesselfelder es zuließen.

Ren Dhark machte Shanton ein Zeichen, ihm zu folgen. Gemeinsam verließen sie den Verhörraum.

»Mal abgesehen davon, daß ich das ablehne, könnte man ihm auch nicht mit Folter beikommen«, sagte er.

»Dem stimme ich zu«, nickte Shanton. »Solange er sich als ranghöher einstuft als wir, wird er alles ertragen. Und die Nomaden sind offensichtlich schmerzunempfindlich. Es würde ihm nichts ausmachen. Im Gegenteil, vermutlich wird es ihn noch bestärken, über uns zu triumphieren!«

»Der zeigt eindeutig Rudelverhalten, wie bei Wölfen oder uns Hunden!« plapperte Jimmy vorlaut dazwischen. »Er will um seinen Rang kämpfen und sich erst unterwerfen, wenn er verliert!«

»Woher weißt du das denn, du Naseweis? Du bist doch nicht mal ein richtiger Hund!« bemerkte Dhark freundlich.

»He, ich habe aber alle Daten erfaßt!« kläffte Jimmy wütend. »Ich sehe aus wie ein richtiger Hund und kann mich auch so benehmen! Ich weiß alles darüber! Allerdings ist jeder Hund diesem sabbernden Ekelpaket überlegen, was das Hirn betrifft!«

»Ja, Intelligenz wird bei ihnen wohl nicht allzu groß geschrieben«, vermutete Shanton. »Was sie an Technik brauchen, stehlen sie. Ansonsten beißen sie sich erfolgreich mit ihrer Kraft, Aggressivität und vor allem Furchtlosigkeit durch. Sie haben keine Probleme, ihr Leben zu riskieren und können das Wort *friedlich* vermutlich nicht buchstabieren.«

»Und genau darauf sollten wir uns einstellen«, sagte Ren plötzlich. »Jimmy hat uns da auf eine sehr interessante Sache gestoßen.«

Shanton sah ihn nachdenklich an, dann huschte Erkennen über sein Gesicht. »Aber genau! Wir müssen ihn schlagen!«

»Und wie?« konnte Jimmy seine Meinung nicht für sich behalten. »Mit bloßen Fäusten oder so?«

»Aber sicher«, bestätigte Shanton, und Ren nickte.

»Zufälligerweise haben wir genau den richtigen Mann dafür an Bord. Und ihr beide werdet ihn holen, während ich das Verhör fortsetze und Putt Azz noch ein bißchen provoziere.«

*

Chris Shanton suchte Lati Oshuta auf. »Na, Oshuta, mal wieder Lust auf einen richtigen Kampf?«

Der Japaner schaute auf. Er war seit zwei Jahren Cyborg, was seiner großen Leidenschaft, der Selbstverteidigung, in welcher Disziplin er sich Großmeister nennen durfte, nur dienlich war. Dabei war er nicht besonders groß, aber dafür lebhaft wie Quecksilber und stets bester Laune. Mit ihm konnte es niemand so leicht aufnehmen. Daß er es auch mit einem Nomaden aufnehmen konnte, hatte sich schon auf der Heimatwelt der Galoaner gezeigt.

Shanton setzte dem ehemaligen Werkstoffprüfer die Sachlage auseinander, und Lati Oshuta erklärte sich sofort zur Unterstützung bereit.

»Anders kommen wir ja doch nicht weiter«, bemerkte er ganz richtig. Er begleitete Shanton sofort, und sie übermittelten Ren Dhark im Inneren des Verhörraums, daß sie bereit waren.

Der Commander hatte es unterdessen mit weiteren Fragen versucht und an die Vernunft des Gefangenen appelliert.

»Alle deine Artgenossen sind tot, du bist der letzte Überlebende. So schwer sind meine Fragen auch wieder nicht, daß du sie nicht beantworten könntest!«

Inzwischen war auch Shodonn eingetroffen, der galoanische Chefwissenschaftler der H'LAYV. Er zeichnete sich durch eine Besonderheit aus: Als Mitglied des Nareidums war er eine reine Seele und kein organisches Lebewesen mehr. Um bei der Mission dabeisein zu können, war er in einen Seelenchip transferiert worden und hing nun vor der Brust seines Wirtes, eines Galoaners namens Rhaklan.

Eine größere Diskrepanz als zwischen diesen beiden Existenzformen konnte es nicht mehr geben. Obwohl Shodonn als relativ Unsterblicher und mit seinen hohen geistigen Gaben unangefochten die Führung des Spezialraumers innehatte, lachte Putt Azz ihn nur aus. Wer keine großen körperlichen Kräfte hatte, war in der Mentalität eines Nomaden nicht achtens- oder lebenswert. Ren Dhark hatte versucht, eine Brücke zwischen diesen beiden Extremen zu schlagen, aber vergeblich.

Also mußte er sich zwangsläufig anpassen; und da er über das entsprechende Mittel verfügte, änderte er nun die Strategie:

»Putt Azz, nun reicht es mir aber«, sagte er mit strenger Stimme. »Ich habe deine Kindereien lange genug durchgehen lassen, nun werden wir andere Saiten aufziehen.«

»Und was willst du tun? Mich foltern? Ich habe keine Angst davor, ich begrüße den Tod! Er ist eine Ehre!« lachte der Nomade.

»Nun, immerhin bist du unser Gefangener – da solltest du keine so großen Töne spucken!«

»Das gelang euch nur, weil ihr in der Überzahl wart und ich verwundet. Aber ihr werdet euch nicht lange daran erfreuen, denn ich bin bald frei, und dann werde ich euch nacheinander die Kehlen durchbeißen und euch ausbluten lassen!«

»Du bist nichts als ein kleinkarierter, windiger Angeber«, spottete Ren. »Laß dir doch mal was Neues einfallen! Aber du bist ja nur ein primitiver Barbar, und noch dazu ein ziemlich schwächlicher. Sicher bist du nicht im ehrenvollen Kampf an die Spitze deines Rudels gekommen, sondern hast deine Vorgänger wahrscheinlich hinterrücks vergiftet!«

»Das wagst du nur zu sagen, weil ich festgebunden bin!« kreischte Putt Azz und spuckte gelben Geifer quer durch den Raum.

»Pah, wenn ich dich loslasse, wird aus dir doch ein winselndes Häuflein Elend«, winkte Ren verächtlich ab. »Du bist doch nichts als ein Feigling, ein Jammerlappen, der versucht, andere mit Worten einzuschüchtern.« Er wich der nächsten Geifersalve aus, Putt Azz schäumte im wahrsten Sinne des Wortes vor Wut. »Ich sage dir was«, fuhr er gelassen fort, »du kannst es doch nicht mal mit dem kleinsten meiner Männer aufnehmen!«

»Das beweise ich dir! Ich werde seinen Kopf wie eine Seifenblase zwischen meinen Händen zum Platzen bringen, und das in weniger als zehn Sekunden!« heulte Putt Azz zornbebend. »Niemand wagt es, so mit einem Nomaden zu sprechen, keine niedere Kreatur hat das Recht dazu! Hol deinen Winzling her, und ich werde ihn und dich lehren, was Furcht bedeutet!«

»Also gut.« Ren schritt zur Tür. »Kommen Sie herein, Oshuta. Stutzen Sie dieses Hündchen ordentlich zurecht, damit es endlich folgt. Kommen Sie, Shodonn, wir gehen solange hinaus. Nicht, daß Putt Azz uns noch der heimlichen Hilfestellung bezichtigt.«

Als Putt Azz den Japaner sah, lachte er brüllend auf. Er war um gut dreißig Zentimeter größer, muskulöser und sehr viel schwerer als dieses Menschlein; vor allem an eine höhere Schwerkraft gewöhnt. »Dich brauche ich doch nur anzupusten, und du klebst platt an der Wand!«

Lati Oshuta schwieg, zeigte nur die zeremonielle Geste der Begrüßung unter Kämpfern. Putt Azz konnte nicht ahnen, daß der Cyborg auf sein Zweites System schaltete und damit im Grunde den Kampf schon gewonnen hatte, bevor er begann. Er wußte ja nicht einmal, was ein Cyborg war.

Sobald Putt Azz frei von dem Fesselfeld war, sprang er mit einem mächtigen Satz auf, streckte sich und spannte die beeindrukkenden Muskeln an. »Für dich muß ich mich nicht mal aufwärmen«, knurrte er und stürmte nach vorn.

Und ins Leere. Seine Zähne schlugen mit einem scharfen Klikken aufeinander. Wie war das möglich? Normalerweise war jeder bei geringerer Schwerkraft der Schnelligkeit eines Nomaden unterlegen. Doch der Japaner war fort, er tauchte jetzt hinter dem Kommandanten auf und versetzte ihm den ersten harten Tritt in die Kniekehle.

Putt Azz jaulte auf und wirbelte herum, die langen Krallen fetzten durch die Luft, ohne auf Widerstand zu treffen.

»Bleib stehen, du Feigling!« schnappte Putt Azz.

»Sei du doch schneller, du Fettwanst!« erwiderte Lati Oshuta. »Du hast wohl in letzter Zeit nur noch deinen Magenmuskel trainiert, wie?«

Jetzt sah Putt Azz rot. Mit alptraumhafter Schnelligkeit griff er den Japaner an; die Zuschauer draußen konnten kaum noch mit dem bloßen Auge folgen. Aber der Cyborg hatte dank seines Zweiten Systems kein Problem, die Bewegungsrichtung des Nomaden vorauszuberechnen und ihm schon auszuweichen, wenn der den Angriff gerade erst startete. Es war auch nicht schwer, Kampfstil und Strategie herauszufiltern; ein besonders vielfältiges Repertoire besaß der Hundeartige nicht.

Nach einer Weile, als Putt Azz allmählich langsamer wurde, ging Lati dazu über, Schläge und Tritte auszuteilen. Er wich nach wie vor den Angriffen aus und hielt sich in der Defensive, setzte jetzt aber Hände und Füße ein. Dabei wählte er gezielt die Stellen, wo er Schmerzempfindlichkeit vermutete, ähnlich wie bei der menschlichen Anatomie. Auf die harten Muskeln einzudreschen brachte gar nichts, er mußte Nerven treffen, weiches Fleisch, Organe. Und dank seiner Cyborg-Fähigkeiten kamen die Hiebe und Tritte mit einer Kraft, die der des Nomaden nicht nachstand.

Putt Azz geriet immer mehr in Wut, seine Zähne schnappten in kurzen Abständen auf und zu; doch er schaffte es nicht, den wendigen, quirligen Japaner zu fassen. Wenn ihm das gelänge, könnte er ihn mit seiner Masse überwältigen und einen tödlichen Biß ansetzen. Aber so…

Während Putt Azz immer langsamer wurde, schien sein scheinbar schwächlicher Gegner erst richtig in Fahrt zu kommen. Ein Hagel von Schlägen und Tritten ging auf den Nomaden nieder, und er sah sich auf einmal in die Defensive gezwungen. Obwohl der Japaner ihm endlich nahe genug auf den Leib rückte, hatte er keine Chance, zuzupacken; er war viel zu beschäftigt damit, die wirbelnden Hände und Füße abzuwehren. Schließlich konnte er doch einmal einen Schlag landen, mehr zufällig, aber er traf voll. Der Japaner flog durch die Luft und klatschte mit dem Rücken an die Wand, an der er zu Boden rutschte.

Putt Azz sah seine Chance gekommen und setzte sofort nach. Mit tierhaftem Gebrüll sprang er seinen Gegner an, um ihm sekundenschnell den Garaus zu machen.

Aber Lati Oshuta rutschte unter ihm durch, packte seine Arme und schleuderte ihn, seinen eigenen Schwung ausnutzend, über sich hinweg. Mit einem lauten Krachen, bei dem einige spitze weiße Zähne durch die Luft flogen, schlug nun Putt Azz an die Wand und stürzte zu Boden. Bevor er sich aufrappeln und umdrehen konnte, saß der Japaner ihm im Rücken und drückte ihn zu Boden, wobei er einen Arm so stark nach hinten drehte, daß er aus dem Gelenk zu rutschen drohte. Mit der anderen Hand preßte er den Hundekopf gegen die Wand.

»So, Kleiner, und nun reden wir mal vernünftig«, zischte der Japaner. »Ich gebe dir genau eine Sekunde Zeit aufzugeben. Tust du das nicht, wirst du deinen Arm künftig nur noch als lebloses Anhängsel benutzen können, und was ich mit deinem Kopf anstelle, verrate ich dir lieber nicht. Du bist besiegt. Gibst du auf?«

»Ich kämpfe bis zum Tod!« winselte Putt Azz. »Der Tod ist Ehre, Aufgabe eine Schande!«

»Ich töte dich aber nicht, Holzkopf. Ich mache lediglich einen Krüppel aus dir, ein wehrloses Bündel Fleisch, und dann schicke ich dich zu deinen Artgenossen zurück. Das ist die Alternative.«

Der Nomade schwieg.

»Also gut, ich zähle: eins…«

»Ich gebe auf!« wimmerte Putt Azz. »Ich gebe auf, ich unterwerfe mich, du bist der Stärkere!«

Lati Oshuta ließ ihn sofort los und stand auf. »Ihr könnt reinkommen!« rief er über die Komverbindung nach draußen.

*

Putt Azz machte keinerlei Anstalten, den Japaner noch einmal hinterrücks anzugreifen; seine Mentalität erlaubte das nicht, nachdem er sich unterworfen hatte. Außerdem litt er beträchtliche Schmerzen; aus seinem Rachen strömte Blut, ein Auge schwoll langsam zu, und er konnte den Arm kaum bewegen. Er blieb mit hängendem Kopf auf dem Boden sitzen und fuhr sich mit der Zunge über die blutigen Lefzen.

Ren Dhark und Shodonn kamen herein.

»Du bist unterlegen und schwach. Jetzt wirst du alle Fragen beantworten, Putt Azz«, sagte der Commander scharf. »Hast du das verstanden?«

»Ja, ja«, murmelte der Nomade.

»Lauter!« brüllte Ren Dhark ihn an.

Putt Azz zuckte sichtlich zusammen. »Ich habe es verstanden«, antwortete er gedemütigt.

»Gut. Berichte uns von Anfang an!«

Putt Azz plauderte alles aus. Von der Flucht der Nomaden – und dem Tarnsystem an Bord des Rahim-Rettungsbootes.

Genau das war es, worauf Ren Dhark gehofft hatte. Dieses Tarnsystem konnte den Menschen im Kampf gegen die Schatten helfen!

Shodonn hingegen war völlig schockiert.

»Wenn ich mir vorstelle, daß die Nomaden eines Tages das System entschlüsseln«, übermittelte er durch seinen Chip an die Außenwelt, »dann wäre niemand mehr in Drakhon sicher vor ihnen.«

»Nun malen Sie doch nicht gleich den Teufel an die Wand, so schnell kommt der Weltuntergang bestimmt nicht«, redete Ren Dhark ihm beruhigend zu.

Als Unsterblicher war Shodonn mehr als andere um sein Leben und Überleben besorgt, das beeinflußte sein ganzes Denken. Diese Sorge übertrug er auch auf sein Volk, das aufgrund seiner friedlichen Mentalität den Nomaden ohnehin wenig entgegenzusetzen hatte, abgesehen von seinen mächtigen Defensivwaffen.

Sollten die Nomaden erst einen perfekten Ortungsschutz in ihre Schiffe einbauen können, würden sie zur absoluten Geißel der Galaxis Drakhon.

Shodonn dachte als Unsterblicher weiter voraus als ein Mensch, daher kamen seine düsteren Gedanken nicht von ungefähr. Er wollte der drohenden Gefahr in jedem Fall vorbauen, und zwar so schnell wie möglich.

»Wir werden jetzt mit der POINT OF zu dem mutmaßlichen Gebiet der Rahim fliegen«, sagte Ren Dhark abschließend zu dem galoanischen Chefwissenschaftler. »Wenn ihr wollt, könnt ihr Putt Azz an Bord nehmen, wir haben keine Verwendung mehr für ihn.«

»Sie müssen diesen Flug verschieben«, widersprach Shodonn unerwartet. »Die H'LAYV hat den Fluchtkurs der Nomaden geortet. Wir müssen sie umgehend verfolgen!«

»Das entspricht eigentlich nicht meinen Plänen…«

»Verstehen Sie doch, Dhark, wir dürfen die Nomaden unter keinen Umständen entkommen lassen! Sie dürfen keine Gelegenheit bekommen, sich mit dem Tarnsystem zu befassen!«

»Nun ja, ich verstehe das schon, aber…«

»Hören Sie, wenn Sie nicht freiwillig mitkommen wollen, muß ich Sie eben bei Ihrer Ehre packen«, unterbrach Shodonn fast verzweifelt. »Sie sind uns noch etwas schuldig.«

»Ja, das kann ich nicht leugnen«, gab Ren zu.

»Diese Schuld können Sie jetzt einlösen. Als Gegenleistung für unsere Hilfe bitte ich Sie nun um Unterstützung. Es dürfte wirklich keinen großen Unterschied für Sie machen; entweder finden Sie das Gebiet der Rahim an diesen Koordinaten oder nicht. Aber ob heute oder morgen spielt doch keine Rolle!« beharrte der Galoaner. »Und diese Verfolgung kann nur in Ihrem Interesse sein, denn auch Sie wollen doch das Tarnsystem! Wer weiß, ob Sie die Rahim finden – aber zumindest haben wir die Möglichkeit, eines ihrer Schiffe aufzubringen!«

»Na gut«, gab Ren Dhark sich geschlagen. »Vielleicht haben Sie recht. Dann sollten wir den Start so schnell wie möglich vorbereiten.«

*

Während diese Vorbereitungen liefen, bat Ren Dhark Larsen, Shanton und natürlich Joan zu einer Unterredung. Er setzte ihnen auseinander, daß die Pläne geändert wurden und die POINT OF zusammen mit der H'LAYV die Verfolgung der flüchtenden Nomaden aufnehmen würde, bevor sie die entdeckten Koordinaten der Rahim anflog.

»Dies ist eine sehr gefährliche Mission, vermutlich kommt es zum Kampf. Daher werdet ihr mit der MAYHEM wieder zurück zur Erde fliegen. Wir können später ein neues Rendezvous vereinbaren.«

»Meine Sachen sind schon hier an Bord«, sagte Joan.

»Ich meinte selbstverständlich, daß du mitfliegst.«

»Nun mach aber halblang, Ren. Wenn du die MAYHEM nur deshalb zurückbeorderst, weil ich an Bord bin, hast du dich geschnitten. Denn ich fliege unter gar keinen Umständen jetzt zur Erde zurück. Ich bin erst ein paar Stunden hier!«

»Unser Auftrag lautet ohnehin, die POINT OF notfalls zu unterstützen«, sagte Ralf Larsen bedächtig. »Und bei diesem Einsatz könnt ihr jede Unterstützung brauchen.«

»Noch dazu ist es nicht wirklich klar, wie sich die POINT OF im neuen Vollbetriebsmodus verhält… und wie lange die ›Tankfüllung‹ vorhält«, fügte Chris Shanton hinzu. »Ihr braucht in jedem Fall technische Unterstützung – erst recht, wenn wir das Tarnsystem der Rahim in die Finger kriegen!«

»Und nicht zu vergessen, ich habe dir geholfen!« kläffte Jimmy, das schwarze Brikett auf Beinen.

»Ich kann bestimmt auch nützlich sein«, sagte Joan entschieden. »Immerhin bin ich Futurologin, und mein Fachgebiet ist auf dem Flaggschiff der TF deutlich unterrepräsentiert! Früher oder später rächt sich so etwas immer.«

Ren Dhark gab sich geschlagen. Eine Verstärkung war die MAYHEM allemal, daran konnte kein Zweifel bestehen. Und gegen die Nomaden konnten sie wirklich alles brauchen, was sie kriegen konnten. Keiner von ihnen wußte, welchen Gefahren sie bei dieser Verfolgung begegnen mochten; sie begaben sich auf unbekanntes Terrain.

»Ich gebe den Startbefehl«, sagte er. »Danke. Eure Kooperationsbereitschaft ist wirklich großartig.«

Larsen stand auf. »Dann wollen wir mal, Chris, sonst dampfen die noch ab, während wir hier schwatzen.«

*

Joan blieb allein zurück. Mit verschränkten Armen musterte sie ihren Partner.

»Es ist mir trotzdem nicht recht«, sagte er brummig.

»Dachte ich mir doch, daß du jetzt die Maske fallenläßt«, meinte sie. »Und was kommt jetzt? Die Standpauke? Du bist nicht mein Vater, nicht mal mein Vorgesetzter.«

»Hier an Bord doch. Aber du bist einfach unvernünftig, Joan.«

»Quatsch. Hör gefälligst auf, für mich denken zu wollen. Ich bin erwachsen und nehme mir das Recht, selbst zu entscheiden. Du wirst es jedenfalls nicht für mich tun!«

»So einfach geht das nicht. Als Kommandant dieser Mission trage ich die Verantwortung für jeden einzelnen hier an Bord. Ich kann nicht einfach jemanden einer Gefahr aussetzen, den…« Er vollendete den Satz nicht.

»Und?« Joan ging zu ihm. »Jemanden… den du liebst?«

Er wich ihrem Blick aus.

Sie seufzte. »Warum fällt es dir immer so schwer, deine Gefühle zuzugeben? Bist du dann kein vollwertiger Mann mehr? Oder hast du immer noch Vorbehalte, weil der Beginn unserer Beziehung unter einem schlechten Stern stand?« Sie legte ihre Hand auf seinen Arm. »Nach der letzten Nacht habe ich wirklich gedacht, es wäre alles in Ordnung«, sagte sie leise und traurig. »Ich glaubte, es stünde nun nichts mehr zwischen uns.«

»Verstehst du denn nicht? Gerade darum geht es ja.« Er drehte sich zu ihr und legte seine Arme um sie. »Es stimmt, es fällt mir nicht leicht, über Gefühle zu reden. Das liegt daran, daß ich irgendwie nie Zeit für ein Privatleben hatte, und du… du bist etwas ganz Besonderes für mich. Etwas Kostbares, das ich nicht gleich wieder verlieren will, nun, da ich es gefunden habe.«

»Eben darum will ich ja an deiner Seite sein«, erwiderte sie. »Weil es mir genauso geht. Was denkst du, wie ich mich fühle, wenn du draußen im All herumgondelst, und ich sitze auf der Erde fest und frage mich jeden Tag, ob du überhaupt noch lebst? Ob es dir gut geht? Glaubst du, daß es leichter für mich ist, mir all die Gefahren auszumalen, in die du geraten könntest?«

»Ich könnte es mir nie verzeihen, wenn dir etwas geschieht«, sagte Ren Dhark leise, fast zärtlich.

»Ich mir ebensowenig, vor allem, wenn ich dann nicht bei dir bin«, gab sie sanft zurück. »Du mußt akzeptieren, daß ich zu dir gehöre. Keiner von uns ist mehr allein.«

Ren Dhark nickte. »So ist es wohl. Dann gehe ich jetzt auf die Brücke und…«

»O nein, zuerst kriege ich noch einen Kuß«, hielt sie ihn mit einem schelmischen Zwinkern auf. »Wer weiß, wann du wieder einmal Zeit dafür hast!«

Er gehorchte lachend.

6.

»Sir, ein Notruf von Babylon! Die Kolonie wird von den Grakos angegriffen!« Der Funker der INVINCIBLE wirkte irritiert. »Keine Ahnung, womit die da funken, aber mir wäre fast die Empfangsstation durchgeschmort, so viel Saft hatte der Spruch.«

Gung fen Doh, der Kommandant des S-Kreuzers, reagierte augenblicklich, noch bevor er den Inhalt des Notrufs kannte.

»Kurs auf Babylon setzen!« befahl er. »Beschleunigung mit Höchstwerten! Eine Ausschnittskarte des Raumsektors auf meinen Schirm!«

Nach astronomischen Maßstäben befand sich die INVINCIBLE auf ihrem Patrouillenflug in direkter Nachbarschaft der am weitesten vorgeschobenen Kolonie der Menschheit. Und da der Raumer bis zur Halskrause mit Tofirit vollgetankt war, würde er die Strecke bei maximalem Schub in knapp einer halben Stunde bewältigen.

Fen Doh ließ sich den Notruf vom Funker durchstellen und überflog die ausführlichere Meldung, während er sich gleichzeitig die akustische Kurzfassung anhörte.

Er wurde blaß.

Es handelte sich zwar nur um ein einzelnes Schiff der Grakos, aber die Schatten hätten, bildlich gesprochen, genauso gut zu Fuß kommen können, da Babylon als rein zivile und noch sehr junge Kolonie über keine nennenswerten militärischen Mittel verfügte. Den einzigen halbwegs kampftüchtigen Raumer, die wenigen bewaffneten Jetts und fast alle größeren Kraftwerke hatten die Schatten gleich mit der ersten Angriffswelle zerstört.

Babylon mußte ihnen so wehrlos ausgeliefert sein wie ein Kaninchen einem Wolfsrudel in der Steppe.

Was führten die Grakos im Schilde? Spielten sie zu ihrem Vergnügen ein grausames Spiel mit den Menschen? Oder waren sie im Gegensatz zu ihrer üblichen Vorgehensweise diesmal nicht darauf aus, ihren Gegner einfach zu vernichten? Wollten sie Gefangene machen und den Planeten möglichst unbeschädigt erobern?

Fen Doh schob die Gedanken beiseite. Darüber konnte er sich später noch den Kopf zerbrechen. Jetzt mußte er erst einmal versuchen, die Angreifer zurückzuschlagen.

Ein S-Kreuzer gegen ein Schattenschiff. Aus Sicht der Menschen nicht gerade ein faires Duell.

»Gibt es andere Einheiten in der Nähe?« erkundigte sich der Kommandant.

»Nein, Sir«, erwiderte der Ortungsoffizier. »Schon überprüft. Jedenfalls nicht in unserem Erfassungsbereich.«

»Auch keinerlei Antwort auf Hyperfunkruf«, fügte der Funker unaufgefordert hinzu. »Unter normalen Umständen müßten wir Kontakt bekommen, aber die Störungen im Hyperäther begrenzen unsere Reichweite auf eine geradezu lächerliche Distanz.«

»Und Babylon?« wollte fen Doh wissen. »Können Sie wenigstens die Kolonie erreichen?«

»Ich arbeite bereits daran. Keine Garantie, Sir, aber ich denke, wir kommen durch.«

»Dann schicken Sie eine Bestätigung ab. Nur eine kurze Botschaft. Sagen Sie, daß Hilfe unterwegs ist.«

*

Das Schattenschiff schwebte dicht vor dem blauen Energieschirm, stieg langsam in die Höhe und zog sich dabei etwas zurück.

»Was tun die da?« fragte Mezière heiser. Der dickliche Hyperfunkspezialist starrte wie hypnotisiert auf die Holographie.

»Sie untersuchen das Feld«, erwiderte Henk, dessen Blick zwischen der Holographie unter der Decke und einer Batterie konventionell anmutender Anzeigefenster hin und her pendelte. »Und den Goldenen selbst. Die Anlage empfängt verschiedene schwache Energiesignaturen. Wahrscheinlich wollen sie wissen, womit sie es zu tun haben, bevor sie richtig loslegen.«

»Von mir aus können sie sich damit bis zu meiner Pension Zeit lassen«, grollte einer der Soldaten.

Die Grakos taten ihm den Gefallen nicht. Ohne Vorwarnung vollführte der Raumer einen Satz zurück und beschoß den Schutzschirm gleichzeitig mit seinen unheimlichen schwarzen Strahlen.

Die sechs Männer in der unterirdischen Steuerzentrale des Mammutsenders zuckten unwillkürlich zusammen.

Wo der schwarze Strahl auf den Schutzschirm traf, veränderte sich die blaßblaue Energiewand und verfärbte sich grünlich. Außerdem schien sie sich leicht einzubeulen, wie ein Luftballon, auf den ein schwacher Druck ausgeübt wurde.

»Was auch immer das ist, es handelt sich auf keinen Fall um ein Intervallfeld«, kommentierte der Schweberpilot nüchtern. »Und um keine andere Energieform, die ich kenne.«

Henk sah, wie wilde Symbolkolonnen über die Bildschirme wanderten, deren Hintergrund dunkler wurde. Ein Alarmsignal? Eine Warnung vor Überlastung?

»Warum schießt der Goldene nicht zurück?« fragte einer der anderen Soldaten. »Er ist doch spielend leicht mit den drei Gleitern fertiggeworden.«

»Dieser Kahn dort ist ein ganz anderes Kaliber«, gab sein Vorgesetzter zurück. »Vielleicht weiß der Goldene, daß er gegen das Schiff nichts ausrichten kann. Oder vielleicht kann er bei aktiviertem Schutzschirm nicht feuern.«

Die schwarze Strahlenbahn der Schatten erlosch. Aber nur für wenige Sekunden. Dann flammte sie erneut auf, diesmal dünner und gebündelter. Auf dem blauen Schutzschirm der Statue bildete sich wieder ein grünlicher Fleck aus, der sich langsam kreisförmig ausbreitete und dunkler wurde. Die Einbeulung vertiefte sich. Henk glaubte, ein sonores Brummen zu hören, das von irgendwoher aus dem Boden unter ihm zu kommen schien. Befanden sich dort die Energieaggregate, die den Schutzschirm speisten?

»Lange hält der Schirm das nicht mehr aus«, orakelte der

Schweberpilot düster. »Bei dieser Ausdehnung muß er unvorstellbare Energiemengen verschlingen. Ich verstehe nicht, warum er nicht einfach schrumpft. Das wäre logisch.«

»Vielleicht sind bei dem galaktischen Blitz nicht nur die Sicherungen rausgeflogen«, überlegte Henk laut. »Vielleicht hat es einige größere Beschädigungen der Anlage gegeben.«

Die eingedellte Stelle des Schutzschirms war jetzt fast schwarz. Helle Energiefinger tanzten wie Elmsfeuer um die Einschußstelle herum, verästelten und verzweigten sich immer stärker.

Plötzlich flammte ein blutroter Blitz auf. Im ersten Moment glaubte Henk, der Schirm wäre zusammengebrochen, doch dann sah er, daß der Strahl aus den Fingerspitzen der Statue kam. Er war so sehr von dem unheimlichen Schauspiel gefangen gewesen, daß er die Bewegung der Arme des Goldenen gar nicht bemerkt hatte.

Der Strahl durchquerte mühelos das blaue Feld hoch über der Einschußstelle und traf das Schattenschiff.

Der Raumer wurde zurückgeworfen, als hätte ihn ein Faustschlag getroffen, aber er hörte nicht auf zu feuern. Wie eine Mücke tanzte er nervös hin und her, auf und ab, doch die schwarze Energiebahn blieb unbeirrt auf die gleiche Stelle gerichtet, wo der Schirm jeden Augenblick kollabieren mußte.

Wieder schoß die goldene Statue ihre Strahlen auf den Angreifer ab. Ein wildes Stakkato roter Blitze, die ihr Ziel jedoch knapp verfehlten, da der Raumer nach keinem nachvollziehbaren Muster gedankenschnell ständig die Position wechselte.

Und dann trafen sie erneut. Das Schiff der Grakos wurde noch weiter zurückgeworfen, und diesmal schien der Treffer Wirkung zu erzielen. Das tödliche schwarze Flimmern erlosch. Der Raumer schüttelte sich wie benommen, sackte durch, fing sich dicht über dem Boden wieder ab, jagte plötzlich davon und tauchte hinter dem Horizont unter.

Dort, wo die bewohnten Ringpyramiden Babylons lagen.

Der Jubel der Männer verstummte schlagartig, als sie begriffen, was daraus folgerte. Ihre Sicherheit bedeutete Gefahr für die hilflosen Zivilisten.

Kaum war das feindliche Schiff verschwunden, fiel der Schutzschirm in sich zusammen. Mezière öffnete gerade den Mund, um irgend etwas zu sagen, als aus unsichtbaren Lautsprechern eine Stimme ertönte. Laut und deutlich.

Im ersten Moment glaubte Henk, es wäre eine Meldung der Anlage in der für ihn unverständlichen Sprache der Mysterious. Doch er verstand jedes Wort, denn die Botschaft stammte von einem Menschen.

Es war ein To-Funkspruch, den er ersehnt, aber nicht mehr wirklich zu hören erwartet hatte.

»S-Kreuzer INVINCIBLE an Babylon. Haben Ihren Notruf empfangen. Sind unterwegs. Geschätzte Ankunftszeit dreiundzwanzig Minuten. Halten Sie durch!«

*

Oberst Pétain empfing die gleiche Meldung nur Sekunden bevor eine Kampfmaschine der Grakos die letzte Hyperfunkantenne zu einer glühenden Wolke herumschwirrender Atome zerstrahlte.

Eine Weile starrte er vor sich hin, ohne irgend etwas wahrzunehmen. Er hatte das Gefühl, als wäre ihm unvermittelt der Boden unter den Füßen weggezogen worden, als stürzte er in einen bodenlosen Schacht.

»Frank«, krächzte er mit versagender Stimme. »Sagen Sie mir, daß ich mir das nicht nur eingebildet habe. Daß der Funkspruch real war.«

»Er war real, Oberst«, versicherte Heisenberg atemlos. Auch er schien es noch nicht glauben zu können. »Wir haben ihn aufgezeichnet.«

Pétain gönnte sich den Luxus, einen Moment lang die Augen zu schließen und tief durchzuatmen. Dann kam wieder Leben in ihn.

»Informieren Sie die Kampftruppen!« befahl er. »Egal, über

welche Sendestationen. Ich möchte, daß die Nachricht an alle rausgeht, auch wenn wir dadurch die letzte Normfunk-Antenne verlieren. Die Männer haben es verdient, die Meldung zu hören. Sie sollen sich nicht sinnlos opfern. Sie sollen wissen, daß ihr Einsatz nicht umsonst war.« Er schwieg einen Moment lang und fügte dann leise hinzu: »Auch wenn die meisten von ihnen es nie mehr erfahren werden.«

*

Für Leutnant Emilio di Stefano war es wie ein Wunder. Er mußte die in seinem Armbandvipho gespeicherte Meldung mehrmals abhören, bevor er es wirklich glauben konnte.

Aber noch war es nicht vorbei. Noch wimmelte es überall von Grakos, auch wenn sie unverkennbar auf dem Rückzug waren.

Richtung Raumhafen. Wo ihr Mutterschiff gerade wieder gelandet war. Nicht mehr als kaum wahrnehmbarer Schatten, sondern deutlich erkennbar. Zwar waren seine Umrisse noch immer verschwommen, aber jetzt wirkte es endlich real. Verwundbar.

Eine zerlumpte Horde eilte über die Rasenfläche auf ihn zu, eine Handvoll Zivilisten, angeführt von einem einfachen Soldaten.

»Schütze Houten, Sir«, stieß der Soldat hervor, als er di Stefano erreicht hatte. »Schön, Sie zu sehen. Meine Vorgesetzten sind gefallen. Unterstelle meine Leute Ihrem Kommando. Ihre Befehle, Sir?«

Der Leutnant spähte über den gewölbten Rand der Röhre. Er konnte es immer noch kaum fassen, aber die Grakos zogen sich tatsächlich zurück. Dunkle Schatten, die zwischen zerfetztem Gebüsch, Bäumen und schwelendem Gras in Richtung des Raumhafens huschten. Hier und da landeten Gleiter, um die Versprengten aufzunehmen.

»Alle Verletzten sollen zurückbleiben und ihre Waffen samt Reservemagazinen und Energiezellen abgeben«, sagte di Stefano. Er fühlte sich, als wäre er soeben aus einem erholsamen Schlaf erwacht.

Die Gefahr ist längst noch nicht vorüber, ermahnte er sich. *Wir sind den Schatten immer noch hoffnungslos unterlegen.*

Die Vernunft hätte geboten, eine Zeitlang abzuwarten, die Lage zu beobachten, sie zu analysieren, eine sinnvolle Strategie zu erarbeiten und dann erst zu handeln. Aber in diesem Moment pfiff Leutnant Emilio di Stefano auf die Vernunft und den gesunden Menschenverstand.

»Wer sich noch dazu in der Lage fühlt«, fuhr er fort, »schließt sich uns an. Die Schatten setzen sich ab, aber wir werden es ihnen nicht leichtmachen. Jetzt drehen wir den Spieß um. Jetzt sind wir die Jäger und sie die Gejagten. Jetzt schießen wir sie ab wie die Hasen.«

Er betrachtete grinsend seinen bemitleidenswerten Haufen, und die Männer grinsten zurück. Er hatte maßlos übertrieben. Trotzdem dachte keiner, der noch laufen konnte, daran, sich in Sicherheit zu bringen. Alle wußten sie, daß sie ihr Leben aufs Spiel setzten, wenn sie sich den Grakos auf Schußweite näherten, aber sie waren bereit dazu. Sie brannten darauf, es ihren verhaßten Peinigern heimzuzahlen, die ihre Frauen und Kinder, ihre Freunde und Bekannten gnadenlos ermordet hatten.

Als wären sie alle vom gleichen Geist beseelt, rückten überall in der ersten besiedelten Stadt Babylons Soldaten und Zivilisten gemeinsam vor, um ihre Heimat von der Geißel der Galaxis zu befreien.

*

Die INVINCIBLE fiel unverantwortlich dicht vor Babylon in das Einsteinkontinuum zurück. Alle Kampfstationen waren doppelt besetzt.

Wie ein hungriger Habicht stieß der S-Kreuzer schräg zur Ekliptik auf den Planeten zu, noch zwölf astronomische Einheiten entfernt, und verlangsamte mit Höchstwerten, um nicht über das Ziel hinauszuschießen.

Gung fen Doh hatte mit einem wütenden Gegenangriff gerechnet. Statt dessen nahm er verblüfft die Meldung der Ortung zur Kenntnis.

»Feindliches Schiff setzt sich ab, Sir. Nimmt Kurs auf Sektor Grün. Hat Atmosphäre verlassen. Verharrt jetzt in stationärem Orbit. Messe starke Energieemissionen an. Waffenphalanx des Gegners läuft auf Vollast.«

Und dann begann der Grakoraumer, das Siedlungsgebiet der Babylonier zu beschießen.

Noch war die Distanz zu groß, als daß die INVINCIBLE das feindliche Schiff mit ihren Geschützen hätte gefährden können. Zudem hatten sich die Grakos strategisch günstig so positioniert, daß der S-Kreuzer zwangsläufig die Planetenoberfläche in Mitleidenschaft ziehen würde, wenn er feuerte.

Die schwarzen Strahlen aus den Bordgeschützen der Schatten durchpflügten die Atmosphäre und bestrichen die Ringpyramiden um den Raumhafen herum. Über die hochauflösende Ortung sah fen Doh erschüttert, wie sich breite Schneisen der Zerstörung durch die gewaltigen Bauwerke frästen.

Was auch immer die Grakos bisher bewogen hatte, auf ihre gewohnte Taktik blinder Zerstörungswut zu verzichten, jetzt gaben sie ihre Zurückhaltung auf. Jetzt setzten sie ihre gesamte Vernichtungskapazität ein, um auf dem Planeten, den sie räumen mußten, ein höllisches Inferno zu entfachen.

Gung fen Doh biß die Zähne so fest zusammen, daß seine Kiefermuskeln schmerzten. Er zählte die Sekunden, die ihn und seine Mannschaft von ihrem Gegenschlag trennten.

Offensichtlich waren die Grakos bestens über die Möglichkeiten der irdischen Schiffe informiert. Nur Sekunden bevor der Pilot die INVINCIBLE nahe genug herangebracht und in eine Position manövriert hatte, aus der sie den feindliche Raumer ohne Gefahr für die Kolonisten hätte beschießen können, setzte sich das Schattenschiff ab.

»Hinterher!« fauchte fen Doh. »Mit allem, was der Kahn hergibt! Kein Pardon! Wir pusten die Schweine aus dem Universum, und wenn es das letzte ist, was wir tun!«

Die Andruckabsorber kreischten protestierend auf, um die immensen Andruckkräfte zu neutralisieren, als der Pilot den Ringraumer herumriß.

»Feindliches Schiff beschleunigt unregelmäßig«, meldete der Taktikoffizier. »Bleibt signifikant unter bisherigen Erfahrungswerten. Tarnschirm lückenhaft. Energiesignatur fluktuiert. Fazit: Schiff teilweise defekt.«

Fen Doh frohlockte. Ein defekter Schattenraumer! Bei Gott, er würde ihn in eine glühende Plasmawolke verwandeln und jeden Grako in ihm in die Hölle jagen!

Doch sein Triumph währte nicht lange.

»Schiff schleust Flugkörper aus«, meldete der Offizier am Raumradar. »Zehn Ortungsechos. Schnellfliegende Objekte. Kurs auf Babylon. Zielgebiet ist Siedlungsbereich der Kolonisten. Ein Areal mit dreihundert Kilometern Durchmesser um Raumhafen.«

»Beiboote?« erkundigte sich der Kommandant knapp. »Kampfflieger?«

»Negativ«, erwiderte der Offizier genauso knapp. »Masse der Objekte zu klein. Vermutlich Raumtorpedos. Nach bisherigem Erkenntnisstand Gefechtsköpfe im dreistelligen Gigatonnenbereich.«

Der Atem des Kommandanten stockte. Das paßte genau ins Bild, das er von den Grakos gewonnen hatte. Seine Gedanken rasten. Sie waren dem Raumer dicht auf den Fersen. Nicht mehr als eine halbe Minute, und sie würden in Schußweite sein. Die Ortungsergebnisse und die Tatsache, daß die Grakos flohen, statt sich zum Kampf zu stellen, deuteten darauf hin, daß sie tatsächlich größere Schwierigkeiten hatten. Eine einmalige Gelegenheit, eins ihrer Schiffe zu vernichten. Andererseits…

»Wie lange bis zum Einschlag der Raumtorpedos?«

»Drei Minuten, achtzehn Sekunden, Sir«, erwiderte der Taktikoffizier knapp. »Empfohlene Eliminierung in spätestens zwei Minuten, fünfzig Sekunden. Danach unkalkulierbares Risiko für Zielgebiet.«

Gung fen Doh hätte seinen rechten Arm dafür hergegeben, daß ihm ein anderer die Entscheidung abnahm. Theoretisch war es machbar.... dreißig Sekunden, um die Grakos zu erreichen und wegzupusten. Dreißig Sekunden, um abzubremsen. Noch mal dreißig Sekunden, um zu dieser Position zurückzukehren. Weitere dreißig, um zu den Torpedos aufzuschließen. Und wieder dreißig, um sie zu eliminieren. Machte zweieinhalb Minuten. Blieben zwanzig Sekunden Karenzzeit. Jetzt noch fünfzehn.

»Verfolgung abbrechen, Umkehr«, sagte er rauh. »Torpedos ausschalten.« Priorität hatte die Sicherheit der Kolonisten. So sehr es ihn schmerzte, die Grakos entkommenzulassen.

»Befehl bestätigen«, verlangte der Erste Offizier.

»Befehl bestätigt«, erwiderte fen Doh.

Die INVINCIBLE ging auf Gegenschub und nahm wieder Kurs auf Babylon.

*

»Da kommt was auf uns zu«, sagte Henk DeGroot, »und ich wette, es ist nichts Gutes.«

Die Anlagen in der Funkzentrale des Goldenen hatten ohne sein Zutun die Flugbahnen des fliehenden Grakoschiffes und des ankommenden S-Kreuzers erfaßt. »Zehn Objekte, die das Schattenschiff ausgestoßen hat und die das Siedlungsgebiet ansteuern«, präzisierte er.

»Raum-Boden-Raketen!« rief der Soldat, der den Schweber geflogen hatte, als gäbe es daran nicht den geringsten Zweifel. »Und das Ziel ist eindeutig! Was macht der S-Kreuzer?«

»Hält Kurs auf die Grakos«, erwiderte Henk, vor Anspannung kaum verständlich. »Wenn das Raumtorpedos sind...« Vor seinem inneren Auge tauchte Charlize auf, die in einem grellen Lichtblitz verging. Er hatte während der letzten Stunden kaum noch an sie gedacht, so sehr hatten sich die Ereignisse überschlagen. Wie sollte er weiterleben, wenn sie starb?

»Der Goldene!« schrie Mezière. »Seht doch!«

In der Holographie, die den Platz mit der Statue in einem Umkreis von mindestens hundert Kilometern zeigte, als schwebte irgendwo hoch über dem Goldenen eine unsichtbare Kamera, drehte sich die riesige Plastik schwerfällig herum und hob einen Arm.

Henk sah auf einem der zahlreichen Bildschirme, wie sich die Ortungsechos der Weltraumtorpedos über dem Horizont langsam schirmartig auffächerten. Den Anzeigen nach waren sie noch mehr als 30.000 Kilometer vom Rand der Atmosphäre entfernt, aber sie kamen schnell näher.

»Schieß doch!« beschwor er die Statue. »Mach schon, beeil dich!«

»Der S-Kreuzer dreht um!« rief ein Soldat und fuchtelte aufgeregt in der Luft herum. »Er nimmt die Verfolgung der Torpedos auf!«

Noch 20.000 Kilometer! Henk war sich nicht bewußt, daß er die Luft angehalten hatte. Sein Blick zuckte zwischen dem Bildschirm und der riesigen Holographie hin und her. Die Ortungsechos sanken tiefer und tiefer, die am weitesten entfernten wurden bereits von der Krümmung des Planeten verschluckt. Der Arm der Statue bewegte sich immer noch.

Sein Herzschlag setzte aus.

Zu spät! Das Schicksal der Kolonie war besiegelt!

Da zuckte ein Blitz aus den Fingern des Goldenen hervor, schoß durch den dunklen Himmel und ließ eine Miniatursonne im All aufflammen.

Ein Torpedo war explodiert. Die Energieanzeigen auf einem der Bildschirme schossen in beängstigende Höhen.

Auf einem anderen verschwand das Ortungsecho der Grakos. Das Raumschiff war in der Leere des Hyperraums untergetaucht.

Wieder zuckte ein Blitz aus den Fingern des Goldenen, doch da waren die verbliebenen neun Torpedos bereits hinter die Planetenkrümmung gesunken.

»Der S-Kreuzer!« keuchte der Schweberpilot. »Er feuert!«

Die gleißenden Strahlenbahnen waren sowohl auf etlichen Bildschirmen als auch in der Holographie deutlich zu sehen. Die Anzeigen der Energietaster in der Steuerzentrale schlugen weit aus, aber ob sie nur die Emissionen der Schiffsgeschütze über dem sichtbaren Horizont oder die Detonation der Torpedos jenseits davon anmaßen, verrieten sie nicht.

Dann herrschte auf allen Frequenzen übergangslos eine ominöse Stille. Henk sank kraftlos zu Boden, ließ den Kopf hängen und vergrub das Gesicht in den Händen.

Er wußte nicht, wie lange er so dagesessen hatte, zu betäubt, um irgend etwas außer völliger Leere zu empfinden, als sich sein Armbandvipho aktivierte.

»Hier spricht Oberst Pétain«, erklang die Stimme des Oberkommandierenden. »Die akute Gefahr ist gebannt. Die INVINCIBLE, ein S-Kreuzer der Terranischen Flotte, hat die Grakos verjagt und die Weltraumtorpedos vor Eintritt in die Atmosphäre zerstört. Der Kriegszustand über Babylon wird mit sofortiger Wirkung aufgehoben, die Befehlsgewalt geht an die zivile Verwaltung zurück. Allerdings gilt auf unbestimmte Zeit weiter die Notstandsverordnung des Planeten, was bedeutet, daß jederzeit die Mobilmachung angeordnet werden kann. Der Präsident von Babylon wird in Kürze eine Erklärung zur Lage unserer Welt abgeben. Lassen Sie Ihre Viphos auf Empfang geschaltet. Im Namen des Oberkommandos danke ich allen, die bei der Verteidigung unserer Heimat mitgeholfen haben. Und damit meine ich *wirklich alle* Bürger Babylons. Sie haben Großartiges geleistet, jeder an seinem Platz, und können mit Recht stolz auf sich sein. Lassen Sie sich das von niemandem nehmen.«

Er legte eine kurze Pause ein, bevor er fortfuhr. »Unser besonderer Dank gilt Kommandant Gung fen Doh und seiner Besatzung von der INVINCIBLE. Ohne ihr Eingreifen hätten wir trotz allem Mut und aller Opferbereitschaft diese schwere Prüfung nie überstanden. Und dann ist da noch ein Mann, dessen Namen Sie sich merken sollten. Er heißt Henk DeGroot und ist ein Bürger unseres Planeten, ein Auswanderer der ersten Kolonisierungswelle. Er war es, der den Hyperfunksender des Goldenen Menschen durch seinen Mut und persönlichen Einsatz wieder in Gang gesetzt und damit die INVINCIBLE gerufen hat. Mit dem Einverständnis des Präsidenten schlage ich ihn und sein Team für die höchste Verdienstmedaille vor, die Babylon zu vergeben hat. Pétain, Ende.«

Erst nachdem die Stimme Oberst Pétains verklungen war und Henk den Kopf hob, bemerkte er, daß er vor Erleichterung weinte.

*

Als der Polizeischweber auf dem Raumhafen von Babylon, der von eilig herbeigeschleppten Scheinwerfern notdürftig erleuchtet wurde, neben dem S-Kreuzer aufsetzte, hatte sich bereits eine riesige Menschenmenge eingefunden. Das Ausmaß der Verwüstungen erschütterte Henk. Nicht nur der Raumhafen selbst war fast vollständig zerstört, auch die Ringpyramiden in einem größeren Umkreis bestanden nur noch aus schwelenden Trümmern. Schweber des Katastrophenschutzes – und das hieß praktisch alle noch einsatzfähigen Schweber Babylons, denn die Behörden hatten sie, von wenigen Ausnahmen abgesehen, bis auf weiteres konfisziert – waren unterwegs, um die zahllosen Brandherde zu löschen.

Henk kämpfte sich verlegen durch die jubelnde Menge. Er wußte, was er getan hatte, aber die Aufmerksamkeit und Heldenverehrung war ihm unangenehm. Ihm war klar, daß er trotz aller Risiken und Strapazen noch verhältnismäßig gut davongekommen war. Der größte Respekt gebührte den vielen namenlosen Soldaten und zivilen Milizionären, die ihr Leben im Kampf gegen einen übermächtigen Feind geopfert hatten. Ihre Verluste und die der Zivilbevölkerung mußten in die Hunderttausende gehen.

Babylon hatte einen hohen Blutzoll für seine Freiheit bezahlt.

Oberst Pétain empfing ihn und seine Begleiter auf einem relativ unversehrten Streifen des Rollfeldes, wo ein kleines Podest aufgebaut worden war. Bei ihm waren der Präsident des Planeten mit seinem engsten Stab, sowie der Kommandant des Ringraumers und zwei seiner Offiziere, erkenntlich an den Uniformen der Terranischen Flotte.

»Mr. DeGroot.« Pétain trat vor und salutierte militärisch. »Lassen Sie mich Ihnen die Hand schütteln. Sie haben unseren Planeten gerettet. Babylon verdankt Ihnen mehr, als wir Ihnen jemals zurückgeben können.«

Lautsprecher verstärkten seine Stimme. Die Menge jubelte und applaudierte.

»Mir fehlen die Worte«, fuhr Pétain fort, »um Ihnen zu sagen, was ich, was wir alle...«

Henk winkte ab. Er hatte noch nie im Blickpunkt der Öffentlichkeit gestanden. Die Hunderttausende auf ihn gerichteten Augenpaare machten ihn furchtbar nervös, und abgesehen davon interessierte ihn im Augenblick etwas ganz anderes sehr viel mehr. »Ich habe nur getan, was jeder an meiner Stelle getan hätte«, murmelte er, was die Menge wieder mit tosendem Beifall quittierte. Er stellte sich auf die Zehenspitzen und sah sich um. Wie sollte man in diesem Menschenmeer ein einzelnes Gesicht ausmachen?

»Trotzdem«, sagte Pétain. »Ohne Sie...«

»Verzeihen Sie, Sir.« Ein drahtiger, dunkelhäutiger Mann mit Mandelaugen in der Uniform eines Raumschiffskommandanten der Terranischen Flotte schob sich höflich aber bestimmt an Pétain vorbei. »Sie gestatten, daß ich mich kurz vordränge, Oberst.« Es war eine Feststellung, keine Frage, und trotzdem brachte er es irgendwie fertig, dabei höflich auszusehen. Er ignorierte den konsternierten Gesichtsausdruck des Babyloniers, verneigte sich vor der Menge und hob grüßend die Arme. Dann lächelte er mit entwaffnender Herzlichkeit und streckte Henk die Hand entgegen.

»Glauben Sie mir, ich kann mir vorstellen, wie unangenehm Ihnen dieser Auflauf ist und wie sehr Sie sich danach sehnen, einfach in Ruhe gelassen zu werden«, sagte er so leise, daß die Mikrophone seine Stimme nicht übertrugen. »Mr. DeGroot, ich möchte Ihnen stellvertretend für meine gesamte Mannschaft unsere Glückwünsche aussprechen und Ihnen sowie allen anderen Babyloniern unseren Respekt zollen«, fuhr er gleich darauf in normaler Lautstärke fort. »Leider muß ich Ihnen jetzt dringend ein paar Fragen stellen. Für meinen vorläufigen Bericht an das Oberkommando der Flotte. Sonst reißt mir Marschall Bulton höchstpersönlich und mit Wonne den Kopf ab. Sie kennen diese Bürokraten.«

Die zusammengeströmten Babylonier lachten. Wie alle Kolonisten hörten sie nichts lieber als Sticheleien gegen die Autoritäten der Heimat, der sie den Rücken gekehrt hatten.

»Oberst Pétain hat mir zwar schon ein paar Dinge erklärt, aber ich werde einfach nicht schlau daraus. Also, wie konnten Sie einen derart energiereichen Hyperfunkspruch absetzen? Womit haben Sie das Grakoschiff beschädigt, und wie konnten Sie diesen Raumtorpedo mit einem einzigen Schuß quer durch die Atmosphäre erledigen?«

Während Henk eine Kurzfassung der zurückliegenden Ereignisse abgab, wobei er sich bemühte, die Verdienste seines Teams entsprechend zu würdigen und die eigenen herunterzuspielen, suchte er immer wieder die Menschenmenge nach Charlizes Gesicht ab.

»Das sind die wesentlichen Punkte«, schloß er seine Ausführungen. »Ich will nicht unhöflich erscheinen, Sir, aber wenn Sie gestatten, ich habe jetzt ein anderes wichtiges Problem, um das ich mich kümmern möchte.«

»Selbstverständlich, Sir.« Fen Doh ließ erneut sein strahlendes Lächeln aufblitzen. »Das muß vorläufig reichen. Ich danke Ihnen für Ihre Geduld, Sir.« Er schüttelte dem Ingenieur die Hand. »Wir sprechen uns wieder, sobald Sie sich erholt haben.«

»Natürlich«, sagte Henk. »Es gibt noch vieles zu berichten, und…« Er verstummte. Wo, um alles auf der Welt, war Charlize? Wie sollte er sie in diesem Gewühl finden? Sie mußte doch irgendwo hier sein.

Tatsächlich? flüsterte eine leise Stimme in seinem Kopf. *Wer sagt dir, daß sie hier sein muß? Wer sagt dir, daß sie überhaupt noch lebt?*

Eine Menge weiterer Leute, die ihm fast alle unbekannt waren – Funktionäre der Regierung und Verwaltung – traten vor, schüttelten ihm die Hand und schwangen wohltönende Reden.

Henk ließ die Lobhudelei gezwungenermaßen über sich ergehen und ertappte sich bei dem Gedanken, daß er beinahe hoffte, die Grakos würden mit Verstärkung zurückkehren.

»Mr. DeGroot?«

Noch ein Gratulant, der ihm den letzten Nerv tötete. Henk drehte sich ergeben um.

Vor ihm stand ein hochgewachsener, grauhaariger, schlanker Mann in einer schmutzigen Uniform, die er trotz ihres jämmerlichen Zustands mit erstaunlicher Würde trug. Er sah wie ein durchtrainierter Siebzigjähriger aus, aber ein Blick in die Augen des Soldaten verriet Henk, daß der Mann mindestens zwanzig Jahre älter war. »Was ist?« fragte er resigniert.

»Mein Name ist Frank Heisenberg«, sagte der Mann ruhig. Er winkte Henk zu sich, heraus aus dem Erfassungsbereich der Mikrophone. »Und ich will Sie nicht länger aufhalten. Wenn Sie wollen, kann ich Sie hier loseisen und zu Ihrer Freundin bringen.«

»Charlize?« rief Henk. »Sie kennen Charlize? Sie wissen, wo…« Er runzelte die Stirn. »Woher wissen Sie, daß Charlize…?«

Heisenberg lächelte flüchtig. Seine Lippen bewegten sich kaum. Es waren seine Augen, die lächelten.

»Es ist mein Job, die Dinge zu wissen, die von Bedeutung sind. Und Sie haben noch etwas gut bei mir. Kommen Sie.«

»Wieso…? Ich…«, stammelte Henk.

»Ich bin der Mann, der über Vipho gedroht hat, Sie zu erschießen. Sie erinnern sich?«

Vor ihnen teilte sich die Menge, als verfüge der alte Soldat über magische Kräfte.

»Nichts für ungut«, fuhr Heisenberg fort. »Mir ist zu dem Zeitpunkt einfach kein besserer Spruch eingefallen, um Ihnen Feuer unter dem Arsch zu machen. Das hat sich jetzt erledigt. Jetzt sind Sie ein Held. Beim nächsten Mal reicht eine freundliche Aufforderung, oder?«

Henk nickte verwirrt.

Heisenberg geleitete ihn zu einem kleinen Bodenfahrzeug und öffnete die Tür. »Steigen Sie ein«, sagte er. »Ich hoffe, wir sehen uns demnächst wieder.«

Die Tür hatte sich kaum hinter Henk geschlossen, als ihm Charlize Farmer um den Hals fiel.

*

Leutnant Emilio di Stefano stand inmitten der Menschenmenge und verfolgte Henk DeGroots Empfang.

Er gönnte ihm den Auftritt aus vollem Herzen und bedauerte ihn gleichzeitig.

Es war nicht leicht, ein Held zu sein.

Und es war nicht leicht, den Hinterbliebenen eines Helden die traurige Botschaft zu überbringen…

Emilio di Stefano hatte viele solcher Botschaften auszurichten. Und er war entschlossen, es persönlich zu tun. Das war er seinen gefallenen Kameraden schuldig, auch wenn er die meisten kaum gekannt hatte.

Doch es gab einen Mann, den er ganz besonders ehren wollte. Für den er das Verdienstkreuz erster Klasse beantragen würde. Nicht aus profanen Gründen wie bloßem Pflichtgefühl, sondern aus tiefster Überzeugung.

Mark Lewis. Ein Mann, der Babylon auf eine ganz besondere Art und Weise repräsentierte. Eben weil er kein Krieger gewesen war, kein professioneller Held, kein harter Kämpfer, kein wagemutiger Draufgänger, kein gedrillter Soldat, kein abenteuerlustiger Söldner.

Lewis war einer von ihnen gewesen. Ein einfacher Mensch mit all seinen Schwächen, Ängsten und Fehlern. Ein durchschnittlicher Mann unter Millionen, der seinen persönlichen Traum geträumt hatte und dafür in die Tiefen des Alls aufgebrochen war, allen Risiken, Gefahren und Unwägbarkeiten zum Trotz. Ein Mann, der im Augenblick des Todes über sich hinausgewachsen war.

Wahrscheinlich stand seine Frau in diesem Moment irgendwo hier in der Menschenmenge, um den Sieg über die Grakos zu feiern. Wahrscheinlich wartete sie mit einer Mischung aus Angst und Hoffnung darauf, daß ihr Mann zu ihr zurückkehrte.

Sabrina Lewis. Di Stefano hatte sich ihren Namen eingeprägt.

Er würde sie als erste von vielen anderen Frauen aufsuchen, um ihr wenigstens die Qual der Ungewißheit zu ersparen. Um sie zu trösten, soweit es in seiner Macht stand.

Die materiellen Schäden, die die Grakos verursacht hatten, zählten nicht. Sie waren unbedeutend. Babylon konnte die Zerstörung von einem Dutzend Ringpyramiden mühelos verkraften. Oder von hundert. Von tausend, von zehntausend und mehr.

Ein zerstörtes Haus ließ sich ersetzen. Der Tod eines Menschen aber hinterließ eine Lücke, die niemand füllen konnte.

*

»Woran denkst du?« fragte Charlize Farmer.

Sie und Henk saßen auf der höchsten Terrasse der Ringpyramide am Platz des Goldenen Menschen, in der sie schon tags zuvor die Nacht verbracht hatten.

Beiden kam es so vor, als wären seither Jahre vergangen.

Frank Heisenberg, mittlerweile wieder nur einfacher Stabshauptfeldwebel und Oberst Pétains persönlicher Adjutant, hatte Henk trotz aller katastrophalen Engpässe einen Schweber besorgt. Nur ein kleines, veraltetes und schon ziemlich klappriges Modell, das für den Flug geschlagene vier Stunden gebraucht hatte, aber unter diesen Umständen war es der reine Luxus.

Eine Vergünstigung, auf die nur ein Held Anspruch hatte.

»An die Zukunft«, erwiderte Henk ernst. »An die Zukunft Babylons und an das, was wir tun können, um sie zu sichern.«

Charlize kuschelte sich an ihn. Die Sonne sank dem Horizont entgegen. Die goldene Statue funkelte und strahlte in verschwenderischer Pracht. »Und was heißt das für dich?«

Henk deutete auf den Goldenen Menschen, über dessen Kopf sich bereits die Dunkelheit herabsenkte.

»Seine Möglichkeiten zu erforschen und Babylon nutzbar zu machen. Die Zukunft unserer Kolonie zu gestalten.«

»Nur durch Technik?«

Henk runzelte die Stirn. »Wie meinst du das?«

Charlize streichelte sanft seine Brust. »Während der Kampfhandlungen hatten zwei Frauen in meinem Bunker durch den Streß Frühgeburten. Aber beide Kinder kamen gesund auf die Welt und haben überlebt. Obwohl es so aussah, als müßten wir alle sterben.«

Sie schwieg. Henk ergriff ihre Hand und drückte sie. »Ich weiß, was du meinst«, sagte er leise. »Und ich empfinde das gleiche.«

»Wirklich?«

»Wirklich«, versicherte er. »Du mußt es nur aussprechen.«

»Warum?« fragte Charlize mit einem Anflug von Verärgerung. »Nur weil ich eine Frau bin? Nur weil ihr Männer Angst habt? Weil ihr glaubt, die Verantwortung auf uns abwälzen zu können? Damit ihr hinterher sagen könnt, du wolltest ja unbedingt...«

Henk legte ihr einen Finger auf die Lippen und lächelte. »Haben wir nicht schon genug gekämpft, Liebling? Vergiß nicht, Charlize, ich bin jetzt offiziell ein Held. Es gibt nichts mehr, wovor ich mich fürchte.«

Charlize sah ihn lange an. In ihren Augen spiegelte sich das Licht der untergehenden Sonne.

»Dann sag es«, bat sie.

»Ich möchte, daß wir beide gemeinsam die Zukunft erschaffen«, sagte Henk. »Als Mann und Frau. Ich möchte Kinder mit dir haben.«

7.

»Das Intervallum bleibt unten«, ordnete Ren Dhark an, während er gelegentliche Blick zur 2,68 Meter durchmessenden Bildkugel warf, die frei über dem drei Meter langen Instrumentenpult schwebte. Ihr unschätzbarer Vorteil war, daß sie sich nicht nur manuell steuern ließ, sondern auch gedanklich. »Ich will freie Sicht.«

Die Jagd auf die geflüchteten Nomaden schien beendet. Tino Grappa hatte ein Sonnensystem voraus angemessen, zu dem die Spur der Kreuzraumer führte.

»Vielleicht stellen Sie uns eine Falle«, warf Dan Riker argwöhnisch ein. »Ich halte es für möglich, daß sie sich im Ortungsschatten eines der Planeten verbergen und nur auf eine günstige Gelegenheit warten, über uns herzufallen.«

Der Commander der Planeten schüttelte entschieden den Kopf. »Die Nomaden haben sich bereits blutige Nasen gegen uns geholt. Zudem sind die meisten ihrer Schiffe beschädigt. Sie werden sich nicht auf einen offenen Kampf einlassen.«

Die POINT OF und die MAYHEM näherten sich dem System mit schwachem Sub-Licht-Effekt. Tino Grappa hockte wie eine Spinne vor seinen Ortungseinrichtungen und wartete auf erste greifbare Ergebnisse. Auch Wer Dro Cimc als Vertreter des Telin-Imperiums und der Galoaner Shodonn hielten sich in der Kommandozentrale auf. Der Vertreter des Nareidums hatte die vollständige Kontrolle über den Körper seines Wirts Rhaklan übernommen.

»Das Odassu-System«, ergriff Shodonn in seiner kehligen Sprache das Wort, an die die Besatzung sich inzwischen gewöhnt hatte. »Das ergibt einen Sinn. Vermutlich wollen die Nomaden zum fünften Planeten, nach Doron, um sich dort zu verstecken. Auch wenn ich mir nicht vorstellen kann, daß sie dort besonders willkommen sind.«

»Warum ergibt es einen Sinn, wenn sie nicht willkommen sind?« fragte der 2. Offizier Leon Bebir. »Wenn ich in deren Lage wäre, würde ich mir einen Ort suchen, wo ich sicher wäre.«

»Auf Doron sind die Nomaden sicher«, erklärte Shodonn. »Der Planet gilt als Freizone, deshalb haben die Nomaden nichts zu befürchten. Außerdem ist er der einzige in diesem System, der für Sauerstoffatmer geeignet ist.«

Ren Dhark horchte auf. »Freizone?« Diesen Begriff hatten sie bislang in der wie aus dem Nichts erschienen Galaxis Drakhon, die kurz davorstand, mit der Milchstraße zu kollidieren, noch nicht vernommen.

»Freizonen sind Welten, die über ganz Drakhon verteilt sind. Die Gesetze der Sternenreiche haben dort keine Geltung, sondern lediglich die ungeschriebenen Gesetze dieser Freizonen selbst. Jeder, der dort Unterschlupf sucht, bekommt ihn. Selbst Verbrecher, die anderenorts unerwünscht sind oder gar verfolgt werden, finden dort Aufnahme und können offen auftreten. Alle Völker Drakhons achten diese Regelung, auch wenn das vielen unverständlich erscheint.«

»Da reihe ich mich gleich ein«, mischte sich Dan Riker ein. Ein roter Fleck hatte sich auf seinem hervorspringenden Kinn gebildet, ein offenkundiges Zeichen für seine Erregung. »Eine Welt voller Krimineller, die frei kommen und gehen können, wie immer es ihnen beliebt. Stellt euch das mal in der Milchstraße vor! Was ist mit der bedauernswerten Bevölkerung eines solchen Planeten?«

»Machen Sie sich keine Sorgen«, wehrte Shodonn ab. »Zu Freizonen können ausschließlich Welten werden, die kein eigenes intelligentes Leben hervorgebracht haben. Dies ist eine der Grundregeln, damit es nicht zur Unterdrückung möglicher Eingeborener kommt.«

»Wenigstens etwas«, gab sich Ren Dharks Stellvertreter ein wenig entspannter. Dennoch war ihm bei diesem Gedanken nicht wohl. Die Vorstellung, daß Verbrecher wie der ehemalige Cattaner Stadtpräsident Rocco sich in der Milchstraße auf einem Freizonenplaneten offiziell hätten verkriechen können, löste ein ungutes Gefühl in ihm aus.

»Eine ungastliche Welt«, bestätigte der Commander der Planeten seine Gedanken. »Tote dürften in dieser Anarchie an der Tagesordnung sein. Wenn wir auf Doron landen wollen, müssen wir uns vorsehen.«

»Wenn wir landen und aussteigen«, Dan Riker legte besondere Betonung auf das letzte Wort, »wirst du diesmal nicht dabei sein. Das können auch mal andere machen.« Zu gut hatte er noch den vergangenen Einsatz seines Freundes bei den Rags in Erinnerung. Bei den Owiden, wie die kriegführenden Bewohner des Planeten Owid sich selbst nannten. Zwar hatten die Menschen wertvolle Informationen erhalten, und Ren war es sogar gelungen, den seit vielen Jahren tobenden Krieg zu beenden, doch hatte es lange Zeit so ausgesehen, als wären er und seine drei Begleiter Arc Doorn, Lati Oshuta und Bram Sass bei dem Einsatz ums Leben gekommen.

Riker hatte endgültig die Nase voll.

Der Kommandant der POINT OF hatte bei einem potentiell gefährlichen Außeneinsatz gefälligst an Bord zu bleiben! Punkt und Schluß!

Daß er mit dieser Auffassung nicht allein dastand, wußte er sehr genau.

Ren konnte ein Grinsen nicht unterdrücken. Den Tag würde er nicht mehr erleben, an dem sein bester Freund sich keine diesbezüglichen Sorgen machen würde. Rein äußerlich waren die beiden Freunde das genaue Gegenteil voneinander. Hier Dhark mit seinen weißblonden Haaren und den braunen Augen, da Riker mit seinen schwarzen Haaren und den blauen Augen. Auch betreffs der einzuschlagenden Richtung beim Angehen von Problemen waren sie oft unterschiedlicher Meinung, dennoch hatten sie schon lange vor der Entdeckung der POINT OF in einer Höhle von Deluge an einem Strang gezogen.

»Wir werden sehen«, wiegelte er diplomatisch ab und wandte

sich an den galoanischen Chefwissenschaftler. »Shodonn, wenn auf Doron tatsächlich so schlimme Zustände herrschen, sollten wir vielleicht besser von einer Landung absehen.«

Shodonn sah ihn lange an. Dann sagte er eindringlich: »Dhark, ich beschwöre Sie. Wir dürfen den Nomaden das Tarnsystem nicht überlassen. Sie wissen, was für uns Galoaner, für die Owiden und sämtliche anderen Völker Drakhons auf dem Spiel steht. Die Nomaden werden sich zu den Tyrannen unserer Galaxis aufschwingen. Sie haben sie kennengelernt. Sie verstehen, wie sie sind. Und wie groß Drakhon auch immer sein mag, Dhark, Sie haben keine Garantie, daß die Nomaden nicht auch auf den Welten ihrer heimatlichen Milchstraße einfallen werden. Es gibt nur eine Lösung, wir müssen ihnen unter allen Umständen das Tarnsystem wegnehmen. Andernfalls wird ihnen niemand mehr Einhalt gebieten können.«

Ren hielt seinem flehenden Blick stand.

Natürlich hatte der Chefwissenschaftler recht, auch wenn er selbst die Gefahr durch die Nomaden längst nicht für so bedrohlich hielt wie Shodonn. Aber die heimatlosen Freibeuter in ihren Kreuzraumern verfügten über ein gewaltiges Aggressionspotential. Diese Frage hatten sie bereits erörtert. Doch er hatte sich nie an die Devise gehalten: *Wer sich in Gefahr begibt, kommt darin um.* Hätte er das jemals getan, wären sie niemals so weit gekommen – er und die Menschheit. Auch diesmal würde er nicht gegen sein Naturell entscheiden, trotzdem konnte er Dans Einwände nicht als haltlos abtun.

Shodonn erkannte sein Zögern. Wieder ergriff er das Wort: »Ich habe Ihnen Doron so drastisch geschildert, um Sie zu warnen«, erklärte er. »Nicht um Sie von ihm fernzuhalten. Das Zusammenleben dort unten wird durchaus überwacht. Die Freizonen unterstehen Räten, die sich aus Vertretern der größten Völkergruppierungen zusammensetzen. Sie werden demokratisch gewählt, und eigentlich sollten sie sich auch demokratisch verhalten. Doch ich rate zur Vorsicht. Auch die Räte sind und bleiben nun mal Kinder

der Gesellschaft, in der sie leben. Es wird gelogen und betrogen, und die Räte machen da keine Ausnahme. Morde und sonstige Verbrechen kehren sie nach Möglichkeit unter den Teppich, um es sich mit keiner der rivalisierenden Gruppierungen zu verderben. Das Leben in den Freizonen ist gefährlich, aber auch höchst lukrativ. Wer sich mit den gegebenen Umständen arrangiert und geschäftstüchtig ist, kann es weit bringen.«

»Das ist keine Welt nach meinem Geschmack«, warf Dro Cimc ein. »Ihre Worte klingen zwar nach Ordnung, schildern tatsächlich aber ein unbotmäßiges Chaos. Dhark, Sie sollten auf Ihren Freund Riker hören.«

»Hinzu kommt, daß wir es mit einem Vielvölkergemisch zu tun haben werden, wenn ich Shodonns Worte richtig interpretiere«, versetzte der Chef der Terranischen Flotte. »Nicht einmal die Galoaner werden alle vertretenen Völker kennen. Wir könnten auf parapsychische Fähigkeiten stoßen, gegen die wir nichts ausrichten können.«

»Dagegen helfen uns die Stirnreifen der Nogk, mit denen uns die MAYHEM versorgt hat«, konterte Ren. »Bisher hat sich die Abschirmung bestens bewährt.«

Das war selbst bei den elefantenähnlichen, sechsbeinigen Shirs so gewesen, als die POINT OF ihnen den zweiten Besuch abgestattet hatte. Die kleinen technischen Wunderwerke der mit Terra befreundeten Nogk hatten bisher jegliche Mentalkräfte erfolgreich abgewehrt, und Dhark war zuversichtlich, daß das auch weiterhin so sein würde. Das Ringschiff war gegen jegliche Beeinflussung durch Parakräfte geschützt. Die Stirnreifen waren ein zusätzliches Faustpfand für ihre psychische Sicherheit, wenn sie das Schiff verließen. Ren wollte sich nicht noch einmal so manipulieren lassen, wie die Shirs es beim ersten Besuch auf Salteria gemacht hatten. Daß sie die Wunderwerke der Nogk noch dringend brauchen würden, war klar. Denn scheinbar verfügte jedes Volk in Drakhon über eine spezielle geistige Fähigkeit, ein Umstand, den sich auch die Wissenschaftler bislang nicht erklären konnten. Aber er war sicher, daß es auch dafür einen treffenden Grund gab, wie für so vieles andere. Sie mußten ihn nur finden, und die Bekanntschaft zu den Galoanern war ein weiterer Schritt auf diesem Weg der Erkenntnis.

Die Rahim!

Das Wort formte sich wie ein Leuchtfeuer in seinem Verstand.

Diese Geheimnisvollen von Drakhon.

Die vor sechshundert Jahren plötzlich verschwunden waren und um die sich heute noch Legenden rankten.

Sie zu finden, war Rens erklärtes Ziel.

Denn um das Geheimnis um Drakhons Auftauchen zu lösen, mußte er in der Vergangenheit suchen. Da war er sicher. Und wer hätte ihm da besser helfen können als die, die in der Vergangenheit einst die beherrschende Macht dieser Sterneninsel gewesen waren?

Die Rahim.

So viele Indizien deuteten darauf hin, daß sie mit den Mysterious identisch waren, deren Spuren er nun schon so lange folgte. Bei den Saltern hatte er sich endlich am Ziel seiner Suche gesehen, doch nur für kurze Zeit. Als sie von robonischen Attentätern auf Terra getötet worden waren, hatte Olan ihm mit seinen letzten Atemzügen offenbart, daß alles nur eine Lüge gewesen war.

Doch er, Ren Dhark, der ausgemachte Mysterious-Experte, war nicht in ein tiefes Loch gerutscht, wie manche befürchtet hatten. Im Gegenteil, es war ihm wie ein Stein von der Seele gefallen, denn seit sie die letzten 108 ihres Volkes von Salteria mitgenommen hatten, hatte er Zweifel gehabt. Sie hatten ihn nicht getrogen.

Die Jagd war noch nicht zu Ende.

»Ren, träumst du?«

Dan Rikers Stimme brachte ihn in die Realität zurück.

Die POINT OF hatte sich inzwischen dem Rand des Systems genähert. SLE war weiter verzögert worden.

»Grappa, was haben Sie für mich?« überging der Commander der Planeten die Frage seines Freundes.

»Reger Raumschiffsverkehr vom und zum fünften Planeten«,

meldete der Orter.

»Das haben Sie jetzt erst festgestellt?«

Tino Grappa überhörte den leisen Vorwurf. Der Mailänder war ein vorsichtiger Mann, der es bevorzugte, mit Fakten aufzuwarten, statt sich in Spekulationen zu ergehen. Erst jetzt, da er sicher war, daß sich die regen Aktivitäten im Doron-System tatsächlich um den fünften Planeten abspielten, gab er seine Meldung ab. Daß die Ergebnisse aufgrund von Shodonns Aussagen ohnehin vorhersehbar waren, interessierte ihn nicht.

»Keine Spur der Nomadenraumer. Das ist aber kein Wunder bei den starken Aktivitäten im All. Jede Menge Energieemissionen. Mögliche Energiefahnen der Kreuzraumer werden von dem starken Schiffsverkehr längst überlagert.«

»Suchen Sie weiter. Ich bin sicher, daß sie hier sind. Wenn die Nomaden im Odassu-System lediglich Station gemacht hätten und dann weitergeflogen wären, hätten wir ihre Spur längst wieder gefunden.«

Grappa bestätigte.

In dem Moment betrat Chris Shanton die Kommandozentrale. Wie immer war Jimmy an seiner Seite.

Ren nickte ihm knapp zu.

»Gut, daß Sie kommen. Durch die ganzen Turbulenzen seit der Ankunft der MAYHEM hatte ich noch keine Gelegenheit, mich von Ihnen über die Situation in der Milchstraße unterrichten zu lassen.«

Shanton verzog das Gesicht. Was er zu sagen hatte, gefiel ihm selbst nicht. »Keine erfreulichen Neuigkeiten«, verkündete er. »Das galaktische Strahlungsniveau steigt in ungeahntem Ausmaß. Trawisheim sitzt auf glühenden Kohlen, und Bulton würde am liebsten irgendeinem interstellaren Magnetfeld den Krieg erklären.«

Verschiedene Köpfe fuhren herum und warfen der massigen Gestalt vielsagende Blicke zu. Auf jedem anderen Schiff der Flotte wäre der Ingenieur wegen seiner flapsigen Art wahrscheinlich von der Brücke verwiesen worden. Nicht so jedoch an Bord der POINT OF, auf der schon immer etwas andere Regeln geherrscht hatten. Außerdem war allgemein bekannt, daß Chris Shanton kein Freund von Uniformen und Dienstgraden war und sich schon manchen derben Scherz mit Uniformträgern geleistet hatte.

Ungerührt fuhr der Zweizentnerhüne fort. »Die Wissenschaftler und Ihr Stellvertreter auf Terra fürchten, daß eine Katastrophe immer wahrscheinlicher wird.«

Ren nickte düster. Die Zeit wurde immer knapper, und er fragte sich, ob er das Recht hatte, sie mit der Jagd auf die Nomaden leichtfertig zu verschwenden.

»Da ist noch etwas, Dhark.« Shanton hatte die Augen zu schmalen Schlitzen zusammengezogen. »Aber das würde ich gern unter vier Augen mit Ihnen besprechen.«

Ren Dhark spürte, daß Shantons Informationen noch viel schlimmer waren. Er hatte nur preisgegeben, was die Besatzung ohnehin wußte. Der Rest war für den Commander persönlich bestimmt.

Ren gab sich einen Ruck, um die Zentrale in Shantons Begleitung zu verlassen.

Jimmy trottete mit wedelndem Schwanz hinter ihnen her.

*

Sie hatten sich zu zweit in einen kleinen Konferenzraum zurückgezogen.

In sein Quartier konnte Ren Dhark nicht, da Joan Gipsy sich dort aufhielt. Er hatte konkrete Befürchtungen, was hinter Shantons Wunsch steckte. Und wenn seine Vermutung stimmte, sollte seine Freundin den Inhalt der Unterredung nicht mitbekommen. Noch nicht! Doch früher oder später würde sie, ebenso wie jede Frau und jeder Mann an Bord der POINT OF INTERROGATION, wie Flashpilot Pjetr Wonzeff den Ringraumer nach seiner Entdeckung auf Deluge im Jahr 2051 getauft hatte, die Fakten erfahren müssen.

»Sieht es wirklich so schlimm aus?« fragte der Commander der Planeten, bevor der terranische Ingenieur, der gemeinsam mit Arc Doorn die 370 Ast-Stationen im heimatlichen Sonnensystem erbaut hatte, das Wort ergreifen konnte.

Chris Shanton wühlte gedankenverloren in seinem dichten, verfilzten Backenbart. Er war beileibe kein einfacher Typ, doch ein netter und umgänglicher Kerl und – wie der Sibirier Doorn – ein technisches Genie, wie die Menschheit nur wenige besaß.

»Ist das so offensichtlich?« fragte er zurück. Dann nickte er. »Schon gut. Ich weiß, daß man Ihnen nichts vormachen kann, Dhark, aber ich halte mich auch nicht für leicht zu durchschauen.«

»Was erwarten Sie denn? Kaum spreche ich die Situation in der Milchstraße an, wollen Sie mit mir allein reden. Das kann doch nur bedeuten, daß die Lage dermaßen trostlos aussieht, daß Sie sie nicht in die Welt hinausposaunen möchten, um die Moral meiner Mannschaft nicht zu untergraben.«

Shanton nickte, während er Jimmy übers Fell strich. Der Robothund hatte sich, ganz so wie es ein echter Vierbeiner tun würde, zu Füßen seines Besitzers ausgestreckt und wedelte zufrieden mit dem Schwanz. Ihm war nicht anzusehen, daß er das Gespräch der beiden Männer mit wachen Sensoren verfolgte.

»Ich habe einige Befürchtungen, was die nähere Zukunft betrifft«, setzte der schwergewichtige Mann an. »Wir alle haben den galaktischen Blitz noch in bester Erinnerung, während dessen Auftreten Drakhon um eintausend Lichtjahre näher an die Milchstraße herantransitiert ist. Dieser Wert wurde inzwischen empirisch belegt. Doch damit ist das Ende der Fahnenstange noch nicht erreicht.«

»Ich weiß. Die beiden Galaxien berühren sich bereits in den Außenbezirken, die ersten Sonnensysteme wurden schon vernichtet«, winkte Ren ab. Er hatte sich eine Zigarette angezündet und inhalierte tief den Rauch, ein Laster, das er sich einfach nicht abgewöhnen konnte. Jetzt straffte er seine Gestalt und zog die breiten Schultern zusammen, wobei er sein Gegenüber auffordernd anschaute.

»Ich sagte schon, daß sich das galaktische Magnetfeld weiterhin stark auflädt«, fuhr der Ingenieur fort. »Dieser Vorgang kann nicht ewig so weitergehen, ohne daß es sich irgendwann auch wieder entladen muß. Wenn das geschieht, wird Drakhon in die Milchstraße hineintransitieren.«

Sekundenlang herrschte gespannte Stille. Selbst Jimmy stellte sein Schwanzwedeln vorübergehend ein.

»Sie sind kein Hellseher, Shanton. Was macht Sie so sicher?«

»Ich habe sämtliche verfügbaren Suprasensoren zu Hilfe gezogen. Ein Wunder, daß Ihr Stellvertreter Trawisheim mir nicht aufs Dach gestiegen ist. Ich habe alles doppelt und dreifach berechnet, ich kann mich nicht irren.«

»Trotzdem würde ich gern die Meinungen Ihrer Kollegen dazu hören – ohne Ihnen zu nahe treten zu wollen, Shanton. Verstehen Sie mich bitte nicht falsch. Haben Sie Beweise für Ihre Annahme, von Ihren Simulationen und Hochrechnungen mal abgesehen?«

»Sie ist eine logische Schlußfolgerung, wenn wir zugrunde legen, was beim ersten Mal passiert ist.«

»Das ist Ihre persönliche Meinung.«

Shanton schüttelte den Kopf. »Ich habe die Sache mit Robert Saam besprochen. Er hat eigene, von meinen völlig unabhängige Berechnungen angestellt und ist zu den gleichen Resultaten gekommen. Wir haben keinen Zweifel, daß es so kommen wird. Eines Tages werden sich Drakhon und die Milchstraße den gleichen Raum teilen. Was das bedeutet, muß ich Ihnen nicht erklären. Da beide Galaxien etwa gleich groß sind, werden sie sich gegenseitig vollständig durchdringen…«

»… und beide völlig untergehen«, beendete Dhark den Satz. »Totale Zerstörung.« Er ließ erschüttert die Luft entweichen. »Ich wußte, daß die Lage bedrohlich ist, aber daß sie *so* schlimm…«

Er ließ seinen Satz ebenfalls unvollendet. Nein, daß die Lage so schlimm war, hätte er sich nicht mal in seinen schlimmsten Träumen eingestanden. Doch er kannte Chris Shanton. Der würde nicht aus purer Leichtfertigkeit ein apokalyptisches Horrorszenario malen, wenn seine Beweise nicht Hand und Fuß hatten. Auch Terence Wallis' genialer Ziehsohn Robert Saam hatte mehr Makken als sämtliche Mitglieder der TF zusammen, war in derlei Dingen aber ein penibler Erbsenzähler. Wenn beide Männer zu den gleichen Schlußfolgerungen gelangt waren, ließen sich die Fakten nicht von der Hand weisen.

»Was uns zusätzliche Sorgen bereiten muß«, drängte sich Chris Shantons Stimme in seine Gedanken, »ist die Tatsache, daß wir keinen Anhaltspunkt über die Hintergründe haben. Wir wissen nichts, aber auch gar nichts über die Ursache dieses Phänomens. Ich glaube, daß wir dann zumindest einen Schritt weiter wären.«

Ren hörte gar nicht mehr hin.

Deutlich spürte er die Verzweiflung, die Besitz von ihm ergriff. Eine Verzweiflung, der er sich nicht hingeben durfte. Nicht er, denn er trug die Last der Verantwortung für die Menschheit. Er war mehr als ihr politischer Anführer, er war ihr Schirmherr, ihr Mentor. Der Mann, der dafür zu sorgen hatte, daß sie einen gewaltigen Balanceakt zu bewältigen lernte. Nämlich auf der einen Seite die Eroberung des Weltalls vorantrieb, und auf der anderen die Sicherung des eigenen Überlebens in diesem häufig feindlich gesinnten Kosmos bewerkstelligte, der offenbar nicht darauf gewartet hatte, daß diese unbedeutende, kleine Menschheit endlich ins Licht trat. Niemand hatte das jemals von ihm verlangt, er war einfach in diese Rolle hineingestolpert. Vielleicht war sie ihm von der Natur vorgegeben worden, von einem Schicksal, das er selbst nicht begriff.

Doch er war willens, diesen Weg zu gehen.

Und mit einem Mal war alles anders.

Der Untergang der Milchstraße stand bevor.

Jetzt klarer denn je zuvor.

»Wieviel Zeit haben wir?« fragte der terranische Regierungschef schweren Herzens.

»Ein paar Jahre möglicherweise, aber wir können unmöglich genaue Angaben machen. Glauben Sie mir, Dhark, ich würde Ihnen gern mehr sagen, aber auch die Suprasensoren vollbringen keine Wunder. Nur über eins müssen wir uns klar sein. Innerhalb der kommenden zehn Jahre wird es zur Katastrophe kommen.«

Zu der größten, die wir jemals erlebt haben, dachte Ren Dhark und erinnerte sich an die Krisen, die die Menschheit in der Vergangenheit bewältigt hatte. Die Amphis, das Nor-Ex, die Giant-Invasion und die Besetzung der Erde. Schließlich die Schatten, die Grakos, die sich als unerbittliche Todfeinde aller anderen Zivilisationen zeigten.

Doch vielleicht war dies nicht nur die größte Krise, mit der die Menschheit konfrontiert wurde.

Vielleicht war es die endgültige.

Weil Terra ihr einfach nicht widerstehen konnte.

Denn wie sollte die Menschheit einem scheinbar natürlichen Phänomen von kosmischen Dimensionen begegnen?

Ren Dhark erhob sich und reichte Shanton die Hand.

»Es war richtig, daß Sie mir das unter vier Augen gesagt haben«, erklärte er betroffen. Selten in seinem bewegten Leben hatte er sich so hilflos gefühlt wie in diesem Augenblick. »Im Moment können wir keine zusätzliche Unruhe brauchen. An Bord dieses Schiffes halten sich zwar erfahrene Raumfahrer auf, die einen kühlen Kopf bewahren. Für jeden von ihnen würde ich meine Hand ins Feuer legen. Aber wir dürfen nicht riskieren, daß daheim auf der Erde oder in den Kolonien eine Panik ausbricht. Ich erwarte strengste Geheimhaltung.«

Shanton nickte.

»Sie können sich darauf verlassen, Dhark.«

Als er sich erhob, um den Konferenzraum zu verlassen, mußte er ein Räuspern unterdrücken.

Ren Dhark war bleich.

Und Chris Shanton konnte sich nicht erinnern, jemals einen solch schockierten Commander der Planeten gesehen zu haben. Er konnte nur hoffen, daß Dhark nicht die Hoffnung verlor. Denn wenn das geschah…

… dann gab es für die Menschheit keine Hoffnung mehr.

*

»Du bist mit deinen Gedanken ganz woanders.«

Joan Gipsy hatte sich in einem Sessel zurückgelehnt und beobachtete jede seiner Bewegungen aufmerksam. Ren wanderte in seiner Kabine auf und ab. Es fiel ihm schwer, sich auf ihre Worte zu konzentrieren. Seine Gedanken waren immer noch bei Chris Shantons Eröffnungen, und es gelang ihm nicht, sie in eine andere Richtung zu dirigieren.

»Tut mir leid, aber du hast recht«, erwiderte er. »Mir gehen so viele Dinge durch den Kopf. Ich habe Probleme, verstehst du, echte Probleme.«

»Dann erzähl mir davon.«

Ren sah sie lange an.

Wie gern hätte er es getan, ihr alles gebeichtet, was ihm auf der Seele lag.

War sie denn nicht seine Freundin? Die Frau, die er liebte? Wem sollte er denn vertrauen, wenn nicht ihr?

Er stieß einen stummen Fluch aus. Sie hatte ein Recht darauf zu wissen, was in ihm vorging, und sie hatte ein Recht darauf zu wissen, was auf sie zukam. Was auf sie alle zukam. Auf die gesamte Menschheit. Aber nicht nur auf die, sondern auch auf ihre Freunde, die Nogk. Vielleicht auf Tausende und aber Tausende von Zivilisationen, die noch darauf warteten, von den Terranern entdeckt zu werden. Doch sie alle waren ihm nicht so nahe wie diese Frau, die ihn aus ihren faszinierenden grünen Augen vorwurfsvoll betrachtete.

»Ich kann dir nicht davon erzählen. Ich darf nicht.«

»Verstehe!« zischte sie verärgert, und Ren konnte deutlich erkennen, daß sie es nicht verstand. »Du und deine Staatsgeheimnisse. Ich habe dich nie danach gefragt, und ich werde es auch in

Zukunft nicht tun. Von Anfang an habe ich gewußt, daß du ein Leben führst, das ich niemals ganz werde teilen können. Aber ich lasse auch nicht zu, daß ich außen vor bin.«

Er war hin- und hergerissen. Er liebte sie. Das war ihm bei dem Attentat im »Los Morenos« klargeworden, das sie beinahe das Leben gekostet hatte. Trotzdem ertappte er sich bei dem Wunsch, sie nicht an Bord zu wissen. Warum war sie nicht auf der Erde geblieben? Seine Mission in Drakhon verlangte seine gesamte Aufmerksamkeit. Jede Minute, die er hatte. Er konnte sich nicht zweiteilen, und deshalb konnte er sich derzeit nicht um sie kümmern. Nicht so, wie sie es verdient hatte. Wenn Ren sich selbst gegenüber aufrichtig war, mußte er zugeben, daß sie ihm auf die Nerven ging – die seit seiner Unterredung mit Shanton ohnehin blanklagen.

»Wenn all das hier hinter uns liegt, werde ich mehr Zeit für dich haben«, versprach er mit schlechtem Gewissen. »Dann werden wir alles nachholen, was wir im Moment verpassen. Aber du mußt akzeptieren, daß ich dir mehr Zeit im Moment nicht geben kann, so gern ich es auch würde.«

Als er ihren Sessel erreichte, versuchte sie ihn zu sich herunterzuziehen, während er mit seinen Gedanken längst wieder in der Kommandozentrale war. Sein flüchtiger Blick glitt über ihr griechisches Profil, ihre leicht slawischen Gesichtszüge und die nach hinten gekämmten dunkelblonden Haare. Sie war lediglich mit einer dünnen Bluse bekleidet, die in Falten über ihren bloßen schlanken Beinen lag. Doch nicht einmal dieser Anblick, der ihn sonst um seinen nüchternen, analytischen Verstand bringen konnte, vermochte ihn diesmal zurückzuhalten.

Er machte sich los und flüchtete geradezu vor Joans Zugriff.

Als er wieder in die Zentrale kam, wartete eine gute Nachricht auf ihn.

»Die H'LAYV ist soeben aus einem Wurmloch aufgetaucht«, empfing ihn sein Stellvertreter Dan Riker.

Ren meldete sich bei Glenn Morris in der Funk-Z. »Ich brauche sofort eine Verbindung zur H'LAYV.«

Zwei Wochen, dachte er. *Maximal.* Soviel Zeit würde er für die Suche nach den Nomaden im Odassu-System opfern. Nicht mehr. Danach mußte er zu den Rahim, ob er die Nomaden nun gefunden hatte oder nicht.

Auch Shodonn mußte das einsehen.

*

»Ein einziges Desaster«, knurrte Pakk Raff wütend und angriffslustig zugleich. »Eine Katastrophe!«

Priff Dozz konnte dem obersten Rudelführer der Nomaden nur zustimmen. Und ihm gleichzeitig die Schuld geben an dem, was geschehen war. Der größte Teil der Flotte war zerstört worden, nachdem Raff über Owid den Angriffsbefehl gegen das fremde Ringraumschiff gegeben hatte. Dabei hatten die Nomaden dessen überlegene Fähigkeiten schon auf Tarrol-3 kennengelernt, als sie den Schwanz hatten einziehen und fliehen müssen.

Doch Pakk Raff war ein uneinsichtiger Narr!

Allerdings war Priff Dozz klug genug, derlei Gedanken für sich zu behalten, wollte er nicht mit durchbissener Kehle enden. Denn um seine angeschlagene Autorität aufzupolieren, war Pakk Raff derzeit besonders ungenießbar. Vor allem seinem Berater gegenüber, der nun mal ein dankbares Opfer war, verhielt er sich ausgesprochen fies. Da war es klüger, einen kühlen Kopf zu bewahren und sich nicht von ihm provozieren zu lassen. Sich mit ihm anzulegen, konnte blutig enden.

»Hat mein kluger Berater vielleicht eine Erklärung?« Pakk Raffs durchtrainierter, muskulöser Körper war angespannt, wie kurz vor dem Sprung. Er musterte Dozz mit stechendem Blick. »Warst du nicht der Meinung, unser Kampfrechner sei einsatzbereit?«

»Das war er auch«, verteidigte sich der bei den anderen Vertretern des Rudels so unbeliebte Priff Dozz. Niemand konnte ihn leiden, weil alle in ihm einen Schandfleck sahen, der eines Nomaden nicht würdig war. Normalerweise hätte er das soziale Gefüge der

Heimatlosen nicht lange überlebt, doch Pakk Raff protegierte ihn. Ein Umstand, den Dozz seiner aus der Art geschlagenen Intelligenz verdankte. Nicht daß der Rudelführer ihn gemocht hätte, tatsächlich schikanierte und piesackte er ihn bei jeder Gelegenheit. Doch er brauchte das Wissen und die geistig-intellektuellen Fähigkeiten seines Beraters, über die kein zweiter aus dem Rudel auch nur annähernd verfügte. Ansonsten hätte irgendein Nomade den schwächlichen, kleinwüchsigen Dozz längst zerfleischt. So aber wagte niemand, ihm zu nahe zu kommen. Jeder wußte, daß mit Raff nicht zu spaßen war. Das hatte er erst kürzlich wieder eindrucksvoll bewiesen, als er seinen Widersacher Gropp Bitt beim Zweikampf um die Führung der Nomaden besiegt hatte.

»Warum haben wir dann unsere Schiffe verloren?«

Das fragte sich Priff Dozz ebenfalls. Diese Terraner waren wahre Teufel. Von der Flotte der Nomaden, die vor kurzem noch aus 53 Kreuzraumern bestanden hatte, existierten noch ganze zwölf Schiffe. Der Ringraumer und seine ausgeschleusten Beiboote hatten kurzen Prozeß gemacht, als die Nomaden sich bereits dem Sieg nahegesehen hatten.

»Wir wußten, daß ihre Waffen den unsrigen überlegen sind. Vielleicht hätten wir sie nicht angreifen sollen.« Der Berater wand sich, als er erkannte, wie ungeschickt seine Worte gewählt waren. Ohnehin schäumte sein Rudelführer vor Wut, da war es nicht geraten, ihn zusätzlich zu reizen. Deshalb schickte er rasch hinterher: »Aber andererseits war das die einzige Möglichkeit, in den Besitz des Ringraumers zu kommen. Wir mußten das Risiko eingehen, denn die Beute ist es wert.«

»Ja«, lenkte Pakk Raff einsilbig ein, um sich keine Blöße zu geben. Ihm war durchaus bewußt, daß er die erlittene Niederlage allein zu verantworten hatte.

Er näherte sich seinem Berater mit gemessenen Schritten. Ein hämisches Grinsen erschien auf seinem Gesicht. »Du trägst natürlich mal wieder an nichts eine Schuld«, preßte er mit gesenkter Stimme hervor. »Du brauchst dir wirklich nichts vorzuwerfen. Im

Gegenteil, du hast sogar eine Belohnung verdient. Den heutigen Abend wirst du mit Bidd Nobb verbringen.«

»Mit Bidd Nobb?« echote Priff Dozz einfältig. »Was ist mit meiner Frau?«

»Es scheint ihr nicht gutzugehen«, promenierte der Rudelführer. »Ich glaube, sie verzehrt sich nach dir. Sei also in der vor euch liegenden Nacht nett zu ihr. Ich werde sie morgen fragen, ob sie zufrieden ist.«

Ringsum brandete brüllendes Gelächter auf. Die in der Kommandozentrale des neuen Flaggschiffs versammelten Nomaden überschlugen sich geradezu vor Schadenfreude.

Priff Dozz spürte, wie er blaß wurde.

Das ging zu weit!

Nicht einmal der Rudelführer durfte sich eine solche Bemerkung erlauben.

Dozz starrte ihn haßerfüllt an, während das Gelächter langsam abebbte. Er hörte das Blut in seinen Ohren rauschen.

»Habe ich etwas Falsches gesagt?«

Dem Berater lag eine verächtliche Bemerkung auf der Zunge.

Doch im letzten Moment gewann sein Verstand die Oberhand zurück.

»Nein, nichts«, erwiderte er.

Wieder einmal hatte Raff ihn vor aller Augen gedemütigt. Doch er wollte ihn nicht dazu verleiten, ihn auch noch körperlich in seine Schranken zu verweisen. Denn natürlich hatte er gegen seinen Rudelführer im Kampf nicht den Hauch einer Chance – so wenig wie gegen jeden anderen Nomaden.

Nur deshalb hielt er geheime Treffen mit ähnlich Denkenden, weil gleichfalls von der Natur Benachteiligten ab, bei denen sie Pakk Raffs Sturz und einen radikalen Umbruch im Leben der Nomaden planten. *Warte nur*, dachte er voller Abscheu. *Der Tag wird kommen…*

Doch noch war es nicht so weit.

Bidd Nobb!

Der Gedanke an seine Frau beraubte ihn jeglicher Aggression. Es fiel ihm schwer, sich an eine Zeit zurückzuerinnern, an der es ihm eine Freude gewesen war, sie zu erobern und die Nacht mit ihr zu verbringen. Doch er machte sich nichts vor. Tatsächlich war das niemals der Fall gewesen. Sie war seine Frau, weil er keine andere bekommen hatte. Denn sie war eine ebensolche Außenseiterin wie er selbst. Sie war scheußlich anzusehen mit ihren dürren, krummen Beinen und ihrem völlig aus den Fugen geratenen Körperbau. Ihr Leib war alles andere als attraktiv, auch das Gesicht machte da keine Ausnahme. Aber diese verunglückte Ausgabe einer Nomadin hatte auch ihre guten Seiten..

Sie war seine Hauptfrau – und leider auch seine einzige.

Daher drängte sie sich jede Nacht an ihn, um ihr Recht zu fordern.

Wenn Priff Dozz da an Pakk Raffs drei Frauen dachte, überkamen ihn ganz andere Gefühle. Besonders bei einer von ihnen, auf die er schon lange ein Auge geworfen hatte. Doch als er die Chance hatte, sie zu bekommen, hatte er sie abgelehnt. Weil er an Bidd Nobb denken mußte. Daran, daß sie die einzige war, die wirklich zu ihm hielt. Trotzdem hätte er gern auch einmal die Freuden erkundet, die ihm der Körper einer wirklichen Schönheit zu bereiten imstande war.

Aber möglicherweise würde sich auch das nach seiner geplanten Revolution ändern.

Der Tag wird kommen…

»Nun seht euch meinen sprachlosen Berater an«, drängte sich die Stimme des obersten Rudelführers höhnisch in seine Gedanken. »Er malt sich die vor ihm liegende Nacht schon in allen Einzelheiten aus.«

Erneut wurde Gelächter laut, aber Dozz beschloß, es zu ignorieren.

»Wir haben immer noch das Fluchtboot der Rahim«, versuchte er statt dessen das Thema zu wechseln.

Ein wütendes Knurren Pakk Raffs brachte das infernalische Lachen augenblicklich zum Verstummen. »Es reicht!« stieß er ein heiseres Bellen aus. »Habt ihr nichts zu tun? Wer ein Problem mit meinem Berater hat, soll es mir sagen!«

Kuschend wandten die Nomaden sich mit gesenkten Köpfen ihren Tätigkeiten zu. Niemand wagte es, Priff Dozz anzusehen, trotzdem hatte er den Eindruck, daß sie ihn immer noch auslachten.

Natürlich, denn das taten sie immer.

Doch im Augenblick nicht.

Sein geschickter Einwand hatte seinem Rudelführer gezeigt, daß sein Berater es war, der im Rudel für das Denken zuständig war. Natürlich so, daß Pakk Raff die Absicht nicht durchschaute.

Priff Dozz bekam Oberwasser.

»Mit der Tarntechnologie der Rahim haben wir noch eine Chance gegen den Ringraumer der Fremden«, schob er rasch hinterher. »Mögen ihre Waffen noch so gut sein. Gegen einen Gegner, den sie nicht auf den Schirmen haben, können sie nichts unternehmen. Wir werden sie aus dem Nichts heraus angreifen.«

»Wunderbar!« war einer der Nomaden mutig genug, sich ungefragt einzumischen. »Wir werden diese Verdammten dafür büßen lassen, was sie unseren Schiffen angetan haben. Wir werden sie vernichten.«

»Idiot!« brüllte Pakk Raff mit vor Zorn bebender Stimme.

Mit einem weiten Sprung war er bei dem Unvorsichtigen und riß ihn zu Boden.

»Vernichten?« schrie er erregt. »Vernichten? Ich will dieses Schiff haben!«

Sein Kopf stieß nach vorn, und sein kräftiges Gebiß schnappte zu. Mit einem erbärmlichen Laut hielt sich der Nomade die Flanke und trollte sich mit hängendem Kopf in die Ecke. Seine Artgenossen kuschten instinktiv, keiner von ihnen hätte eine Bemerkung gewagt.

Pakk Raff fuhr herum und wandte sich wieder Priff Dozz zu.

»Aber dann müssen wir diese Tarnung in all unsere Schiffe einbauen!« blaffte er. »Wie willst du das bewerkstelligen?«

»Es muß uns gelingen, die Technologie der Rahim zu entschlüsseln. Wenn uns das gelingt, können wir sie vielleicht nachbauen.«

»Vielleicht, vielleicht. Vielleicht aber auch nicht. Bist du dir sicher? Ich will keine weiteren Fehlschläge erleben. Diese Fremden haben uns jetzt zweimal an der Nase rumgeführt.« Eine sehr euphemistische Umschreibung für die beiden Niederlagen, wie der oberste Rudelführer fand. Aber er wollte seiner Mannschaft keine Gelegenheit zu Gerede geben, nicht einmal hinter seinem Rücken. »Ich werde das nicht noch einmal tolerieren. Unsere Stärke verdanken wir unserer Durchschlagskraft, dem Respekt, den man uns überall entgegenbringt. Den dürfen wir nicht verlieren. Ich hoffe, ihr habt mich alle verstanden. Besonders du, treuer Berater. Den Verlust weiterer Schiffe können wir uns nicht leisten.«

»Ich müßte Zugriff auf die Rechner des Beiboots nehmen«, überlegte Priff Dozz. Nun war er in seinem Element. Natürlich war die Technik der Rahim fremd, natürlich war sie allem anderen, das er bisher kennengelernt hatte, weit überlegen. Abgesehen natürlich von den unheimlichen Fremden mit ihrem Ringraumschiff. Doch Priff Dozz traute sich zu, die Geheimnisse der rahimschen Technologie zu durchschauen.

»Wir sollten Doron anfliegen«, schlug er vor.

»Doron?«

»Dort habe ich Ruhe für meine Untersuchungen. Außerdem können wir unsere Schiffe dort ungestört reparieren. Ich muß dich nicht daran erinnern, daß wir nirgendwo besonders willkommen sind.«

Pakk Raff machte eine zustimmende Geste. Seine geschrumpfte Flotte hatte Reparatur- und Überholungsarbeiten dringend nötig. Doch man würde ihnen nirgendwo Gelegenheit dazu geben. Da die im Raum beheimateten Nomaden raubten und plünderten, was ihnen in die Hände fiel, waren sie auf den Heimatplaneten anderer Völker keine gerngesehenen Gäste.

»Bei einer Freizone ist das anders. Dort wird man selbst uns mit offenen Armen empfangen.«

»Weil wir zahlen.«

»Ja«, brummte der Rudelführer mürrisch. Das war eine Sache, die ihm nicht gefiel. Aber nicht mal er konnte die Sitten und Gebräuche einer Freizone ignorieren. Andernfalls würden sich die Nomaden endgültig ins Abseits der gesamten Galaxis stellen.

»Wir werden zahlen«, sagte er. »Auch wenn sie uns mal wieder übervorteilen werden.«

Er ordnete Kurs auf Doron an, dann zog er sich mit seinen drei Frauen in sein Privatquartier zurück und wurde in den nächsten Stunden nicht mehr gesehen.

8.

Ömer Giray ließ sich nicht abschütteln. Obwohl das sechsstökkige Gebäude verwinkelt war wie ein Labyrinth, verlor er Boris Jaroslaw Jerutski nicht aus den Augen. Wachsam beobachtete er jede Bewegung des russischen Geheimagenten.

Jerutski war fest überzeugt, seinen Verfolger bereits im zweiten Stock abgehängt zu haben, kurz nachdem er die Überwachungskameras außer Gefecht gesetzt hatte. Daher glaubte er sich völlig unbeobachtet, als er einen kleinen Sender aus der Jackentasche zog und den nächsten Raum betrat.

Giray wußte, was sich in dem Zimmer befand. Die Zentrale!

Offensichtlich plante Boris Jaroslaw, den Kode der GSO-Datenbank zu knacken. Zuvor mußte er allerdings ein anderes Problem lösen. Die Schaltzentrale war von einem unsichtbaren Prallfeld umgeben, einer Energieglocke, die das Register vor unbefugtem Zugriff schützte. Nur über eine bestimmte Frequenz ließ sich das Energiefeld außer Kraft setzen.

»Dafür also braucht er den Sender«, murmelte der zweiunddreißigjährige Türke, der sein langes schwarzes Haar meist als Pferdeschwanz trug.

Leise näherte er sich der Tür, die einen Spalt offenstand. Vorsichtig schob er sie auf.

Der Russe drehte ihm den Rücken zu. Er stand vor dem Prallfeld und hantierte mit dem taschenrechnergroßen Sender. Ömer war mittelgroß, sportlich und verhältnismäßig kräftig, dennoch wollte er das Risiko eines Zweikampfes nicht eingehen. Erstens haßte er es, sich zu prügeln wie ein mittelalterlicher Bierkutscher, zweitens war Jerutski ein Kerl wie ein Baum und zudem hundsgemein, wie man sich erzählte.

Ömer schwebte ein gezielt ausgeführter Handkantenschlag vor, doch dazu kam es nicht mehr. Sein Widersacher hatte ihn bemerkt und drehte sich langsam zu ihm um, einen schußbereiten Paraschocker in der Hand, ein herablassendes Grinsen im hakennasigen Gesicht.

»Respekt, Ömer, du bist tatsächlich so gut wie dein Ruf«, sagte der Mann mit der Waffe. »Es heißt, du klebst an zu observierenden Personen wie eine unsichtbare Klette, eine Begabung, um die dich manch einer von uns beneidet. Ich habe nie so recht daran geglaubt, lasse mich aber gern eines Besseren belehren. Genug geplaudert. Wie möchtest du sterben? An einem gezielten Schuß oder an gebrochenem Genick?«

»An Altersschwäche«, sagte Ömer Giray und ging einen Schritt auf ihn zu.

Wenn es ihm gelang, auf einen Meter Entfernung an seinen Widersacher heranzukommen, würde sich das Blatt wenden. Ömers linkes Auge enthielt einen Mini-Schocker, der einen Gegner auf kurze Distanz für begrenzte Zeit betäuben konnte.

Boris Jaroslaw Jerutski wußte nichts von dieser Geheimwaffe, dennoch trat er instinktiv einen Schritt zurück. Daraufhin änderte Giray seine Taktik und schlug ihm mit einer schnellen Bewegung den Schocker aus der Hand.

Der Schocker landete auf dem Boden. Ömer trat ihn weg, woraufhin die Waffe irgendwo im Nirgendwo verschwand. Ein Kampf Mann gegen Mann war jetzt unvermeidlich.

Wie alle Agenten der Galaktischen Sicherheitsorganisation hatte Giray eine harte Nahkampfausbildung hinter sich. Körperliche Gewaltanwendung war ihm jedoch ein Greuel. Daher versuchte er stets, jeden Kampf schnell und unkonventionell zu beenden.

Bei einem Riesen wie Jerutski war das leichter gesagt als getan. Schon der erste Faustschlag warf Ömer so heftig gegen die Wand, daß ihm sekundenlang die Luft wegblieb und es in seinen Ohren piepte.

In seinen Ohren? Nein, das Piepen kam von woanders her, es erfüllte das ganze Gebäude. Der Russe hörte es ebenfalls und senkte den Arm, mit dem er gerade zum zweiten Schlag ausgeholt hatte.

Giray atmete innerlich auf. *Gerade noch rechtzeitig!* dachte er im stillen.

»Glück gehabt, Ömer«, meinte der Hüne und hob die Schockerattrappe, die sich in einer Zimmerecke wiederfand, vom Fußboden auf.

Der türkische Geheimagent bemühte sich, überlegen zu lächeln. »Wenn hier einer Glück gehabt hat, dann du, Boris Jaroslaw. Ich stand kurz davor, dich grün und blau zu prügeln. Komm, gehen wir nach unten.«

Die beiden miteinander befreundeten GSO-Agenten begaben sich über das Treppenhaus ins Erdgeschoß. Ömer klopfte seinem Kollegen kameradschaftlich auf die Schulter, so wie er es auch vor Beginn der Übung getan hatte. Bei dieser Gelegenheit entfernte er rasch einen winzigen dreieckigen Gegenstand, der an Boris' Jacke klebte.

Draußen vor dem Gebäude standen einige auf ihren Manövereinsatz wartende Agenten und ihr italienischer Trainingsleiter. Giray erstattete ihm einen kurzen Bericht und erkundigte sich nach dem Grund für den überraschenden Abbruch der Übung.

»Sie sind der Grund, Ömer«, erklärte der Italiener. »Der große Boß will Sie sprechen – und zwar pronto.«

Ein Schweber für Ömer Giray stand schon bereit. Er setzte sich hinter die Steuerung und brachte das Gefährt in die Lüfte. Das sechsstöckige Haus – ein spezielles GSO-Trainingsgebäude mit verschiebbaren Gängen, Blendwerken, Nachbildungen und technischen Raffinessen – wurde immer kleiner unter ihm, bis es ganz und gar vom Bildschirm verschwunden war.

Dafür tauchte kurz darauf ein anderes Haus vor ihm auf, das vierzigstöckige Regierungsgebäude von Alamo Gordo. Unter anderem waren dort die Büroräume der Galaktischen Sicherheitsorganisation untergebracht. Ömer landete auf dem Dach.

Da er dringend erwartet wurde, ließ man ihn gleich ins Büro des GSO-Chefs Bernd Eylers, ungeachtet der Tatsache, daß sich darin noch ein weiterer Agent befand. Mit dem war Eylers ohnehin so gut wie fertig.

»Sie versetzen mich nach Xing?« fragte der Mann, der soeben eine gehörige Standpauke seines Vorgesetzten hinter sich hatte, erschrocken. »Was soll ich dort? In dieser öden Wüstenwelt kann man doch nur Däumchen drehen.«

»Um so besser für Sie«, erwiderte Eylers ungerührt. »Dann haben Sie Ihre Finger wenigstens ständig im Blickfeld und müssen nicht befürchten, daß man Ihnen welche davon bricht.«

Mehr gab es nicht zu sagen. Wie ein begossener Pudel verließ der gemaßregelte Agent das Büro.

»Und so was nennt sich Profi«, knurrte Eylers kaum hörbar. »Läßt sich wie ein Anfänger ertappen und von zwei Frauenzimmern unter Druck setzen.«

Ömer wußte nichts von der gescheiterten Joan-Gipsy-Überwachung, und er stellte auch keine neugierigen Fragen. Der wortkarge Organisationsleiter hätte ihm sowieso keine vernünftige Auskunft gegeben.

Lediglich eine kleine Randbemerkung konnte sich der Türke, der einen Hang zu Spott und Ironie besaß, nicht verkneifen. »Der Bursche sollte sich über die Versetzung freuen. Mir war es noch nie vergönnt, auf einem anderen Planeten zu arbeiten, obwohl ich mir das in meinen Abendgebeten ständig wünsche. Istanbul und New York sind zwar recht interessante Städte…«

»Freuen Sie sich, der Herr hat Ihr Flehen erhört«, unterbrach Eylers ihn nicht minder ironisch. »Ihr nächster Auftrag führt Sie zur Zentralwelt der Tel.«

»Nach Cromar?« rief Giray entsetzt. »Zu den schwarzen Japanern?«

*

Aufgrund ihres Aussehens – dunkelhäutig, ohne negroide Ausprägung – wurden die Tel auf Terra »Schwarze Weiße« genannt, eine Bezeichnung, die in keiner Weise abwertend gemeint war.

Ganz im Gegenteil, die Terraner waren jederzeit bereit, anzuerkennen, daß es die Natur bei der Erschaffung dieser den Menschen äußerlich so ähnlichen Rasse besonders gutgemeint hatte. Zu Vermischungen zwischen terranischem und telschem Blut kam es allerdings nie, die Tel wiesen eine völlig andere Genstruktur auf. Sie als »Japaner« zu bezeichnen war daher weit hergeholt.

Ömer sah das anders.

»Das Volk der Tel ist straff durchorganisiert«, sagte er zu Bernd Eylers, der ihm schweigend zuhörte. »Für das Wohl der Gemeinschaft muß jeder Tel bereit sein, Opfer zu bringen, sogar das eigene Leben, wenn es verlangt wird. Individualisten sind verpönt und werden mit Umstürzlern gleichgesetzt. Niederlagen gelten als Schande. Ein Tel hat immer und überall als Sieger hervorzugehen, Versagen wird nicht toleriert. Die drei wichtigsten Gebote der Tel lauten: Disziplin, Disziplin und nochmals Disziplin. Mir kommt das alles japanisch vor.«

»Die Tel alias die Schwarzen Weißen alias die Japaner des Weltalls?« resümierte Eylers nachdenklich und kratzte sich am Kinn. »Vielleicht sollte ich Sie besser nach Tokio versetzen, Ömer, damit Sie Ihre Ansichten über die Japaner noch mal auf den Prüfstand stellen. In den vergangenen Jahrzehnten haben sich die strengen Sitten dort ziemlich gelockert. Auch die Tel lernen allmählich dazu. Früher traf auf Cromar ausschließlich der Kluis die letzte Entscheidung. Jeder Befehl des angeblich unfehlbaren Rechengehirns wurde sklavisch genau befolgt, selbst wenn er Unglück über das Volk brachte. Der Kluis, der verehrt wurde wie ein gottähnliches Wesen, bildete die Regierung, der dreiköpfige Vank führte lediglich ein Schattendasein, und die acht Vankko hatten so gut wie keine Handlungsvollmacht. Seit dieser seelenlose Apparat partiell abgeschaltet wurde, ist es vorbei mit dem Kadavergehorsam. Zwar beziehen die Tel den Kluis weiterhin in ihre Entscheidungen mit ein – ohne ihn bräche das gesamte Leben auf dem Planeten zusammen – aber er hat nicht mehr das allerletzte Wort.«

»Demnach herrschen auf Cromar Friede und Seligkeit«, konstatierte Giray. »Wozu braucht man dann mich? Soweit ich informiert bin, nimmt Terra derzeit offizielle diplomatische Beziehungen zu den Tel auf. Die telsche Botschaft in Alamo Gordo wird gerade eingerichtet, die terranische auf Cromar ebenfalls. Was kann ich tun, was die ehrenwerten Botschafter nicht selbst bewältigen können?«

»Spionieren«, antwortete der GSO-Leiter freiheraus. »Das ist schließlich Ihr Job.«

Leichter gesagt als getan, dachte Ömer, dessen Fähigkeit vor allem darin bestand, ruhig und unauffällig in Menschenmassen einzutauchen und unerkannt mitzuschwimmen. Auf Cromar nutzte ihm diese Begabung genauso wenig wie seine Dreisprachigkeit in Türkisch, Deutsch und Angloter. Den Tel würde es sicherlich nicht schwerfallen, ihn als Terraner zu enttarnen.

Da sich Eylers wie gewohnt als mundfaul entpuppte, brachte Giray die Sache auf den Punkt: »Trotz des aktuellen Friedenskurses traut die GSO den Tel nicht über den Weg, habe ich recht?«

Bernd Eylers nickte. »Frühere Begegnungen zwischen Terranern und Tel im All verliefen alles andere als friedlich«, sagte er, wobei er sich auf die Sternenbrücken-Kämpfe, die Zerstörung der Tel-Robotflotte durch die Synthies sowie den tödlichen Vario-Einsatz bezog. Seit damals flog Wer Dro Cimc an Bord der POINT OF mit, der Sohn von Vankko Crt Sagla, jenem mutigen Tel, dem man die teilweise Abschaltung des Kluis zu verdanken hatte. Mittlerweile war Sagla zum Vank aufgestiegen und aufgrund seiner Erfahrung Primus inter pares – der Erste unter Gleichen. Ihn konnte man als Freund der Terraner betrachten, aber…

»… aber das gilt längst nicht für alle Bewohner von Cromar«, fuhr Eylers fort. »So wie es niemals gelingen wird, allen Menschen dieselbe Meinung aufzuzwingen, lassen sich die weitaus disziplinierteren Tel politisch nicht so einfach unter einen Hut bringen. Trotz stetiger Friedensbemühungen beider Regierungen gibt es im Tel-Imperium noch immer eine starke antiterranische Bewegung.«

»Wie stark genau?«

»Eben das sollen Sie ermitteln. Je mehr Informationen Sie über die Gegner Terras sammeln, um so effektiver kann unsere Abteilung auf Cromar arbeiten.«

Ömer stieß einen anerkennenden Pfiff aus. »Es existiert bereits eine GSO-Abteilung auf Cromar? Seit wann?«

»Seit Sie dort eine eingerichtet haben, Ömer«, erwiderte Eylers und überreichte ihm einen Mikrospeicher. »Diese Unterlagen können Sie auf dem Flug nach Telin studieren, sie enthalten alles Wissenswerte über das Volk der Tel. Ihre Spezialausrüstung befindet sich schon an Bord des Raumers, darunter ein Mittel zur Schwärzung Ihrer Haut. Setzen Sie es bitte sparsam ein. Erstens ist es sehr teuer, zweitens verblaßt die Schwarzfärbung nach einer gewissen Zeit.«

*

Mit einem ehemaligen Giant-Raumer von 400 Metern Durchmesser, der sogenannten Planetenklasse, brach Ömer Giray knapp 40 Stunden später nach Cromar auf. Hinter ihm lag eine hypnotische Spezialbehandlung, die ungeheuer anstrengend, aber notwendig war. Erst kurz vor dem Start hatte man ihn von den Sensoren befreit.

Während des Fluges prägte er sich am Bildschirm anhand des Mikrospeichers alles ein, was ihm wichtig erschien.

Cromars Durchmesser betrug 10.002 Kilometer, der Planet der Tel war somit kleiner als die Erde. Die Schwerkraft lag bei 1,21 Gravos, die Zusammensetzung der Atmosphäre war der auf Terra ähnlich. Cromars Umlauf um seine kleine Sonne vom G0-Typ dauerte 208 Tage, die Planetenrotation dauerte knapp 23 Stunden. Drei Monde, darunter ein Gegenläufer, begleiteten den Planeten, auf dem 48 Milliarden Schwarze Weiße lebten.

Die Durchschnittstemperatur auf Cromar wurde in fast allen Regionen künstlich bei 17 Grad gehalten – mit Ausnahme von Nord-

und Südpol. Diese Temperatur war Voraussetzung für das Gedeihen des Hauptnahrungsmittels der Tel: Pflanzenmutationen, die in den überbauten Flüssen gezüchtet wurden. Ob mächtige Ströme oder kleinere Wasserläufe – kein einziger Fluß konnte von Schiffen benutzt werden. Unendliche, machtvolle Ozeane wie auf Terra gab es nicht; sieben von der Größe her beeindruckende Kontinente ließen keinen Platz mehr für ausgedehnte Gewässer.

Laut GSO-Informationen hatte die galaktische Katastrophe auch bei den Tel zahllose Schäden und Tote verursacht. Der Wiederaufbau kam gut voran, war fast schon abgeschlossen. Allerdings verfügte Telin nur noch über 83 einsatzbereite Xe-Flash.

Nicht alle zu erlernenden Details ließen sich leicht meistern. Die politische Hackordnung machte dem Agenten ziemlich zu schaffen. Nach und nach lernte er die wichtigsten Fakten auswendig, wobei er in seiner Kabine leise vor sich hinredete.

»Die Vankko unterstehen dem Vank. Es gibt fünfzig Wer. Ein Wer kann eine Beförderung zum Kewir aussprechen, aber keinem anderen Wer Befehle erteilen. Dies ist nur über Antrag beim Vank möglich, der erst den Kluis befragen müßte.«

Am meisten Schwierigkeiten bereiteten Ömer die Namen.

»Der Vank bildet sich aus Trado-Träger Crt Sagla, Url Bnako und Gen Punfk. Ojerum, was für Zungenbrecher! Klingt, als wären sie der Feder eines Science Fiction-Autors entsprungen, kurz bevor ihn der Irrsinn befiel. Glücklicherweise hat wenigstens der terranische Botschafter einen normalen Namen: Jorge Pinheiro.«

Als nächstes nahm er sich die Götter der Tel vor. Himmel, waren das viele! Er zog kurz in Erwägung, derlei unwichtige Informationen aus Faulheit einfach wegzulassen, machte dann aber doch artig seine Hausaufgaben.

*

Während des Landeanflugs wurde Giray klar, daß Cromar eine einzige Stadt war. Der ganze Planet war kompakt bebaut, eher nach zweckmäßigen denn ästhetischen Gesichtspunkten. Selbst auf den niedrigen, breiten Höhenzügen reihte sich Haus an Haus. Dazwischen lagen riesige Raumhäfen, quasi als »landschaftliche Auflockerung«.

Der Hauptflughafen war dreimal größer als Cent Field. Zahllose, beeindruckende 800-Meter-Doppelkugelraumer vermittelten Ömer das Gefühl, in einem winzigen Beiboot zu sitzen.

Ein Mitarbeiter des Botschafters erwartete ihn in der Raumhafenhalle und half ihm bei der Erledigung der Formalitäten. Kein großes Unterfangen, schließlich galt Ömer offiziell als Botschaftsmitglied und verfügte somit über einen Diplomatenstatus.

Die erste Begegnung zwischen dem GSO-Agenten und Pinheiro fand ebenfalls in einer Halle statt – in einer Hotelhalle. Das Hotel der Luxusklasse wurde komplett von der terranischen Delegation belegt, weil der Neubau der Botschaft, der nicht weit von den Gebäuden von Kluis, Vank und Vankko errichtet wurde, noch nicht ganz bezugsfertig war.

Jorge Pinheiros Wiege hatte einst in Skandinavien gestanden, der Geburtsregion seiner Mutter. Sein Vater stammte aus Portugal. Der knapp fünfzigjährige Botschafter war von kräftiger Statur, hatte einen Bauchansatz sowie blondes Haar und einen hellen, dichtgewachsenen Schnurrbart. Seine leicht dunkle Hautfarbe wirkte auf den ersten Anblick wie Sonnenbräune; erst beim zweiten Hinsehen stellte man fest, daß sie natürlich war.

Mit einem laschen Händedruck begrüßte er den GSO-Mann und bat ihn an die Hotelbar. Nach einem erfrischenden Getränk und dem belanglosen Austausch einiger Höflichkeitsfloskeln schlug Pinheiro vor, die Botschaft zu besichtigen.

»In zwei Wochen können wir dort einziehen, falls nichts Unvorhergesehenes dazwischenkommt«, versprach er.

Ömers Gepäck war bereits aufs Zimmer gebracht worden. Lediglich einen handlichen Aktenkoffer hatte er behalten. Von außen sah der karminrote Koffer völlig normal aus, doch das täuschte – er hatte es in sich, im wahrsten Sinne des Wortes. Das gleiche traf auf die karminrote Weste zu, die Ömer über seinem langärmeligen Hemd trug und die ihm einen legeren Eindruck verlieh. Sie hatte zahlreiche Taschen, außen und innen, und keine einzige davon war leer.

Die Straßenzüge waren breit. Es gab mehrere Hochbahnstrecken, doch die Hauptlast des Verkehrs wurde unter der Erde abgewikkelt, in einem ausgeklügelten Tunnelnetz, durch das großräumige Personentransporter hyperschnell ihre Passagiere beförderten.

Ömer und der Botschafter verzichteten auf Verkehrsmittel, sie bewältigten die kurze Strecke zu Fuß.

Auf dem Weg zum Botschaftsneubau versuchte Giray, sich ein Bild von Pinheiro zu machen. Der Botschafter benahm sich überaus höflich und zuvorkommend. Sein Lächeln war breit, seine Zähne blendend weiß, am Sitz des maßgeschneiderten Anzugs gab es nichts zu bemängeln, und in puncto Manieren hätte er die Schulnote »Eins plus« verdient.

Ein bißchen zuviel des Guten, fand Ömer. Seiner Ansicht nach mangelte es Pinheiro an der nötigen energischen Ausstrahlung für diesen Beruf. Sicherlich war er ein überaus geschickter Diplomat, doch sein Durchsetzungsvermögen lag schätzungsweise bei Null.

*

Von außen präsentierte sich die Botschaft als reiner Zweckbau, ein »zweistöckiger Schuhkarton«, wie Ömer respektlos anmerkte. Umgeben war das Gebäude von einem Garten, der allerdings erst ansatzweise als solcher erkennbar war, weil man aufgrund der Bauarbeiten noch keine Anpflanzungen vorgenommen hatte. Der Garten wurde von einer drei Meter hohen, farblosen Plastbetonmauer gesäumt, unterbrochen von zwei Toreingängen.

»Wir haben die Baupläne nach den Vorstellungen der Tel erstellt«, erklärte Pinheiro seinem Begleiter. »Ihre Architekten sind halt praktisch veranlagt.«

Er ging hinein. Ömer folgte ihm mit gemischten Gefühlen. Der kühle Baustil stand im krassen Widerspruch zu seinem Harmonieempfinden.

Der größte Teil der Inneneinrichtung befand sich bereits im Keller der Botschaft, fein säuberlich in Kartons verpackt oder von Planen abgedeckt. Der Rest sollte nach erfolgtem Einzug per Transportraumer von Terra aus eingeflogen werden.

Zwischen den Möbeln standen vier von Saams Blechmännern, deaktiviert. Das Botschaftspersonal wollte nicht auf die nützliche Hilfe von Robotern verzichten, wenn es hier erst mal richtig losging. Aus Ersparnisgründen hatte man ihnen keine Kegelroboter bewilligt, sondern lediglich die humanoiden Billigmaschinen – ungeheuer vielseitig, doch irgendwie unheimlich.

Alle übrigen Räume waren leer, allerdings hatte man in einigen schon damit begonnen, Teppichboden auszulegen. Die Fliesen im Bad des Botschafters befanden sich gar fix und fertig an Ort und Stelle – auf dem Fußboden und an den Wänden.

Hier stellte Ömer seinen Aktenkoffer ab und gab eine geheime Zahlenkombination ein.

Vor Jorge Pinheiros erstaunten Blicken klappte der GSO-Agent den Koffer auf und legte eine Schalttafel frei. Der Kofferdeckel entpuppte sich als Bildgeber. Ömer betätigte einige Knöpfe. Vor dem Schirm entstand eine holographische Darstellung des Badezimmers.

Kurz darauf leuchteten an mehreren Stellen kleine Lämpchen auf.

Pinheiro erkundigte sich, was die Lichter zu bedeuten hatten.

Giray blieb ihm die Antwort nicht schuldig. »Ich will es mal so ausdrücken: Falls Sie beabsichtigen, in der Badewanne zu singen, sollten Sie sich besonders viel Mühe geben. Ihre liebliche Schalmeienstimme wird nämlich per Abhörwanze aufgezeichnet, und das gleich mehrfach.«

»Das Zimmer ist verwanzt?« fragte der Botschafter ungläubig. »Ich… ich werde den Verantwortlichen zur Rechenschaft ziehen.«

Übernimm dich nicht, entgegnete Ömer in Gedanken.

Giray konnte sich nur schwer vorstellen, daß Pinheiro bei den Tel kräftig mit der Faust auf den Tisch schlug. Wahrscheinlich begnügte er sich mit einer schriftlichen Eingabe oder ein paar ermahnenden Worten. Viel Eindruck schinden würde er damit bestimmt nicht.

Ein Tel in Arbeitskleidung betrat das Badezimmer. Er stellte sich als Bauleiter vor. Ömer hatte den Aktenkoffer inzwischen wieder geschlossen.

»Gibt es irgendwelche Probleme?« erkundigte sich der Bauleiter auf Angloter, weitgehend akzentfrei, immerhin war er Angehöriger des sprachbegabtesten Volkes im bekannten Universum. »Gefällt Ihnen die Farbe der Fliesen nicht?«

»In diesem Zimmer befinden sich mehr Wanzen als in einer billigen Absteige«, erwiderte Ömer und schob sich an ihm vorbei. »Ich werde auch die übrigen Räume kontrollieren, wenn Sie gestatten.«

Und wenn Sie's nicht gestatten, wär's mir auch egal, fügte er insgeheim hinzu.

»Wanzen?« fragte der Tel verwundert. »Hier gibt es kein Ungeziefer, schon gar kein terranisches.«

Pinheiro, der sich jetzt allein mit ihm im Zimmer aufhielt, trat ganz nahe an ihn heran. Leise, fast flüsternd, redete er auf den Tel ein.

»Stell dich nicht dümmer als du bist, Freundchen, du weißt genau, was gemeint ist. Ich werde noch heute mit dem Vank ein ernstes Wörtchen reden. Bis dahin werden die Arbeiten eingestellt, verstanden?«

»Wie kommen Sie dazu, mir Anweisungen zu erteilen?« entgegnete der Bauleiter verunsichert.

»Die Arbeiten werden eingestellt«, wiederholte der Botschafter mit Nachdruck, »und zwar auf der Stelle. Andernfalls reiße ich dir deine beiden Herzen raus und werfe sie in den nächsten Mülleimer!«

Den letzten Satz hatte er etwas lauter gesprochen, doch immer noch so leise, daß man ihn außerhalb des Badezimmers nicht hören konnte.

Der Tel war größer und durchtrainierter als sein Gegenüber, trotzdem gab er nach. Pinheiros ruhige, aber gefährlich klingende Stimme hatte etwas Durchdringendes, Zwingendes an sich, das auf manche Gesprächspartner regelrecht einschüchternd wirkte – dem konnte sich der Bauleiter nicht entziehen. Hinzu kam, daß man ihm eingeschärft hatte, unnötigen Konfrontationen mit dem Botschaftspersonal aus dem Weg zu gehen.

»Ich werde den Männern für den Rest des Tages freigeben und die Arbeitsroboter auf Wartemodus schalten«, sicherte er Pinheiro zähneknirschend zu und verließ den Raum.

Ömers Verdacht bestätigte sich. In jedem Raum der Botschaft waren versteckte Abhöreinrichtungen angebracht. Er schlug Pinheiro vor, darüber umgehend mit dem Vank zu sprechen und einen vorläufigen Arbeitsstop zu veranlassen.

»Ich bin schon so gut wie auf dem Weg zu Crt Sagla«, erwiderte der Repräsentant Terras. »Der Bauleiter hat mir versprochen, die Arbeiten einzustellen, bis die Sache geklärt ist.«

»Einfach so?« staunte Giray. »Auf mich machte er keinen sehr kompromißbereiten Eindruck.«

»Man kann im Leben alles erreichen, solange man den richtigen Tonfall trifft«, meinte Pinheiro und setzte wieder sein breites Lächeln auf. »Ich habe den Mann höflich um Unterstützung gebeten, und er hat sie mir nicht verwehrt.«

*

Vank Crt Sagla zeigte sich über die Entdeckung völlig überrascht. Er versicherte Jorge Pinheiro, nichts von den geheimen Abhöreinrichtungen zu wissen.

»Ich stelle höchstpersönlich ein Spezialteam zusammen und lasse das gesamte Gebäude von oben bis unten absuchen«, sagte er. »Alles, was dort nicht hineingehört, wird entfernt oder zerstört, darauf haben Sie mein Wort.«

»Spricht etwas dagegen, daß ich an der Aktion teilnehme?« fragte Ömer, der bei der Unterredung im Büro des Vank anwesend war. »Ich bin sicher, Ihre Leute wissen, was sie tun und kämen genauso gut ohne mich zurecht. Dennoch habe ich – bei allem Respekt vor der hochentwickelten Tel-Technik – mehr Vertrauen zu meinem Spezialkoffer.«

Pinheiro hatte Sagla den Türken als engen Mitarbeiter für Sicherheitsfragen vorgestellt. Erst wenn er sich ganz sicher war, daß er dem Vank vorbehaltlos trauen durfte, würde sich Ömer Giray als GSO-Agent zu erkennen geben.

Crt Sagla hatte nichts einzuwenden gegen Ömers Anwesenheit bei der »Entwanzung« der Botschaft. Man einigte sich auf einen Termin für den nächsten Tag.

*

Seinen ersten Abend auf Cromar verbrachte Giray in den Bars rund um den Raumhafen. Getarnt als Schwarzer Weißer horchte er sich an Tischen und Theken um.

Die Tel benötigten in der Regel einen Tag, um eine fremde Sprache zu erlernen, so auch die terranische, die sie einst abfällig als »Sprache eines bedeutungslosen Volkes« bezeichnet hatten. Umgekehrt dauerte der Lernprozeß natürlich weitaus länger. Zumindest auf herkömmliche Weise.

Ömer Giray hatte es wesentlich schneller geschafft. Nicht ganz eineinhalb Tage hatte die hypnotisch-sensorische Behandlung gedauert, der er sich vor seinem Abflug hatte unterziehen müssen.

Um das Erlernte aus dem Unterbewußtsein ins Bewußtsein zu rücken, brauchte er sich nur auf ein geheimes Kodewort zu konzentrieren. Danach konnte er sich mit den Bewohnern von Cromar perfekt in deren eigenem Idiom verständigen.

Allerdings war das sehr anstrengend, weshalb im Anschluß daran eine längere Ruhepause nötig war. Hinzu kam, daß derartiges, per »Holzhammermethode« eingepflanztes Wissen insgesamt nur von begrenzter Dauer war. Nach und nach verflüchtigte es sich – nach wohin auch immer, die Irrungen und Wirrungen des menschlichen Gehirns waren auch im Jahre 2058 noch nicht vollständig ergründet.

Ganz normale chemische Reaktionen ließen sich leichter erklären. Die Begründung, warum das Mittel, das Ömer zur Schwärzung seiner Haut verwendete, nach einem gewissen Zeitraum zu verblassen anfing, beruhte auf festen Naturgesetzen. Es enthielt Substanzen, die vom menschlichen Körper abgestoßen wurden. Welche genau, darüber zerbrach sich der Agent nicht den Kopf, das überließ er den GSO-Wissenschaftlern, die ihm zugesichert hatten, daß keine Nebenwirkungen zu befürchten waren.

Ursprünglich hatte Ömer in der Rolle eines Betrunkenen durch die Bars ziehen wollen, doch davon hatte er letztlich Abstand genommen, um nicht aufzufallen. Auf Terra waren stark angeheiterte Kneipengänger etwas Alltägliches – auf Cromar bildeten sie die Ausnahme. Zwar gab es auch hier berauschende Getränke, aber in der Öffentlichkeit hielt man sich mit dem Genuß derselben mächtig zurück. Die strenge Lebensdisziplin, der sich die Tel mehr oder weniger freiwillig unterwarfen, wurde selbst in der Freizeit nicht abgelegt. Barbesuche dienten in erster Linie der Konversation, das Trinken war Nebensache.

Ömer war das nur recht, er konnte gut und gern auf einen Vollrausch verzichten. Die wirkungsvollste Waffe eines Geheimagenten war sein klarer, gut funktionierender Verstand.

Im Verlauf seiner Recherchen brachte Giray in Erfahrung, daß die Tel noch weit davon entfernt waren, sich vom Kluis abzunabeln. Eylers' diesbezügliche Einschätzung war offensichtlich reines Wunschdenken. Für das Volk stand der Kluis noch immer ganz an der Spitze. Über Entscheidungen des Vank wurde offen diskutiert, respektvoll zwar, aber mitunter wurde auch harsche Kritik laut. Kam das Gespräch jedoch auf den allwissenden Rechner, den einstigen Alleinherrscher über ganz Telin, gab es kaum kritische Äußerungen.

Befürchtungen, der Vank könnte die Befugnisse des Kluis noch weiter einschränken, machten die Runde.

Solange Telin existierte, hatte es den Kluis gegeben. Tag für Tag hatte er den Tel einen erheblichen Teil ihrer Lebensverantwortung abgenommen. Die Maschine war verehrt worden wie ein Gott, man hatte sie für unfehlbar und unangreifbar gehalten. Nun war das alles in Frage gestellt. Der Kluis hatte sich als verletzbar erwiesen, man konnte ihn durch Teilabschaltung weitgehend handlungsunfähig machen. Sogar in Bereichen, die die Planetenverteidigung betrafen.

Ein beängstigender Zustand, wie viele meinten.

Ömer verstand nicht, warum die Tel einem unbeseelten Rechner mehr vertrauten als ihren eigenen Fähigkeiten, trotzdem hütete er sich, negativ über den Kluis zu sprechen. Vielmehr heulte er mit den Wölfen, denn auf diese Weise bekam er mehr heraus.

Trotz verschiedener Kritikpunkte gab es zunächst keine Anzeichen für einen geplanten Sturz des Vank. Die politischen Leistungen von Crt Sagla, Url Bnako und Gen Punfk wurden im großen und ganzen respektiert und anerkannt. Daß derzeit diplomatische Beziehungen zwischen Terra und Cromar aufgenommen wurden, betrachte man mit größter Skepsis – von einer mehrheitlich antiterranischen Strömung war allerdings nichts zu spüren. Die Tel akzeptierten diese Entscheidung allgemein und warteten ab.

Ömer Giray fühlte sich irgendwie fehl am Platze. Existierte im Untergrund tatsächlich eine Gegenbewegung? Und falls ja… wie gefährlich war sie? Handelte es sich um eine ernstzunehmende Organisation? Oder lediglich um eine Handvoll selbsternannter Volksretter, ewig Gestrige, die sich hartnäckig der neuen Politik widersetzten?

Ömer fehlte das erste Stück des Fadens, um die Fährte aufzunehmen.

Er fand es in einer Bar, die überwiegend von Militärangehörigen besucht wurde. Dort fiel ihm ein Tel auf, der nicht zu den anderen paßte. Kein Schwarzer Weißer, sondern ein »Schwarzer Schwarzer« – ein Dunkelhäutiger mit negroider Ausprägung. Solche Tel waren den Terranern bisher nicht bekannt.

Auf Terra hingegen gab es unendlich viele von ihnen. Sie stellten einen nicht unerheblichen Teil der Bevölkerung dar, insbesondere auf dem afrikanischen Kontinent, aber auch in Amerika und in der Region Westindien.

Ömer war sich fast hundertprozentig sicher, daß der Mann, der ihm an der Theke schräg gegenübersaß, von der guten alten Erde stammte. Um den letzten Beweis zu erlangen, machte er einige Aufnahmen von ihm. Dazu benutzte er die auf Tele und sämtliche Bereiche des elektromagnetischen Spektrums umschaltbare Kamera in seinem künstlichen, mit Mikroelektronik gefüllten linken Auge.

Sein eigenes Auge war ihm bei einem Einsatz in Istanbul zerstört worden. Seinerzeit hatte sich Echri Ezbal um die schwere Verletzung gekümmert und ihm vorgeschlagen, ihn zu einem Cyborg zu machen. Ömer hatte dankend abgelehnt. Seiner Ansicht nach waren Cyborgs in ihrem Zweiten System nichts weiter als willenlose Gefangene in ihrem eigenen Körper, der vom Programmgehirn gesteuert wurde.

Der über hundert Jahre alte Inder hatte dieser Meinung energisch widersprochen und seinem Patienten fürs erste den Einbau eines künstlichen Auges empfohlen – ein Auge mit Kamera und Mini-Schocker. Insgeheim hatte er wohl gehofft, Ömer auf diese Weise doch noch von den Vorzügen der Cyborgtechnik überzeugen zu können.

Die Energie für dieses äußerlich nicht von einem normalen Auge zu unterscheidende Gerät wurde auf biologischem Weg aus Girays Körper gewonnen.

Mittlerweile hatte er sich an das Cyborg-Implantat gewöhnt. Auch an den kleinen Datenchip, den Ezbal ihm kürzlich hinter dem linken Ohr implantiert hatte, damit er die Funktionen des Kunstauges noch besser anwenden konnte. Sich ein neues Auge züchten zu lassen, daran dachte er längst nicht mehr.

Weiter wollte er jedoch nicht gehen, zu einem vollständigen Cyborg würde er nie werden. Nie!

Ömer speicherte die Bilder des dunkelhäutigen Terraners in seinem Chip und verfolgte aufmerksam dessen weitere Aktivitäten.

Eine Gruppe Männer betrat die Bar und nahm an einem großen Tisch Platz. Ömer schätzte sie als Militärangehörige ein, mußte bei der Zuordnung des Dienstgrades aber passen, denn sie trugen Zivil.

Der »Schwarze Schwarze«, der mit Hose und Pullover bekleidet war, stand auf und setzte sich zu ihnen.

Eine angeregte Unterhaltung begann, die leider so leise geführt wurde, daß Giray kein Wort verstehen konnte. Dummerweise waren die Nachbartische besetzt, so daß er nicht näher an die Gruppe herankam.

Bald darauf kehrte der Terraner an die Theke zurück. Ömer nahm etwas aus der Westentasche, stand auf und ging an ihm vorbei. Dabei streifte er ihn wie aus Versehen am Arm.

»Entschuldigung«, nuschelte er auf Tel und ging weiter zum Waschraum.

Der Afrikaner brummelte irgend etwas Unverständliches und kümmerte sich nicht weiter um ihn. Daß an seinem Pulloverärmel ein winziger dreieckiger Gegenstand klebte, fiel ihm nicht auf.

Als Ömer wenig später wieder an die Theke kam, flirtete der Schwarze ungeniert mit einer Tel-Frau.

Der Geheimagent zahlte und verließ den Raum. Im Waschraum hatte er festgestellt, daß seine Tarnfarbe allmählich anfing, zu verblassen. Zudem wurde es immer anstrengender für ihn, den Unterhaltungen der Tel zu folgen. Es war also höchste Zeit für die Rückkehr ins Botschaftshotel, wo man ihm im Tiefgeschoß gleich neben seiner Privatunterkunft ein kleines Büro eingerichtet hatte.

Dort nahm er vor seinem Suprasensor Platz und gab einen geheimen Kode ein. Dadurch wurde er mit dem zentralen Suprasensor der Botschaft verbunden, der sich zur Zeit im obersten Stockwerk des Hotels befand und unter anderem mit Teilen der GSO-Datenbank programmiert war.

Ömer glich seine Aufnahmen mit den vorhandenen Daten ab.

Das Ergebnis war erschreckend.

Nach dem Schwarzen wurde seit der Afrikakrise gefahndet. Sein Name: Owo Gbagbo. Spitzname: der Schlitzer.

*

Ömers Büro im Tiefgeschoß des Hotels war schon vor seiner Ankunft vom Botschaftspersonal komplett ausgestattet worden. Er hatte lediglich einige ergänzende Elemente hinzugefügt.

Geschmacklich hatte er an der ausgewählten Einrichtung nichts auszusetzen – mit einer Ausnahme.

Auf seinem Schreibtisch stand eine steinerne, dreißig Zentimeter hohe Frauenstatue, die ganz und gar nicht zum antik angehauchten Stil der Möbel paßte. Die unbekleidete Frau hatte eine Rubensfigur, überdimensionale, hängende Brüste und eine nikotingelbe Hautfarbe. Ihre Augen waren geschlossen, ihr Haupt war kahl, die Hände hatte sie im Nacken verschränkt. Die »Im-Stehen-Schlafende« (so hatte Ömer die Statue spontan getauft) trug einen Stirnreif aus undefinierbarem Material. Am Reif war vorn ein glitzernder Kristall befestigt.

Ömer hatte sich vorgenommen, die Statue nach seiner Rückkehr ins Hotel in die hinterste Schreibtischschublade zu verbannen. Jetzt mußte er sich jedoch mit wichtigeren Dingen befassen. Die Informationen aus der GSO-Datenbank verlangten seine gesamte Aufmerksamkeit.

Owo Gbagbo alias der Schlitzer stand unter dem Verdacht, ein Robone aus Scholfs Organisation zu sein. Sein Ziel war die »Rückeroberung« der Erde von den »Verdammten«, damit die »wahren Menschen« wieder in Frieden und Freiheit dort leben konnten.

Ein hehres Ziel, wie er meinte, und daß er bereit war, dafür über

Leichen zu gehen, hatte er in Afrika mehrfach unter Beweis gestellt. Selbst einige Soldaten der Terra Defence Forces waren Opfer des Schlitzers geworden, der stets aus dem Hinterhalt zuschlug, lautlos tötete und anschließend wie ein böser Spuk wieder verschwand. Solange Scholf Männer wie ihn hatte, brauchte er sich nie selbst die Hände schmutzig zu machen.

»Offenbar ist er innerhalb der Organisation aufgestiegen«, überlegte Ömer laut und schaltete den Suprasensor aus. »Vom Killer zum Verhandlungsführer mit den Tel.«

Er war überzeugt, daß Gbagbo in der Bar nicht nur zum Plaudern mit den Soldaten zusammengesessen hatte.

Die Vorstellung, daß die Robonen mit Teilen des Tel-Militärs zusammenarbeiteten, ließ den GSO-Agenten innerlich erschaudern. Die Friedensbemühungen zwischen beiden Sternenreichen waren dadurch immens gefährdet.

Der Hyperfunk zur Erde funktionierte wieder einmal nicht, doch das war für Ömer ohne Bedeutung. Wichtige Informationen wie diese hätte er ohnehin nicht dem Funk anvertraut. Statt dessen speicherte er alle bisher erlangten Erkenntnisse auf einem Datenträger und ließ sie per Geheimkurier in einem Transportraumer nach Terra bringen.

Anschließend begab er sich zur Nachtruhe. Er hatte etwas Erholung jetzt bitter nötig. Der kommende Tag würde sicherlich hart werden.

*

Nachdem Ömer ihm am nächsten Morgen in der Botschafter-Suite Bericht erstattet hatte, begab sich Jorge Pinheiro allein ins Nebenzimmer und setzte sich erneut mit Crt Sagla in Verbindung. Er bat um ein Treffen an einem neutralen Ort.

Sagla, der sich im Gebäude des Kluis aufhielt, trug am Handgelenk ein Vipho terranischer Bauart – ein Gastgeschenk des Botschafters. Der Vank erklärte sich mit der Verabredung einverstanden und schlug als Treffpunkt eine Parkanlage vor, die sich in etwa auf halbem Weg zwischen Kluis und Hotel befand.

Sehr zum Verdruß eines seiner Vankko, der bei dem kurzen Gespräch anwesend war. Clos Vlc, Saglas persönlicher Vertrauter, riet ihm eindringlich von dem Treffen ab.

»An deiner Stelle würde ich den Terranern nicht über den Weg trauen«, sagte er, nachdem das Vipho abgeschaltet war. »Ihre Lügen sind schlimmer als ihre Waffen.«

»Ich bin mir deiner Skepsis durchaus bewußt«, erwiderte Crt Sagla, »aber ich teile sie nicht. Pinheiro ist unser Freund, er würde mich nie belügen.«

»Freund?« wiederholte Clos Vlc verächtlich. »Als terranischer Botschafter vertritt er ausschließlich terranische Interessen. Wie kann er da ein Freund der Tel sein?«

»Das eine schließt das andere nicht aus«, entgegnete der Vank. »Immerhin sind auch wir beide miteinander befreundet, obwohl du die Friedensbemühungen der Regierung aus tiefstem Herzen ablehnst.«

»Tu ich nicht«, behauptete Vlc. »Schließlich bin auch ich ein Mitglied der Regierung. Ein loyales Mitglied, das voll hinter den Entscheidungen des Vank steht. Dennoch sehe ich es als meine Pflicht an, dich vor eventuellen Machenschaften unserer vermeintlichen Verbündeten zu warnen.«

»Keine Sorge, ich passe auf mich auf«, versprach Sagla ihm lächelnd.

Im Hotel fand zur gleichen Zeit eine ähnliche Unterhaltung statt. Ömer Giray riet dem Botschafter, Sagla nochmals zu kontaktieren und ihn in die Hotelhalle zu bitten.

»Der Park ist kein geeigneter Treffpunkt. Was man auf Cromar großspurig als Parkanlage bezeichnet, würde man auf Terra nicht einmal Schulhof zu nennen wagen. Die umliegenden Häuser sind nicht weit entfernt. Ein einfaches vorsintflutliches Richtmikrofon genügt, um jedes gesprochene Wort mitzuhören. Ausschließlich im Hotel sind wir davor sicher. Nach meinen Erkenntnissen gibt es hier keine Tel-Wanzen, nur unsere eigenen Überwachungsgeräte.«

»Von denen wiederum möchte Vank Sagla nicht abgehört werden, und dafür habe ich vollstes Verständnis«, entgegnete Pinheiro.

Verständnis? dachte Ömer und unterdrückte einen Seufzer. *Ich nenne das Nachgiebigkeit.*

Er hielt es für angebrachter, der Tel-Regierung nicht zu viele Zugeständnisse zu machen. Gerade jetzt, während sich beide Völker noch vorsichtig beschnupperten, fand er es wichtig, dem Vank von vornherein aufzuzeigen, wie weit er gehen durfte – Diplomatie hin, Diplomatie her. Seiner Meinung nach war Pinheiro der falsche Mann am falschen Platz.

»Da ich Sie nicht umstimmen kann, möchte ich Sie bitten, wenigstens entsprechende Sicherheitsvorkehrungen zu treffen«, sagte er zum Botschafter.

»Keine Bange, ich gehe nicht allein zu der Verabredung«, erwiderte Pinheiro und lächelte breit. »Bis die Botschaft fertig ist, haben die Leute vom Wachschutz eh nichts Gescheites zu tun, daher werden mich einige von ihnen begleiten. In gebührendem Abstand, versteht sich, und mindestens so unsichtbar wie die telschen Geheimdienstler, die für Crt Saglas Schutz verantwortlich sind.«

»Das habe ich nicht gemeint. Ich möchte, daß Sie geeignete Maßnahmen zum Abhörschutz ergreifen.«

»Wie stellen Sie sich das vor? Soll ich etwa Ihren Allzweckkoffer mitnehmen und jeden kümmerlichen Strauch nach Abhöreinrichtungen absuchen?«

»Mein vielseitiger Begleiter kann wesentlich mehr«, antwortete Giray und reichte seinem Gesprächspartner den karminroten Aktenkoffer. »Er sorgt dafür, daß Sagla und Sie sich sehr, sehr nahe kommen werden.«

9.

Aus dem Raum glich der fünfte Planet des Odassu-Systems einem funkelnden Juwel, das auf einem schwarzen Samtkissen ruhte. Pakk Raff hatte keinen Sinn für diese Schönheit. Er hatte bereits viele Welten gesehen, die dieser ähnlich waren.

Zudem gingen ihm andere Dinge durch den Kopf.

Er hatte den Eindruck, daß sich alles gegen ihn verschworen hatte. Die Bestätigung erhielt er, als die Verbindung zum größten Raumhafen Dorons hergestellt worden war.

»Was? Wieviel? Das ist eine Unverschämtheit!« Pakk Raffs Stimme drohte sich zu überschlagen. »Ich kenne keine Welt, die derart unangemessen hohe Landegebühren verlangt!«

»Sie waren auch noch nie auf Doron«, antwortete ihm eine herablassend klingende Stimme. »Wir sind sehr wohl in der Lage zu entscheiden, was wir für angemessen halten und was nicht.«

Der oberste Rudelführer der Nomaden fletschte die Zähne, eine Geste, die die Mitglieder seines Rudels jederzeit zum Verstummen brachte, seinem Gesprächspartner unten auf dem Planeten jedoch nicht die geringste Gemütsregung entlockte. Für die Muun-Kristalle, die er verlangte, hätte Raff sich ein neues Schiff leisten können. Doch damit war ihm nicht gedient. Er brauchte all seine zwölf Raumer in tadellosem Zustand, damit sich sein großes Ziel doch noch erfüllte. Die Inbesitznahme des fremden Ringraumers.

Mitleidig taxierte er das Abbild seines Gesprächspartners. Dieser Narr hatte keine Ahnung, daß die Nomaden bereits seit Generationen auf Doron ein- und ausgingen. Anscheinend handelte es sich um einen unwichtigen kleinen Beamten, der keine Ahnung davon hatte, was um ihn herum vor sich ging. Er würde nie erfahren, daß die Nomaden über eine ständige kleine Stammbesatzung auf Doron verfügten, hoch oben in den Bergen, deren Hauptaufgabe Aufklärung und Beschaffung von Informationen war. Er brauchte es auch nicht zu wissen. Vermutlich hatte er noch nie einen leibhaftigen Nomaden aus der Nähe gesehen, sondern sich seine Vorurteile ausschließlich auf Grundlage der Geschichten gebildet, die er über die Heimatlosen gehört hatte.

Vorurteile, die zweifellos ihre Gründe hatten, dachte Pakk Raff erheitert. Vorurteile, die er am liebsten sofort untermauert hätte.

»Die Ersatzteile, die sie verlangen, sind nicht einfach zu besorgen«, dozierte der Beamte des Raumhafens gelangweilt. Entweder hatte er Raffs vernichtenden Blick nicht wahrgenommen, oder er war ihm gleichgültig. »Sie werden eine ordentliche Summe kosten. Ebenso die Energie, mit denen wir Ihre Speicherbänke beschicken sollen.«

Er nannte eine Summe, die Pakk Raff die Zornesröte ins Gesicht trieb.

»Das werde ich niemals zahlen!« tobte er. Einem Nomaden, der den Fehler machte, in seine Nähe zu geraten, versetzte er einen derben Hieb. »Ich lasse mich nicht erpressen! Wir werden uns eben einen anderen Raumhafen suchen.«

»Dann viel Glück.«

Pakk Raff zertrümmerte ein Navigationspaneel vor sich.

»Das können wir nicht«, warf Priff Dozz wagemutig ein. Er sprach so leise, daß lediglich Raff seine Worte vernahm. »Bis wir die nächste Freizone erreichen, fallen uns die ersten Schiffe auseinander.«

»Und wenn schon! Dann entern wir eben neue oder rufen andere Nomaden zur Hilfe!«

»Aber bis dahin sind die Fremden mit ihrem Ringraumer verschwunden. Ich glaube nicht, daß sie sich noch lange in unserem Bereich aufhalten werden. Wenn sie fort sind, werden wir sie nie wiederfinden.«

Pakk Raff stieß einen animalischen Schrei aus. Er tobte durch die Zentrale seines neuen Flaggschiffs, doch schon hatte sich seine Besatzung in Sicherheit gebracht, um seinem Zorn zu entgehen. Lediglich sein Berater harrte noch aus.

»Du mußt dich entscheiden«, drängte Priff Dozz. »Die Muun-

Kristalle holen wir uns woanders zurück. Wenn wir erst den Ringraumer haben, und dazu die Tarnung der Rahim entschlüsselt, sind wir unverwundbar.«

Pakk Raff beruhigte sich. Er schnaubte ein letztes Mal, dann warf er sich in seinen Kommandantensessel.

»Also gut, wir werden zahlen.« Er sah sich in seiner verwaisten Zentrale um. »Und jetzt geh und hol diese Feiglinge zurück. Und Sie sorgen dafür, daß man uns Landeplätze zuweist.« Der Satz galt dem Raumhafenbeamten, der noch immer in der Leitung war.

»Aber dezentral«, beeilte sich Priff Dozz zu sagen. »Wir müssen damit rechnen, verfolgt zu werden, von wem auch immer.«

»Sie haben es gehört«, forderte der Rudelführer den Beamten auf. »Verteilen Sie meine Schiffe über Raumhäfen auf dem gesamten Planeten.«

Zwei Stunden später hatte die kleine Flotte der Nomaden auf Landefeldern über ganz Doron verteilt Position bezogen.

*

Priff Dozz beobachtete den Rudelführer argwöhnisch.

Pakk Raff schien sich beruhigt zu haben, doch er wußte aus Erfahrung, wie leicht dieser Eindruck täuschen konnte. Er war überzeugt davon, daß es in dem durchtrainierten Nomaden nach wie vor brodelte. Wenn Raff eines haßte, war es der unnötige Verlust von Beute. Als er die Muun-Kristalle bei der Raumhafenbehörde höchstpersönlich ablieferte, hatte er seine Wut nur schwer verbergen können. Immerhin war er so klug gewesen, keinen offenen Affront zu riskieren.

Dozz wußte, daß die Sitten auf Doron selbst für eine Freizone außergewöhnlich rauh waren. Wenn eines der hiesigen Syndikate auf die Idee kam, Pakk Raff und seine Unterführer zu eliminieren, um sich in den Besitz von Schiffen und Ladung zu bringen, würden die regierenden Räte wegschauen. Zweifellos waren sie so käuflich wie jeder Mann auf der Straße.

»Eben kommt die Bestätigung des letzten Schiffes herein«, meldete einer der Nomaden, der in der Zentrale Dienst tat.

»Na endlich!« Pakk Raff gab durch ein genervtes Grunzen zu verstehen, daß ihm die Verteilung seiner Schiffe über den ganzen Planeten viel zu lange gedauert hatte. »Was ist mit den Maschinen?«

»Sind alle abgeschaltet. Die Energieerzeuger sind auf Null gefahren. Wenn uns jemand sucht, wird er vergeblich orten. Wir sind unauffindbar.«

Unauffindbar wohl nicht. Aber diese Einschätzung behielt Raff für sich. Sollten seine Leute sich ruhig in Sicherheit wiegen, das hielt sie bei Laune. Allerdings glaubte auch er selbst sich in relativer Sicherheit. Seine Schiffe waren energetisch tot, die spezifischen Energiesignaturen der Kreuzraumer konnten weder vom Raum aus noch von der Oberfläche Dorons angemessen werden.

In Kürze würden die Richtstrecken eingerichtet, über die die ausgehandelte Fremdenergie der planetaren Reservoirs in die Speicherbänke seiner Flotte eingespeist werden sollte. Gleichzeitig war mit dem Beginn der Reparaturarbeiten zu rechnen, denn die benötigten Ersatzteile sollten binnen Stundenfrist zur Verfügung stehen. Pakk Raff hatte den Eindruck, daß die leichte Verzögerung zu verhindern gewesen wäre. Für einen zusätzlichen Zuschlag wäre die Wartezeit auf die dringend benötigten Teile vielleicht ganz weggefallen. Doch er war nicht bereit, den doronischen Halsabschneidern auch nur einen einzigen weiteren Bissen in den Rachen zu werfen.

»Wann siehst du nach der Tarnvorrichtung? Ich muß dir nicht sagen, daß ihre Entschlüsselung absoluten Vorrang hat.«

Sein Berater war schon zuvor drauf und dran gewesen, sich in den Hangar zurückzuziehen, in dem das Beiboot der Rahim vertäut war. Es juckte ihn in den Fingern, sich der geheimnisvollen Technologie zu widmen, doch schließlich hatte er sich dagegen entschieden.

»Wir sollten das Rettungsboot ausschleusen und in ein sicheres

Versteck bringen«, schlug er vor. »Ich denke dabei an unseren Sitz oben in den Bergen.«

»Unsinn. Hier hast du viel bessere Arbeitsmöglichkeiten. Warum sollten wir das kleine Prachtstück aller Welt zeigen? Ich will nicht, daß jemand davon erfährt. Wenn sich rumspricht, daß wir Rahim-Technik an Bord haben, wird jede geldgierige Gruppierung auf diesem Planeten versuchen, sie uns abzujagen.«

Und das waren nicht wenige, wie sie sehr wohl wußten.

Dabei war eine skrupelloser als die andere. Manche der Syndikate schreckten auch vor Mord nicht zurück. Er war ihnen so nah wie das tägliche Brot. Auf der einen Seite waren die Freizonen Welten nach Pakk Raffs Geschmack, doch auf der anderen war er vorsichtig genug, die dort drohenden Gefahren realistisch einzuschätzen.

»An Bord unseres Flaggschiffs wird man viel schneller darauf aufmerksam werden«, hielt ihm Priff Dozz entgegen.

»Willst du andeuten, ich hätte Verräter unter meinen Leuten?« zischte Pakk Raff drohend. »Du solltest vorsichtig sein mit solchen Gedanken. Nicht daß dich mal jemand darauf festnagelt.«

»Keine Verräter. Aber Schwätzer. Du weißt genau, daß einige deiner Leute die Schnauze nicht halten können, wenn sie zuviel getrunken haben. Du weißt ebenfalls, daß du sie davon nicht abhalten kannst, wenn sie Landurlaub haben.«

»Dann wird der Landurlaub eben gestrichen. Sollte sich einer verplappern, lasse ich ihn im freien Raum kielholen.«

»Eine undichte Stelle gibt es immer«, unkte Priff Dozz. »Gehen wir lieber auf Nummer Sicher. Außerdem werden Leute der Wartungsmannschaft an Bord kommen. Geheimniskrämerei könnte sie neugierig machen. In unserem Bergversteck dagegen sind wir völlig sicher. Das kennt keiner.«

Da war was dran. Pakk Raff warf mißtrauische Blicke zu seinen Untergebenen, die sich in der Kommandozentrale des neuen Flaggschiffs aufhielten. Natürlich hätte keiner von ihnen gewagt, ihn zu hintergehen. Bewußt jedenfalls nicht. Aber er konnte nicht leugnen, daß manche von ihnen ausgemachte Dummköpfe waren, wie Priff Dozz es verklausuliert formuliert hatte.

»Habt ihr gehört, was mein Berater mir empfiehlt?« fragte er mit ätzendem Spott in der Stimme. »Ich soll vorsichtig vor eurer Dummheit sein. Vielleicht hat er da gar nicht mal so unrecht. Aber selbst wenn doch, er ist nun mal mein Berater, und ich werde auf ihn hören.«

Priff Dozz erbleichte. Er warf einen instinktiven Blick in die Runde. Sämtliche Köpfe hatten sich in seine Richtung gewandt. Er konnte Abscheu und Haß in den Gesichtern lesen. Hätte er nicht unter der Protektion des obersten Rudelführers gestanden, hätte nichts seine lieben Kameraden davon abgehalten, sich auf ihn zu stürzen, um ihn umzubringen.

So jedoch fehlte ihnen der Mut dazu.

Rasch wandte er den Blick ab und schaute zu Pakk Raff hinüber. Die Schadenfreude stand ihm ins Gesicht geschrieben. Priff Dozz haßte ihn für diese neuerliche Demütigung, doch er verzog keine Miene.

»Wir sollten bis zum Eintritt der Dunkelheit warten«, schlug er statt dessen vor. »Um sicher zu sein, daß niemand durch einen Zufall unseren Start beobachtet.«

»Ach was! Wenn der Ortungsschutz der Rahim wirklich etwas taugt, kann uns niemand beobachten. Ich möchte keine weitere Zeit verlieren. Du hast selbst gesagt, daß die Fremden mit ihrem Ringraumer vielleicht bald in einen anderen Teil der Galaxis aufbrechen.«

»Auf die paar Stunden kommt es auch nicht an. Die Geheimnisse des Beiboots sind der größte Schatz, den die Nomaden jemals in Händen hielten, vielleicht mal von dem Ringraumer abgesehen. Wir sollten jedes Risiko ausschließen.«

»Es gibt kein Risiko. Wenn doch, war das Beiboot den ganzen Aufwand nicht wert. Und jetzt will ich kein Wort mehr darüber hören. Verschwinde in den Hangar und triff die Startvorbereitungen.«

Priff Dozz floh geradezu aus der Schiffszentrale.

Er spürte die Blicke der anderen Nomaden wie Dolche in seinem Rücken.

Zu gerne wären sie ihm gefolgt.

Priff Dozz wünschte nichts sehnlicher, als daß seine Umsturzpläne bald Wirklichkeit wurden.

*

Priff Dozz hatte einen Umweg über seine Kabine gemacht, um vor dem Start des auf Owid gekaperten Beiboots ein paar Sachen zu holen, die er brauchte. Ein Fehler, den er bereute. Zwar versuchte er seiner Frau aus dem Weg zu gehen, aber sie schien ihn bereits erwartet zu haben.

»Ich werde dich begleiten«, forderte Bidd Nobb. »Wer soll dich im Auge behalten, wenn ich das nicht tue?«

»Das ist kein Privatausflug«, erwiderte er so energisch, wie es ihm möglich war. Er fühlte sich abgestoßen, auch wenn sie ihn vor kurzem erst wieder gegen die anderen verteidigt hatte. Er gab sich Mühe, seine Frau nicht anzusehen. »Ich brauche meine Ruhe, um hinter das Geheimnis dieses Tarnfelds zu kommen.«

»Ich werde dich nicht stören, aber ich habe auch keine Lust, hier an Bord zu versauern, während ihr euren Spaß habt.«

»Spaß?« Priff Dozz war entrüstet. Er richtete sich auf, so weit es sein schmächtiger Körper zuließ. »Meine Untersuchungen haben nichts mit Spaß zu tun. Pakk Raff verläßt sich auf mich. Ich darf ihn nicht enttäuschen. Er vertraut mir.«

»Du und dein großer Freund Pakk Raff. Er vertraut dir nicht. Er vertraut niemandem, und dir am allerwenigsten. Er nutzt dich nur aus. Wärest du nicht der klügste unter seinen Leuten, wärst du längst nicht mehr am Leben.«

Priff Dozz sparte sich eine Antwort. Natürlich wußte er, daß seine Frau recht hatte, aber das wollte er nicht eingestehen. Besonders ihr gegenüber nicht. Außerdem war nicht aller Tage

Abend. Auch sie würde sich noch dumm umsehen, wenn er und seine Mitverschwörer erst Erfolg hatten. Wenn er erst unter den Nomaden zu sagen hatte und seine wahre Angebetete, die noch Pakk Raff gehörte, an seiner Seite war. In seinem Bett.

»Du wirst nicht mitkommen«, sagte er.

Dann verließ er seine Kabine.

Bidd Nobb ignorierte seine Worte.

Sie folgte ihm kurzerhand.

Unterwegs schwiegen sie. Priff Dozz hätte seine Frau gern zurückgeschickt, doch da er sich schon in ihrer Kabine nicht durchgesetzt hatte, würde sie auch jetzt nicht auf ihn hören.

Pakk Raff erwartete ihn bereits. Aber er war nicht allein. Seine drei Frauen bewegten sich aufreizend an seiner Seite.

Priff Dozz schwankte zwischen Faszination und schlechtem Gewissen, weil er die erforderlichen Startvorbereitungen nicht bereits getroffen hatte. Unwillkürlich erwartete er eine Zurechtweisung, doch Pakk Raff ignorierte ihn.

»Was willst du?« herrschte er Bidd Nobb an.

Die krummbeinige Nomadin zuckte zusammen. Doch sie hatte nicht vor, sich von ihm einschüchtern zu lassen.

»Ich werde meinen Mann begleiten.«

»Natürlich«, erwiderte der Rudelführer. »Warum auch nicht? Allein ist er ja auch so hilflos in der großen weiten Welt. Aber mach dir keine Sorgen, ich werde schon auf ihn achtgeben.« Er begann schallend zu lachen, und seine drei Frauen fielen in sein Lachen ein. Er machte einen Schritt auf Bidd Nobb zu, wobei er seinen Berater achtlos zur Seite schob.

»Sie darf mich wirklich begleiten?« wunderte sich Priff Dozz. Er glaubte seinen Ohren nicht zu trauen.

»Mach, daß du an Bord kommst und das Boot startklar machst!« herrschte Pakk Raff seinen Berater an. »Wirst du größenwahnsinnig? Sie wird uns nicht begleiten. Und du verschwinde! Scher dich nach Hause! Wir können dich unterwegs nicht brauchen.«

Bidd Nobb zog den Kopf ein und trollte sich wortlos wie eine geprügelte Hündin.

Priff Dozz beeilte sich, ins Innere des rahimschen Beiboots zu klettern. Im Vorbeigehen warf er Pakk Raff einen neidischen Blick zu. Was er nicht durfte, auch wenn ihm nicht daran lag, nämlich Bidd Nobb an seiner Seite zu haben – Raff nahm sich die Freiheit heraus. Natürlich nahm er seine drei Schönheiten mit.

Priff Dozz störte es nicht mal so sehr, daß der Rudelführer ihn ein weiteres Mal gedemütigt hatte, sondern daß es in Gegenwart der Nomadinnen geschah, die Dozz' Träume versüßten.

Er verwünschte seinen Kommandanten und Gefährten seit unglücklichen Kindertagen.

*

Die Sonne stand hoch am Himmel, als das getarnte Beiboot der Rahim zur Südhalbkugel jagte. Es kam zu keinen Zwischenfällen. Zwar begegneten die Nomaden unterwegs mehreren Luftfahrzeugen, doch wurde keine Notiz von ihnen genommen. Das bedeutete, daß das Beiboot nicht nur rein optisch unsichtbar war, es ließ sich auch nicht anmessen.

Priff Dozz' ungutes Gefühl hatte sich schon bald gelegt. Dennoch war er erleichtert, als die erste Gebirgskette am Horizont auftauchte. Aus der Ferne erkennbare Ansiedlungen umflog er weiträumig, schließlich mußte man sein Glück nicht mit Gewalt herausfordern. Als er die ersten Gebirgsausläufer überflog, wurde die Besiedelung schwächer. Außer einigen Wintersportorten mit touristischen Attraktionen stießen sie auf keine weiteren Ortschaften. Nach einer Weile blieben auch die hinter ihnen zurück.

Dann sahen sie Hillom, den letzten Ort vor ihrer Zuflucht. Er lag am Rand einer Passage, über die man die andere Seite der Berge erreichen konnte. Dort versorgte sich die auf Doron etablierte ständige Stammbesatzung der Nomaden mit allem Lebensnotwendigen. Selbstverständlich waren sie dort bekannt, aber das war die große Ausnahme. Ansonsten machten sie kein großes Aufheben um ihre Anwesenheit.

Nur gelegentlich verirrte sich mal ein anderer Bewohner der Freizone in die hochgelegenen Regionen. Das war einer der Gründe, warum die Nomaden sich vor Generationen in den zerklüfteten Bergen eingerichtet hatten. Zwar war das weitläufige, schloßähnliche Anwesen bequem zu erreichen, nicht nur aus der Luft, sondern auch mit Bodenfahrzeugen, aber bei der Zufahrt handelte es sich nicht um eine Durchgangsstraße. Sie endete bei der Enklave der heimatlosen Weltraumvagabunden. Wer also nicht planmäßig dorthin wollte, benutzte sie auch nicht. Die Nomaden blieben unter sich. Nur wenige ahnten überhaupt von der Existenz des Bergschlößchens.

Priff Dozz steuerte das Beiboot aus dem Paß heraus und dirigierte es auf die private Zufahrtsstraße, die sich in Serpentinen in den Berg schnitt. Hin und wieder verlor er sie aus den Augen, weil sie unter Überhängen verschwand. Ihm machte das nichts aus, ohnehin war ihm unverständlich, wieso noch jemand Straßen benutzte, wenn ihm Schweber, Gleiter oder andere Luftfahrzeuge zur Verfügung standen, mit denen er sein Ziel wesentlich leichter erreichen konnte.

Dann hatten sie ihr Ziel erreicht.

Kein Empfangskomitee erwartete sie.

Pakk Raff hatte sich mit Bedacht nicht angemeldet. Ein kleiner Überraschungsbesuch war in seinen Augen genau das Richtige für die Moral der Besatzung. Wenn sie mit so etwas rechnete, ließ sie in ihrer Wachsamkeit und der Erledigung der Pflichten auch nicht nach. Wie alle anderen Nomaden begegnete auch sie dem obersten Rudelführer mit Respekt, wenn nicht mit Furcht und Unterwürfigkeit.

Priff Dozz landete das Beiboot in einem kleinen Innenhof, der nur durch die Gebäude oder aus der Luft zu erreichen war. Nachdem er die Maschinen ausgeschaltet hatte, fiel auch der Tarnschirm in sich zusammen. Dozz, Raff und seine drei Begleiterinnen sprangen ins Freie und atmeten die ungewohnt frische Gebirgsluft ein.

Kaum daß der Schirm das kleine Fluggefährt nicht mehr tarnte, setzte ein durchdringender Alarm ein. Nur Sekunden später stürmte ein halbes Dutzend bewaffneter Nomaden den Innenhof.

Sie erstarrten, als sie Pakk Raff erkannten.

»Ein recht müder Empfang«, beschwerte sich der Rudelführer. Doch innerlich war er zufrieden. Denn das bedeutete, daß auch die zwischen den Felsen versteckten hochsensiblen Ortungseinrichtungen der Stammbesatzung das Rettungsboot nicht hatten aufspüren können.

»Wir hatten keine Ahnung, daß du uns besuchen kommst«, begrüßte ihn einer der Bewaffneten, ein hochgewachsener, kräftiger Nomade mit einer Reihe entstellender Narben in seinem verunstalteten Gesicht. Ein äußeres Zeichen, auf das ein Nomade stolz war, belegte es doch, daß er bereits aus verschiedenen harten Kämpfen Mann gegen Mann als Sieger hervorgegangen war. »Sonst hätten wir dir einen passenderen Empfang bereitet.«

Längst hatten seine Gefolgsleute die Waffen sinken gelassen.

Pakk Raff stieß ein heiseres Lachen aus. »Du brauchst dich nicht zu entschuldigen, Topp Fitt. Du weißt, daß ich keinen rauschenden Empfang erwarte, sondern einen, der mir zeigt, daß ihr auf der Hut seid.«

»Ich hoffe, wir haben dich nicht enttäuscht.« Topp Fitt war der Anführer der kleinen Besatzung des Bergschlosses. »Ich begreife nicht, wie ihr so unerkannt landen konntet. Ich werde die Alarmeinrichtungen einer gründlichen Untersuchung unterziehen müssen.«

Wieder lachte Pakk Raff dröhnend. Die Ratlosigkeit seines Vertrauten an diesem abgeschiedenen Ort gefiel ihm. Sie gab ihm die Hoffnung, daß es ihm gelingen würde, die Besatzung des Ringraumers ebenso zu überraschen, wenn die Zeit reif war. Oder besser noch die, die ihm dereinst die Heimat geraubt hatten. Die verdammten Rahim. Nichts gäbe es Schöneres auf der Welt, als ihnen die verdiente Rache angedeihen zu lassen.

»Mach dir keine Gedanken, Topp Fitt. Ich sehe, daß ihr wachsam seid.«

»Dieses Schiff. Ich kenne seine Technik nicht. Ist das…?«

Offenbar wagte der Verwalter nicht, den Gedanken auszusprechen.

»Rahim-Technologie. Sehr richtig. Deshalb sind wir hier. Priff Dozz wird sie entschlüsseln. Und danach…«

»Was? Was hast du vor?«

Pakk Raff schwieg. Er betrachtete den blauen Himmel, über den vereinzelte Wolken zogen. Dann stieß er ein wütendes, angriffslustiges Knurren aus, ohne klar zu zeigen, wem es galt.

»Bringt das Boot in die Halle!« ordnete er an, dann wandte er sich ungeduldig an seinen Berater. »Ich wünsche, daß du dich unverzüglich an die Arbeit machst. Mach dir keine Mühe, Topp Fitt. Mein Quartier finde ich immer noch alleine. In den nächsten Stunden wünsche ich nicht gestört zu werden. Meine Begleiterinnen langweilen sich. Wird Zeit, daß ich etwas dagegen unternehme.«

Mit diesen Worten verschwand er im Inneren des Bergschlößchens.

Priff Dozz schaute seinem Anführer neiderfüllt hinterher.

Schließlich gab er sich einen Ruck. Ihm blieb nichts anderes übrig, als sich auf seine Arbeit zu konzentrieren.

*

Ren Dhark war zufrieden.

Er hatte befürchtet, bei der Landung von POINT OF und MAYHEM Aufsehen zu erregen, da die beiden Schiffe von der Erde selbst auf Doron die reinsten Exoten darstellen mußten. Doch nachdem die Formalitäten geregelt und die Landegebühren entrichtet waren, hatte sich niemand mehr um die beiden Ringraumer gekümmert. Auch von Shodonns H'LAYV wurde keine besondere Notiz genommen.

Das war vor drei Stunden geschehen, und man hatte eine Weile abgewartet, obwohl Ren Dhark auf glühenden Kohlen saß. Shodonn war auf das, was auf sie zukam, vorbereitet. Ungestört hatte er einige Verbindungen hergestellt, Namen erfahren und schließlich einen Funkkontakt zustandegebracht.

Der Galoaner hatte auch die Landegebühr für alle drei Schiffe großzügig entrichtet.

»Sie sind Gäste in unserer Galaxis«, erklärte er. »Die Nomaden aufzustöbern und ihren Klauen die Tarntechnologie der Rahim zu entreißen, ist nicht Ihre Aufgabe. Trotzdem nehmen Sie sich die Zeit und helfen uns. Ich weiß das wohl zu würdigen. Da ist es das mindeste, daß ich für die Auslagen aufkomme. Außerdem verfügen Sie, wenn ich mich nicht irre, nicht über Muun-Kristalle.«

»Das ist eine Rechnung, die Sie den Nomaden präsentieren sollten«, warf Dan Riker ein.

»Das werden wir vielleicht eines Tages tun. Doch Geld sollte nicht das Problem sein, mit dem wir uns beschäftigen. Ohnehin bin ich sicher, daß die Verwaltung den Nomaden eine ungleich größere Summe abverlangt hat. Vergessen Sie nicht, daß sie nirgendwo willkommen sind. Das läßt man sie spüren, falls man dazu in der Lage ist.«

Riker fragte sich, was der Finanzminister der Erde dazu sagen würde. Für ihn war Geld immer ein Thema, besonders wenn man den maroden Staatshaushalt der jüngsten Vergangenheit betrachtete. Die ständigen militärischen Auseinandersetzungen hatten die finanziellen Reserven längst ausbluten lassen. Aber vielleicht geschah ja eben jetzt, da die POINT OF sich mal wieder in Weltraumtiefen rumtrieb, ein pekuniäres Wunder auf Terra.

Die Bildkugel lieferte eine komplette Übersicht über den Raumhafen, an dessen nördlichem Ende ein wuchtiger, mit Antennen und Ortungseinrichtungen bestückter Turm in die Höhe ragte.

Das weitläufige Landefeld war von fremdartig aussehenden Raumschiffen übersät. Ständige Starts und Landungen zeigten, daß die Freizone ein stark frequentierter Planet war. Ren versuchte sich nicht vorzustellen, welche Geschäfte hier zur Abwicklung gebracht werden sollten. Nach dem, was er von Shodonn erfahren hatte, hatten viele davon wohl keinen legalen Charakter. Vermutlich setzten sich manche der Besatzungen aus Gaunern, Glücksrittern, Mördern und anderen der Halbwelt zugehörigen Größen zusammen.

Und aus Flüchtlingen, die einen Ort zum Untertauchen suchten.

So wie die Nomaden.

»Ich bin sicher, daß sie hier sind«, sagte er unruhig. »Obwohl wir keinen ihrer Kreuzraumer geortet haben.«

Bereits beim Landeanflug hatten sie sich ein klares Bild über die Verhältnisse auf dem Raumhafen der größten Stadt auf Doron machen können. Obwohl sie einem Leitstrahl gefolgt waren, war ihnen kein Detail entgangen. Geschweige denn ein Schiff von der Größe der Kreuzraumer, derer sich die Nomaden bedienten. Doch das sagte nichts. Der Planet verfügte über eine nahezu unüberschaubare Anzahl kleinerer Landefelder, die sich unmöglich alle lokalisieren, geschweige denn überprüfen ließen.

»Die haben sich verkrochen und halten still«, unkte Riker. »Wie verrückt die Nomaden auch sein mögen, immer bis zum letzten zu kämpfen, inzwischen wissen sie, daß mit uns nicht gut Kirschen essen ist. Die warten in aller Seelenruhe ab, bis wir wieder starten.«

»Und da haben sie gute Karten«, erwiderte Ren. »So als ob sie wüßten, daß wir unter Zeitdruck stehen. Aber so schnell geben wir nicht auf. Shodonn, wir müssen uns an die örtlichen Behörden wenden.«

»Das brauchen wir gar nicht zu versuchen, denn dort wird man uns nicht helfen«, wehrte der galoanische Chefwissenschaftler ab. »Die Räte mischen sich selten in die Belange von Besuchern ein.«

»Aber sie haben es hier mit Verbrechern zu tun«, brauste Riker verärgert auf. »Wir reden hier doch nicht von Eierdieben, sondern von einer aggressiven Bedrohung, die durch den perfekten Ortungsschutz der Rahim zur Geißel der Galaxis werden könnte. Sie selbst haben uns doch auf diese Spur gesetzt. Mit dieser Macht werden die Nomaden vor nichts und niemandem mehr haltmachen. Auch nicht vor den Freizonen! Das müssen wir der Regierung klarmachen.«

»Sie brauchen mich nicht zu überzeugen, Riker. Aber vergessen Sie nicht, wo wir sind. Dies ist eine Freizone, mein Freund. Die Nomaden können im Rest der Galaxis tun und lassen, was sie wollen, solange sie hier ihre Landegebühr entrichten. Niemand auf Doron wird sie für ihre Verbrechen zur Rechenschaft ziehen, die sie andernorts auf sich geladen haben.«

Dan Riker schüttelte verständnislos den Kopf. Er würde seine Meinung über diese sogenannten Freizonen nicht ändern, und die Vorstellung solcher Einrichtungen in der Milchstraße bereitete ihm eine Gänsehaut.

»Sie wollen doch wohl nicht sagen, daß wir den Flug umsonst gemacht haben?« fragte Ren.

»Wir werden Hilfe brauchen, und die bekommen wir auch. Allerdings anders, als Sie sich das vorstellen. Ich war so frei und habe bereits diesbezügliche Vorbereitungen getroffen.«

»Liebe Güte, Shodonn, nun reden Sie doch endlich mal Klartext!« beschwerte sich Ren Dharks Stellvertreter. »Sie spielen hier doch auf Ihren geheimnisvollen Funkkontakt an. Sagten Sie nicht, Sie hätten Verbündete auf dieser Welt?«

»Der wird zum Verbündeten, den man dazu macht. Auch wenn man ihn kauft«, orakelte der Galoaner geheimnisvoll.

»Also haben Sie die Regierung bestochen?« fragte Riker zynisch. Die Geheimniskrämerei ging ihm auf die Nerven, und der gesamte Planet war ihm nicht geheuer. Wenn es nach ihm gegangen wäre, hätte man die Machtmittel der POINT OF genutzt, um ein wenig Druck auszuüben. Schließlich war ihr Anliegen zum Wohl aller, und wenn schon sonst auf Doron sich niemand an völkerübergreifende Regeln hielt, warum sollte es dann die Besatzung des terranischen Ringraumers tun? Wenn es drauf ankam, mußte man auch mal mit den Wölfen heulen.

»Die Regierung bestechen wäre der letzte Ausweg«, riß Shodonn ihn aus seinen Überlegungen. »Auf den ich aber verzichten möchte. Nein, ich habe einen für hiesige Verhältnisse gangbaren Weg gewählt. Ich habe eine Privatdetektei kontaktiert.«

»Eine Privatdetektei?« echoten die beiden Männer wie aus einem Mund, und Dan fügte hinzu: »Sie wollen einen Schnüffler einschalten?«

»Einen Schnüffler?«

»Ein alter terranischer Ausdruck für einen Detektiv«, erklärte Dhark. »Sie glauben, daß uns das weiterhelfen wird?«

»Ich habe mich an eine der zahlreichen Detekteien gewandt, die auf die Sammlung und Auswertung von Daten spezialisiert sind. Die sind besonders in einem solch unüberschaubaren Geflecht wie einer Freizone eine unbezahlbare Hilfe. Übrigens, das Finanzielle ist bereits geregelt. Muun-Kristalle öffnen einem hier Tür und Tor. Diese Detekteien wissen mehr als die Behörden jemals erfahren.«

Ren Dhark nickte. »Es wird Gebührenlisten geben. Starts und Landungen werden erfaßt. Selbst Leitstrahlen wie der, der die POINT OF gelenkt hat, müssen automatisch koordiniert werden. Da könnten Rechnerprotokolle existieren, die nicht besonders geschützt sind und deren Einsicht einen technisch versierten Datenjäger vor keine großen Probleme stellt. Ich muß zugeben, daß mir die Idee gefällt. Shodonn, wir sollten diesen Detektiv möglichst bald zu uns kommen lassen.«

Der galoanische Wissenschaftler machte eine zustimmende Geste.

»Da ist noch etwas, Ren«, sagte Dan Riker. »Die Ermittlungen werden sich eine Weile hinziehen. Wir sollten der Mannschaft heute abend Freigang gewähren. Sie hat es sich verdient, und die Leute kommen auf andere Gedanken, wenn sie mal wieder eine Planetenoberfläche unter den Füßen spüren.«

»Eine gute Idee. Ich hatte auch schon daran gedacht. Veranlasse das, auch für die MAYHEM, wenn Larsen damit einverstanden ist.«

Shodonn nahm erneut Verbindung zu der Detektei auf.

10.

»Ist es wirklich nötig, daß wir so dicht zusammenrücken?« fragte Vank Crt Sagla den terranischen Botschafter.

Allzu intensiver Körperkontakt mit einem Fremden war ihm offenbar unangenehm.

Beide Männer saßen auf einer Bank im Park.

Anstelle einer Antwort betätigte Jorge Pinheiro das Zahlenschloß an Girays rotem Aktenkoffer. Den Kode zum Öffnen des Koffers kannte er nicht, dafür aber einen anderen, den Ömer ihm anvertraut hatte.

Ein leises Summen ertönte. Irgend etwas lag in der Luft, zum Greifen nahe und dennoch nicht zu fassen.

»Jetzt können wir ungestört reden«, entschied Pinheiro. »Niemand kann uns mehr abhören.«

»Meine Augen nehmen ein leichtes Flirren wahr«, informierte Sagla ihn. »Was ist das?«

»Wir sind von einer unsichtbaren Abschirmglocke umgeben«, verriet ihm der Terraner. »Eine Erfindung aus den Labors terranischer Wissenschaftler. Sie macht sämtliche Mithörversuche nach menschlichem Ermessen unmöglich. Ich hoffe, das trifft auch auf die Ohren der Tel zu. Eure Organe scheinen etwas empfindsamer zu sein als unsere. Vor meinen Augen flimmert nämlich nichts.«

»Wie genau funktioniert das?« fragte Sagla interessiert.

»Keine Ahnung, ehrlich. Ich bin Politiker, kein Funktechniker oder sonst ein Gelehrter. Für mich sind die meisten unserer phantastischen Erfindungen unlösbare Rätsel. Soweit ich verstanden habe, schluckt die Glocke sämtliche Schallwellen, die von uns ausgehen. Die Energie, mit der die Abschirmung gespeist wird, wird im Inneren des Koffers erzeugt. Mein Mitarbeiter Giray brachte das Gerät von der Erde mit.«

»Wirkt sich das auch auf Aufzeichnungsgeräte aus?«

Pinheiro nickte. »Niemand kann unser Gespräch aufnehmen, es

sei denn…«

»Es sei denn?« hakte Sagla nach, obwohl er ahnte, worauf der terranische Botschafter hinauswollte.

»Es sei denn, das Aufzeichnungsgerät befände sich im Inneren der Abschirmglocke«, vervollständigte Jorge den Satz mit fester Stimme.

»Verdächtigen Sie mich etwa, unlautere Mittel anzuwenden?« fragte der Vank und blickte ihm direkt in die Pupillen. »Möchten Sie mich durchsuchen?«

Pinheiro hielt seinem Blick ohne weiteres stand. »Haben Sie denn etwas zu verbergen?« stellte er ihm die Gegenfrage.

»Ich bin genauso über jeden Zweifel erhaben wie Sie. Und jetzt kommen Sie bitte zur Sache. Warum haben Sie mich um dieses Geheimtreffen gebeten?«

»Um mit Ihnen über Robonen zu reden.«

Crt Sagla war bekannt, welche Probleme Scholfs Terroristengruppe den Terranern bereitete, doch damit wollte er nichts zu schaffen haben.

»Telin mischt sich da nicht ein«, teilte er Pinheiro kurz angebunden mit. »Das sind innere Angelegenheiten Ihres Planeten.«

»Jetzt nicht mehr«, machte ihm sein Gegenüber klar und setzte ihn von Girays Beobachtungen in Kenntnis.

Sagla war entsetzt. »Unser Militär arbeitet mit terranischen Verbrechern zusammen? Das kann ich mir nur schwer vorstellen. Haben Sie dafür hieb- und stichfeste Beweise?«

Pinheiro schüttelte den Kopf. »Leider nicht. Noch nicht.«

Es fiel Sagla schwer, an eine Verbindung zwischen dem Tel-Militär und den Robonen zu glauben. »Möglicherweise ist Owo Gbagbo lediglich ein Deserteur, ein Ausgestoßener auf der Flucht vor seinen Kameraden. Für einen Mann mit seiner Hautfarbe wäre Cromar das ideale Versteck.«

»Machen Sie sich nichts vor, Vank Sagla. Ich bin überzeugt, Gbagbo betätigt sich als Scholfs Kurier. Möglicherweise halten sich noch andere Robonen auf diesem Planeten auf.«

»Ich werde unseren Geheimdienst mit dem Fall beauftragen. Bor Frikk ist ein erfahrener Mann, und er befehligt eine fähige Truppe. Man wird die Handvoll Verräter unter den Soldaten ausfindig machen und vors Militärgericht stellen.«

»Und falls es sich um mehr als eine Handvoll handelt? Um eine großangelegte Verschwörung vielleicht?«

Diesmal stellte Sagla die Gegenfrage. »Sehen alle Terraner immer nur das Schlechte? Natürlich müssen wir achtgeben, daß die Aufnahme diplomatischer Beziehungen zwischen unseren Völkern nicht durch Fanatiker aus dem Untergrund sabotiert wird. Aber für Ihre Verschwörungstheorie gibt es keinen Anhaltspunkt. Wir bekommen das Problem schon in den Griff.«

»Ihr Wort in Gottes Ohr«, bemerkte Pinheiro.

»Welche Götter meinen Sie?« entgegnete der Vank. »Ihre oder unsere?«

*

Obwohl er sich Pinheiro gegenüber unbekümmert gegeben hatte, zog Crt Sagla die Möglichkeit einer Verschwörung durchaus in Betracht und nahm die Angelegenheit nicht auf die leichte Schulter. Weil er sich nicht sicher war, wem er trauen konnte, unterrichtete er als einziges Regierungsmitglied vorerst nur seinen Vertrauten Clos Vlc über die Anwesenheit des Robonen auf Cromar.

»Begib dich zum Leiter des Schutzverbandes und setze ihn auf den Fall an«, befahl er ihm im Gebäude des Kluis. »Außerdem soll Bor Frikk nähere Erkundigungen über ein Mitglied der terranischen Botschaft einziehen – was er vermutlich längst tut.«

»Sie wurden alle gründlich überprüft«, erwiderte Vlc.

»Nicht alle«, widersprach der Vank. »Da gibt es einen Neuen, über den wir bisher so gut wie gar nichts wissen. Sein Name ist Ömer Giray. Wie ich Frikk kenne, ist er an ihm dran, seit er den Fuß auf unseren Flughafen gesetzt hat. Ich möchte über jede Einzelheit umfassend informiert werden.«

»Hältst du Giray für einen terranischen Spion?«

»Pinheiro stellte ihn mir als engen Mitarbeiter vor, als Angehörigen der Botschaft. Ich vermute jedoch, er gehört zur Galaktischen Sicherheitsorganisation. Giray entdeckte die Abhörvorrichtungen im Botschaftsgebäude und möchte bei der heutigen Durchsuchung des Neubaus mit dabei sein. Giray stieß in einer vom Tel-Militär frequentierten Bar auf den Robonen Gbagbo. Giray gab dem Botschafter seinen mit terranischer Technologie gespickten Aktenkoffer mit, der unser vertrauliches Zwiegespräch nach außen hin abschirmte. Merkwürdige Aktivitäten für einen Botschaftsmitarbeiter, der angeblich nur für den Schutz der Privatsphäre zuständig ist, meinst du nicht auch? Er ist gerade einen Tag auf Cromar, und schon mischt er sich in alles ein.«

»Klingt nach einem Spezialisten für Sondereinsätze«, meinte der Vankko. »Falls es sich tatsächlich um eine Verschwörung handelt, deckt er sie garantiert innerhalb kürzester Zeit auf.«

»Das befürchte ich auch.«

»Befürchten? Willst du denn nicht, daß die Verräter enttarnt und bestraft werden?«

»Das will ich«, versicherte ihm Sagla. »Aber warum soll ausgerechnet die GSO den Fall aufklären? Mir wäre es lieber, der Schutzverband gegen die Feinde Telins könnte den Erfolg für sich verbuchen. Nach den mir vorliegenden Informationen verfügen die Terraner über einen perfekt durchorganisierten Geheimdienst. Ich möchte ihnen beweisen, daß auch unserer nicht ohne ist – vielleicht sogar besser. Das dürfte ihnen Respekt einflößen und unsere Position bei künftigen Verhandlungen stärken.«

Der Vankko verließ den Raum. Crt Sagla war überzeugt, daß die ganze Angelegenheit bei Vlc und Geheimdienstchef Bor Frikk in guten Händen lag.

Doch Clos Vlc begab sich nicht wie befohlen zum Leiter des Schutzverbandes. Statt dessen nahm er über die Kommunikationsanlage in seiner Wohnung Kontakt zu einem Wer der Tel-Flotte auf.

»Ganz schön leichtsinnig, mich über Ihren Hauskommunikator zu kontaktieren«, kritisierte ihn der Offizier. »Frikk ist nicht zimperlich, wenn es darum geht, Sicherheitslücken in den eigenen Reihen zu schließen. Vor seinen raffinierten Abhörmethoden sind selbst die Privatquartiere von Regierungsangehörigen nicht sicher.«

»Das wagt er nicht«, meinte Vlc. »Immerhin bin ich Vankko. Außerdem verfügt diese Anlage über einen Verschlüsselungskode.«

»Frikks Abwehrorganisation ist in der Lage, jeden noch so schwierigen Kode zu knacken. Ihr Verhalten gefährdet das Gelingen unseres Plans.«

»Es ist bereits gefährdet. Ein terranischer Spion namens Ömer Giray hat Owo Gbagbo enttarnt. Ich soll im Auftrag des Vank den Schutzverband davon unterrichten.«

Vlcs Gesprächspartner stieß einen wüsten Fluch aus.

»Fluchen hilft uns nicht weiter«, sagte Clos Vlc. »Wir müssen die Durchführung unseres Vorhabens beschleunigen, sonst fliegt alles auf.«

»Das darf nicht sein! Es steht zuviel auf dem Spiel! Ich will die weißen Affen vor mir im Staub kriechen sehen!«

»Jetzt nur nicht die Nerven verlieren, klar? Wir werden handeln, schnell und präzise. Die Terraner dürften schon bald den Tag ihrer Geburt bereuen!«

*

»Sie wollen unbewaffnet dort hingehen?« Jorge Pinheiro schüttelte verständnislos den Kopf. »Das Team, das der Vank zusammengestellt hat, besteht aus acht Personen – und Sie sind allein. Ich an Ihrer Stelle würde zumindest einen Paraschocker mitnehmen.«

Von Ömers »Augenwaffe« wußte er nichts.

Giray, der hinter seinem Büroschreibtisch saß, winkte ab.

»Wozu? Ich möchte die Entwanzung des Botschaftsneubaus überwachen und keinen Kleinkrieg anfangen. Die acht Tel gehören zwar dem SFT an, trotzdem glaube ich nicht, daß mir Gefahr von ihnen droht. Bisher wissen wir doch noch gar nicht, wer der edle Spender war, der so großzügig winzige Abhörvorrichtungen in allen Zimmern verstreut hat. Ich tippe zwar wie Sie auf die Regierung, allerdings gibt es dafür nicht den geringsten Beweis.«

Immer wieder streifte sein Blick die »Im-Stehen-Schlafende«. Das skurrile Kunstwerk stieß ihn ab und faszinierte ihn zugleich. Eigentlich hatte er eine Ader für üppige Frauen, aber bei dieser hier wollte der Funke irgendwie nicht überspringen.

Der Botschafter kratzte sich am Kinn. Die Bezeichnung SFT bereitete ihm Kopfzerbrechen. Er erkundigte sich, was es damit auf sich hatte.

»Das ist die Abkürzung für ›Schutzverband gegen die Feinde Telins‹. So nennt sich der Geheimdienst auf Cromar«, klärte Ömer ihn auf. »Geleitet wird der Verband von Bor Frikk, einem fähigen Kopf, den man nicht unterschätzen darf. Mein Chef hat mich vor ihm gewarnt.«

»Wieso weiß die GSO so gut Bescheid über den Geheimdienst der Tel?« wunderte sich Pinheiro. »Schließlich sind Sie erst gestern hier eingetroffen.«

»Wir haben da so unsere Möglichkeiten und Informanten«, antwortete der türkische Agent ausweichend. »Genau wie die Tel auf Terra.«

»Heißt das, die Tel-Regierung ist über die Aktivitäten der Galaktischen Sicherheitsorganisation stets bestens informiert?«

»Nicht über alle, das wäre ja noch schöner. Aber das eine oder andere Geheimnis sickert schon mal durch. Mitunter geben wir auch absichtlich etwas preis, damit der SFT erst mal beschäftigt ist. Umgekehrt müssen wir natürlich jede uns zugespielte Information genauestens prüfen, um nicht auf die selbe Weise ausgetrickst zu werden. Spionage ist halt keine Einbahnstraße.«

»Demnach wäre nicht auszuschließen, daß auf Terra umgekehrt

versucht wird, die Botschaft der Tel abzuhören«, konstatierte Pinheiro.

Ömer hob die Schultern. »Könnte sein oder auch nicht. Eylers bespricht mit mir immer nur das, was für meinen jeweiligen Auftrag nötig ist. Vorstellen könnte ich mir eine solche Aktion schon, allerdings würden sich die Spezialisten der GSO sicherlich nicht so stümperhaft anstellen wie ihre telschen Gegenspieler. Beide Abwehrorganisationen sind sich ebenbürtig – aber unsere ist etwas ebenbürtiger.«

»Glaube ich gern«, merkte Jorge Pinheiro anerkennend an. »Ihre Fähigkeiten erstaunen mich immer wieder aufs neue. Als ich Sie vorhin an der Überwachungsanlage hantieren sah, fragte ich mich unwillkürlich: Was macht er da? Ich persönlich stehe mit der Technik ständig auf Kriegsfuß.«

Er deutete auf den Aktenkoffer, der neben Ömers Schreibtisch stand.

»Allein dieses Gerät ist für mich das reinste Wunderwerk. Man kann damit Abhörwanzen aufspüren, eine Schutzglocke erstellen… wie bringen Sie all das im Inneren des Koffers unter?«

Ömers trockene Antwort lautete: »Doppelter Boden.«

*

Bei der Überwachung des achtköpfigen Tel-Teams, das das Botschaftsgebäude von Abhörwanzen befreite, hatte Ömer nicht eine Sekunde das Gefühl, sein Leben sei gefährdet. Zwar streiften ihn fortwährend böse Blicke, doch die konnten ja bekanntlich nicht töten. Die Tel duldeten ihn in ihrer Nähe, hielten ihn aber für überflüssig und wünschten ihn daher zu einem ihrer drei Monde. Sie redeten nur das Nötigste mit ihm.

Ömer genoß es regelrecht, die Tel mit seiner Anwesenheit zu ärgern. Obwohl sie sich zeitweise auf mehrere Räume verteilten, schien er überall gleichzeitig zu sein. Wie eine neugierige Hauswirtin tauchte er immer dort auf, wo man am wenigsten mit ihm rechnete.

Zwei Tel verfolgte er aus purer Boshaftigkeit eine volle halbe Stunde auf Schritt und Tritt, wobei er ihnen fast in den Hacken stand. Hatten die beiden eine Abhörvorrichtung entfernt, schaute er sogleich an Ort und Stelle nach, um sicherzugehen, daß sie wirklich weg war. Zerstörte Wanzen ließ er sich sofort aushändigen. Anschließend prüfte er penibel nach, ob sie tatsächlich keinen Piepser mehr von sich gaben.

Mit den High-Tech-Geräten, welche von den Tel eingesetzt wurden, konnte Ömers Spezialkoffer nicht konkurrieren, trotz der recht eindrucksvollen Doppelfunktion. Das ließ sich der Agent allerdings nicht anmerken. Bei allem, was er tat, erweckte er den Eindruck, die terranische Technik sei der der Tel weitaus überlegen.

In solchen Augenblicken liebte er seinen Job.

Täuschen, blenden, bluffen – darin war er unangefochtener Meister, das waren seine Stärken. Es bereitete ihm diebische Freude, seine Gegenspieler aufs Glatteis zu locken und zuzusehen, wie sie ausrutschten.

Sowohl im Ernstfall als auch bei Übungen wendete er gern kleine, gemeine Kniffe an.

»Es heißt, du klebst an zu observierenden Personen wie eine unsichtbare Klette, eine Begabung, um die dich manch einer von uns beneidet«, hatte ihn sein Kollege Boris Jaroslaw Jerutski kürzlich gelobt, weil er ihm im labyrinthartigen GSO-Übungsgebäude dicht auf den Fersen geblieben war. In Wahrheit hatte Ömer geschummelt. Ein als Knopf getarnter Empfänger links oben an seiner Weste hatte ihn ohne Umwege zu dem winzigen dreieckigen Sender geführt, den er dem Russen vor Beginn des Manövers per Schulterklopfen an die Jacke geheftet hatte.

Auch Owo Gbagbo trug jetzt ein winziges Dreieck an der Kleidung, versteckt zwischen den Maschen seines Pullovers. Sobald er sich Ömer in einem bestimmten Umkreis näherte, würde der Empfänger an der Weste aktiviert.

Wie Jos Aachten van Haag zählte Ömer Giray zur Elite der GSO-Agenten. Beide genossen gewisse Sonderrechte. Sie durften sich ihre Ausrüstung nach eigenem Ermessen zusammenstellen und sogar teure Spezialanfertigungen anfordern. Van Haag hatte einige Erfolge mehr aufzuweisen, aber Giray war ihm dicht auf den Fersen.

Abgesehen von ihrem Beruf hatten die beiden kaum Gemeinsamkeiten.

Jos schlug meist erst zu und stellte dann die Fragen. Schußwaffen betrachtete er als seine verlängerte Faust. Weglaufen war für ihn keine Alternative, das hätte er als Feigheit vor dem Feind empfunden. Er war hart im Geben, weniger im Nehmen.

Ömer setzte Gewalt nur ein, wenn es sich absolut nicht vermeiden ließ. Statt auf Waffen (mit denen er selbstverständlich perfekt umgehen konnte) verließ er sich lieber auf seine Eloquenz und seine schnellen Beine. Er konnte austeilen, hatte aber auch gelernt einzustecken. Es war ein Fehler, ihn deswegen zu unterschätzen. Das hatte schon manch einer bereut.

Jos bevorzugte einen extravaganten Lebensstil und schlüpfte nur dann in andersgeartete Tarnexistenzen, wenn es für seinen Auftrag unbedingt erforderlich war.

Ömer kostete jedes Rollenspiel bis zur Neige aus. Es gefiel ihm, mal Bettler, mal König zu sein – mal spießiger Normalbürger, mal ausgeflippter Fanatiker – mal Intellektueller, mal Dummkopf – mal bescheiden, mal wichtigtuerisch…

Jos nahm seinen Beruf sehr ernst, mitunter bis zur Verbissenheit. Im Dienst für Freiheit und Gerechtigkeit kannte er keine Freunde. Auch wenn er manchmal über die Stränge schlug, vergaß er nie, in wessen Auftrag er arbeitete.

Ömer versah seinen Job ebenfalls mit dem nötigen Ernst, doch die kleinen Freuden des Lebens waren ihm mindestens ebenso wichtig. Und Gerechtigkeit war ohnehin Auslegungssache. In den unendlichen Weiten des Weltalls gab es mehr als nur eine Wahrheit.

Obwohl er mit ihnen seine Späße trieb, zollte Ömer den acht Tel im Botschaftsgebäude heimliche Bewunderung. Sie verstanden sich auf ihre Arbeit. Innerhalb weniger Stunden waren das Erdgeschoß und die beiden Stockwerke völlig entwanzt.

Damit gab sich der Trupp jedoch noch nicht zufrieden. Einige Tel machten sich daran, den Keller zu überprüfen. Ömer beobachtete sie dabei sehr genau, damit sie nicht auf den Gedanken kamen, Wanzen an den dort lagernden Möbeln anzubringen oder gar an den Robotern.

Zu aller (?) Überraschung ergab eine Überprüfung des Bodens, daß sich darunter ein breiter, langer Hohlraum befand. Offensichtlich hatte jemand einen Gang gegraben, der unter der Botschaft endete. Wo er anfing war nicht exakt auszumachen.

»Wir werden ihn freilegen«, entschied Giray.

»Meinethalben«, erwiderte der Truppleiter. »Wir könnten ein paar unserer Arbeitsroboter aktivieren.«

»Nicht nötig«, entgegnete Ömer und deutete auf die terranischen Roboter. »Meine gruseligen Freunde machen das schon. Wir müssen sie nur mit dem nötigen Werkzeug ausstatten.«

Kurz darauf hatte er die vier Blechmänner in Betrieb gesetzt und den entsprechenden Befehl programmiert. Nun konnte man getrost abwarten und zusehen, bis die Arbeit fertig war.

*

Nachdem die Roboter einen Zugang zum unterirdischen Gang geschaffen hatten, stieg Ömer gemeinsam mit drei Tel hinab. Zum Schutz nahmen sie zwei Blechmänner mit, die mit ihren Arbeitslampen den Weg ausleuchteten. Einer ging voran, der zweite bildete die Nachhut.

Die Tel amüsierten sich insgeheim über die terranischen Roboter. Tel-Roboter waren von lebenden Tel so gut wie gar nicht zu unterscheiden, aber diese hier hatten nicht die geringste Ähnlichkeit mit ihren Erschaffern. Sie stuften die Blechmänner daher als minderwertig an.

Der Tunnel war zweifelsohne von Maschinen gegraben und abgestützt worden, denn er erwies sich nach allen Seiten hin als nahezu symmetrisch. Kein menschlicher Arbeiter konnte so perfekt bauen.

Girays Hoffnung, einen Hinweis auf den oder die Verantwortlichen zu finden, erfüllte sich nicht. Spuren waren entweder erst gar nicht hinterlassen oder im nachhinein akribisch beseitigt worden.

Nach mehreren hundert Metern kam der Trupp vor einem verschlossenen Stahltor zum Stehen. Das Tor sah aus wie der Eingang zu einem großen Banktresor…

*

»… und es ließ sich nur von der anderen Seite öffnen«, sagte Ömer zu Pinheiro, mit dem er an der Hotelbar saß. »Wir befanden uns sozusagen im Inneren des Tresors. Hier fing der Gang an, und er endete unter der Botschaft. Unterwegs macht er einen leichten Knick, in etwa auf halber Höhe. Die Tel haben errechnet, daß sich hinter dem Tor einer der überbauten Flußläufe befindet, in dem sie ihre Nahrung züchten.«

Der Barkeeper stellte an den Tischen die Stühle hoch und kümmerte sich nicht weiter um seine letzten beiden Gäste, die eh nur noch einen kleinen Schlummertrunk zu sich nahmen.

»Was glauben Sie, Ömer, wer den Tunnel gebaut hat?« wollte der Botschafter wissen. »Und wozu?«

»Ich vermute, die Tel-Regierung steckt dahinter, beziehungsweise der SFT«, überlegte Ömer. »Es würde zu Bor Frikk passen, direkt unter der Botschaft eine große Abhöranlage zu installieren. Dank der Wanzen in den Zimmern hätten seine Agenten jedes vertrauliche Gespräch mithören können. Da inzwischen aber jeder noch so winzige Abhörsender entfernt wurde, braucht man die Empfangsanlage nicht mehr. Die Tel können das Geheimnis des Tunnels also getrost preisgeben. Indem sie so tun, als hätten sie ihn im Verlauf ihrer gründlichen Überprüfung des Gebäudes entdeckt, wollen sie sich unser Vertrauen erschleichen. Kein ungeschickter Schachzug.«

Pinheiro war skeptisch. »Eine Abhörzentrale unter der Botschaft? Reichlich umständlich, wenn Sie mich fragen. In den Gebäuden von Vankko, Vank oder Kluis wäre eine solche Anlage viel besser untergebracht – und viel sicherer, denn es ist Terranern nicht gestattet, auf dem bewachten Gelände unbeaufsichtigt ein und aus zu gehen.«

»Die Tel wollten halt so nah wie möglich ans Geschehen heran, vielleicht aufgrund der geringen Reichweite ihrer Wanzen. Wie auch immer, wir werden Crt Sagla dazu befragen.«

»Aber nicht mehr heute abend. Er liegt sicherlich schon im Bett. Das Protokoll erlaubt es nicht, seine Nachtruhe ohne wichtigen Grund zu unterbrechen.«

Ömer seufzte. »Ich weiß, ich weiß. Ich habe auf dem Flug nach Cromar die komplizierten gesellschaftlich-politischen Gepflogenheiten der Tel studiert. Selbst bei einem unaufschiebbaren Anlaß müßte man zunächst einen Wer um Erlaubnis fragen. Dem Wer wiederum ist es nur gestattet, einen der Vankko zu wecken. Die Entscheidung, den Vank zu stören, muß von mindestens zwei Vankko getroffen werden. – Bis Sie das alles hinter sich gebracht haben, Jorge, graut bereits der Morgen. Ich schlage vor, wir nehmen eine Mütze voll Schlaf, und Sie kümmern sich gleich nach dem Aufstehen um einen Termin beim Vank.«

Er trank sein Glas leer und wollte aufstehen. Pinheiro hielt ihn am Arm fest.

»Warten Sie, mir läßt die Sache ebensowenig Ruhe wie Ihnen. An Schlaf ist deshalb nicht zu denken. Und wenn wir nicht schlafen können, braucht der Vank es auch nicht.«

Der Botschafter betätigte sein Armbandvipho.

Ömer wußte, daß jeder Botschaftsmitarbeiter mit einem Vipho ausgestattet war, und er war schon gespannt, wen von ihnen Pinheiro zu dieser späten Stunde anrufen und um Unterstützung bitten würde.

Als sich Crt Saglas verschlafene Stimme meldete und sein Gesicht auf dem kleinen Bildschirm erschien, war Ömer für Sekunden sprachlos – was selten bei ihm vorkam.

»Wir müssen mit Ihnen reden«, machte Pinheiro dem Vank ohne Umschweife klar.

»Jetzt?« krächzte Sagla heiser.

»Jetzt!« erwiderte der terranische Botschafter in einem Tonfall, der keinen Widerspruch duldete. »In einer halben Stunde in der Zentrale Ihres Geheimdienstes. Soll ich Bor Frikk wecken, oder erledigen Sie das für mich?«

Pinheiro machte keinerlei Anstalten, sich bei Sagla für die nächtliche Störung zu entschuldigen. Ihm schien das Ganze nicht einmal peinlich zu sein.

Ömer fragte sich, ob er ihn falsch eingeschätzt hatte. Aber ging der Botschafter nicht ein bißchen zu weit? Saglas Gesichtsausdruck verhieß jedenfalls nichts Gutes.

Crt Sagla atmete tief durch, dann sagte er versöhnlich: »Sie können von Glück reden, daß Sie keiner meiner Untergebenen sind. Jeden Kewir hätte ich für eine solche Unverschämtheit sofort zum Mih degradiert. Mit Ihnen kann ich nicht so verfahren, leider. Also bleibt mir nichts anderes übrig, als Ihnen zu verzeihen. Allerdings werde ich Vorsorge treffen, damit das nicht noch mal vorkommt. Künftig stelle ich das Armbandvipho aus, bevor ich schlafengehe – und ich lege es ganz sicher nicht mehr auf meinem Nachtregal ab. Da ich annehme, daß Sie mich aus keinem nichtigen Anlaß stören, gebe ich Bor Frikk umgehend Bescheid. Wir drei werden uns jedoch woanders treffen. Die genaue Lage der Zentrale unseres Schutzverbandes kennen nur Eingeweihte, und Sie gehören nicht dazu. Ich schlage daher vor…«

»Die Zentrale des Schutzverbandes gegen die Feinde Telins befindet sich gegenüber vom Kluis«, unterbrach Ömer den Vank. »Offiziell wird das Gebäude als Akademie für kulturelle Bildung genutzt. In Wahrheit existiert die Akademie gar nicht, ihre angeblichen Mitglieder gehören samt und sonders dem Staatsschutz an.«

Pinheiro drehte sein Vipho so, daß Sagla den Türken im Minibildschirm sehen konnte.

»Schau an, der Agent der Galaktischen Sicherheitsorganisation«, entgegnete Crt Sagla, ohne eine Miene zu verziehen. »Die GSO hat ihren Hauptsitz in einem Hochhaus in Alamo Gordo. Der Mann, der dort die Fäden in der Hand hält, heißt Bernd Eylers.«

»Respekt, Sie sind gut informiert«, sagte Ömer lächelnd.

»Auf Cromar leben keine Dummköpfe«, kam es zurück. »Sind Sie bei unserer Unterredung mit dabei?«

»Ich bitte darum.«

»Betrachten Sie Ihre Bitte als erfüllt. Ich bringe übrigens auch einen Begleiter mit. Clos Vlc ist Vankko und genießt mein vollstes Vertrauen. Nur er, Bor Frikk und ich sind bisher über Ihre wahre Identität und Ihre Ermittlungen in Bezug auf den Robonen Gbagbo informiert. Vank Url Bnako und Vank Gen Punfk werden es mir sicherlich übelnehmen, daß ich sie nicht ebenfalls ins Vertrauen gezogen habe, doch irgendwie werde ich das Gefühl nicht los, daß sich in meiner nächsten Nähe ein Verräter befindet. Vielleicht irre ich mich ja, aber es kann nichts schaden, den Kreis der Wissenden so klein wie möglich zu halten.«

Sagla verabschiedete sich und brach die Viphoverbindung ab.

Giray kam nicht umhin, Pinheiro Anerkennung zu zollen. »Crt Sagla mit einem Armbandvipho auszustatten, war ein Meisterstück. Auf diese Weise können Sie jederzeit Kontakt mit ihm aufnehmen, unter Umgehung sämtlicher Protokoll- und Sicherheitsvorschriften. Wie haben Sie ihn dazu gebracht, das Vipho anzunehmen?«

»Ich habe es ihm am Tag meiner Ankunft als offizielles terranisches Gastgeschenk überreicht«, antwortete der Botschafter. »Es ist sozusagen unser Rotes Telefon, unser direkter Draht zueinander. Nur er und ich kennen den geheimen Einwahlkode zur Herstellung der Verbindung.«

»Und was hat Sagla Ihnen zur Begrüßung geschenkt?«

»Eine etwa dreißig Zentimeter hohe Statue der Tel-Göttin Lary. Vor Jahrtausenden wurde Lary als Mutter aller Tel-Kinder von der Bevölkerung verehrt und angebetet. Heute spielt sie in der Religion der Tel kaum noch eine Rolle, so wie auch auf Terra zahlreiche alte Götter in Vergessenheit geraten sind. Ehrlich gesagt, ich finde die Statue potthäßlich, aber Sagla pries sie mir als unvergleichlich ästhetisches Kunstwerk an. Ablehnen konnte ich das Geschenk schlecht, das hätte einen politischen Skandal gegeben.«

Ömer nickte. »Verstehe. Ich schätze mal, Sie haben das Ding aus lauter Höflichkeit auf Ihren Büroschreibtisch gestellt.«

»Stimmt fast«, entgegnete Pinheiro. »Es steht auf dem Schreibtisch – aber nicht auf meinem, sondern auf Ihrem, Ömer.«

*

Vank Crt Sagla kam in der Tat nicht allein. Aber anstatt eines hatte er gleich zwei Begleiter bei sich: Url Bnako und Gen Punfk.

Nachdem auch Bor Frikk vor der »Akademie« eingetroffen war, begaben sich alle sechs nach drinnen.

Die Sicherheitskräfte salutierten vor den nächtlichen Besuchern. Sie waren ein bißchen erschrocken darüber, daß der komplette Vank den Geheimdienstchef begleitete. Krisensitzungen wurden normalerweise im Gebäude des Kluis abgehalten. War etwas Schlimmes passiert? Stand Frikk womöglich kurz vor seiner unehrenhaften Entlassung? Gerüchte machten die Runde unter den Wachen…

In Frikks großräumigem Büro unterrichtete Crt Sagla die Terraner, daß sein Freund Vlc spurlos verschwunden sei. Anstatt wie befohlen den Geheimdienstchef auf Owo Gbagbo anzusetzen, hatte er offenbar das Weite gesucht. Bnako und Punfk, die Sagla daraufhin in alles eingeweiht hatte, machten ihm Vorhaltungen. Sie fühlten sich übergangen, weil er sie nicht früher von den Geschehnissen in Kenntnis gesetzt hatte.

»Es tut mir leid«, entschuldigte sich der Primus inter pares.

»Allem Anschein nach hat Clos mein Vertrauen mißbraucht. Ich vermute, er paktiert mit den Feinden Telins und hat sich abgesetzt, weil er befürchtete, daß seine Enttarnung unmittelbar bevorstand. Als Freund und Tel bin ich enttäuscht von ihm. Mich trifft eine erhebliche Mitschuld. Ich hoffe, es ist noch nicht zu spät, meinen Fehler wiedergutzumachen.«

»Das Ganze wird Konsequenzen für Sie haben«, drohte Bnako ihm an. »Der Kluis wird zu gegebener Zeit über Sie richten, Vank Sagla!«

Eine Maschine als Richter – das darf doch wohl nicht wahr sein! schoß es Ömer durch den Kopf. Auf der Erde wäre so etwas undenkbar gewesen.

Glücklicherweise hielten sich die drei Vank nicht lange mit kleinlichem Kompetenzgezänk auf. Rasches und konsequentes Handeln war angesagt, dafür mußten sie jetzt unbedingt zusammenhalten.

Ömer hatte Kopien der Aufnahmen bei sich, die er in der Militärbar von Owo Gbagbo und den Tel-Offizieren gemacht hatte. Er übergab sie Bor Frikk und forderte ihn auf, die Identitäten der Offiziere zu ermitteln.

Der Geheimdienstchef wies ihn schroff ab. »Die Datenbank des Schutzverbandes ist kein öffentliches Auskunftsbüro, schon gar nicht für Agenten der GSO.«

Das war Frikk, wie er leibte und lebte. Als oberster Chef und gleichzeitig dienstältester Mitarbeiter des Schutzverbandes war er es gewohnt, auszusprechen, was er dachte, ohne Wenn und Aber oder höfliche Verschnörkelungen. Gutes Benehmen betrachtete er als die überflüssigste Sache der Welt, und Vorschriften ließ er sich nur ungern machen.

Sagla erteilte ihm den Befehl, bedingungslos mit Giray zusammenzuarbeiten.

Frikk war strikt dagegen. Auf der Suche nach Unterstützung schaute er zu Bnako und Punfk.

»Haben Sie den Befehl nicht verstanden?« herrschte Gen Punfk ihn an.

Wenn es darauf ankam, hielt der Vank zusammen wie eine Einheit. Die drei obersten Staatsführer waren zwar mitunter verschiedener Meinung, doch sie fielen sich nie gegenseitig in den Rücken.

Der Geheimdienstchef fügte sich zähneknirschend. Er glich die Aufnahmen mit den im Rechner des Schutzverbandes gespeicherten Militärpersonaldaten ab.

Auf Cromar gab es keinen Rechner, der nicht mit dem Kluis verbunden war. Ohne die unentbehrliche Zentrale hätten nicht einmal die Ladenkassen funktioniert. Jedermann konnte beim Kluis die Daten abrufen, die er im Beruf oder Privatbereich benötigte und zu deren Zugriff er berechtigt war. Den Bürgern wurde dadurch ein großer Teil Eigenverantwortung abgenommen.

Geheime Militärdaten gab der Zentralrechner nur einem begrenzten Personenkreis preis, zu dem außer den Vank und Vankko auch Bor Frikk und sein engster Mitarbeiterstamm gehörten.

Es stellte sich heraus, daß es sich bei Gbagbos Gesprächspartnern in der Bar um hohe Offiziere der Flotte handelte. Einer von ihnen hieß Klut Kahr und war der Chefinformatiker.

Sagla gab Anweisung, ihn und die anderen sofort zur Vernehmung in die Geheimdienstzentrale zu bestellen.

Frikk versuchte, Verbindung mit allen aufzunehmen, aber er erreichte niemanden, keine einzige der betreffenden Personen war daheim. Daraufhin machten sich mehrere Mitarbeiter des Schutzverbandes auf die Suche nach ihnen. Nachgefragt wurde bei Verwandten und in den Stammlokalen.

Ergebnislos.

Sagla, Bnako und Punfk schwante Böses. Sie veranlaßten eine Überprüfung weiterer Flottenoffiziere, insbesondere derjenigen, die man zum Kreis um Clos Vlc zählte.

Das Ergebnis war eindeutig. Vlc hatte sich ausschließlich mit Tel umgeben, die wie er jedwede Verständigung mit Terra ablehnten. Die meisten gehörten dem Militär an, oder sie hatten anderweitig wichtige Positionen in Politik und Wirtschaft inne. Obwohl sie bekennende Gegner des neuen Kurses des Vank waren, hatten sie unter keiner besonderen Kontrolle gestanden. Aufgrund ihres bisherigen vorbildlichen Lebenslaufs war man davon ausgegangen, daß sie Regierungsentscheidungen auch dann akzeptierten und sich danach richteten, wenn sie ihrer eigenen Sicht der Dinge widersprachen. Anzeichen für ein Komplott hatte es nie gegeben.

Gegen Morgen stand es endgültig fest – sämtliche Verdächtigen waren über Nacht verschwunden, wohin auch immer. Unter ihnen ein ganz hohes Tier auf der Rangliste: Bol Gnun, Wer der Flotte.

»Wir haben es entweder mit einer Massenverschleppung zu tun, oder wir stehen kurz vor einem Militärputsch«, faßte Ömer Giray zusammen. »Es wäre nicht das erste Mal in der Geschichte eines Landes oder Planeten, daß sich machthungrige Verschwörer die Unzufriedenheit des Volkes zunutze machen und einen Aufstand anzetteln.«

»Das Volk ist nicht unzufrieden!« widersprach Url Bnako energisch, schränkte dann aber ein: »Seit der erfolgten Teilabschaltung des Kluis hat es immer wieder Kritik gegeben, doch die Mehrheit steht auf unserer Seite. Gemessen an unserer Bevölkerungszahl haben wir es lediglich mit einer unbedeutenden Minderheit zu tun, aufsässigen Fanatikern, die früher oder später ihrer gerechten Strafe zugeführt werden.«

»Auch eine aufständische Minderheit kann eine Menge Schaden anrichten, wenn sie sich im Besitz gefährlicher Waffen befindet«, gab Pinheiro zu bedenken.

Da die Gespräche teils auf terranisch, teils auf tel geführt wurden, hatte er etwas Mühe, jedes Wort zu verstehen. Seine Tel-Sprachkenntnisse hatte er sich vor Antritt seiner Tätigkeit durch intensives Lernen erarbeitet, und er mußte sie ständig auffrischen. Per Hypnosebehandlung wäre es schneller gegangen, doch erlerntes Wissen war von größerer Beständigkeit.

»Die Kontrolle über unser Verteidigungsarsenal unterliegt dem Kluis«, sagte Gen Punfk. »An ihn kommen die Rebellen nicht heran.«

»Könnte Ihr Chefinformatiker den Kluis manipuliert haben?« fragte Ömer.

»Ausgeschlossen!« antwortete Crt Sagla – eine Spur zu schnell und daher wenig überzeugend.

»Es ist den Aufständischen wirklich unmöglich, die Entscheidungen des Zentralrechners zu beeinflussen?« hakte Giray stur nach.

»Wüßten Sie besser über die Struktur unserer Flotte Bescheid, würden Sie eine solche Frage erst gar nicht stellen«, machte Bor Frikk ihm deutlich. »Der Kluis ist unbeeinflußbar.«

»Ich bin jederzeit bereit, dazuzulernen«, entgegnete der GSO-Agent. »Falls Sie mein Wissen über den Aufbau der Telflotte erweitern möchten, stehe ich Ihnen gern zur Verfügung.«

»Das könnte Ihnen so passen«, knurrte der Geheimdienstchef der Tel.

»Dann eben nicht«, sagte Ömer, fest entschlossen, seine Bitte bei passender Gelegenheit noch mal vorzutragen.

Pinheiro fand, daß es an der Zeit war, eine Mütze voll Schlaf zu nehmen. Nur ein ausgeruhter Körper beherbergte einen leistungsfähigen Geist. Ömer stimmte ihm darin zu. Beide begaben sich ins Hotel.

*

Im Bett lag der terranische Agent noch eine Weile wach. Er dachte nach.

Im Grunde genommen schien die Sache sonnenklar zu sein. Unter der Führung des abtrünnigen Vankko Clos Vlc planten fahnenflüchtige Offiziere einen Sturz der Tel-Regierung. Laut Vank handelte es sich dabei um eine unbedeutende Minderheit, sozusagen »das Fähnlein der zehn Aufrechten« – unverbesserliche Fanatiker ohne die geringste Aussicht auf Erfolg.

Aber wie paßte Owo Gbagbo ins Bild?

Was ging die Robonen eine Revolution auf Tel an? Waren sie

nur versessen darauf, die Friedensbemühungen beider Völker zu stören? Oder steckte mehr dahinter?

Viel mehr als ein paar unbedeutende Nadelstiche konnte der zu erwartende »Zwergenaufstand« wohl kaum anrichten. Vermutlich würde der Vank auf seinem neuen Kurs ein wenig ins Schlingern geraten, doch irgendwann gelangte das Schiff wieder in ruhigeres Fahrwasser, und die diplomatischen Beziehungen würden fortgesetzt.

Nein, derlei Kleinkram paßte nicht zu den Robonen. Scholf und seine verblendete Gefolgschaft ging immer aufs Ganze. *Nieder mit allen Verdammten!* Kompromißlos, rücksichtslos, gnadenlos! Das war es, was sie wollten. Mit ein bißchen Piesacken gaben sie sich erst gar nicht ab.

Irgendwann klappte es dann doch noch mit dem Einschlafen.

Ömer hatte sich vorgenommen, nicht vor dem Mittagessen aufzustehen. Daraus wurde jedoch nichts. Nach kaum mehr als drei Stunden riß ihn ein Angestellter des Hotels abrupt aus den Alpträumen.

»Sie müssen hier raus!« schrie er ihn aufgeregt an. »Wir haben eine Bombendrohung erhalten! Das ganze Gebäude wird evakuiert!«

Und schon war der Mann wieder auf dem Weg nach oben.

Hier im Untergeschoß gab es keine weiteren Gästezimmer. Die übrigen Räumlichkeiten bestanden aus Wäsche- und Besenkammern sowie aus Lagerräumen.

Ömers Domizil war eigens für ihn hergerichtet worden. Er bewohnte eine recht passable Suite (zu seinem Ärger kleiner als die des Botschafters), und das Büro lag gleich nebenan.

Ohne Hast duschte er sich und kleidete sich an. Anschließend begab er sich in sein Büro und nahm vor dem Suprasensor Platz. Von hier aus hatte er Zugriff auf sämtliche Überwachungsleitungen, die der Botschafter im ganzen Hotel hatte installieren lassen.

Die letzten Personen verließen das Hotel. Ömer schaltete nacheinander mehrere Kameras ein und stellte fest, daß tatsächlich alle

Flure leer waren. Falls sich nicht auf einem der Zimmer ein überängstlicher Gast unter seinem Bett versteckt hatte, anstatt nach draußen zu gehen, war er jetzt ganz allein im Gebäude.

Mit Sicherheit würde er bald Gesellschaft bekommen.

Er lehnte sich zurück und wartete.

11.

Chris Shanton und Ralf Larsen hockten auf zwei Sitzgelegenheiten, die auf humanoide Körper zugeschnitten waren. Seit zwei Stunden waren sie unterwegs. Besonders der Ingenieur hatte dem Angebot, das Schiff für eine Weile zu verlassen und sich draußen umsehen zu dürfen, nicht widerstehen können.

Denn so viele Raumhäfen der Galaxis er bereits gesehen hatte – in einem waren sie alle gleich. Ihnen unmittelbar angebunden waren Kneipen, Bars und sonstige Etablissements, wenn nicht sogar ganze Vergnügungsviertel. Auf Doron war das nicht anders. Der Raumhafen der planetaren Hauptstadt bot an seiner Peripherie eine Kneipe neben der anderen. Er war das reinste Paradies für einen Mann wie Chris Shanton, der niemals zum Traum irgendeiner Schwiegermutter werden würde.

Doch das scherte ihn keinen Deut. Was interessierten ihn die Frauen, und vor allem, was deren Mütter? Schließlich war er längst eine dauerhafte Beziehung eingegangen. Manch einer war schon Zeuge der Art Haßliebe geworden, die ihn an jedem Tag seines Lebens begleitete. Wie meistens war sein mechanischer Hund Jimmy auch bei seiner aktuellen Exkursion an seiner Seite.

Rauchschwaden trübten die Sicht wie ein schlieriger Film. Würziges Aroma, verbreitet von Tabakstäbchen, die irdischen Zigaretten zum Verwechseln ähnlich sahen, schwängerte die Luft. Doch der Geruch, der Chris Shanton angelockt hatte, war ein anderer.

Der von Alkohol.

Als ihm das plumpe, dickwandige Glas zugeschoben wurde, betrachtete er den trägen, braunen Inhalt mit skeptischer Miene.

»Was einen nicht umbringt, macht nur noch härter«, versuchte er einen lahmen Witz. Was hätte er für einen guten Cognac gegeben, doch damit konnten sie ihm auf Doron nicht dienen. Das hatte er festgestellt, nachdem er und Ralf Larsen ein halbes Dutzend Kneipen hinter sich gelassen hatten.

Auch diesmal war ihnen das Glück nicht hold, aber inzwischen hatte Shanton sich daran gewöhnt. Er hatte soviel intus, daß ihm beinahe egal war, was er trank. Hauptsache, die Prozente stimmten.

Shanton trug einen Translator bei sich, um sich problemlos verständigen zu können. Außerdem waren die beiden Männer mit Stirnreifen nogkscher Fertigung ausgerüstet, die sie gegen die Parafähigkeiten der in dieser Galaxis Einheimischen immun machten. Während er das Glas hob und sich dabei unauffällig nach Nomaden umschaute, fragte Chris sich, ob die Hundeähnlichen eine den Stirnreifen verwandte Abschirmung im Schädel hatten, da sie ebenfalls nicht für die verschiedenen Parafähigkeiten anfällig waren.

»Also hoch die Tassen«, pflichtete ihm der frühere 1. Offizier der GALAXIS und heutige Kommandant der MAYHEM bei. Aus reiner Solidarität hob Larsen zuprostend das Glas. Er genoß den Landgang ebenfalls und amüsierte sich hervorragend, blieb aber bei nichtalkoholischen Getränken. Sollte ein kurzfristiger Einsatz der MAYHEM nötig werden, gäbe ein betrunkener Kommandant ein schlechtes Bild ab. Shanton machte sich diese Sorgen wie meistens nicht.

»Es sind keine hier«, bemerkte Larsen wie nebenbei, als ihm die observierenden Blicke seines Begleiters auffielen.

»Sie meinen Nomaden?«

Der Mann mit der Glatze nickte. »In keinem dieser Schuppen sind wir bisher auf einen von ihnen gestoßen. Die Kerle sind nicht unterwegs. Die haben sich verkrochen. Oder sie kümmern sich um ihre Kreuzraumer. Nach dem, was Dhark erzählt hat, wird das auch dringend nötig sein. Wer in den Krieg zieht, kann das nicht mit Wracks tun.«

»Es gibt keinen Krieg«, wehrte Shanton ab. »Daß ihr Uniformträger immer diesen Gedanken im Kopf habt. Eine echte Berufsparanoia.«

»Unterhalten Sie sich mal mit den Nomaden darüber. Die sehen das anders. Was die da abziehen, ist ein Krieg. Sie nennen ihn nur nicht so. Für sie mögen das Beutezüge sein, für mich nicht. Ich hatte noch nie Verständnis für die legendären Freibeuter der Meere.«

»Mag sein, daß Sie recht haben. Ich finde es trotzdem schade, daß wir keinen Nomaden über den Weg laufen. Vielleicht hätten wir die Burschen aushorchen können. Mit Jimmy hätten sie bestimmt geredet. Möglicherweise hätten sie ihn sogar als Rudelführer anerkannt.«

Er schüttelte sich, als das hochprozentige Gebräu ungeahnte Reaktionen in seinem Magen auslöste, dann zog ein überraschtes Grinsen über sein Gesicht. »Das Zeug ist gut«, stellte er fest. »Du solltest mal einen Napf voll probieren, Jimmy.«

Die beiden Männer stimmten ein gröhlendes Gelächter an. Die Lokalität war gut gefüllt, aber das störte sie nicht. Chris fühlte sich beinahe wie daheim, auf der Erde. Ein Trugschluß, den er rasch korrigierte, als er sich prustend umschaute.

Vertreter unzähliger Sternenvölker Drakhons waren in den Kneipen rings um den Raumhafen der Hauptstadt versammelt. Shanton war keinem davon je zuvor begegnet. Wo denn auch? Dennoch fühlte er sich wohl. Die neu zu entdeckende Exotik des Ortes erweckte einen Hauch romantischer Gefühle in ihm. Er war ein Raumfahrer, der etwas Neues entdeckte. Etwas völlig Unbekanntes. Fremde Rassen und Zivilisationen. War das nicht der ursprüngliche Drang, der sie alle, die sie hier draußen waren, antrieb?

»Ach was«, murmelte er zu sich selbst. Das fehlte noch, daß er auf seine alten Tage sentimental wurde. Besonders wo das Schicksal ihn mit einem solch exquisiten Stoff bedacht hatte.

Dennoch konnte er nicht leugnen, daß die Raumhafentaverne einen anziehenden Einfluß auf ihn ausübte. Für einen Moment kam ihm der Gedanke, daß der gewiefte Barmann über eine spezielle parapsychische Gabe verfügte, die seine Gäste in Trinklaune versetzte, aber einen solchen Gag ließ sich die Natur bestimmt nicht einfallen. Außerdem wären Larsen und er dank der Stirnreifen dagegen immun gewesen.

Sekundenlang verfolgte er das bunte Treiben um sich herum. Es herrschte echter Multikulti-Betrieb. Außer annähernd humanoid aussehenden Wesen entdeckte er Vogelähnliche und Echsenabkömmlinge neben Arachnoiden und Beschuppten, die in einem Gartenteich besser aufgehoben gewesen wären. Die Vorstellung reizte den Ingenieur zu einem neuerlichen Lachanfall. Manche der Aliens trugen Atemmasken oder Druckanzüge, was darauf schließen ließ, daß sie von ihren Heimatwelten andere Umweltbedingungen gewohnt waren.

»Was für eine peinliche Vorstellung«, bemerkte Jimmy in seine Betrachtungen hinein. »Die zwei größten Trunkenbolde der Erde als Vertreter ihrer Spezies in Drakhon. Der Commander der Planeten weiß gar nicht, auf was er sich da einläßt. Binnen kürzester Zeit wird man uns den Krieg erklären.«

Ralf Larsen deutete demonstrativ auf sein Glas, in dem ein alkoholfreies Getränk schwappte. »Chris, mit den Rezeptoren des Menschen treuesten Freundes scheint etwas nicht zu stimmen.«

»Mit der Töle stimmt einiges nicht. Einen Hundenapf!« gröhlte Shanton vergnügt in Richtung des Barmanns. »Gefüllt mit Knochen.«

Er drehte sich um, als ein Schatten auf ihn fiel.

»Gestatten Sie bitte unsere Dreistigkeit.«

Shanton hob den Kopf und erblickte eine hochgewachsene, wuchtige Gestalt, die sich neben ihnen aufgebaut hatte. Auf zwei stämmigen Säulenbeinen saß ein tonnenförmiger Rumpf, aus dem seitlich drei mächtige Armpaare entsprangen. Der gesichts- und haarlose Kopf der Erscheinung schloß ohne Hals halbkugelförmig nach oben hin ab. Mehrere Fühler, möglicherweise auch Antennen, standen in alle Richtungen ab.

Die Gestalt war von einem abgrundtiefen Schwarz, das jede Stelle des Körpers bedeckte. Shanton vermochte nicht zu entscheiden, ob es sich um einen geschlossenen Anzug handelte. Ebensogut konnte er ein völlig nacktes Wesen vor sich haben. Oder einen Automaten, der nicht wirklich über etwas Lebendiges verfügte.

»Was gibt es denn?« fragte er neugierig.

»Wir hörten Ihr Begehren«, sprach wieder die Stimme zu ihm, die sanft und beinahe hypnotisch auf ihn wirkte. Für einen Moment fragte er sich, wie die gewaltige Gestalt sie ohne eine Art Mund ausstieß, doch dann begriff er. Sie entstammte überhaupt nicht dem schwarzen Hünen, sondern etwas, das er auf Brusthöhe vor sich trug.

Das obere seiner Armpaare trug eine Art Tablett, während die beiden anderen bewegungslos herunter hingen. In drei korbgroßen, achtfingrigen Händen, gegen die Shantons Pranken wie Kinderhändchen wirkten, hielt er etwas umschlossen, das der Ingenieur nicht erkennen konnte.

Sofort war da eine Ahnung von Gefahr. War der Fremde bewaffnet? Unwillkürlich tastete Shanton unter der Theke nach seiner versteckten Waffe. Mit bloßen Händen war dem Hünen auf keinen Fall beizukommen. Er warf einen kurzen Blick zu Jimmy hinunter. Sein zotteliger Vierbeiner machte einen desinteressierten Eindruck, aber Chris war sicher, daß er augenblicklich mit dem Fundus seiner kleinen, installierten Geheimnisse zuschlagen würde, wenn von dem Giganten tatsächlich eine Gefahr ausging.

»Welches Begehren?« fragte er.

»Nach den Knochen«, erwiderte die hypnotische Stimme.

Shantons Aufmerksamkeit wurde wieder auf das Tablett gezogen. Unvermittelt kam dort Bewegung auf. Was eben noch wie eine verschlungene, undefinierbare Masse gewirkt hatte, hatte sich plötzlich verwandelt. Das Tablett schwankte ein wenig, dann hatte der Hüne es wieder stabilisiert.

Vier Wesen waren darauf versammelt. Pummelige, fellüberzogene Vierbeiner, die seinem Jimmy verblüffend ähnlich sahen.

»Köter!« entfuhr es ihm unbeabsichtigt.

»Wie bitte? Wir verstehen Sie nicht.«

Shanton registrierte, daß es eines der vier kleinen Wesen war, das zu ihm sprach. »Wir sind Vullen, und wir Vullen wissen einen guten Knochen zu schätzen. Doch da stehen wir ziemlich allein da. Niemand versteht uns, aber Sie scheinen anders zu sein. Deshalb möchten wir es uns nicht nehmen lassen, Sie aufs Herzlichste willkommen zu heißen.«

Wie auf Kommando öffnete der Hüne seine drei verschlossenen Hände und stellte drei Schalen vor den Terranern auf die Theke. Blanke Knochen lagen darin. Shanton und Larsen sahen sich verblüfft an. Der Ingenieur verdrehte die Augen und schüttelte den Kopf.

»Darauf habe ich mich mein Leben lang gefreut«, murmelte er verzweifelt. »Wie schade, daß ich grade nicht hungrig bin.« Er deutete zum Boden. »Aber Jimmy wird um so begeisterter sein, seinen animalischen Trieben endlich mal wieder freien Lauf lassen zu dürfen.«

Mit einem Satz war sein von ihm geschaffener Begleiter auf der Theke. »Wir wahren Hunde werden einem wahren Menschen doch nicht die Butter vom Brot klauen«, kommentierte er mit triefendem Spott. Chris warf ihm einen vernichtenden Blick zu, weil Jimmy ihn mit seiner Wortwahl an eine Situation erinnerte, in der er sein selbsternanntes Herrchen vor dem Tod durch einen Robonenagenten bewahrt hatte. Dann wandte sich Jimmy an die Vullen und fügte, in Anspielung auf den schwarzen Hünen, hinzu: »Aber ich vergaß, daß mein zweibeiniger Diener seine Leib- und Magenspeise stets mit Messer und Gabel zu sich zu nehmen pflegt.«

Shanton wurde vor Zorn puterrot. »Ich bin sicher, auf diesem Tablett ist noch Platz für dich. Was meinen Sie, Larsen, sollen wir diese vorlaute Töle auf Doron aussetzen?«

Der Captain der MAYHEM grinste übers ganze Gesicht, ersparte sich aber einen Kommentar.

»Dein Diener ist ziemlich respektlos«, wandten sich die Vullen unisono an Jimmy. »So wie unserer dereinst auch. Wir haben ihm kurzerhand das Sprachzentrum entfernt. Ein einfacher mechanischer Eingriff, völlig schmerzlos, aber sehr effektiv. Wenn du willst, darfst du unsere diesbezüglichen Dienste gern in Anspruch nehmen.«

»Vielleicht werde ich darauf zurückkommen«, gab sich der Vierbeiner nachdenklich, während er Shanton betrachtete. »Manchmal habe ich es ganz gern, wenn er redet. Er gibt häufig einen so wunderbar dusseligen Unsinn von sich.«

Schneller, als ein Mensch reagieren konnte, sauste Shantons keulenförmiger Arm nieder und krachte donnernd auf den Tresen. Die Knochen in den Schalen hüpften durcheinander, aber Jimmy hatte sich geistesgegenwärtig mit einem raschen Satz in Sicherheit gebracht. Dabei gab er ein munteres Bellen von sich, das der Translator natürlich nicht übersetzte.

Ratlos hockten die Vullen auf ihrem Tablett.

Schließlich ergriff einer von ihnen wieder das Wort, wobei er sich wieder an Jimmy wandte. »Nun, da wir unser kleines Willkommensgeschenk überreicht haben, können wir zum Geschäftlichen kommen.«

»Zum Geschäftlichen?« Shanton glaubte seinen Ohren nicht zu trauen.

»Wahrscheinlich handeln sie mit Tiernahrung«, vermutete Ralf Larsen, der die Situation, ganz im Gegensatz zu seinem Begleiter, von der humorigen Seite sah. Er konnte ein Grinsen nicht unterdrücken. »Lieber Shanton, ich glaube, hier können wir unsere Muun-Kristalle loswerden.«

Die Vullen liefen auf dem Tablett durcheinander, während ihr unheimlicher, dunkler Diener stumm und steif dastand, als handelte es sich um eine Statue.

»Dürfen deine beiden Diener für dich sprechen?« fragte einer von ihnen irritiert.

»Nur der Dicke ist mein Diener«, erwiderte Jimmy tonlos. »Da er die Klappe ja ohnehin nicht halten kann, darf er auch verhandeln.«

Für einige Sekunden spielte der Ingenieur mit dem Gedanken,

seine Waffe zu ziehen und seinem Vierbeiner damit endgültig das Wort abzuschneiden. Mit einem stummen Fluch nahm er sich vor, ihm bei Gelegenheit mal wieder die Flausen auszutreiben. Eine kleine Programmänderung, und die verlauste Töle würde wieder das Bellen lernen. Mal sehen, wie ihm seine kleinen Scherze mit den Vullen dann gelingen würden.

Er war drauf und dran aufzuspringen, um aus der Kneipe zu flüchten.

Doch dann kam ihm ein Gedanke.

»Was für Geschäfte betreiben Sie überhaupt?«

»Wir handeln. Wir besorgen Ihnen alles, was Sie wollen. Alkohol. Ich meine, richtigen Alkohol. Nicht so ein Zeug, wie es hier ausgeschenkt wird. Drogen. Weibchen. Alles was Sie wollen. Wenn Sie unauffällig verschwinden wollen, können wir auch das veranlassen.«

Shanton prustete los. Die Geschichte wurde immer besser. »Weibchen« wollten die Vullen ihm besorgen. Er fragte sich, ob sie dabei an Pudeldamen aus dem Hundesalon dachten. Aber der Gedanke war vulgär.

»Alles, was wir brauchen, ist eine Information. Wir suchen nach den Nomaden, die auf Doron gelandet sind.«

»Nomaden! Nomaden« riefen die hundeähnlichen Wesen erschüttert durcheinander und gerieten auf ihrem Tablett in Bewegung. »Nomaden! Wir wissen nichts von Nomaden.« Entrüstet wandten sie sich an Jimmy: »Dein Diener will uns wohl umbringen. Oder dich. Wenn du weiterhin sicher leben willst, solltest du dich von ihm trennen. Such dir einen neuen Diener. Einen, der etwas weniger verwegen ist.«

Mit einem Mal kam Bewegung in den schwarzen Hünen. Mit geschmeidigen Bewegungen drehte er sich um und verschwand in den unruhigen Rauchschwaden. Shanton sah eben noch, wie die Vullen sich aneinanderklammerten und wieder zu einem wirren Knäuel wurden. Dann hatte die Kneipe sie verschluckt.

»Eigentlich ein guter Rat!« rief Jimmy ihnen nach. »Ich werde darüber nachdenken!«

»Und ich denke, wir sollten hier verschwinden«, schlug Chris Shanton vor. »Am besten zur POINT OF.« Dieses Intermezzo hatte ihm gereicht. Selbst wenn urplötzlich ein spendabler Geist mit einer Flasche feinsten Cognacs auftauchen sollte, hielt ihn nichts mehr zurück. Er hatte die Nase gestrichen voll.

Beim Hinausgehen trat er nach seinem Vierbeiner, jedoch ohne ihn zu erwischen.

»Und du kannst dich auf einen netten Abend gefaßt machen«, zischte er drohend.

Doch innerlich grinste er sich einen zusammen.

Genau für diese Art von Späßen hatte er seinen vierbeinigen Freund nämlich geschaffen.

*

Chris Shanton und Ralf Larsen waren nicht die einzigen, die einen Abstecher von der POINT OF machten.

Auch andere Mitglieder der Besatzung hatten den Ringraumer verlassen, um sich, wie Dan Riker es ausgedrückt hatte, die Beine zu vertreten. Die Ausflügler waren vorab über die besonderen Gegebenheiten auf Doron informiert worden. Zwar sollten sie ausspannen, doch Ren Dhark hatte sich größte Zurückhaltung ausgebeten. Seine Leute sollten die Augen offenhalten und dafür sorgen, daß es zu keinen Verwicklungen mit der Bevölkerung des Planeten kam.

Die Warnung war eindringlich gewesen, und Dhark kannte die Mitglieder seiner Mannschaft. Er wußte, daß er sich auf sie verlassen konnte. Wenn es Streit geben sollte, würden sie sich diskret zurückziehen.

Zudem waren alle Freigänger ständig erreichbar. Vielleicht würde eine Situation eintreten, die einen raschen Start nötig machte. Dann mußte eine schnelle Einschiffung gewährleistet sein.

Der Commander selbst war an Bord geblieben, obwohl Joan

Gipsy ihn gedrängt hatte, ebenfalls einen Ausflug zu unternehmen. Einmal mehr hatte er sie abweisen müssen, was sie mit Verärgerung quittiert hatte. Sie verstand nicht, daß er sich nicht die gleichen Freiheiten zugestand, die er seiner Mannschaft gewährte. Daß er nicht automatisch abschalten konnte, wenn die anderen es taten. Denn auch dann gab es noch Dinge zu erledigen, die nur er tun konnte.

Vielleicht *wollte* sie das auch nicht verstehen, aber dann konnte Ren ihr nicht helfen.

Daß ihn trotzdem wieder ein schlechtes Gewissen beschlich, weil er sich nicht so um seine Freundin kümmern konnte, wie sie es verdient hatte, war ein Problem, mit dem er allein fertigwerden mußte.

»Jeden Tag landen Raumschiffe auf Doron, deren Besatzungen nicht gefunden werden wollen. Auf solche Fälle sind wir spezialisiert. Wir finden sie alle.«

Der Translator übersetzte die melodiösen Worte, die klangen wie das gleichzeitige Zwitschern mehrerer Vögel, die sich in ihrem Gesang gegenseitig zu übertönen versuchten.

Aufmerksam musterte Ren Dhark den Detektiv, der sich ihnen als Tuy Czen vorgestellt hatte.

Er entstammte dem Volk der Yactschen.

Gemeinsam mit Shodonn saßen sie in einem kleinen Konferenzraum der POINT OF. Er hatte es dem Galoaner überlassen, Tuy Czen über ihr Anliegen zu unterrichten, der sich keineswegs überrascht zeigte. Tatsächlich schien es sich bei der Suche nach bestimmten Zielpersonen für ihn um Routine zu handeln. Ren vermochte nicht abzuschätzen, ob das wirklich so war oder ob der Detektiv sich bloß in einem guten Licht darstellen wollte.

»Uns ist daran gelegen, daß die Nomaden nicht erfahren, daß wir nach ihnen suchen.«

»Die Nomaden. Das ist interessant. Clevere Burschen, die sich zu verstecken wissen. Auch ohne Nachforschungen kann ich Ihnen sagen, daß sie nicht in der Hauptstadt Lussak gelandet sind. Sonst hätte sich ihre Ankunft bereits herumgesprochen.«

Der Yactsche war entfernt humanoid. Er war an die zwei Meter groß und von erstaunlich dürrer Gestalt, die den Anschein erweckte, beim kleinsten Windstoß in der Mitte zerbrechen zu können. Er verfügte über je ein Arm- und ein Beinpaar. Seine grazilen Hände besaßen sechs lange, dünne Finger, die in ständiger Bewegung waren, als versuchten sie nach etwas zu greifen. Der völlig kahle Kopf war im Vergleich zum Körper überproportional groß, beinahe massig, und saß auf einem kurzen, wuchtigen Hals, dessen einzelne Sehnenstränge deutlich hervortraten. Winzige Knopfaugen blickten aus einem konturlosen Gesicht mit zwei kaum wahrnehmbaren Öffnungen, die vermutlich das Pendant zu einer menschlichen Nase darstellten. Der breite Mund war schmal und lippenlos.

Das bizarrste an Tuy Czen aber war seine blasse Haut. Sie war wie uraltes, verblichenes Pergament über sämtliche sichtbaren Stellen seines Körpers gespannt.

»Wäre die Sache so einfach, müßten wir Ihre Dienste nicht in Anspruch nehmen«, hielt ihm Shodonn entgegen. »Tatsächlich wissen wir nicht einmal sicher, ob die Nomaden wirklich auf Doron gelandet sind. Wir können es nur vermuten. Die zusätzlich in Aussicht gestellte Prämie zahlen wir auch nur im Falle eines Erfolgs.«

»Ich werde sie schon finden. Egal wo auf Doron sie sich aufhalten, unser Informationsnetz ist dicht gewebt. Ich vermute, daß die ersten Daten bereits erfaßt wurden, als sie im Odassu-System aufgetaucht sind.« Er stieß einen langgezogenen, beinahe gequält klingenden Ton aus, der Dhark unwillkürlich an ein menschliches Seufzen erinnerte.

»Sie scheinen darüber aber nicht begeistert zu sein.«

Der Yactsche schwieg einige Sekunden.

Schließlich erwiderte er: »Sie haben recht. Wir haben das Sammeln von Daten perfektioniert, und zumeist hilft uns das, unsere Fälle zu lösen. Doch manchmal hinterfrage ich den Sinn unseres

Systems. Verstehen Sie mich nicht falsch, es ist effizient und bietet hervorragende Lösungsansätze. Aber einst muß der Beruf des Detektivs ein anderer gewesen sein. Ich weiß das aus Holospielen, mit denen ich mich hin und wieder vergnüge. Da wird noch richtig ermittelt, das heißt, ein Detektiv muß noch hinaus auf die Straße und sich seine Informationen selbst besorgen. Ich habe nur noch selten Gelegenheit dazu, meistens sitze ich vor meinen Datenverarbeitungssystemen und arbeite am Bildschirm. Ich hoffe, daß mir Ihre Suche die Möglichkeit gibt, das ein wenig zu ändern.«

Ren war beinahe amüsiert von Tuy Czens Worten. Sie erinnerten ihn ebenfalls an etwas. An alte Filme, die er von Terra kannte. Wenn der Yactsche einen Streifen mit Humphrey Bogart sehen könnte, wäre er vermutlich begeistert, wenn er die Klagen richtig verstand. Bogey mußte so etwas wie sein Ideal darstellen.

»Entschuldigen Sie«, fuhr Tuy Czen fort, der das eingetretene Schweigen falsch verstand. »Das ist nicht Ihr Problem. Sie wissen wahrscheinlich überhaupt nicht, wovon ich spreche. Sie haben ein anderes Problem, und ich werde es für Sie lösen.«

In den konturlosen Zügen regte sich kein Muskel. Über eine Art Mimik schien der Yactsche nicht zu verfügen. Seine Züge waren starr, wie aus Stein gemeißelt. Ren fragte sich, ob er sich dermaßen unter Kontrolle hatte oder ob das bei allen Vertretern seines Volkes ein angeborenes, natürliches Phänomen war.

Eine andere Frage drängte sich ihm auf.

Bisher war den Menschen bei allen Völkern, auf die sie in Drakhon getroffen waren, eines klar geworden. Sie alle verfügten über unterschiedliche Parafähigkeiten. Am gravierendsten hatte sich das bei den Shirs gezeigt, die der Besatzung der POINT OF völlig falsche Bilder vorgegaukelt hatten. Die spezielle Gabe der Nomaden hingegen war, daß sie sämtlichen anderen Parafähigkeiten in Drakhon gegenüber resistent waren. Das war neben ihrem aggressiven Auftreten ein weiterer Grund, warum sie überall gefürchtet wurden. Auf parapsychischem Weg war ihnen nicht beizukommen.

Über welche Gabe verfügten die Yactschen?

Dhark fragte den Detektiv geradeheraus.

Shodonn gab ihm die Antwort.

»Tuy Czen ist ein Tarner. Er kann sich zwar nicht unsichtbar machen, aber so mit der Umgebung verschmelzen, daß man ihn praktisch übersieht.«

Als er sich wieder dem Yactschen zuwandte, war der verschwunden.

Unwillkürlich fuhr Ren Dhark aus seinem Sitz hoch und sah sich um, dann ließ er sich wieder fallen. Er kniff die Augen zusammen und betrachtete blinzelnd den Stuhl auf der anderen Seite des Tischs.

Nein, er war nicht leer.

Ren hatte sich hinters Licht führen lassen.

Jetzt erkannte er, daß Tuy Czen noch immer an seinem Platz saß. Er wendete lediglich seine Parafähigkeit an.

Als Ren das erkannte, bemerkte er auch die schwachen Umrisse, durchsichtig beinahe, die den dürren Körper begrenzten. Zwar konnte er durch ihn hindurchsehen und erkannte die jenseitige Wand, doch sie war verschwommen. Wie hinter einem wabernden Nebel versteckt, der unruhig flimmerte. Als er sich eine Weile auf sein Gegenüber konzentrierte, gelang es ihm, den Yactschen wieder in seiner Ganzheit wahrzunehmen. Dennoch blieb der verwischt, als befände er sich nicht wirklich in diesem Raum. So als sei er ein diffuser Abdruck seiner selbst, ein Schemen. Ein Phantom, das sich hier eingeschlichen hatte, um zu spionieren.

Dann begann sich das Phänomen wieder zurückzubilden.

Ren nickte dem Galoaner zu. Eine nützliche Befähigung. Besonders für einen Detektiv, der in der Anonymität arbeiten mußte.

Augenblicke später saß ihm wieder Tuy Czen gegenüber, so wie er ihn zuerst gesehen hatte. Dessen starres Gesicht war unverändert. Dennoch klang so etwas wie Belustigung aus seinen Worten.

»Nur eine kleine Demonstration«, entschuldigte er sich. »Damit Sie die Fähigkeiten erkennen, mit denen ich dienen kann.«

Ren nickte schwach. Auf diese Weise konnte sich der Yactsche mühelos Zutritt zu Orten verschaffen, an denen andere Ermittler aufgefallen wären. Nur wenn man wußte, daß er da war und sich mit wachen Sinnen auf ihn konzentrierte, stellte man seine Gegenwart fest. Daß der an Bord installierte Parafeldabschirmer diese Demonstration nicht unterbunden hatte, machte deutlich, daß die Apparatur der Nogk nur vor Beeinflussungen von außen wirksam schützte.

Shodonns Worte waren nicht übertrieben. Tuy Czen konnte sich nicht unsichtbar machen, doch seine Fähigkeit war nicht weit davon entfernt. Gegen die Art und Weise, wie er mit seiner Umgebung verschmolz, waren die Fähigkeiten irdischer Chamäleons unbeholfene Versuche.

Aber Tuy Czens kleine Demonstration erweckte auch Ren Dharks Mißtrauen. Nicht auszudenken, wenn es einem Yactschen gelang, sich an Bord der POINT OF zu schmuggeln, um Daten zu sammeln, die ihn nichts angingen!

Tuy Czen machte Anstalten, sich zu erheben.

»Da ist noch etwas«, hielt ihn Ren zurück. »Sie werden die Nomaden für uns suchen, aber das ist nur eine Sache. Wichtiger für uns ist ein Flugobjekt, das sich in ihren Händen befindet.«

»Ein Flugobjekt? Ich verstehe«, folgerte die dürre Gestalt blitzschnell. »Es geht Ihnen nicht um die Nomaden. Es geht um dieses Flugobjekt. Was hat es damit auf sich?«

Ren überlegte, wieviel er dem Detektiv erzählen sollte. Er konnte seinem Gegenüber nicht verdenken, daß er neugierig war. Das lag an seinem Beruf. Er beschloß, sich auf das Notwendigste zu beschränken.

»Es ist ein Beiboot, das möglicherweise hervorragend getarnt ist.«

Eine direkte Wesensverwandtschaft zu dem Yactschen, ging es ihm durch den Sinn.

Er konnte nur hoffen, daß Tuy Czen nicht ebenso verschwand, falls er bei seiner Suche Erfolg haben sollte. Kaum hatte der Detektiv das Schiff verlassen, gab Ren Dhark Anweisung, daß die Abschirmreifen ab sofort auch an Bord getragen werden mußten. Dieser Befehl galt auch für die MAYHEM und blieb in Kraft, bis man Doron wieder verließ.

*

Rings um ihn herum waren Rechnerterminals angeordnet. Der Raum wurde von einer kleinen Lampe und verschiedenen Monitoren nur spärlich erhellt.

Natürlich hatte Tuy Czen keinen direkten Zugriff auf die Speicherbänke, die ihn interessierten. Doch man konnte auch über Umwege ans Ziel kommen. Er hatte einen in seinem Sold stehenden Mittelsmann in der Raumhafenbehörde kontaktiert, der ihm schon öfter hilfreiche Dienste geleistet hatte. Der hatte ihm mit einem häufig wechselnden Paßwort einen Kanal freigeschaltet, der bei den Räten für Anfragen auf dem kleinen Dienstweg eingerichtet war. Das bedeutete, daß die betreffende Anfrage auch nicht verzeichnet wurde und später keine Protokolle existierten.

Auf diesem Weg bereitete es dem Yactschen keine Mühe, sich direkt ins Herz der Behörde zu hacken.

Die Nomaden waren wirklich keine Dummköpfe. Sie hatten ihre Schiffe über den ganzen Planeten verteilt. Dabei hatten sie Landefelder bevorzugt, die zu keinen größeren Raumhäfen gehörten. Niemand würde die in Drakhon gefürchteten Kreuzraumer dort durch einen Zufall entdecken. Es dauerte nicht lange, bis er alle zwölf Raumer lokalisiert hatte.

Er steuerte die Überwachungseinrichtungen der jeweiligen Raumhäfen an und ließ sich die Außenbeobachtungen auf seinen Monitoren zeigen.

Die meisten der Nomadenraumer waren mehr oder weniger stark beschädigt. Emsige Reparaturarbeiten ließen sich an den Außenhüllen erkennen. Im Innern der Schiffe sah es vermutlich nicht anders aus. In dieser Lage waren die Kreuzraumer nicht verteidigungsbereit. Tuy Czen kam der Gedanke, daß sie ein leichtes Ziel darstellten, falls seine Auftraggeber auf die Idee kamen, sie anzugreifen. Schließlich hatten sie ihn über ihre wahren Motive im Unklaren gelassen. Andererseits waren sie in Begleitung eines Galoaners, und der würde nicht erlauben, daß sie gegen die Regeln einer Freizone verstießen.

Er betrachtete die Bilder noch eine Weile, um möglichst viele Informationen zu erhalten. Doch er gewann nicht den Eindruck, daß die Nomaden anderes im Sinn hatten als die Reparatur ihrer Schiffe.

Damit würden seine Auftraggeber zufrieden sein.

Er hatte schnell und effizient gearbeitet, und eigentlich war der Aufwand, den er betreiben mußte, nicht der Rede wert. Beinahe handelte es sich schon um einen Freundschaftsdienst. Der Galoaner hatte weit mehr bezahlt, als Tuy Czens Dienste wert waren, doch darüber machte sich der Yactsche kein Kopfzerbrechen.

Er wollte die Verbindung bereits wieder unterbrechen, als er ein interessantes Detail entdeckte.

An einem der Schiffe öffnete sich unvermittelt eine Schleuse. Tuy Czen beschloß abzuwarten, was geschehen würde. Anscheinend wollten die Nomaden ein Beiboot ausschleusen. Doch er irrte sich. Eine Weile geschah gar nichts, dann schloß sich das Schott wieder.

Der Yactsche war verwirrt.

Das ergab keinen Sinn.

Handelte es sich womöglich um einen Programmfehler, der die sinnlose Aktion initiiert hatte? Oder sollte das Schleusenschott überprüft werden, weil es ebenfalls beschädigt war?

Doch niemand nahm Notiz von dem Vorgang. Kein Arbeiter hielt sich in der Nähe auf.

Möglicherweise handelte es sich um eine Belanglosigkeit, die keine Beachtung verdiente. Aber Tuy Czens feine Spürnase sagte ihm etwas anderes. Seine detektivischen Schlußfolgerungen deuteten auf einen Sinn hinter dieser Aktion. Ren Dhark von dem Ringraumer hatte doch von einem möglicherweise getarnten Beiboot gesprochen.

Tuy Czen mußte nur eins und eins zusammenzählen.

Er war sicher, daß er eben einen eindeutigen Hinweis auf dieses ominöse Boot erhalten hatte. Wenn ihn sein Verstand nicht trog, war es gestartet. Doch wohin wollte es?

Das war es, was seine Auftraggeber interessierte.

Er dachte an die ausgelobte Zusatzprämie und faßte den Entschluß, mit seiner geplanten Berichterstattung noch zu warten.

Rasch ermittelte er die Koordinaten des Raumhafens. Wenn er mehr erfahren wollte, dann nur vor Ort. Es handelte sich um einen kleinen Hafen, dessen Namen er nie zuvor gehört hatte.

Er klinkte sich aus der illegalen Verbindung aus und verwischte sämtliche elektronischen Spuren. Niemand würde seine vorübergehende Anwesenheit bemerken.

Dann stürmte er aus seinem Büro und war schon kurz darauf auf dem Weg zu dem ermittelten Landefeld. Es war in Dunkelheit gehüllt und beinahe verlassen. Nur der Kreuzraumer war in das Licht starker Scheinwerfer getaucht. Er sah einige Nomaden, die von doronischen Reparaturtrupps bei ihren Arbeiten unterstützt wurden. Daß die Tätigkeiten auch in der Nacht nicht eingestellt wurden, deutete darauf hin, daß die Nomaden es eilig hatten. Vielleicht ahnten sie, daß sie verfolgt wurden, und wollten deshalb möglichst rasch ihre volle Einsatzfähigkeit zurückhaben.

Um keine Aufmerksamkeit zu erregen, landete Tuy Czen seinen Gleiter ein Stück abseits, wo er von dem Kreuzraumer aus nicht einzusehen war. Eine Weile beobachtete er aus dem Dunkel heraus das Treiben am Schiff der Nomaden. Er spielte mit dem Gedanken, sich im Schutz seiner Tarnung zu ihnen zu gesellen, um sie zu belauschen. Dann warf er einen Blick zu dem unscheinbaren Kontrollturm, der wahrscheinlich die aussichtsreichere Alternative darstellte.

Wenn die Nomaden arbeiteten, unterhielten sie sich dabei kaum über Dinge, die ihn interessierten. Er schätzte seine Chancen größer ein, wenn sie sich amüsierten. In der Hoffnung, daß sie nicht alle an Bord geblieben waren, sondern daß einige von ihnen Freigang hatten, überquerte er das Landefeld und steuerte den Turm an. Das Gelände war verlassen, niemand begegnete ihm.

Kurz darauf stand er vor einem langgezogenen, flachen Gebäude, das zu Füßen des Turms lag. Er hatte sich nicht geirrt. Selbst der hinwäldlerischste Landeplatz besaß ein Kasino, in dem die Schiffsbesatzungen ihr Geld und ihre Kristalle lassen konnten.

Er ging zu einem Fenster und verharrte. Lichtschein, Musik und Fetzen von Stimmen drangen heraus. Rasch warf er einen Blick ins Innere.

Nomaden! Jedenfalls zwei von ihnen.

Tuy Czen beglückwünschte sich zu seiner Entscheidung. Nun konnte er nur noch hoffen, daß sie ihm unbeabsichtigt erzählten, was er wissen wollte. Ansonsten würde er sein Glück doch noch bei ihrem Raumschiff versuchen müssen. Er lief zum Eingang und wartete. Längst bediente er sich seiner Tarnfähigkeit. Sollte ihm jemand begegnen, würde er ihn kaum bemerken, wenn er nicht mit einem Yactschen an diesem Ort rechnete und deshalb besondere Ausschau danach hielt. Er hatte Glück und brauchte nicht lange zu warten. Von innen wurde die Tür aufgestoßen und ein stark angetrunkener Karellaner torkelte ins Freie.

Tuy Czen nutzte die Gelegenheit, ins Innere des Kasinos zu huschen.

Hätte zufällig jemand einen Blick zur Tür geworfen, wenn er sie selbst geöffnet hätte, hätte er sich gewundert, wieso sie aufgegangen war und niemand eintrat. Übervorsichtige Gemüter hätten dann auf die Anwesenheit eines Yactschen schließen können. So aber wurde er nicht registriert, als er sich an der Wand entlangdrückte und die Räumlichkeiten in sich aufnahm.

Das in dämmerigem Licht gehaltene Kasino bestand aus einem großen Raum, der mit heruntergekommenen Sitzgruppen bestückt war. Vor einer langgezogenen Theke saßen Vertreter der unterschiedlichsten Völker, obwohl er draußen kaum gelandete Schiffe gesehen hatte. Wahrscheinlich waren die Barfliegen irgendwann auf Doron gelandet und hier hängengeblieben. Das ging jedes Jahr Tausenden von Flüchtlingen so, deren Träume vom einfachen Geld sich in düsteren Raumhafenkaschemmen im Alkohol auflösten. Hier war es nicht anders.

Unter dem dichten Klangteppich der Musik gelang es ihm, die Melange der unterschiedlichsten Stimmen zu unterscheiden. Manche der vertretenen Völker kannte Tuy Czen, andere nicht.

Aber die beiden Nomaden waren unverkennbar.

Sie hatten sich in eine Nische zurückgezogen. Laut drangen ihre Stimmen zu ihm herüber. Anscheinend hatten sie dem Alkohol bereits reichlich zugesprochen, und ihnen war nicht daran gelegen, Rücksicht auf andere zu nehmen. Sie schienen aufgebracht und ließen erkennen, daß sie sich in Rage geredet hatten.

Dem Detektiv konnte das nur recht sein.

Alkohol machte redselig, und der Zorn tat ein Zusätzliches.

Hinter dem Rücken der Trinker schlich er zur jenseitigen Wand hinüber. Keiner der Anwesenden achtete auf die durchscheinende Gestalt, auch nicht der Wirt, der genau in seine Richtung schaute. Er starrte einige Sekunden auf einen imaginären Punkt in der Luft, als hätte er eine Vision, aber dann wandte er sich ab und widmete sich wieder dem Polieren seiner Gläser.

Tuy Czen drückte sich hinter einen Vorhang. Von dort aus konnte er jedes Wort der Nomaden verstehen. Eine Zeitlang unterhielten sie sich über Nichtigkeiten, die ihm nicht weiterhalfen. Immerhin konnte er daraus schließen, daß sie eigentlich für die Reparaturen abgestellt waren und sich heimlich verdrückt hatten.

»Wir müssen das Schiff reparieren, und Pakk Raff nutzt den Aufenthalt auf Doron für einen Urlaub«, platzte es irgendwann aus einem von beiden heraus.

Der andere zischte ihm zu: »Nicht so laut! Willst du, daß unser großer Rudelführer das hört? Du weißt, was dir dann bevorsteht.«

»Ach, was. Raff vergnügt sich im Bergschloß mit seinen drei Frauen, und wir sind die Dummen. Du kennst doch auch die Gerüchte über den sagenhaften Luxus, über den das Berganwesen angeblich verfügt.«

»Alles übertrieben, sage ich dir. Außerdem ist Pakk Raff nun mal der oberste Rudelführer. Keiner hindert dich daran, ihm seine Position streitig zu machen und sie ihm im Zweikampf zu entreißen. Ich kann es ihm ja mal vorschlagen.«

Augenblicklich wurde der andere Nomade kleinlaut. »Mal langsam. So habe ich das doch nicht gemeint. Wir alle erkennen Pakk Raff an, ich sowieso. Aber ein bißchen Spaß und Erholung könnte er uns auch gönnen.«

»Unseren Spaß werden wir schon noch kriegen, wenn unsere Schiffe wieder einsatzbereit sind. Wenn es Priff Dozz gelingt, die Tarntechnologie der Rahim zu entschlüsseln, wird der Spaß gar kein Ende mehr nehmen. Aber jetzt sollten wir zurückgehen, bevor unser kleiner Abstecher auffällt.«

Eilig zog sich Tuy Czen zurück.

Er wartete, bis die beiden Nomaden gezahlt hatten und das Kasino verließen und schloß sich ihnen kurzerhand an. Auch jetzt bemerkten sie ihn nicht. Draußen wartete er, bis sie sich in der Dunkelheit entfernt hatten, dann lief er zu seinem Gleiter hinüber.

Nun konnte er seine Auftraggeber aufsuchen. Die Sache war klar, und seine Prämie hatte er sich redlich verdient.

Als er beobachtet hatte, wie sich das Schott des Balkenschiffs geöffnet hatte, mußte tatsächlich das getarnte Boot ausgeschleust haben. Zweifellos hatte dieser Pakk Raff es zu dem ominösen Bergschloß gebracht, von dem die beiden Nomaden gesprochen hatten. Dort versuchten sie hinter das Geheimnis der Tarntechnik zu kommen.

Tuy Czen war klar, was das bedeutete. Wenn die Nomaden damit Erfolg hatten, würden sie über kurz oder lang all ihre Schiffe auf diese Weise tarnen. Niemand würde sich dann mehr gegen sie wehren können. Er traute ihnen sogar zu, daß sie dann mit den Regeln der Freizonen brachen.

Also durften sie keinen Erfolg haben.

Sein Gleiter war kaum in der Luft, als er eine Verbindung zu seinem Büro herstellte.

»Ich brauche so schnell wie möglich eine Information«, forderte er. »Ich muß wissen, ob auf Doron Liegenschaften der Nomaden verzeichnet sind. Vermutlich in den Bergen oder einem unzugänglichen Gelände. Sie erreichen mich unterwegs.«

Er unterbrach die Verbindung und raste der Hauptstadt entgegen. Sein Ziel war das wuchtige galoanische Zylinderschiff, das er aufgrund seiner Bauweise für viel mächtiger als die beiden grazilen Ringraumer hielt.

Tuy Czen ahnte nicht, wie sehr er sich irrte.

Aber das war für ihn auch unerheblich.

Unverzüglich machte er sich auf den Weg zu seinen Auftraggebern, um ihnen Bericht zu erstatten.

*

»Dann haben wir uns nicht geirrt«, sagte Ren Dhark, nachdem der Yactsche geendet hatte. »Den Nomaden darf ihr Plan auf keinen Fall gelingen.«

Mit zunehmender Unruhe hatte er dem Bericht des Detektivs gelauscht. Alles in ihm drängte danach, sofort loszuschlagen. Doch solange sie nicht wußten, wo die Nomaden untergekommen waren, waren ihnen die Hände gebunden. Er spielte mit dem Gedanken, Tuy Czen noch einmal loszuschicken, doch ein zweites Mal würde der Yactsche vermutlich nicht das Glück haben, auf redselige, versprengte Nomaden zu treffen, die ihm ihre Geheimnisse auf die Nase banden.

Shodonn machte einen betretenen Eindruck. Oder besser, Rhaklan, machte Ren sich klar, der Wirt des Nareidumsmitglieds aus dem Bund der Weisen Toten.

»Es ist so schlimm, wie wir befürchtet haben. Dhark, nun brauche ich Ihre Hilfe erst recht. Sie wissen, was geschieht, wenn die Nomaden mit ihren Untersuchungen Erfolg haben.«

Ren wußte es. Doch er fühlte sich hilflos. Der Detektiv hatte einiges herausgefunden, aber die wichtigste Information war ihm versagt geblieben.

In diesem Moment erhielt Tuy Czen einen Anruf. Er kam direkt aus seinem Büro.

»Wir haben es«, verkündete er. »Die Nomaden besitzen tatsächlich ein Anwesen auf Doron. Wie wir bereits vermutet haben, ist es in den Bergen versteckt.« Er aktivierte eine elektronische Landkarte, auf der er eine Markierung vornahm. »Hier halten sie sich auf.«

Ren fiel ein Stein vom Herzen. Endlich konnten sie aktiv werden.

»Wir sollten ihnen so bald wie möglich einen Besuch abstatten. Wenn sie erst einen umfassenden Einblick in die Technik der Geheimnisvollen bekommen haben, könnte es zu spät sein«, kam ihm Shodonn zuvor. »Selbst wenn wir ihnen das Rettungsboot dann noch wegnehmen, könnte vielleicht ein findiger Kopf der Nomaden die elementaren Grundlagen der Tarntechnologie rekapitulieren. Dieses Risiko dürfen wir nicht eingehen.«

Dhark stimmte ihm zu.

Sie verabschiedeten den Detektiv, nachdem er seine zusätzliche Prämie erhalten hatte, und überspielten die Landkarte an die Suprasensoren der Ringraumer und den Hauptrechner des Zylinderschiffes.

»Ich sehe nur einen Weg, keine Zeit zu verlieren«, schlug Ren vor. »Wir setzen unverzüglich die POINT OF und die MAYHEM in Bewegung. Wenn wir einen Frontalangriff fliegen, werden die Nomaden so überrascht sein, daß ihnen keine Gelegenheit zu Gegenmaßnahmen bleibt.«

Eigentlich war er nicht für diese Art von Cowboydiplomatie, doch jede Stunde, die sie verstreichen ließen, konnte den Erfolg der Nomaden bedeuten. Deshalb war er überrascht, daß der Galoaner ihm energisch widersprach.

»Ich muß Sie dringend warnen. Vergessen Sie nicht, wo wir

sind. In einer Freizone, und auf Doron haben sich die Nomaden nichts zuschulden kommen lassen. Es gibt also keine Handhabe, gegen sie vorzugehen. Doch selbst wenn dem so wäre, dürften wir das nicht selbst tun, sondern müßten uns an die verantwortlichen Räte wenden. Nur sie dürfen eine solche Entscheidung treffen.«

»Aber dann kann es zu spät sein. Sie sagten selbst, daß illegales Vorgehen auf Doron zumeist ignoriert wird, wenn man es zu kaschieren versteht. Bliebe uns mehr Zeit, würde ich vorschlagen, eine Option zu wählen, die Sie bereits Dan Riker gegenüber angesprochen haben. Nämlich die Räte zu bestechen. Doch diese Zeit haben wir nicht. Wir müssen auf eigene Faust aktiv werden.«

»Auf keinen Fall!« Diese Bestimmtheit hatte der Commander der Planeten bislang noch nicht von dem Galoaner vernommen. »Wenn sich die verschiedenen Gruppierungen auf Doron untereinander so verhalten, wird schon mal darüber hinweggesehen. Doch Sie sind Fremde hier, Dhark, die unter besonderer Beobachtung stehen. Man redet schon über Ihre mächtigen Ringraumer in unserer Galaxis. Auch auf uns Galoaner ist man hier nicht besonders gut zu sprechen. Wenn wir auf Doron den Rechtsfrieden stören, werdet ihr Menschen in ganz Drakhon zu Aussätzigen. Begreifen Sie doch, man wird Sie auf keiner einzigen unserer Welten mehr willkommen heißen. Wir müssen subtiler vorgehen.«

Ren nickte nachdenklich. Auch wenn er mit dem hiesigen sogenannten »Rechtsfrieden« nichts anfangen konnte, mußte er sich doch auf Shodonns Worte verlassen. Ihnen war nicht gedient, wenn sie in Drakhon als Geächtete dastanden. Niemand würde ihnen dann mehr helfen, und er konnte sich noch nicht ausmalen, wieviel Hilfe sie am Ende noch brauchen würden.

»Was schlagen Sie also vor?«

»Ich weiß es nicht, Dhark. Ich muß ehrlich sein und eingestehen, daß ich keinen brauchbaren Vorschlag zu machen habe.«

»Dann mache ich einen.« Je länger Ren darüber nachdachte, desto mehr kam er zu dem Schluß, daß ihnen nur eine Möglichkeit blieb. »Wir benutzen Flash.«

»Ihre Beiboote?«

»Sie sind flink, wendig und können autark agieren. Die Flash verfügen über besondere Fähigkeiten. Im Schutz ihres Intervallums können sie mehrere hundert Kilometer vom Anwesen der Nomaden entfernt in den Boden eindringen und sich durch die planetare Kruste bis zu den genauen Koordinaten des nomadischen Bergschlosses bewegen. Auf diese Weise können die Flash auf keinen Fall angemessen werden, der Überraschungseffekt bleibt also auf unserer Seite.«

In groben Zügen erklärte er Shodonn die Grundlagen des künstlichen Miniaturuniversums. Er hatte keinerlei Bedenken, dem galoanischen Wissenschaftler diese Fakten anzuvertrauen. Shodonn zeigte sich beeindruckt.

»Ein guter Plan«, stimmte er schließlich zu. »Ich glaube, auf diesem Weg kann es uns gelingen, das Rahim-Beiboot in unsere Gewalt zu bekommen. Zumindest erregen wir so kein großes Aufsehen. Und falls die Nomaden sich mit einer Beschwerde an die Räte wenden, gebe ich ihnen keine großen Aussichten auf Erfolg.«

Keine zehn Minuten später hatte Ren Dhark den Einsatzbefehl an die Flash gegeben.

12.

Ein neun Mann starkes Polizeikommando der Tel betrat das Hotel, das die terranische Botschaftsdelegation komplett angemietet hatte. Vom Botschaftspersonal befand sich niemand mehr im Haus. Auch die Hotelangestellten hatten das Gebäude verlassen.

Ruhig und auf alles gefaßt saß Ömer Giray in seinem Büro im Tiefgeschoß vor seinem Suprasensor, der mit dem im obersten Stockwerk befindlichen zentralen Suprasensor der Botschaft verbunden war. Giray hatte somit nicht nur Zugriff auf zahlreiche GSO-Daten, er kontrollierte auch die installierten Überwachungsleitungen.

Trotz des gefährlichen Auftrags zeigten die Tel keine Angst. Unerschrocken begannen sie, die Hotelhalle nach verborgenen Sprengkörpern abzusuchen. Mehrere Tel verließen die Halle über verschiedene Ausgänge und Treppenaufgänge, so daß Ömer Schwierigkeiten hatte, sie im Blickfeld der Kameras zu behalten. Leider verfügte er bloß über einen Holoschirm, der glücklicherweise in mehrere Abschnitte unterteilbar war.

Einen der Tel zoomte Ömer näher heran. Hatte er sich getäuscht oder…?

Exakt in dieser Sekunde brach das Überwachungssystem zusammen.

Weißer Hintergrund und vordergründiges »Schneegestöber« – sonst war nichts mehr in der Holographie zu erkennen. Und nichts deutete darauf hin, daß sich in absehbarer Zeit daran etwas ändern würde.

Es sei denn…

*

Jorge Pinheiro hatte offen zugegeben, mit der Technik auf Kriegsfuß zu stehen. »Als ich Sie vorhin an der Hotel-Überwachungsanlage hantieren sah, fragte ich mich unwillkürlich: Was macht er da?« hatte er anerkennend zu Ömer gesagt, als er sich in dessen Büro aufgehalten hatte.

Ömer reagierte auf Lob jedweder Art bescheiden, schließlich wußte er selbst, wie gut er war. Für das an der Überwachungsanlage vollbrachte Meisterstück hätte sich ein prahlerisch veranlagter Mensch in aller Öffentlichkeit auf die Schulter klopfen lassen – der zur Verschwiegenheit verpflichtete Geheimagent begnügte sich mit stiller Schadenfreude.

Wer auch immer in diesem Augenblick die Leitungen mittels Störsender funktechnisch sabotierte, er rechnete sicherlich nicht damit, daß ihm die GSO längst einen Schritt voraus war. Ömer schaltete die von ihm präparierte Anlage auf eine exotische Frequenz um und bekam wieder Bilder.

Erneut zoomte er den verdächtigen Tel heran.

Er hatte sich nicht getäuscht. Owo Gbagbo hatte sich unter das Suchkommando gemischt, und er war bestimmt nicht hier, um die imaginäre Bombe zu entschärfen.

Giray überprüfte den linken oberen Knopf an seiner Weste. Wieso aktivierte sich der Empfänger nicht? Der Afrikaner war nahe genug. Hatte er den winzigen dreieckigen Sender an seinem Pullover entdeckt und entfernt?

Als die Truppe ins Hotel gekommen war, hatte sich Ömer gefragt, ob für dieses gefährliche Kommando ausschließlich Roboter eingesetzt wurden. Nun wußte er, daß er es mit lebenden Tel zu tun hatte. Gbagbo war mit Sicherheit kein Maschinenwesen – und die übrigen Mitglieder des Suchtrupps suchten zum Teil derart lässig, daß man annehmen konnte, sie nähmen die ganze Angelegenheit nicht ernst genug.

Der GSO-Agent konzentrierte sich auf den »Schwarzen Schwarzen«. Wie erwartet setzte sich Gbagbo von der Truppe ab und begab sich in die oberste Etage.

Der Eingang zur Suprasensorzentrale war verschlossen. Kein Problem für den bestens ausgebildeten Robonen. Er brauchte kaum mehr als eine halbe Minute, um den Kode des Türschlosses zu knacken.

Kurz darauf stand er vor dem Suprasensor – dem Ziel seiner Wünsche.

Weit kam er nicht. Giray hatte sich entsprechend vorbereitet. Von seinem Büro aus sicherte er den Zentralrechner der Botschaft mit einem Prallfeld ab.

Fluchend zog Gbagbo einen kleinen Sender aus der Tasche. Hektisch suchte er nach der Frequenz zum Abschalten des Energiefeldes. Eile war geboten. Irgendwann würde der Bluff mit der Bombendrohung auffliegen, bis dahin mußte er aus dem Hotel heraus sein – mit so vielen Geheimdaten, wie er beschaffen konnte.

Die GSO war ihm auf die Schliche gekommen, soviel stand für ihn fest. Ihm und Vankko Clos Vlc, Chefinformatiker Klut Kahr sowie dem Wer der Flotte Bol Gnun, der treibenden Kraft innerhalb der Verschwörergemeinschaft. Aber über wie viele Informationen verfügte der verhaßte Feind? Kannte der Vank inzwischen den ganzen Plan? Oder beschränkte man sich bisher lediglich auf Mutmaßungen?

Von seinem Büro aus konnte Ömer nichts mehr unternehmen. Jetzt mußte er an den Ort des Geschehens – auf direktem Weg, ohne von den Tel gesehen zu werden.

Nebenan im Privatquartier gab es einen Zustieg zu den Luftschächten des Hotels.

Obwohl es darin stockfinster war, brauchte Giray keine Lampe für den Aufstieg. In einer seiner Westentaschen trug er eine Handvoll Kapseln bei sich, die aussahen wie glitzernde Kristalle. Im Inneren der Kristalle befanden sich getrennt voneinander zwei verschiedene Flüssigkeiten. Schüttelte man eine einzelne Kapsel mehrere Sekunden lang schnell und intensiv, verbanden sich die Flüssigkeiten und strahlten für begrenzte Zeit einen Lichtschein aus, nicht zu grell, man kam sich eher wie in einem abgedunkelten Raum vor. Ömer benutzte die Leuchtkristalle vor allem beim Anschleichen, weil sie nicht so verräterisch waren wie der Lichtkegel einer Taschenlampe.

Seine Weste trug er meist offen. Der Gurt, der sich daran befand, hing dann lose herunter. Mit ein paar leichten Handgriffen ließ sich der vermeintliche Zierat zu einem Antigravgürtel umwandeln, einem unentbehrlichen Hilfsmittel, falls mal ein taktischer Rückzug erforderlich war – wenn man also stiftengehen mußte.

Giray schloß den Gürtel, nahm eine Kapsel in die Hand und wollte durch den Luftschachteinstieg klettern. Doch dann kehrte er noch mal um und begab sich zurück ins Büro. Es konnte nichts schaden, sich etwas Beistand zu verschaffen.

Er legte die Kapsel neben dem Suprasensor ab und setzte sich mit Bor Frikk in Verbindung.

Als er wenig später den Leuchtkristall wieder zur Hand nahm, fiel sein Blick zufällig auf die Statue der Tel-Göttin Lary – Saglas Geschenk an den terranischen Botschafter. Dabei stellte er fest, daß die Kapsel dem Kristall am Stirnband der Statue ähnelte.

Ömers kleine graue Zellen begannen zu arbeiten…

*

Owo Gbagbo stand kurz vor dem Ziel. Das schützende Prallfeld auszuschalten war schwierig, aber nicht unmöglich.

Ein Scheppern ließ ihn herumfahren. Ömer Giray hatte das Gitter aus der Verankerung getreten und sprang aus dem Schacht.

Dank des Antigravgürtels, mit dem er durch die Luftkanäle geschwebt war, landete er sanft auf den Füßen. Er schaltete die Funktion des Gurtes ab.

Der Robone griff nach seinem Paraschocker. Blitzschnell schlug ihm der GSO-Agent die Waffe aus der Hand und kickte sie anschließend mit dem Fuß weg. Sie rutschte über den Boden und landete in der Zimmerecke.

Ein Kampf Mann gegen Mann war jetzt unvermeidlich.

Ömer kam die ganze Situation mächtig bekannt vor. Leider wür-

de ihn diesmal kein vorzeitiger Übungsabbruch vor einer Schlägerei bewahren.

In solchen Augenblicken haßte er seinen Job.

Owo Gbagbo zog die Uniformjacke aus. Darunter trug er ein Hemd, das sich über seinen mächtigen Brust- und Armmuskeln spannte.

In der Bar war Ömer nicht aufgefallen, daß der Robone wie ein Kleiderschrank gebaut war. Owos gewaltigen Brustkorb hatte der Pullover gut verborgen – jener Pullover, an dessen Ärmel sich ein winziger dreieckiger Sender befand und der vermutlich in Gbagbos Geheimquartier über einer Stuhllehne oder an einem Bügel oder Haken hing.

Kein Wunder, daß sich der Knopf nicht gemeldet hat, dachte Giray.

Mehr Zeit zum Denken blieb ihm nicht. Mit einem wilden Aufschrei stürzte sich der Afrikaner auf ihn, warf ihn zu Boden und setzte sich mit seinem ganzen Gewicht auf ihn.

Zwei Schraubstöcken gleich umklammerten Owos riesige Hände den Hals des von ihm verabscheuten Widersachers und drückten ihm die Gurgel zu. Ömer blieb die Luft weg. Er versuchte, seinen Gegner mit dem Cyborg-Auge anzuvisieren.

Plötzlich und unerwartet änderte der Farbige seine Taktik. Er ließ Ömers Hals los und packte statt dessen mit beiden Händen seinen Kopf. Dann versuchte er, ihm mittels Drehbewegung das Genick zu brechen.

Giray faltete seine Hände wie zum Gebet. Seine Doppelfaust krachte gegen Gbagbos Kinn, zwischen dessen Armen hindurch. Der Robone verzog vor Schmerz das Gesicht, lockerte den Griff etwas, ließ aber nicht los.

Mit aller Kraft bog Ömer die Arme des Afrikaners auseinander. Endlich konnte er seinen Kopf wieder frei bewegen. Erneut nahm er Gbagbo ins Visier.

Wieder kam der Türke nicht zum Schuß. Owo rammte ihm das linke Knie in die Magengrube. Gleichzeitig ließ er die rechte Faust wie einen Schmiedehammer auf ihn niederkrachen.

Rechtzeitig zog Ömer den Kopf weg. Die massige Faust streifte ihn nur und traf mit voller Wucht den Fußboden.

Giray zog ein Knie an und erwischte Gbagbo an seiner empfindlichsten Stelle. Keine Sekunde zu früh, denn in der linken Hand seines Gegners blitzte ein scharfer Dolch auf.

Bevor der Schlitzer seinem schaurigen Spitznamen alle Ehre machen konnte, aktivierte sein ausersehenes Opfer den Augenparalysator.

Volltreffer!

Mit viel Mühe wälzte Ömer den bewußtlosen Mann von sich herunter. Anschließend richtete er sich auf und betätigte sein Armbandvipho.

Bevor er in den Luftschacht gestiegen war, hatte er Bor Frikk gebeten, mit genügend bewaffneten Leuten zum Hotel zu kommen und sich das Vipho des draußen wartenden Botschafters aushändigen zu lassen. Dadurch war er nun direkt mit dem Geheimdienstchef verbunden. Ömer gab ihm das vereinbarte Angriffssignal.

Frikk und seine Kampftruppe stürmten das Hotel.

Fünf Mann des Bombensuchtrupps leisteten keinen Widerstand. Sie hatten nichts mit der Verschwörung zu tun und waren völlig überrascht.

Drei Tel ergriffen die Flucht. Sie setzten den Lift außer Betrieb und flohen über das Treppenhaus nach oben.

Zwei von Frikks Männern lieferten sich auf der Treppe eine Schießerei mit dem flüchtenden Trio. Die Verschwörer hatten die bessere Schußposition. Ihre Verfolger verließen das Hotel nicht mehr auf eigenen Beinen – man trug sie später auf einer Bahre hinaus, zugedeckt von Kopf bis Fuß.

Völlig sinnlos war der Tod der beiden Männer nicht. Ihre hektisch fliehenden Mörder hatten im Treppenhaus eine Umhängeasche zurückgelassen. Beim Schußwechsel war der Riemen gerissen.

Unbehelligt trafen die drei Tel in der Suprasensorzentrale ein.

Ihre Absicht war, Owo Gbagbo zu warnen und sich zusammen mit ihm in der Zentrale zu verschanzen, bis Hilfe von außen kam.

Ömer Giray sah keine Möglichkeit zur Gegenwehr. Als die Tel ihn erblickten, richteten sie sofort ihre Handfeuerwaffen auf ihn. Er hob die Arme und ergab sich.

Ein Tel beugte sich über den Bewußtlosen.

In diesem Augenblick kam Gbagbo zu sich. Er erfaßte die Situation und gab Befehl, Giray auf der Stelle zu töten.

Während seiner Einsätze war sich Ömer jederzeit bewußt, daß der Tod überall lauerte. GSO-Agenten erreichten selten das Pensionsalter. Allzu früh wollte er allerdings nicht abtreten. Er hoffte, wenigstens seinen fünfzigsten Geburtstag zu erleben.

Diese Hoffnung schien sich nun nicht zu erfüllen. Sein persönliches Erschießungskommando stand schon bereit. Die Tel hatten ihre Waffen auf ihn angelegt, den Finger am Auslöser.

Datum: Februar 2058. Uhrzeit: Tod Ömer Giray minus eine Sekunde.

*

Angeblich spulte sich in der letzten Sekunde vor dem Sterben das gesamte Leben eines Menschen vor seinem inneren Auge ab – sozusagen im Zeitraffer. Ömer sah keine Szenen aus seiner bewegten Vergangenheit vor sich. Nur ein Gesicht. Das Gesicht einer bezaubernden Frau, einer Deutschen.

Ihr Name war Birgit. Vor zehn Jahren hatte er sich unsterblich in sie verliebt.

Sie hatten zwei herrlich wilde Jahre miteinander verbracht.

Doch dann trennten sich ihre Wege. Aus beruflichen Gründen. Sie wollte Karriere als Fotomodell machen, er ging zur GSO.

Eine Zeitlang hielten sie ihre Beziehung noch aufrecht und verabredeten sich sporadisch an verschiedenen Orten. Aber irgendwann brach der Kontakt endgültig ab. Aus und vorbei.

Wie es ihr heute wohl geht? fragte sich Ömer im Angesicht des

Todes.

In diesem Augenblick wünschte er sich nichts sehnlicher, als genügend Zeit, um nach Birgit zu suchen. Leider lief seine letzte Sekunde soeben ab.

»Moment!« rief Owo Gbagbo seinen Mitverschwörern zu, noch bevor sie die Auslöser ihrer Strahlenwaffen betätigen konnten.

Er hob seinen Dolch vom Fußboden auf und sah Ömer an. Für einen Moment überlegte er wohl, ob er ihn höchstpersönlich ins Jenseits schicken sollte.

Dieser Moment des Zögerns veränderte alles.

Plötzlich überschlugen sich die Ereignisse. Eine große Fensterscheibe zerplatzte mit einem lauten Knall. Die Verschwörer kamen ihren eingeschlossenen Komplizen in einem Schweber zu Hilfe.

»Steigt ein!« riefen sie ihnen zu. »Beeilung!«

Ohne lange zu überlegen nahmen die drei Tel ihre Chance wahr und bestiegen den Schweber durchs zerschossene Fenster. Gbagbo mußte mit, wollte er nicht Gefahr laufen, vom Geheimdienst verhaftet zu werden.

»Du begleitest uns!« befahl er seinem Gefangenen.

Frikks Männer stürmten in die Zentrale. Sie waren mit Strahlengewehren bewaffnet und fest entschlossen, ihre beiden toten Kameraden auf der Treppe zu rächen.

Buchstäblich im letzten Augenblick sprang der Afrikaner aus dem Fenster in den bereits abfliegenden Schweber hinein. Hätten sich nicht rettende Hände nach ihm ausgestreckt, er wäre in der Tiefe auf dem Plastbeton zerschellt.

Vergebens jagten die Männer vom SFT mehrere Strahlensalven hinter den Flüchtenden her. Der Schweberpilot verstand seinen Job und wich den Schüssen geschickt aus. Sein Fluggerät bekam nicht einmal einen Kratzer ab.

Alles war furchtbar schnellgegangen. Ömer stand wie erstarrt auf demselben Fleck. Noch hatte er gar nicht richtig begriffen, daß er dem Tod von der Schippe gesprungen war.

Birgit ging ihm nicht aus dem Kopf. Er nahm sich vor, nach seiner Rückkehr zur Erde nach ihr zu suchen.

Oder war es besser, die Vergangenheit ruhenzulassen?

Allmählich kehrten Ömers Lebensgeister zurück. Er begleitete Frikks Leute nach unten.

Die Umhängetasche, welche die Flüchtenden im Treppenhaus hatten zurücklassen müssen, wurde näher in Augenschein genommen. Sie enthielt einen kleinen thermischen Sprengsatz.

»Klein, aber oho!« kommentierte Giray den Fund. »Damit hätten sie das ganze Hotel zur Hölle schicken können, komplett vom Keller bis zum Dachboden. Die Bombenwarnung diente einzig und allein dem Zweck, den Sprengsatz hier im Gebäude zu verstecken und später, wenn der normale Betrieb wieder aufgenommen worden wäre, zu zünden.«

Der Zeitzünder der Bombe lief. Ein Spezialist machte sich sofort an die Entschärfung – reine Routine für ihn.

Die Gefahr war fürs erste gebannt. Das Hotel- und das Botschaftspersonal gingen wieder an die Arbeit.

Für Ömer war es damit noch nicht vorbei. Er setzte sich mit Pinheiro, Frikk und Sagla an den runden Tisch und besprach mit ihnen die weitere Vorgehensweise.

*

Im Verlauf der Viererkonferenz, die im Haus des Vank stattfand, räumte Crt Sagla erstmals offen ein, daß es auf Cromar und vor allem in der Flotte zweifelsohne starke Strömungen gab, die den Kluis wieder an der Macht sehen und den Friedensvertrag mit Terra am liebsten ungeschehen machen wollten. Bisher hatte er das nicht ernst genug genommen. Nun sprach auch er von einer großangelegten Verschwörung, einer nicht zu unterschätzenden Gefahr für beide Regierungen.

»Wozu aber der Kontakt mit den Robonen?« stellte Bor Frikk die Frage in den Raum. »Hat das Volk der Tel verlernt, seine Probleme ohne fremde Unterstützung zu lösen?«

»Als Terras größte Feinde spielen die Robonen bei dem Plan der Rebellen vermutlich eine bedeutsame Schlüsselrolle«, meinte Ömer Giray. »Das Tel-Robonen-Bündnis hat nicht nur Unruhestiftung und die Wiederherstellung der früheren Zustände im Sinn. Es steckt mehr dahinter. Ich befürchte, die Aufständischen wollen den totalen Krieg! Möglicherweise kennen sie Mittel und Wege, die Bevölkerung beider Planeten gegeneinander aufzuhetzen.«

»Krieg zwischen Tel und Terra?« Crt Sagla war schockiert. »Unvorstellbar! Bei einer derart gewaltigen Schlacht gäbe es Millionenverluste auf beiden Seiten, nicht nur beim Militär, auch unter der Zivilbevölkerung. Die abtrünnigen Tel sind verblendet, doch aus ihrer Sichtweise wollen sie das Beste für Cromar. Ein Blutbad solchen Ausmaßes würden sie niemals riskieren. Einen Krieg der Welten könnte selbst der Kluis nicht unbeschadet überstehen.«

»Das nehmen diese Fanatiker ja vielleicht in Kauf«, erwiderte der GSO-Agent. »Den mit uns geschlossenen Frieden empfinden sie als Unterdrückung. Lieber sterben sie in einem heroischen blutigen Gemetzel, als unter der Knechtschaft der Terraner leben zu müssen.«

»Die terranische Regierung beabsichtigt nicht, die Bewohner Cromars zu unterdrücken und zu beherrschen!« warf Jorge Pinheiro vehement ein.

»Das ist mir bekannt«, entgegnete Ömer gelassen. »Ich versuche lediglich, die Empfindungen und Motive unserer Feinde nachzuvollziehen. Sie fühlen sich im Recht und geben den Befürwortern des Friedensvertrages die Schuld an allem, was passiert und passieren wird. Ihren Zusammenschluß mit den Robonen betrachten sie als unabwendbare Notwendigkeit. Die Tel-Rebellen haben nichts mit ihren Verbündeten gemein – bis auf ihren grenzenlosen Haß auf alle Terraner. Das schweißt sie zusammen.«

»Wir müssen ihre Kriegspläne unter allen Umständen vereiteln«, sagte Frikk und fügte einschränkend hinzu: »Falls es dazu nicht schon zu spät ist.«

»Nur wenn wir rechtzeitig herausfinden, was genau sie vorhaben, können wir sie stoppen«, machte Ömer ihm klar. »Vielleicht gelingt es mir, mich in die Verschwörer hineinzuversetzen und so Einzelheiten ihrer Strategie in Erfahrung zu bringen. Dazu müßte ich allerdings mehr über die Struktur der Tel-Flotte wissen.«

»Niemals!« lehnte der Geheimdienstchef sein Ansinnen erneut ab. »Einem Außenstehenden militärische Informationen zukommen zu lassen, betrachte ich als schweren Verrat.«

»Giray ist kein Außenstehender«, mischte sich der Botschafter ein und schlug energisch mit der Faust auf den Tisch. »Seit Abschluß des Friedensvertrages sind Terraner und Tel Verbündete, schon vergessen? Die Abtrünnigen waren nicht so empfindlich, als sie sich mit den Robonen zusammenschlossen. Wenn wir sie besiegen wollen, müssen wir es ihnen gleichtun. Schließlich ziehen wir alle hier am Tisch am gleichen Strang.«

Frikk funkelte ihn ärgerlich an. Immer diese großmäuligen Politiker! Bei jeder sich bietenden Gelegenheit schwangen sie pathetische Reden.

Nicht mit mir! dachte der Leiter des Schutzverbandes. *So einer kriegt mich nicht klein!*

Er war stur entschlossen, kein Stück von seiner Position abzurücken.

Doch Pinheiro ließ nicht locker. Mit messerscharfen Argumenten und eindringlichen Appellen versuchte er, Bor Frikk von seinem eigenen Standpunkt zu überzeugen.

Sagla und Giray hielten sich heraus und warteten den Ausgang des Wortgefechts geduldig ab.

Einmal mehr begriff Ömer, wie sehr er sich in Pinheiro getäuscht hatte. Frikk hatte gegen den redegewandten Botschafter so gut wie keine Chance.

Der Vank war heilfroh, daß Url Bnako und Gen Punfk nicht anwesend waren. Er hatte sie vor Beginn der Konferenz unter einem Vorwand weggeschickt. Mit Sicherheit hätten sie sich hinter Bor Frikk gestellt und Girays Vorhaben per Abstimmung verhindert.

Oder sie hätten dafür plädiert, den Kluis zu befragen. Das aber wollte Sagla auf gar keinen Fall riskieren. Ein zweites Mal sollte der Zentralrechner keine Gelegenheit bekommen, das Telin-Imperium an den Rand des Abgrunds zu bringen.

*

Giray lehnte sich entspannt zurück.

Er befand sich im Mentalarchiv der Tel – im Haus des Kluis. Ein Gerät, das einem Kopfhörer nicht unähnlich war, übermittelte ihm alle gewünschten militärischen Daten. Sie wurden ihm direkt ins Gehirn eingespeist und über das Gerät auch gesteuert.

Selbstverständlich war dieses Archiv mit dem Kluis verbunden, wie alles auf Cromar. Ömer vermutete, daß der zu den Umstürzlern gehörige Chefinformatiker Klut Kahr den Zentralrechner manipuliert hatte, um die Kriegsschiffe der Tel unter Kontrolle zu bringen. Ob das zutraf, konnte er nur in direktem Kontakt zum Kluis ermitteln.

Ungefährlich war das nicht. Der Kluis war unberechenbar.

»Er könnte Sie fälschlicherweise als Feind der Tel einstufen und sich entschließen, Ihr Gehirn zu vernichten«, hatte Frikk den GSO-Agenten gewarnt. »Dann kehren Sie als Schwachsinniger nach Terra zurück.«

Giray nahm dieses Risiko in Kauf. Immerhin standen Millionen Menschen- und Telleben auf dem Spiel.

In den folgenden drei Stunden erweiterte er schrittweise sein Wissen über den Aufbau und die Funktionsweise der Tel-Flotte. Je mehr er darüber erfuhr, um so verzweigter wurden seine Gedankengänge, um so präziser seine Schlußfolgerungen.

*

Die Gebäude von Kluis, Vank und Vankko waren zu einem großen Komplex vereint. Die »Akademie«, in welcher der Geheimdienst untergebracht war, lag gegenüber auf der anderen Straßenseite. Dort hatte sich Bor Frikk in sein Büro zurückgezogen, um sich ein wenig von der Aufregung zu erholen.

Zumindest hatte er das dem Vank und dem terranischen Botschafter weisgemacht.

In Wahrheit empfing Frikk einen der Männer, die am Vormittag das Botschaftshotel gestürmt hatten, um die Bombenleger zu verhaften. Vor der Erstürmung hatte er ihm unter vier Augen einen geheimen Sonderauftrag erteilt.

»War gar nicht so einfach, das Objekt zu finden«, erstattete ihm der Mann Bericht. »Die Statue stand nicht wie erwartet in der Unterkunft des Botschafters, sondern auf dem Schreibtisch des GSO-Agenten.«

»Merkwürdig«, entgegnete Frikk. »Wieso gibt Pinheiro sein offizielles Begrüßungsgeschenk an jemand anderen weiter?«

»Vielleicht hat ihm die Statue nicht gefallen«, erwiderte sein Gesprächspartner. »Bei allem Respekt, ich habe selten etwas Häßlicheres gesehen. Wen soll die leicht übergewichtige Dame überhaupt darstellen?«

»Die Göttin Lary – Mutter aller Tel-Kinder.«

»Von der habe ich noch nie gehört.«

»Logisch, es hat sie nie gegeben. Doch das wissen die Terraner glücklicherweise nicht. Wer nimmt schon die Mühe auf sich, alle Götter eines fremden Volkes zu studieren? Ich habe die Statue vor langer Zeit selbst geschenkt bekommen, von einem Freund und Mitarbeiter, der für seine außergewöhnlichen Scherze am Arbeitsplatz berüchtigt war. Scherze, die nur er komisch fand. Zu seinem doppelten Pech vertrage ich a) keinen Spaß und b) war er mein Untergebener. Als Gegengeschenk bot ich ihm deshalb eine Beförderung an, die er nicht ausschlagen konnte. Seither leitet er unser geheimes Trainingslager am Südpol – ein Camp für Versager und Störenfriede, die dort hart rangenommen werden.« Frikk streckte die Hand aus. »Genug des Redens, geben Sie mir das Aufzeichnungsgerät.«

Sein Gegenüber überreichte ihm den Stirnreif der Statue, den er in Girays Büro gegen einen neuen ausgetauscht hatte. Dann meldete er sich ab und verließ das Zimmer seines Vorgesetzten.

Bor Frikk entfernte den als Kristall getarnten Datenträger von dem Reif. Für die Wiedergabe der Daten wurde ein Spezialgerät benötigt.

Ursprünglich hatte Frikk in Erfahrung bringen wollen, was im Zimmer des terranischen Botschafters so alles besprochen wurde, doch die im Kellerbüro des GSO-Agenten geführten Unterhaltungen waren sicherlich nicht minder interessant.

Er wollte den Datenträger ins Wiedergabegerät einlegen, hielt dann aber inne. Irgend etwas stimmte nicht. Der Kristall fühlte sich so seltsam an.

Und plötzlich begriff er, daß man ihn hereingelegt hatte. Jemand hatte den Kristall ausgetauscht.

Wütend warf er ihn gegen die Wand. Dabei dachte er an Giray, der war für ihn »Hauptverdächtiger Nummer eins«.

Der Kristall fiel zu Boden und verbreitete schummriges Licht.

*

Im Mentalarchiv fand Ömer heraus, daß es bei allen Tel-Schiffen die Möglichkeit gab, sie über eine bestimmte Frequenz – die Kluis-Frequenz – mit Programmen zu versehen und extern zu steuern. Das versetzte die Verschwörer eventuell in die Lage, die Flotte und somit die Macht über das Telin-Imperium zu übernehmen.

Der GSO-Agent nahm den Kopfhörer ab. Er war sicher, ganz nah an der Lösung zu sein.

Im kleinen Konferenzraum hatte sich mittlerweile der komplette Vank eingefunden. Ömer unterbreitete Sagla, Bnako und Punfk seine Erkenntnisse und die daraus resultierende Schlußfolgerung.

Jorge Pinheiro war inzwischen gegangen. Die Arbeit in der Botschaft konnte nicht länger warten.

Bor Frikk kam gerade herein. Er ließ sich seinen Ärger über den vertauschten Kristall nicht anmerken und setzte sich mit an den Tisch.

Zwischen den drei Vank entbrannte eine aufgeregte Diskussion darüber, ob es zulässig war, einem Terraner Zugriff auf das Mentalarchiv der Tel zu gewähren.

Frikk wollte sich das nicht länger mit anhören. Er bat ums Wort.

»Auch ich war dagegen, einem Angehörigen der Galaktischen Sicherheitsorganisation das Archiv zugänglich zu machen«, gab er unumwunden zu. »Doch darüber sollten wir uns später die Köpfe heißreden. Falls Girays Vermutung zutrifft, schwebt Cromar in akuter Gefahr.«

»Und Terra«, ergänzte Ömer.

»Euer Planet ist weit weg und nicht unmittelbar betroffen«, widersprach Crt Sagla. »Der Verdacht, die Rebellen könnten darauf aus sein, einen Krieg zwischen beiden Welten zu provozieren, hat sich bisher nicht erhärtet.«

»Ebensowenig gibt es Beweise dafür, daß die Verschwörer die Flotte in ihre Befehlsgewalt bringen können«, warf Url Bnako ein. »Um die Schiffe auf der Kluis-Frequenz zu steuern, bräuchten sie einen speziellen Hypersender, der im Kluis installiert ist. Wie sollten sie an ihn herankommen?«

»Gar nicht«, beantwortete Frikk die Frage, die an die Runde gerichtet war. »Sie bauen den Sender nach. Wahrscheinlich sind sie schon voll dabei und stehen kurz vor der Vollendung des Projekts. Immerhin zählen einige namhafte Wissenschaftler und Techniker zu den Aufständischen.«

»Können Sie diesen Hypersender anpeilen und stören?« fragte Gen Punfk den Geheimdienstchef.

»Natürlich kann er«, antwortete Giray an Frikks Stelle. »Sie würden staunen, wenn Sie wüßten, wozu er alles fähig ist.«

Dabei dachte er an die Statue und an den Moment, als ihm die zufällige Ähnlichkeit seiner Leuchtkristalle mit dem Kristall am Stirnband aufgefallen war.

Unter Streß hatte Ömer mitunter die besten Einfälle. Manchmal ging ihm mitten in der schönsten Hektik ganz plötzlich ein Licht auf. Beim Anblick der Statue, kurz vor seinem Einstieg in den Luftschacht, war ihm eingefallen, was er im Giant-Raumer über die vielen Götter der Tel gelernt hatte. Eine Göttin namens Lary war im Lernprogramm nicht erwähnt worden.

Aufgrund dieser Blitzerkenntnis hatte er das Stirnband genauer unter die Lupe genommen und dann den vorhandenen Kristall gegen einen von seinen eigenen ausgetauscht.

Ob Frikk den Tausch schon bemerkt hat? fragte sich Ömer im Konferenzraum.

Sollte er bei seiner Heimkehr einen neuen Datenträger vorfinden, würde er ihn gleich erneut auswechseln, nahm er sich vor.

*

Als mitten in der Nacht aus der Südpolregion Cromars tatsächlich das erwartete Hypersignal angepeilt wurde, wurde allen endgültig klar, wie ernst die Lage war. Innerparteiliche Auseinandersetzungen über verbotene Eigenmacht oder Regelverstöße waren jetzt kein Thema mehr. Die Verhinderung des drohenden Bürgerkriegs – Tel gegen Tel – hatte Priorität.

Das Signal konnte durch Überlagerung gestört werden. Leider dauerte das länger, als man erwartet hatte.

Mittlerweile waren auch die sieben verbliebenen Vankko eingeweiht worden. Bis zum Abschluß einer gründlichen Überprüfung, die Bor Frikk veranlaßt hatte, hatte man sie bei den Beratungen außen vor gelassen. Erst als man sich ganz sicher zu sein glaubte, daß sie dem Vank loyal gegenüberstanden, hatte man sie über die Verschwörung unterrichtet.

Vank, Vankko, Schutzverband, GSO – alle waren sich einig, daß gegen die Aufständischen mit größter Härte vorgegangen werden mußte. Den Krieg, den die Rebellen zu säen beabsichtigten, sollten sie auch selbst ernten. Frikk schwebte ein kurzer, harter Schlag gegen die Basis der Verschwörer vor, deren Standort dank des aufgefangenen Hypersignals nun kein Geheimnis mehr war.

Eine Bombardierung und völlige Ausradierung der feindlichen Basis stand nur kurz zur Diskussion. Eine solche Vorgehensweise kam schon deswegen nicht in Frage, weil Tote bekanntlich nicht mehr sprechen und somit keine Aussagen über die weiteren Pläne und Absichten der Aufrührer machen konnten.

Daher entschied man sich gegen einen Angriff aus der Luft und für eine Umzingelung und Erstürmung durch Bodentruppen.

Vier Xe-Flash brachen zum Südpol auf, voll besetzt mit schwerbewaffneten, kampferprobten SFT-Agenten. Frikk hatte seine besten Männer für den Sturm auf die Basis ausgewählt und flog auch selbst mit.

Ömer war ebenfalls mit dabei. Kämpfen war zwar nicht seine Passion, doch er war kein Drückeberger, der sich nur hinter den Fronten bewegte und kluge Ratschläge erteilte. Wenn Bor Frikk in der ersten Reihe mitmischte, gehörte er an seine Seite. Immerhin stand der Ruf der GSO auf dem Spiel.

Geplant war eine Überraschungsattacke mit möglichst wenigen Opfern. Voraussetzung dafür war jedoch, daß der Feind unvorbereitet war. Vielleicht hatten die Verschwörer die Überlagerung des Hypersignals inzwischen bemerkt und bereiteten gerade ihre Gegenwehr vor. Dann waren heftige Kämpfe und viele Tote unvermeidbar.

*

Drei Kilometer vor ihrem Ziel setzten die Flash geschlossen zur Landung an. Die Rebellen sollten nicht vorzeitig gewarnt werden. Landeplatz war eine stillgelegte Forschungsstation im ewigen Eis, die vor Jahren aufgegeben worden war.

In der Verschwörerbasis hatte man die Flash sicherlich längst bemerkt. Welches Fazit dort daraus gezogen wurde, ließ sich nur vermuten. Notlandung zwecks Reparatur? Neubesetzung der Station? Abtransport der Einrichtung? Auf jeden Fall würden die Abtrünnigen einen Erkundungstrupp hierherschicken.

Frikk errechnete den direkten Weg Basis – Forschungsstation und wies drei Männer an, sich an einer geeigneten Stelle auf die Lauer zu legen.

»Keine Gefangenen«, lautete die unmißverständliche Anweisung. »Die Kundschafter dürfen nicht den Hauch einer Chance bekommen, ihre Komplizen in der Basis zu warnen.«

Den Rest seiner Leute ließ er weiträumig ausschwärmen. Der Feind sollte zu einem verabredeten Zeitpunkt von mehreren Seiten gleichzeitig angegriffen und eingekesselt werden. Niemand durfte entkommen.

Ömer wurde die Führung einer acht Mann starken Gruppe übertragen. Seite an Seite stapfte er mit den Tel durch Schnee und Eis.

Die Witterung war frostig, der Himmel klar. Am Horizont zeichneten sich rot-grün-weiße, rasch veränderliche Lichterscheinungen ab. Auf der Erde bezeichnete man so etwas als Polarlicht, beziehungsweise Südlicht oder Nordlicht, je nach Region.

Finsternis oder ein Schneesturm wären Ömer lieber gewesen. Bei klarem Wetter konnte man sehr weit sehen – und gesehen werden.

Die Südpolbasis der Umstürzler war eine riesige Kuppel, die wie ein mächtiges Iglu aussah. Es gab mehrere Ausgänge und somit zahlreiche Fluchtmöglichkeiten.

Auf dem Mittelpunkt des Kuppeldachs stand eine überdimensionale Antenne. Wie ein knorriger alter Baum streckte sie ihre Verästelungen in alle Richtungen aus. Ein paar ihrer »Zweige« schienen sogar den Himmel zu berühren.

»Das Ding schießen wir als erstes ab«, ordnete Giray an.

Er befand sich mit seiner Gruppe ungefähr zweihundert Schritte von der Rebellenbasis entfernt. Über handliche Bildfunkgeräte hielten die Einheiten untereinander Kontakt. Ömer teilte den anderen sein Vorhaben mit und bat um Unterstützung.

An vier Stellen wurden kleine Raketenwerfer aufgebaut und auf die Antenne ausgerichtet.

Giray stimmte sich mit den Schützen ab und gab dann Feuerbefehl.

Jeder Schuß saß! Die Antenne zerbrach explosionsartig in vier Einzelteile.

Gleichzeitig stürmte die Kampftruppe mit schußbereiten Blastern von Norden, Süden, Osten und Westen her die Kuppel. Die Soldaten erwarteten Gegenwehr. Vermutlich hatten sich die Rebellen in der Basis verschanzt.

Niemand hatte jedoch mit der Heimtücke der Verschwörer gerechnet. Sie waren bestens vorbereitet.

In einem Umkreis von zwanzig Metern war ein Minengürtel um die Basis gelegt. Die Sprengladungen wurden per Fernzündung ausgelöst.

Zwei Drittel der Angreifer fanden auf grausige Weise den Tod. Ihr Blut färbte den Schnee. Abgerissene Gliedmaßen verstreuten sich rund um die Kuppel.

Sämtliche Ausgänge öffneten sich. Die Aufrührer, die jetzt in der Überzahl waren, kamen nach draußen. Bewaffnet waren sie mit Strahlengewehren und Handstrahlern. Sie eröffneten sofort das Feuer auf jeden, der den Sprengstoffanschlag überlebt hatte.

Zahllose Schußwechsel führten zu Verlusten auf beiden Seiten.

Girays Acht-Mann-Einheit hatte sich auf drei Personen dezimiert, ihn selbst mit eingeschlossen. Hinter einer spärlichen Dekkung kämpften sie ums Überleben.

Vergebens.

Vier Rebellen nahmen das Trio in die Zange und unter Dauerfeuer. Hilflos mußte Ömer zusehen, wie seine beiden Kameraden tödlich verwundet zusammenbrachen.

Letztlich riß es auch ihn von den Beinen.

Einer der vier Todesschützen ging zu ihm, um sich zu überzeugen, daß ganze Arbeit geleistet worden war. Die drei anderen Tel stürzten sich ins weitere Kampfgetümmel.

Ömer lag hinter einer Schneewehe. Seine Augen waren weit

aufgerissen. In seinem Gesicht zeichnete sich der Ausdruck tödlichen Entsetzens ab.

Den rechten Arm hatte er von sich gestreckt, die Fingerspitzen gespreizt. Sein Strahler lag außer Reichweite seiner Hand am Boden. Der Lauf war noch warm und schmolz ein Loch in den Schnee.

Die beiden Toten neben ihm waren übel zugerichtet. Verglichen damit wirkte er selbst fast unversehrt, nur die Jacke an seinem Körper wies großflächige Brandstellen auf. Darunter trug er seine karminrote Weste.

Ömers linke Hand war zur Faust geballt und steckte zur Hälfte in einer der Westentaschen. Es sah aus, als hätte er im Todeskampf noch versucht, irgend etwas aus der Tasche herauszunehmen. Einen Talisman, von dem er sich Rettung erhofft hatte? Oder etwas Wertvolles, das seinen Mördern nicht in die Hände fallen sollte?

Der Tel entschloß sich nachzusehen. Er bückte sich, um nach Ömers linkem Handgelenk zu greifen.

Plötzlich kam Bewegung in die schaurige Totenszenerie. Ömer »erwachte« aus seiner gespielten Erstarrung, richtete sich auf und aktivierte seinen Augenparalysator.

Fehlfunktion.

Der Tel erschrak. Reaktionsschnell richtete er die Waffe auf den Kopf des »Wiederauferstandenen«.

Gott sei Dank hatte sich Ömer nicht allein auf seine Augenwaffe verlassen und war für den Notfall vorbereitet. Er zog die Faust ganz aus der Tasche und warf dem Tel eine Handvoll braunes Pulver mitten ins Gesicht. Sekundenbruchteile danach rollte er sich auf den Bauch, hielt den Atem an und preßte seinen Kopf so tief wie möglich in den Schnee.

In dieser Stellung verharrte er minutenlang. Hätte ihn jetzt jemand angegriffen, er hätte keine Chance gehabt, sich zu wehren.

Das braune Pulver war von GSO-Chemieexperten entwickelt worden. Innerhalb von Sekunden drang es über die Atemwege in den Körper eines Menschen ein und brachte dessen Herz zum Stillstand. Aber klappte das auch bei den Tel? Immerhin waren ihre Gene anders strukturiert, außerdem verfügten sie über zwei Herzen.

Giray bewahrte das Pulver in einer gut gepolsterten Westentasche auf, eingeschlossen in einem reißfesten Beutel. Nachdem ihm ein Streifschuß die Jacke zerfetzt und verbrannt hatte, hatte er sich geistesgegenwärtig hinter die Schneewehe fallen lassen, den Reißverschluß an der Tasche aufgezogen und den Beutel herausgenommen. Mit Hilfe des speziellen Reißverschlusses, der bei richtiger Handhabung wie eine rasiermesserscharfe Klinge eingesetzt werden konnte, hatte er den Beutel aufgeschnitten und den Inhalt vorsichtig – bei angehaltenem Atem – auf seine Handfläche geschüttet. Erst nachdem er die Faust geschlossen hatte, hatte er wieder durchzuatmen gewagt.

Erst in allerletzter Sekunde hatte Ömer das Pulver eingesetzt. Danach hatte er sein Gesicht sofort in den eiskalten Schnee gepreßt und erneut aufgehört zu atmen. Laut Auskunft der Chemiker roch der braune Todesstaub nach Zimt. Ob das stimmte, hatte Giray nie überprüft, denn sie hatten ihm auch gesagt, sobald man den Geruch wahrnahm, könne einen keine Macht der Welt mehr retten.

Der harte Lauf eines Strahlengewehrs bohrte sich in seinen Nakken. Hatte das Pulver nicht gewirkt?

Ömer wagte nicht, sich zu erheben. Mit Sicherheit befand sich noch genügend Todesstaub in der Luft, um ihn zu töten. Möglich, daß die Tel dagegen immun waren, er war es jedenfalls nicht.

Aber war es im Endeffekt nicht egal, ob er durch das Einatmen des Pulvers starb oder durch einen Strahlenschuß ins Genick?

Ömer spürte die Waffe nicht mehr. Er vernahm ein dumpfes Geräusch, vermutlich verursacht durch einen Sturz. Mit angespannten Sinnen konzentrierte er sich auf weitere Laute in seiner unmittelbaren Nähe, doch er vernahm nur den etwas entfernten Kampflärm.

Als ihm die Lungenflügel zu platzen drohten, riskierte er einen tiefen Atemzug und stand auf.

Der Tel, den Ömer mittels Pulverwurf außer Gefecht gesetzt hatte, lag leblos am Boden. Nicht weit davon entfernt war ein zweiter Tel ums Leben gekommen. Seine Hände umklammerten ein schußbereites Gewehr.

Der Agent konnte sich ungefähr ausmalen, was passiert war. Offensichtlich hatte der zweite Tel zu Ende bringen wollen, was dem ersten nicht gelungen war. Doch noch bevor er hatte abdrücken können, hatten unsichtbare Reste des Todesstaubs auch seine beiden Herzen zum Stillstand gebracht.

Giray ergriff das Strahlengewehr des Tel, nahm seine eigene Waffe auf und lief dorthin, wo die Bedrohung für die Regierungstruppe am größten war. Obwohl zahlreiche gute Männer den heimtückischen Minen zum Opfer gefallen waren, gab es noch eine reelle Chance, die Basis der Verschwörer zu erobern.

Das änderte sich schlagartig, als der Feind für die nächste Überraschung sorgte.

Aus der Kuppel ratterten mehrere Kettenfahrzeuge, die von jeweils einem Tel gesteuert wurden. Die Planierraupen ähnelnden Fahrzeuge waren rundum gepanzert. Vorn war eine bewegliche Strahlenkanone angebracht.

Die Kanoniere verstanden ihr blutiges Handwerk. Innerhalb kurzer Zeit dezimierten sich Frikks Männer nochmals um die Hälfte.

Bor Frikk selbst stand schwer unter Beschuß. Es war ihm gelungen, bis zu einem der Basiseingänge vorzudringen, aber er kam nicht hinein.

Ömer eilte hinzu und warf sich an seine Seite. Die Schützen am Eingang wurden jetzt mit abwechselnden Salven in Bewegung gehalten.

In diesem Augenblick näherte sich eines der Kettenfahrzeuge. Die Kanone bewegte sich in Girays und Frikks Richtung.

»Ich habe Verstärkung angefordert«, teilte der Geheimdienstchef dem Terraner mit.

Ömer war pessimistisch. »Bis die hier ist, sind wir alle tot.«

13.

Das Rettungsboot der Rahim war sicher in einer unterirdischen Halle des Anwesens der Nomaden versteckt.

Alle Maschinen waren abgeschaltet. Das mysteriöse Feld, das einen perfekten Sicht- und Ortungsschutz bot, war danach ebenfalls in sich zusammengebrochen.

Jeder konnte das gekaperte Boot nun sehen, und Priff Dozz hatte den Eindruck, daß die meisten Nomaden ihm skeptische Blicke zuwarfen. So als erwarteten sie, daß es im nächsten Augenblick mit einer weiteren unheilvollen Aktivität begann, gegen die sie machtlos waren.

Doch natürlich tat es nichts dergleichen, und Priff Dozz schüttelte den Kopf angesichts der Naivität seiner Rudelgenossen.

Allerdings war auch er selbst ratlos, aber das traute er sich nicht zuzugeben. Er hatte die Befürchtung, daß ihm ein solches Einverständnis schlecht bekommen wäre. Denn Pakk Raff war mal wieder die Ungeduld in Person. Ständig kam er aus dem Schloß herunter, um seinem Chefdenker auf die Nerven zu gehen. Es erschien ihm als selbstverständlich, daß sein schlauer Kopf sich binnen kürzester Zeit nicht nur in die fremde Technologie hineinzuversetzen mochte, sondern sie zudem entschlüsselte und für seinen Rudelführer übernehmen konnte.

Das technische Meisterwerk der geheimnisvollen Rahim füllte den Großteil der Halle aus. Es wirkte wie ein gewaltiger, unbeweglicher Käfer, der seinen Chitinpanzer abgeworfen hatte. Denn die obere Verkleidung war demontiert und lag unbeachtet auf dem Boden. Das hatte sich mit wenigen Handgriffen bewerkstelligen lassen. Umgekehrt wäre es also auch nur eine Sache von Minuten, das Beiboot wieder in seinen ursprünglichen Zustand zurückzuversetzen. In ihrem Schloß fühlten sich die Nomaden zwar sicher, aber Pakk Raff hatte seinem Vertrauten zu verstehen gegeben, daß er mit allen Eventualitäten rechnete. Wenn es drauf ankam, mußten sie in kürzester Zeit startklar sein.

Priff Dozz war mit dieser Entscheidung nicht besonders glücklich. Er betrachtete sie als hinderlich. Vielleicht hätte es ihm geholfen, wenn er das ganze verfluchte Ding auseinandergenommen hätte. So kam er an einige unzugängliche Stellen nicht heran. Zwar konnte er seinen Kopf durch verschiedene Luken stecken, wo er Verkleidungen gelockert hatte, aber das brachte ihn nicht weiter. Er sah immer nur Ausschnitte. Aber wenn er einen Gesamtkomplex begutachten konnte, ließ sich viel eher sagen, welchem Zweck er diente oder wie er funktionierte. Selbst wenn er ihm unbekannt war. Schließlich gab es logische Gesichtspunkte, wie man verschiedene Maschinenkomponenten zueinander in Relation setzte und sie zu einem funktionierenden Ganzen zusammenfügte. Dabei war völlig unerheblich, ob es sich bei dem Techniker um einen Nomaden, einen Rahim oder sonstwen handelte.

Doch Pakk Raff, der alte Sturkopf und Hektiker, ließ wie gewohnt nicht mit sich reden.

Aber nörgeln, das konnte er.

Dabei war Priff Dozz sicher, daß irgendwo ein Aggregat steckte, das für den Aufbau des Tarnfelds verantwortlich war. Er mußte es nur finden. Doch das war leichter gesagt als getan. Vielleicht steckte es just hinter diesem Konverter, den er eben mit den Fingerspitzen erreichte.

Also ging er anders vor. Er katalogisierte alle Bauteile, deren Zweck er bestimmen oder zumindest erahnen konnte. So würde zwangsläufig etwas übrigbleiben, das ihm unbekannt war. Aber auch das war keine Garantie. Auch wenn das Boot der Rahim winzig war im Vergleich zu den Kreuzraumern der Nomaden, verfügte es doch über ein beachtliches Volumen, das mit technischen Apparaturen bis in die letzten Winkel und Ecken vollgestopft war.

Die gelegentlichen Zurufe, die ihn von unten erreichten, waren nicht dazu angetan, seine Laune zu verbessern. Er erkannte, daß sie sich über ihn lustig machten, weil er bislang keinen Erfolg hatte. Bei den Vertretern der Stammbesatzung der Nomaden auf

Doron war er nicht angesehener als bei seinen Schiffskameraden.

Eine bissige Erwiderung lag ihm auf der Zunge, aber er verkniff sie sich. Es war dumm, Pakk Raff zusätzlich auf sich aufmerksam zu machen. Am besten war, er überhörte die dummdreisten Kommentare.

So weit, wie er bereits war, wären die anderen niemals gekommen.

Vermutlich wären sie bereits bei der Demontage der Kanzelverkleidung gescheitert.

Was Wunder! Denn wenn Nomaden etwas demontierten, dann zumeist mit Waffengewalt.

Schließlich hatte Priff Dozz genug. Er zwängte sich aus den technischen Innereien des Bootes ins Freie und widmete sich den Kontrollen. Doch auch hier kam er nicht weiter.

»Kannst du mir endlich einen Erfolg vermelden?«

Die anklagende Stimme riß ihn aus seinen Gedanken.

Priff Dozz fuhr hoch und warf einen Blick zum Hallenboden.

Pakk Raff steuerte schnaubend auf das Rettungsboot zu. Die feixenden Nomaden spritzten geistesgegenwärtig auseinander, bevor er sie über den Haufen rannte. Er erweckte nicht den Eindruck, einen Bogen um sie herum machen zu wollen.

»Was ist? Hat es meinem ach so gescheiten Berater die Sprache verschlagen?« polterte der oberste Rudelführer der Nomaden. »Vielleicht muß ich dir mal ein wenig auf die Sprünge helfen!«

»Fortschritte sind zu erkennen, aber so schnell geht das nicht«, versuchte Priff Dozz eine lahme Entschuldigung. »Diese Technik ist uns völlig fremd. Ich bin sicher, daß die Rahim die Kontrolleinheit für die Tarnvorrichtung besonders versteckt haben.«

»Völlig fremd. So fremd kann uns diese Technik nicht sein. Schließlich ist es uns gelungen, dieses Ding«, Pakk Raff stieß mit einem Finger in die Luft, als wollte er seinen Vertrauten aufspießen, »nicht nur zu entführen, sondern auch zu fliegen. Das war keine besondere Schwierigkeit. Also laß dir was anderes einfallen.«

»Ich brauche mehr Zeit. Außerdem mußt du mir gestatten, das Boot zu zerlegen. Ich brauche einen tieferen Einblick in die technischen Feinheiten. So komme ich einfach nicht weiter.«

Umständlich kletterte Priff Dozz aus dem Boot. Da war noch etwas anderes, daß er seinem Chef anvertrauen wollte. Aber das mußten die anderen nicht mitbekommen. Für alle Fälle hatte er eine kleine Veränderung vorgenommen, was wieder mal ein Beweis für seine Genialität war. Oder zumindest für seine Voraussicht.

»Vielleicht sollte ich aber auch dich zerlegen«, empfing Pakk Raff ihn. Er fletschte anzüglich das Gebiß. »Dann verteile ich dich ans Rudel, und wir gestatten uns einen Einblick in deine Feinheiten.«

Die Nomaden grölten vor Vergnügen.

Priff Dozz war überzeugt, daß es ihnen einen Heidenspaß machen würde, über ihn herzufallen und ihn wie ein gewöhnliches Beutestück zu zerfleischen.

»Gut«, sagte er und zwang sich ein gekünsteltes Lachen ab. »Mit guten Witzen hältst du die Männer bei Laune. Mir macht es nichts aus, daß sie zu meinen Lasten gehen.«

Pakk Raff wollte zu einer weiteren geharnischten Antwort ansetzen, doch er kam nicht mehr dazu.

Von einem Moment auf den anderen war in der weiten Halle die Hölle los.

Aus dem Hallenboden tauchten wie Geister vier Erscheinungen auf. Plumpe Zylinder von drei Metern Länge, die lautlos an Höhe gewannen. Schwache Felder, vermutlich ihrem Schutz dienend, hüllten sie ein.

Bevor Pakk Raff Alarm auslösen konnte, wurde er von einem Lähmstrahl erfaßt.

Er spürte noch, wie ihm der Boden unter den Füßen weggerissen wurde, dann schlug er hart auf.

*

Arc Doorn hielt aufmerksam die Instrumente im Auge, während Flash 019 massive Gesteinsschichten durchdrang, als wären sie nicht vorhanden. Das Intervallum stellte nicht nur einen nahezu unbezwingbaren Schutzschirm dar, es ermöglichte den »Blitzen« auch das Durchdringen fester Materie. Was sich im Innern des Intervallfelds befand, gehörte nicht länger dem Normaluniversum an, sondern existierte in einem eigenen Kontinuum, auf das die allgemeingültigen physikalischen Gesetzmäßigkeiten keinen Einfluß mehr hatten.

So näherten sie sich dem Anwesen der Nomaden unterirdisch. Sie waren weder zu sehen noch auf ortungstechnischem Weg anzumessen. Und sie hatten den Überraschungsmoment auf ihrer Seite. Selbst wenn die Nomaden Vorsichtsmaßnahmen ergriffen hatten, kämen sie nicht auf die Idee, plötzlich von unten angegriffen zu werden.

Pjetr Wonzeff, der Rücken an Rücken mit ihm saß, steuerte den Flash gelassen, als ginge es auf einen Ausflug. Doch Doorn war weniger optimistisch. Die Terraner gingen davon aus, in dem generationenalten Berganwesen der Nomaden lediglich auf eine zahlenmäßig schwache Besatzung zu treffen. Die Kreuzraumer waren um den halben Planeten verteilt, und deren Mannschaften mühten sich mit den Reparaturen ab. Mit ihnen mußte man also nicht rechnen. Aber Vorsicht war die Mutter der Porzellankiste.

»Wir können nicht ausschließen, daß die Nomaden Informanten am Raumhafen der Hauptstadt sitzen haben. Dann wissen sie längst, daß wir auf Doron gelandet sind. Die POINT OF ist so auffällig wie ein Wetterleuchten.«

»Aber niemand hat sich um sie gekümmert«, wehrte der Flashpilot gelassen ab. »Bei den ständigen Starts und Landungen erregen auch fremde Raumer kein Aufsehen. Sie haben die zahlreichen unterschiedlichen Bautypen doch selbst begutachtet. Das ständige Kommen und Gehen von Fremden ist auf Doron alltäglich.«

»Aber wir sind nicht irgendwer. Wir sind die Fremden mit dem mächtigen Ringraumer aus der anderen Galaxis. Man zerreißt sich das Maul über uns.«

»Ich habe nichts gehört.« Wonzeff grinste übers ganze Gesicht. »Wahrscheinlich rechnen die Nomaden nicht mal damit, daß wir sie verfolgen. Außerdem vertraue ich auf die überlegenen Bordwaffen der Flash. Ehe die wissen, was geschieht, haben wir sie bereits ausgeschaltet.«

Doorn murmelte etwas Unverständliches.

In Gedanken war er schon bei dem Flugboot der Rahim, die dereinst die vorherrschende Rasse in Drakhon gewesen waren, bis sie schließlich, ähnlich den Mysterious, von der galaktischen Bildfläche verschwunden waren. Demzufolge erwartete er, auf ein hochstehendes technologisches Vermächtnis zu treffen. Die Tarntechnik, wegen der sie den Nomaden das Rettungsboot um jeden Preis abnehmen mußten, war zweifellos nicht die einzige technische Errungenschaft, die auch für die Menschen interessant war.

Doch zunächst mußte sie erobert werden.

Und dann entschlüsselt.

Deshalb war es eine logische Entscheidung des Commanders der Planeten gewesen, daß Arc Doorn mit seinem beinahe intuitiven Verständnis für fremde Technologien die Expedition anführte. Drei weitere Flash folgten der 019. Wonzeffs Kollegen Kartek und Dreßler transportierten zwei Techniker, die Doorn bei seinen Untersuchungen unterstützen sollten. Mike Doraner hatte Shodonn an Bord, den galoanischen Chefwissenschaftler der H'LAYV, der sich ebenfalls als wertvolle Hilfe erweisen konnte. Zudem hatte er darauf bestanden, an dem Unternehmen teilzunehmen.

Doorn stellte eine Reihe von Messungen an.

»Wir müssen uns weiter östlich halten«, dirigierte er seinen Piloten.

Lediglich an den Anzeigen konnte er ablesen, daß Wonzeff seinen Anweisungen folgte. Um den Blitz herum herrschte unterirdische Dunkelheit.

Schließlich waren sie richtig. Über ihnen lag die Lagerhalle, in der die Nomaden das Rahim-Boot versteckt hatten. Auch wenn dessen Aggregate abgeschaltet waren und keine Energie emittierten, war die Halle in dem unterirdischen Gewölbe der Ort, der durch seine energetischen Aktivitäten aus dem gesamten Komplex hervorstach.

Doorn schaltete blitzschnell.

Der bullige Sibirier streckte einen Finger in die Höhe. »Nach oben!« ordnete er an.

Pjetr Wonzeff steuerte den Flash hinauf.

Dann waren sie durch.

»Lassen Sie uns mal ein bißchen Verwirrung stiften.«

Starke Scheinwerfer, errichtet, um die Halle taghell zu erleuchten, spiegelten sich in den Unitallhüllen der vier Eindringlinge.

Mit einem Blick versicherte er sich, daß sie richtig waren. Im hinteren Teil der Halle stand das entführte Rettungsboot der Rahim.

Mehrere Nomaden waren anwesend. Sie schienen sich zu streiten, daher waren sie einige Augenblicke zu lang abgelenkt. Als sie die Eindringlinge bemerkten und zu ihren Waffen griffen, hatten sie schon verloren.

Strichpunkt fällte die Nomaden, die nicht dazu kamen, auch nur einen einzigen Schuß abzugeben. Die lichtschnellen Strahlen waren genau dosiert. So stark, daß ihnen auch die körperlich robusten Nomaden nicht widerstehen konnten, aber so schwach, daß sie für die Betroffenen nicht wirklich gefährlich waren.

Als die Flash sicheren Stand gefunden hatten, wurden die Intervalle abgeschaltet. Behende kletterten die Besatzungen ins Freie, um sich zu vergewissern, daß sämtlichen Nomaden in der Halle ausgeschaltet waren. Doch keiner von ihnen rührte sich mehr.

»Aber es halten sich vielleicht noch andere oben auf«, warnte Mike Doraner. »Besser, sich mal in sämtlichen Räumen umzusehen.«

»Dazu ist dieses Schloß viel zu groß«, wehrte Arc Doorn ab. »Wir brauchen Stunden, um alles zu durchsuchen. Stunden, die wir nicht haben. Wenn wir Pech haben, versuchen die Nomaden aus einem der gelandeten Schiffe Kontakt aufzunehmen. Wenn sie niemanden erreichen, könnten sie Verdacht schöpfen und ein größeres Kommando schicken, um nachzusehen. Vorher müssen wir wieder weg sein.«

»Aber vielleicht ist dieses größere Kommando längst eingetroffen. Wir wissen nicht, wie es über unsren Köpfen aussieht.«

»Deshalb werden die Ausgänge bewacht.« Doorn verteilte die Piloten an die strategisch neuralgischen Punkte. »Wenn es hart auf hart kommt, müssen wir uns zurückziehen. Aber nach unseren Informationen wird das nicht passieren.«

Mit leuchtenden Augen betrachtete er das fremde Beiboot.

*

Arc Doorns Gesicht war vor Erregung gerötet. Ein ums andere Mal fuhr er sich mechanisch durch den Stoppelbart. Die Technologie der Rahim war anders als alles, was er bislang gesehen hatte. Doch Doorn wäre nicht Doorn, wenn ihm sein an Genialität grenzendes Einfühlungsvermögen nicht auch in diesem Fall weitergeholfen hätte.

In einem Maschinenblock war ihm eine Energiekupplung aufgefallen, die keine logisch erscheinende Funktion zu haben schien. Denn sie speiste einen Kabelbaum, der sich im Nichts zu verlieren schien.

»Ich werde hier noch einiges demontieren müssen«, überlegte er.

»Darf ich daran erinnern, daß Sie sagten, unsere Zeit sei beschränkt«, hielt ihm Doraner entgegen.

Nachdem sie sicher gewesen waren, keine unliebsamen Überraschungen mehr zu erleben, hatten die Flashpiloten ihre Posten an den Eingängen verlassen, um sich um das fremde Schiff zu scharen. Anscheinend hielten sich keine weiteren Nomaden im Haus auf, und die Paralysierten würden nicht so schnell wieder zu sich kommen.

»Wir sollten das Rettungsboot zerstören«, mischte sich Shodonn ein.

»Zerstören? Damit verlieren wir die Möglichkeit, sein kleines Geheimnis zu ergründen.«

»Die Nomaden aber auch. Wir sind uns doch darüber einig, daß unsere Mission den Zweck hat, ihnen die Tarntechnik wegzunehmen. Wenn das Boot völlig zerstört ist, haben wir unser Ziel erreicht.«

Arc Doorn verzog das Gesicht und fuhr sich gedankenverloren durch die roten, ungepflegten Haare, die in alle Richtungen abstanden. Völlige Vernichtung? Shodonn hatte recht. Damit waren sie ihrer Sorgen enthoben. Aber anders, als der Sibirier sich das vorgestellt hatte. Er klopfte rhythmisch auf eine Phalanx von Kontrolleinrichtungen. Er durchschaute ihre Anordnung noch nicht, aber sie faszinierte ihn. Und das sollte er zerstören? Niemals. Das war eine Entscheidung, die für ein Technikgenie, das sich dem Wesen von Maschinen mit Leib und Seele verschrieben hatte, nicht akzeptabel war.

»Vergessen Sie es«, sagte er mürrisch. »Ich habe eine andere Idee. Wir nehmen das Ding mit.«

»Aha, und wer soll es fliegen?«

»Ich selbstverständlich«, stellte Doorn in seiner typisch redefaulen Art klar. »Ich muß nur wieder zusammenschrauben, was diese Dilettanten planlos auseinandergenommen haben.«

Er bedachte die regungslos am Boden liegenden Nomaden mit einem mitleidigen Blick.

Die Piloten der Flash schauten sich vielsagend an. Doch keiner von ihnen wagte einen Einwand. Wenn der Sibirier sich einmal etwas in seinen Dickschädel gesetzt hatte, war es beinahe unmöglich, ihn wieder umzustimmen. In mehr als einem Fall hatte er sich über Befehle und Bestimmungen hinweggesetzt, wenn er der Meinung gewesen war, mit seinen Einschätzungen richtig zu liegen.

Doorn übersah geflissentlich die skeptischen Gesichter. Manche

Leute mußte man eben zu ihrem Glück zwingen, und dafür war er genau der richtige Mann. Wer nicht wagte, der nicht gewann.

»Ich würde mir nicht zutrauen, es zu fliegen«, wagte Pjetr Wonzeff schließlich einen Einwurf.

Doorn ignorierte ihn.

»Das haben wir gleich«, murmelte er zu sich selbst. »Ich lasse mal die Aggregate warmlaufen.«

Das brachte einen weiteren Vorteil mit sich. Wenn er die Maschinen einschaltete, konnte er die Energieflüsse durchmessen. Auf diese Weise würde er auch Aufschluß über die unverständliche Energiekupplung gewinnen.

Er streckte eine Hand aus, um seine Ankündigung in die Tat umzusetzen. Dann zog er sie wieder zurück. Plötzlich hatte er den Eindruck, einen Fehler zu machen. Aber das unbestimmte Gefühl einer drohenden Gefahr ließ sich nicht lokalisieren. Außerdem hatten die Nomaden bereits an allem herumgespielt. Wenn tatsächlich irgendwo eine Gefahr lauerte, wären sie längst darauf gestoßen.

Er warf den Bewußtlosen einen flüchtigen Blick zu. Vielleicht hätten sie zuerst fragen und dann schießen sollen. Aber er wußte genau, daß er mit Fragen bei den Nomaden nichts erreicht hätte. Das hatten sie bei den vorherigen Treffen mehr als einmal gezeigt.

Mit Zögern kam er nicht weiter. Er spürte die Blicke seiner Begleiter auf sich. Hier war er der Fachmann, und alle warteten darauf, daß er etwas tat.

Arc Doorn gab sich einen Ruck.

Mit dem ihm eigenen Gespür nahm er eine Reihe von Schaltungen vor. Ein schwaches Summen erfüllte die Luft, begleitet von einem sanften, kaum merklichen Vibrieren unter seinen Füßen. Anzeigen erwachten zum Leben, die ihm erste vage Eindrücke davon gaben, welchen Informationsgehalt sie besaßen.

Nun, da die Maschinen aktiv waren, konnte er richtig mit seinen Untersuchungen beginnen.

Erst wenn er auch dabei keinen Erfolg verzeichnete, würde er seinen Alternativplan in die Tat umsetzen. Das wagemutige Risiko eingehen, die völlig fremdartige Technik der Rahim in die Luft zu erheben. Dann gab es zwar kein Intervallum, aber er brauchte ja bloß vorher zu entschlüsseln, wie sich das Tarnfeld einschalten ließ.

Bloß! dachte er vergnügt.

Aber Arc Doorns Selbstvertrauen war unerschütterlich.

Er würde das schon hinkriegen.

*

Diese elenden Fremden!

Wie aus dem Nichts waren sie aufgetaucht und hatten die Nomaden ausgeschaltet.

Priff Dozz Erinnerungsvermögen war plötzlich wieder da.

Er spürte, wie er die Kontrolle über seinen Körper zurückerlangte.

Lähmstrahlen hatten ihn, Pakk Raff und die anderen ausgeschaltet, als die fremden Boote geradewegs aus dem Boden aufgetaucht waren. Eigentlich unmöglich, aber bei der Technik, über die die Besitzer des Ringraumers verfügten, schien kaum etwas nicht realisierbar zu sein.

Vorsichtig öffnete Priff Dozz die Augen ein wenig.

Sie waren noch immer da, und sie hatten die Halle unter ihrer Kontrolle.

Dennoch machten sie einen Fehler. Entweder bewerteten sie die Kraft ihrer Lähmstrahlen, mit denen sie die Nomaden ausgeschaltet hatten, zu hoch und erwarteten, daß deren Wirkung noch länger anhielt. Oder angesichts des Rahim-Flugkörpers waren sie so abgelenkt, daß sie alles andere um sich herum vergessen hatten. Aber dazu waren sie eigentlich zu schlau. Er glaubte eher, daß diese Lähmung bei anderen Wesen als den Nomaden länger angehalten hätte, was an der robusten Konstitution der Nomaden liegen mochte.

Die fremden Teufel bewegten sich so selbstverständlich in der Halle, als gehörte sie ihnen. Ihre Flugboote waren achtlos abgestellt. Sie hielten es nicht mal für nötig, Wachen darum zu postieren. Ihre Arroganz sollte ihnen zum Verhängnis werden. Einer von ihnen war in das Rahim-Boot geklettert und untersuchte es. Das gefiel Priff Dozz gar nicht. Er selbst hatte zwar bis zuletzt keine Fortschritte bei der Erforschung der unbekannten Technik erzielt, aber das bedeutete nicht, daß es ihnen nicht doch gelingen konnte. Besonders wo er jetzt auch einen Galoaner unter ihnen entdeckte.

Pakk Raff lag unmittelbar neben ihm.

Eben begann sich der Rudelführer zu regen.

»Nicht bewegen!« zischte Priff Dozz zu ihm hinüber.

Raff schlug die Augen auf und blinzelte ihn an. »Wir müssen sie überwältigen.« Er hatte sich augenblicklich auf die Gegebenheiten eingestellt.

»Es sind zu viele«, flüsterte Dozz zurück. »Und wir sind die einzigen, die schon wach sind. Unsere Männer sind noch bewußtlos.«

Die Tatsache gab ihm zu denken. Daß Pakk Raff als kräftigster des Rudels zuerst wieder aufwachte, war nur verständlich. Aber er selbst? Angeblich war er doch der Schwächlichste unter ihnen. Hätte er dann nicht auch erst als letzter wieder zu sich kommen dürfen?

»Was ist los? Träumst du?« Pakk Raff war drauf und dran, unüberlegt aufzuspringen.

Priff Dozz warf einen Blick zu den Fremden hinüber. Sie hatten noch nicht bemerkt, daß zwei Nomaden ihr Bewußtsein zurückerlangt hatten. Anscheinend rechneten sie gar nicht damit, daß das passieren könnte. Einige unterhielten sich, aber sie waren zu weit entfernt. Das hieß aber auch, daß sie die geflüsterte Unterhaltung zwischen dem obersten Rudelführer der Nomaden und seinem Chefdenker auf keinen Fall vernehmen konnten.

»Sie werden gleich eine böse Überraschung erleben«, orakelte Priff Dozz mit einem hämischen Grinsen.

»Du auch, wenn du dir nicht endlich was einfallen läßt.«

»Das habe ich bereits. Aus reiner Vorsicht habe ich einen Sprengsatz in das Rahim-Boot eingebaut. Wer das nicht weiß und unautorisiert an der Technik rumfummelt, löst ihn unweigerlich aus.«

Er hatte den Eindruck, daß sein Anführer erblaßte. »Willst du uns umbringen?«

»Das konnte ich doch nicht voraussehen. Es gibt nur eine Möglichkeit, wir müssen die Fremden warnen!«

Pakk Raff dachte einige Sekunden nach. Wenn das Rettungsboot der Rahim mit der unvergleichlichen Tarntechnologie in die Luft flog, waren seine diesbezüglichen Ambitionen Makulatur. Aus der Traum von der Entschlüsselung und dem Einbau in die Schiffe seiner eigenen kleinen Flotte. Andererseits verfügte er nicht mehr über die Kontrolle. Das Rahim-Boot war verloren, und mit ihm das Unsichtbarkeitsfeld. An diesem Ort, in diesem Moment hatte er keine Möglichkeit, die verhaßten Fremden zu besiegen. Wovon er geträumt hatte, würde ihnen also ohnehin in die Hände fallen. Doch das durfte auf keinen Fall geschehen. Mit dem Tarnfeld würden sie noch mächtiger werden, als sie ohnehin schon waren. Dann war es auch vorbei mit seinen letzten verbliebenen Hoffnungen, des mächtigen Ringraumers doch noch habhaft zu werden.

Es gab nur eine Lösung.

Die Vernichtung.

Das Rahim-Boot mußte mit allem, was sich in seinem Innern befand, ausgelöscht werden.

Daß gleichzeitig ein paar seiner Erzfeinde dabei umkommen würden, war ein glücklicher Zufall, für den er dankbar sein mußte.

»Wir müssen hier verschwinden!«, zischte er.

»Aber das Tarnfeld.«

»Vergiß es.« Pakk Raff schielte zum Ausgang, der nicht weit von ihnen entfernt lag. »Was ist mit unseren Leuten?«

Die anderen Nomaden hatten ihre Bewußtlosigkeit noch immer nicht überwunden.

»Schwächlinge. Aber wir werden ihr Opfer nicht vergessen.«

Pakk Raff vergeudete nicht mal einen Blick an seine Leute. Statt dessen faßte er ein letztes Mal das kleine Wunderwerk der Rahim ins Auge. Einer der Fremden fummelte gedankenlos an dessen Kontrollen herum.

Jeden Moment konnte es knallen. In der Halle würde kein Stein auf dem anderen bleiben.

»Los jetzt!« stieß er aus und sprang kraftvoll auf die Beine. Die Lähmung hatte keine Nachwirkungen hinterlassen.

Er stieß sich ab und rannte dem Ausgang entgegen.

Priff Dozz jagte hinter ihm her. Die Furcht trieb ihn voran. Er war sicher, daß er die rettende Tür nicht erreichen würde. Entweder holte ihn ein neuerlicher Lähmstrahl von den Beinen, oder die Macht der Explosion bereitete seiner Flucht ein Ende. Er wagte nicht, sich umzudrehen, um das Unheil nicht kommen zu sehen.

Doch nichts geschah. Niemand hielt ihn auf.

Unbehindert erreichte er den Ausgang.

Und stürmte durch ihn hindurch ins Freie.

»Komm schon!« rief Pakk Raff, ohne sich zu versichern, daß sein Chefdenker tatsächlich hinter ihm war. »Meine Gemächer sind mit einem starken Prallfeld gesichert. Nur dort sind wir sicher.«

Das ließ sich Priff Dozz nicht zweimal sagen.

Er war überrascht über sich selbst, angesichts des Tempos, das er entwickelte. Doch seine Lunge hämmerte, als wollte sie seinen Brustkorb durchstoßen. Das Atmen fiel ihm schwer, und er fühlte schmerzhafte Stiche am ganzen Körper.

Aber er hielt erst inne, als er Pakk Raffs Gemächer erreicht hatte und sich der Prallschirm hinter ihm aufbaute.

*

»Los jetzt!«

Die aufgeregte Stimme alarmierte Shodonn.

Der galoanische Wissenschaftler drehte sich um und entdeckte zwei Nomaden, die ihre Paralyse überwunden hatten. Beide waren auf den Beinen und versuchten zu fliehen. Ein paar der Menschen fuhren ebenfalls herum, doch bevor sie etwas unternehmen konnten, waren die beiden Nomaden schon aus der Halle verschwunden.

Es war zu spät, die Flucht zu vereiteln.

Arc Doorn kletterte aus dem Rettungsboot der Rahim. Unschlüssig schaute er zum gegenüberliegenden Ausgang hinüber.

»Zu spät, sie zu verfolgen«, überlegte er. »Sie kennen sich besser aus als wir. Wenn wir ihnen jemanden nachschicken, riskieren wir nur, daß sich unsere Leute in den Gängen und Korridoren verirren.«

Shodonn sah ihn an. »Dann wollen Sie gar nichts unternehmen?«

»Doch, ich werde mich wieder der Rahim-Technik widmen.« Vorwurfsvoll nickte er den Flashpiloten zu. »Hätten Sie ihre Posten nicht verlassen, wäre den Nomaden nicht die Flucht geglückt. Also, meine Herren, bitte zurück an Ihre Stellungen! So weit wir wissen, befinden sich keine weiteren Nomaden im Schloß. Hier haben wir sie alle unter Kontrolle.« Er bestimmte zwei Mann der Flashbesatzungen, die die gelähmten Nomaden im Auge behalten sollten, die anderen verteilten sich an den Ausgängen. Die ersten Nomaden begannen sich schon wieder zu regen. »Die zwei, die entkommen sind, werden wir schon in Schach halten, falls sie zurückkommen.«

Er wollte sich schon wieder dem Objekt seiner Begierde zuwenden, aber Shodonn hielt ihn zurück. Etwas stimmte nicht, da war er sicher. Diese panische Flucht, die er beobachtet hatte. Die beiden Nomaden hatten sich nicht lediglich dem Zugriff der Menschen entziehen wollen.

Plötzlich wurde es ihm klar.

Sie wollten sich in Sicherheit bringen.

Doch wovor?

»Bei den Rahim!« entfuhr es ihm. »Doorn, wir müssen sofort raus hier! Mit dem Beiboot stimmt etwas nicht. Eine Bombe!«

»Was für eine Bombe?«

»Wir müssen an Bord der Flash!« drängte Shodonn. »Wir haben keine Zeit für Fragen. Aber glauben Sie mir, ich bin sicher, daß die Nomaden eine Bombe in dem Rahim-Boot versteckt haben. Das würde zu ihnen passen. Deshalb hatten sie es so eilig. Sie kann jeden Moment explodieren.«

Arc Doorn bezweifelte das. Nachdenklich betrachtete er das Rettungsboot. Er hatte bei seinen Untersuchungen nichts entdeckt, was auf eine Bombe hindeutete. Zwar hieß das nichts, denn wenn Shodonns Worte zutrafen, war sie so versteckt, daß sie nicht gleich ins Auge fiel. Aber warum? Weshalb sollten die Nomaden das Geheimnis der Rahim vernichten? Sie hatten es gekapert, um es zu erkunden. Aber was, wenn sie vorsichtig gewesen waren und sich auf alle Eventualitäten vorbereitet hatten? Dann schwebten sie alle in höchster Gefahr.

Plötzlich brannte ihm der Boden unter den Füßen.

»Wonzeff! Doraner!« brüllte er durch die Halle. »Kartek! Dreßler! Alle Mann sofort an Bord der Flash! Wir starten. Shodonn, Sie fliegen wieder mit Mike Doraner.«

Wenn es nur nicht schon zu spät war.

Arc Doorn glaubte das mechanische Ticken einer Höllenmaschine in den Ohren zu haben.

Die Flashpiloten und ihre Begleiter stürmten zu den Blitzen und verschwanden darin. Niemand brauchte eine Erklärung. Doorns kompromißlose Anfeuerungen sagten alles: Gefahr in Verzug.

Doorn kletterte hinter Pjetr Wonzeff an Bord.

Wenn Shodonns Vermutung stimmte... er zerbiß einen Fluch auf den Lippen ...dann opferten die beiden geflohenen Nomaden ihre eigenen Leute.

Er hatte wirklich nicht viel für dieses Volk übrig, doch dieses Verhalten fand er unwürdig.

Doch er konnte den Bewußtlosen nicht helfen.

Nicht ohne die eigenen Leute zu gefährden.

Und die Flash verfügten über keine Kapazitäten, die paralysierten Nomaden aufzunehmen.

Nur Sekunden vergingen, bis sämtliche Flash besetzt waren und sich die spinnbeindünnen Ausleger vom Boden erhoben. Dann bauten sich die Intervallfelder auf, und die Beiboote der POINT OF begannen zu sinken.

Kaum begann die Durchdringung des unter ihnen liegenden Bodens, als die Hölle losbrach. Eine gewaltige Stichflamme fraß sich im Bruchteil einer Sekunde seinen Weg aus dem Rettungsboot der Rahim ins Innere der weiten Halle.

Arc Doorn beobachtete den kleinen Weltuntergang mit einem flauen Gefühl im Magen.

Wenn Shodonn nicht so aufmerksam gewesen wäre…

Schuldbewußt, weil er nicht selbst die richtigen Schlüsse gezogen hatte, verdrängte er den Gedanken.

Dann zerriß eine ohrenbetäubende Detonation die Stille. Die Wände wurden in ihren Grundfesten erschüttert, ein Teil der Dekke brach ein und begrub die Nomaden unter sich, die nicht augenblicklich verbrannt waren.

Keiner von ihnen hatte noch einmal das Bewußtsein wiedererlangt.

Die Besatzungen der Flash bekamen nicht mehr mit, wie die Halle in Dunkelheit versank. Nur an einigen Stellen zeugten schwelende Brände von der Katastrophe, die sich hier ereignet hatte.

Da waren die Blitze bereits auf dem Rückweg zur POINT OF.

*

Pakk Raff schäumte vor Wut.

Die Lagerhalle war vollständig vernichtet, und die Explosion hatte angrenzende Bereiche des Nomadenstützpunkts ebenfalls zum Einsturz gebracht. Eine Katastrophe, ein Desaster – dem obersten Rudelführer der Nomaden fehlten die Worte.

Lediglich seine Privatgemächer waren dank des Prallfelds völlig unversehrt geblieben. Sämtliche Nomaden, die ihn begleitet hatten, waren tot. Alle bis auf seinen Berater und seine drei Frauen. Selbst die Stammbesatzung des Schlosses hatte es erwischt.

Systematisch, als ob noch nicht genug Schaden angerichtet worden wäre, zertrümmerte er eine Sitzgruppe. Er mußte sich auf diese Weise abreagieren, um nicht auf Priff Dozz loszugehen. Doch ihm war klar, daß er auf ihn angewiesen war. Auch im Zustand höchster Erregung durfte er ihm also nicht unüberlegt die Kehle durchbeißen.

»Du verdammter Narr!« tobte er. »Was sollte dieser Wahnsinn mit der Bombe? Du trägst die Schuld am Tod unserer Leute!«

Priff Dozz hockte in einer Raumecke und wagte kaum, seinen Chef anzusehen.

»Die Fremden sind schuld«, versuchte er sich kleinlaut zu verteidigen. »Niemand wäre tot, wenn sie uns nicht angegriffen hätten. Außerdem hätten wir sie retten können, wenn du mich nicht daran gehindert hättest, eine Warnung auszusprechen.«

Pakk Raff fletschte die Zähne und stieß ein drohendes Knurren aus. Selbst seine drei Frauen zogen es vor, sich aus seiner direkten Nähe zurückzuziehen.

»Immerhin sind die Fremden auch tot«, setzte der intellektuelle Kopf der Heimatlosen nach. »Ich vermute, daß ihr Verlust sie schwerer trifft.«

»Sie sind nicht tot«, konterte der Rudelführer gereizt. Er drehte einen Holomonitor, dessen Bilder seinem Berater bislang verborgen geblieben waren, und ließ einen Film ablaufen. »Ich habe alles, was in der Halle geschehen ist, aufgezeichnet. Sieh selbst, sie sind durch den Boden verschwunden, wie sie gekommen sind.«

Priff Dozz wollte es nicht glauben, aber die Bilder, die er sah, logen nicht. Die unheimlichen Teufel hatten wieder einmal das bessere Ende erwischt. Deutlich war in dem sie umgebenden Chaos zu erkennen, wie ihre plumpen Boote im Boden verschwanden, ohne von der Explosion oder den Bränden betroffen zu sein.

»Dann sollten wir uns an die Räte wenden. Wir geben den Fremden die Schuld. Sie müssen sich verantworten.«

Das war gar nicht so dumm, und Pakk Raff fragte sich, warum er selbst noch nicht an diese Möglichkeit gedacht hatte. Er war sicher, daß es ihm gelingen würde, die Fremden vor dem Rat an den Pranger zu stellen und sie in einem möglichst schlechten Licht dastehen zu lassen.

»Da ist was dran.«

Doch Pakk Raffs Überlegungen wurden vom Signal eines Summers unterbrochen.

Er nahm eine Schaltung vor und erhielt gleich darauf ein neues Bild. Es zeigte den Eingangsbereich des Anwesens. Rettungs- und Löschtrupps waren eingetroffen. Unten im Dorf mußte man die Explosion mitbekommen haben.

»Um so besser. Die offizielle Delegation kommt von ganz allein«, bemerkte Priff Dozz. »Wir sollten sie empfangen und ihnen von den Verbrechen der Fremden aus dem Ringraumer berichten.«

»Ihr sorgt dafür, daß mein Bett nicht kalt wird«, wies Raff seine drei Schönheiten an, während er seinen Berater vor sich aus dem Raum drängte.

Zunächst kamen sie mühelos voran, doch nach einer Weile mußten sie sich mit bloßen Händen einen Weg durch die Trümmer bahnen. Aus der Nähe sah alles noch schlimmer aus als auf den Hologrammen. Sie konnten froh sein, daß es ihnen geglückt war, sich rechtzeitig in Sicherheit zu bringen. An seine Leute verschwendete er dabei keinen Gedanken, auch wenn er das Priff Dozz gegenüber vorgetäuscht hatte. Sie hätten halt ebenfalls etwas schneller wieder zu sich kommen sollen. Er würde keinem von ihnen eine Träne nachweinen.

Andererseits war ein weiterer Aderlaß unter seinen Gefolgsleuten nicht mehr zu verantworten, wollte er seine Schiffe auf einem vertretbaren Personalstand halten.

Das Löschkommando stürmte an ihm vorbei, um sich an die Arbeit zu machen. Pakk Raff hielt sie nicht auf. Zwar gab es für die

Leute nichts mehr zu tun, aber sie sollten mit eigenen Augen sehen, was die Verbrecher aus dem Ringschiff angerichtet hatten.

»Sind Sie der Einsatzleiter?« hielt er einen Uniformierten, einen hochgewachsenen Karellen, zurück, der zuvor einige Anweisungen gegeben hatte.

Der Mann machte eine bejahende Geste. Ihm war anzusehen, daß er am liebsten seiner Mannschaft gefolgt wäre, aber Pakk Raff verwehrte ihm den Durchgang.

»Wir sind überfallen worden. Wir hatten keine Chance, uns zu verteidigen.« In kurzen Zügen schilderte er den willkürlichen und durch nichts zu begründenden Überfall, dem die hilflosen Nomaden zum Opfer gefallen waren. »Diese Verbrecher müssen zur Rechenschaft gezogen werden«, forderte er vehement. »Sie haben meinen Besitz zerstört und meine Leute getötet. Das sind Mörder. Ich fordere als Ausgleich die beiden Ringschiffe. Das ist nicht mehr als recht.«

»Das fällt nicht in mein Ressort«, wehrte der Einsatzleiter ab. »Das kann nur der planetare Rat entscheiden. Wenden Sie sich an den Rat.«

»Dann stellen Sie mir eine Verbindung her.« Ein zorniges Funkeln erfüllte seine Augen, das nur Priff Dozz wahrnahm. Er konnte nur hoffen, daß sein Chef nicht den Fehler machte, sich hinreißen zu lassen und den Karellen anzuspringen. Damit würde er von vornherein alles zunichte machen.

Doch Pakk Raff hatte sich in der Gewalt.

Und bekam wenig später seine gewünschte Verbindung.

*

Vehement hatte Pakk Raff seine Anschuldigungen wiederholt.

Durch seine Berufung auf den gestörten Rechtsfrieden auf Doron war der planetare Rat nicht umhingekommen, in aller Eile eine Versammlung einzuberufen.

Ren Dhark fühlte sich nicht wohl in seiner Haut. Stellvertretend für die Menschen war er als Angeklagter erschienen, und nun, da er sich den Vertretern der verschiedenen auf Doron heimischen Völker gegenübersah, fühlte er sich eher wie vor einem Tribunal.

Dan Riker hatte versucht, ihn von einem Erscheinen abzuhalten, doch Shodonn hatte ihm klargemacht, daß die Terraner sich der Anklage stellen mußten. Und Ren hatte sich nichts vorzuwerfen. Die haarsträubenden Beschuldigungen der Nomaden mußten aus der Welt geräumt werden.

»Ich wiederhole meine Forderungen«, polterte der Rudelführer der Nomaden in arrogantem Tonfall. »Für den mir zugefügten Schaden klage ich die beiden Ringraumer der Fremden ein. Ihr durch nichts gerechtfertigter Angriff gegen das Volk der Nomaden kann nicht hingenommen werden. Ich will die beiden Schiffe.«

»Sie wollen?« hielt ihm ein Sprecher des Rats entgegen. »Hier geht es nicht darum, was Sie wollen. Vor diesem Gremium wird allein entschieden, was Recht ist und was gerechtfertigt.«

Ren hatte längst erkannt, daß die Nomaden ihm gegenüber keinen Vorteil besaßen. Seine anfängliche Befürchtung, die Nomaden hätten den planetaren Rat möglicherweise durch Bestechung auf ihre Seite gezogen, erfüllte sich nicht. Auch wenn sie in der Freizone aufgenommen wurden wie alle anderen und ihrem Begehren nachgegeben wurde, war doch deutlich, daß sie hier keine Freunde hatten. Und somit keinen Vorteil.

»Nicht mehr als unser Recht fordern wir«, warf Priff Dozz ein. »Es geht hier nicht darum, daß die Fremden, die sich Terraner nennen, aus einer anderen Galaxis kommen. Die Gesetze der Freizonen sind ihnen bekannt, wie der Galoaner angab. Es geht allein darum, daß ihr verbrecherisches Tun den Gesetzen Dorons widerspricht. Sie interpretieren das Recht, in aller Freiheit Geschäfte zu machen, auf ihre Art. Sie nehmen sich, was sie wollen, ohne Rücksicht auf Zerstörung und Mord. Wenn der Rat diesmal keine restriktive Entscheidung trifft, werden der Willkür auf Doron Tür und Tor geöffnet.«

»Wir haben uns nichts zuschulden kommen lassen«, verteidigte sich Dhark. Der kleine, schmächtige Nomade war von einem ganz anderen Kaliber als sein Anführer, wurde Ren klar. Während Pakk Raff nur durch eine große Klappe auffiel, blieb der Kleine ruhig und scheinbar sachlich. Das machte ihn wesentlich gefährlicher.

»Wirklich nicht? Beiboote ihrer Ringraumer sind in unser Anwesen eingedrungen«, konterte er. »Wahllos haben sie unsere Leute mit Lähmstrahlen beschossen und dann mit Bomben geworfen.«

»Eine schwere Anschuldigung«, überlegte der Sprecher des Rats. »Aber sie wird nicht dadurch glaubhafter, ständig wiederholt zu werden.«

»Ihnen liegen Beweise vor. Die Reste an Streuemissionen, die nachgewiesen wurden, stammen eindeutig von den Maschinen der Menschen. Außerdem gibt es Zeugen für das Eindringen der Terraner.« Er dachte an Pakk Raffs drei Frauen, die noch vor ihrer Befragung von dem Rudelführer entsprechend instruiert worden waren.

»Ich streite doch gar nicht ab, daß wir im Schloß der Nomaden waren«, wehrte Ren betont lässig ab. »Ich habe bereits erklärt, daß wir nur etwas zurückholen wollten, was die Nomaden geraubt haben. Sie streiten ihren Diebstahl ja nicht mal ab.«

»Wir streiten ihn sehr wohl ab!« fuhr Pakk Raff dazwischen. »Es gibt keine Beweise. Oder haben die Helfer irgend etwas gefunden, das nicht uns gehörte? Wir Nomaden sind es leid, immer als Diebe hingestellt zu werden.«

»Da muß ich Ihnen widersprechen«, hielt ihm der Ratssprecher entgegen. »Unter den ausgebrannten Trümmerstücken war auch fremde Technik, die zweifellos nicht aus der Produktion der Nomaden stammt.«

Das Geplänkel hielt noch eine ganze Weile an, und schließlich erhoben sich die Mitglieder des planetaren Rats.

»Wir haben genug gehört«, sagte ihr Sprecher. »Und wir kommen zu dem Schluß, daß die Fremden kein Verbrechen begangen haben. Sollte dies doch der Fall sein, fehlen uns leider die Beweise, die auch die Nomaden nicht haben beibringen können. Wir können daher nicht anders, als das Ansinnen der Nomaden abzulehnen.«

Ren Dhark fiel ein Stein vom Herzen. Natürlich hätte er die POINT OF und die MAYHEM auch nicht preisgegeben, wenn der Schiedsspruch anders gelautet hätte, doch dann wären Shodonns Worte Wahrheit geworden. Die Menschen hätten nirgendwo in Drakhon mehr Unterstützung gefunden, sondern wären auf sämtlichen Welten unwillkommene Aussätzige. Diese Gefahr war gebannt.

»Doch den Terranern erteile ich einen ernsthaften Rat«, fuhr der Sprecher fort. »Wir wissen nicht, was in dem Bergschloß tatsächlich vorgefallen ist, aber verstoßen Sie nicht gegen die Gesetze der Freizonen, wenn Sie sich nicht selbst schaden wollen.«

Pakk Raff protestierte lautstark, doch niemand hörte auf ihn. Schließlich gelang es Priff Dozz, seinen Anführer aus dem Versammlungsraum zu dirigieren.

Ren konnte zufrieden sein.

Die Nomaden hatten ihren Willen nicht bekommen.

Vor allem aber besaßen sie das Rettungsboot der Rahim nicht mehr. Da ihnen die Entschlüsselung der fremden Technik nicht gelungen war, würden sie auch ihre Kreuzraumer nicht tarnen können.

Zumindest diese Gefahr war ausgeschaltet.

Doch die eigentliche bestand nach wie vor.

Die, wegen der die POINT OF nach Drakhon gekommen war.

Und Ren wußte, daß er nur noch eine Chance hatte.

Er mußte die Rahim finden.

14.

Engel waren bekanntlich strahlendweiß. Und sie konnten fliegen.

Daran gemessen wurde das Häuflein Überlebender um Frikk und Ömer von Engeln gerettet. Sie trugen blendendweiße Uniformen und kamen in schneeweißen Schwebern geflogen. Ihre Landung erfolgte in nächster Nähe der Verschwörerbasis.

Einen krassen Unterschied gab es allerdings. Im Gegensatz zu den uniformierten Rettern trugen himmlische Engel keine Waffen – von Erzengel Gabriel und seinem rächenden Flammenschwert mal abgesehen. Die Weißen waren mit kleinen Raketenwerfern bewaffnet, und fast jedes ihrer Geschosse traf ins Ziel.

Auch auf Terra waren solche Handfeuerwaffen bekannt, unter der Kurzbezeichnung Mi-Ra (Miniraketenwerfer). Ömer Giray war daran ausgebildet worden. Um den Mi-Ra zu bedienen, benötigte man beide Arme sowie ein gewisses Potential an Körperkraft, andernfalls wurde man aufgrund des gewaltigen Rückstoßes hart zu Boden geschleudert.

Die weißgekleideten Tel schienen damit keine Schwierigkeiten zu haben. Jeder von ihnen bediente zwei Raketenwerfer gleichzeitig. Entweder, so schätzte Ömer, waren sie besonders kräftig, oder ihre Waffentechniker hatten das Rückstoßproblem auf andere Weise gelöst.

Augenblicklich erwachte der Spion in ihm, und er nahm sich vor, bei Gelegenheit entsprechende Nachforschungen anzustellen. Schließlich konnte es nichts schaden, die terranischen Waffen auf den gleichen Stand zu bringen.

Rebellen, die von den Miniraketen getroffen wurden, platzten wie überreife Melonen. Ihre zerfetzten Eingeweide verteilten sich in alle nur erdenklichen Himmelsrichtungen.

Die von den Umstürzlern eingesetzten Kleinpanzer wandten sich konzentriert den neuen Angreifern zu. Der Fahrzeugführer, der ursprünglich Frikk und Ömer zur Hölle schicken wollte, schloß sich an und drehte ab. Beide Männer atmeten gleichzeitig auf, ihr Leben hatte nur noch an einem seidenen Faden gehangen.

»Wer sind die?« fragte Giray den Geheimdienstchef. »Wieso konnten sie uns so schnell zu Hilfe kommen?«

»Sie gehören zu unserem Schutzverband«, antwortete Bor Frikk. »Wir betreiben am Südpol ein geheimes Trainingscamp, das von einem Freund von mir geleitet wird. Als ich erkannte, wie aussichtslos unsere Lage ist, forderte ich ihn und seine Gruppe zur Verstärkung an.«

»Man hätte von vornherein mehr Leute für den Sturm auf die Basis einsetzen sollen«, bemerkte Ömer, was als simple Feststellung und nicht als Kritik gemeint war.

Frikk bekam seine Worte dennoch in den falschen Hals.

»Macht ihr auf Terra immer alles richtig?« fuhr er Giray ärgerlich an. »Geplant war die ganze Aktion als Blitzüberfall. Die Aufrührer sollten uns erst bemerken, wenn es zu spät für sie war. Der Anflug eines Raumschiffs oder einer größeren Anzahl Flash hätte nur unnötiges Aufsehen erregt. Hinterher weiß man immer alles besser. Angesichts der vielen Toten würde ich nur zu gern meine Strategie noch mal gründlich überdenken, aber dafür ist es leider zu spät.«

»Es steht mir nicht zu, Sie zu kritisieren…« setzte Ömer zu einer Entschuldigung an.

»Eben!« schnitt Frikk ihm barsch das Wort ab. »Also halten Sie gefälligst den Mund!«

Damit war der kurze Streit beendet. Für mehr blieb keine Zeit, denn die Schlacht um die Kuppel war noch in vollem Gange.

Im Nachhinein hätte sich Ömer am liebsten auf die Zunge gebissen. Frikk gab sich zwar nach außen hin als bärbeißiger Geheimdienstveteran, doch hinter der harten Schale… Schließlich hatten auch Tel Gefühle, darin waren sie den Menschen am ähnlichsten.

Die Weißen beschossen die Kettenfahrzeuge nun von mehreren Seiten gleichzeitig. Dem fortwährenden Raketenbombardement hielt die unzureichende Panzerung nicht lange stand. Ein Fahrzeug nach dem anderen ging in Flammen auf. Kein einziger Fahrer konnte sich rechtzeitig in Sicherheit bringen.

Bald darauf war der Kampf entschieden – zu Gunsten des Schutzverbandes gegen die Feinde Telins.

Die überlebenden Verschwörer konnte man an zwei Händen abzählen. Sie hatten alle nur erdenklichen Reserven mobilisiert und am Ende trotzdem verloren.

Auch der SFT hatte große Verluste zu beklagen. Doch es hätte schlimmer kommen können. Ohne das Eingreifen des Trainingstrupps wären die Rebellen zweifelsohne als Sieger aus den Kämpfen hervorgegangen.

Bor Frikk bedankte sich beim Leiter des Camps.

»Wenn du willst, kannst du wieder in den Innendienst zurückkehren«, bot er ihm an. »Du hast heute bewiesen, daß du mehr kannst als deinen Mitstreitern mit groben Scherzen und albernen Geschenken auf die Nerven zu fallen. Deine Leute sind bestens ausgebildet, Respekt. Wie hast du das nur geschafft?«

»Indem ich sie nicht als Versager, sondern als Tel behandelt habe«, erwiderte sein Freund. »Du kannst jetzt jeden einzelnen von ihnen an den gefährlichsten Brennpunkten einsetzen, er wird dort seinen Mann stehen. Oder seine Frau, je nach Geschlecht. Mir kannst du beizeiten neue vermeintliche Nieten schicken, ich werde mich ihnen genauso intensiv widmen.«

»Heißt das, du willst nicht mehr in die zivilisierte Welt zurückkehren?«

»Lieber nicht. Ich fühle mich hier am Ende der Welt bestens aufgehoben. Nirgendwo sonst auf Cromar kann man noch endlos weit in die Ferne blicken und in die Stille lauschen – den Nordpol ausgenommen. An die Kälte habe ich mich mittlerweile so sehr gewöhnt, daß ich woanders bei der geringsten Bewegung sofort ins Schwitzen geraten würde.«

Vor der Kuppel wurden die wenigen Gefangenen zusammengetrieben.

Der Chefinformatiker Klut Kahr war mit darunter. Er machte den Eindruck eines gebrochenen Mannes. Im Verhör würde Frikk kaum Schwierigkeiten mit ihm haben.

Den Vankko Clos Vlc, den Robonen Owo Gbagbo und den Wer der Flotte Bol Gnun vermutete man unter den Toten. Damit hatte die Verschwörung ein für Cromar und die meisten seiner Bewohner zufriedenstellendes Ende gefunden.

*

Die Tel-Wissenschaft ermöglichte eine exakte Identifizierung aller Toten. Das traf auch auf Leichname zu, von denen nur noch Teile übrig waren. Allerdings gestaltete sich die Untersuchung als sehr zeitaufwendig.

Um schneller an die notwendigen Erkenntnisse zu gelangen, verhörte Bor Frikk den gefangenen Chefinformatiker im schalldichten Keller der »Akademie«. Dabei ging er nicht gerade zimperlich vor. Giray durfte als neutraler Zuhörer mit dabeisein.

Klut Kahr entpuppte sich als zäh. Er gab nur das zu, was man ihm ohnehin nachweisen konnte. Ansonsten schwieg er sich beharrlich aus.

Damit hatten Bor Frikk und Ömer angesichts seiner Niedergeschlagenheit nicht gerechnet. Beide berieten sich in einem Nebenraum.

»Wieso bricht er sein Schweigen nicht?« sagte der Geheimdienstchef ratlos. »Was hat er noch zu verlieren? Wir kennen inzwischen die Namen der meisten Mitverschwörer. Nach Abschluß der Identifizierung erfahren wir, wer bei den Kämpfen am Südpol umgekommen und wer auf der Flucht ist. Es wird eine planetenweite Fahndung ausgelöst, die entkommenen Rebellen können sich nirgends verstecken. Der Hypersender wurde zerstört. Das Vorhaben, die Tel-Flotte über die Kluis-Frequenz zu übernehmen, kann daher nicht mehr durchgeführt werden. Der Plan der Umstürzler ist voll und ganz gescheitert.«

»Und wenn nicht?« gab Giray zu bedenken.

»Was meinen Sie damit?«

»Die Zahl der Verschwörer ist womöglich noch höher als wir ahnen. Enorm höher. Und es gibt keinen Beweis, daß das Anführerquartett am Südpol ums Leben gekommen ist. Bisher haben wir der vierköpfigen Schlange lediglich eines ihrer Häupter abgeschlagen – vermutlich das kleinste. Ich glaube nämlich nicht, daß Klut Kahr im Team viel zu melden hatte. Seine Aufgabe war es, über den Hypersender auf den Kluis einzuwirken. Durch die Überlagerung des Signals wurde das verhindert. Danach war Kahr für die übrigen drei wertlos. Falls Gnun, Gbagbo und Vlc noch leben, werden sie bestimmt versuchen, ihre Anhänger neu zu formieren und Plan B in die Tat umzusetzen.«

»Plan B?« wiederholte Frikk verwundert.

»Ein terranischer Ausspruch lautet: Es gibt immer einen Plan B«, erklärte der Agent. »Wenn der ursprüngliche Plan A fehlschlägt, ist es stets von Vorteil, einen Alternativplan parat zu haben, etwas, auf das der Gegner nicht gefaßt ist.«

»Und Sie glauben, die Abtrünnigen verfügen über einen solchen Reserveplan?«

»Kann sein oder auch nicht. Bislang kennen wir ja noch nicht einmal das gesamte Ausmaß von Plan A.«

»Das bringe ich schon in Erfahrung«, erwiderte Frikk. »Klut Kahr wird reden, das schwöre ich! Wenn es sein muß, zerquetsche ich ihn wie eine Losseeke – Stück für Stück, jeden Körperteil einzeln, ganz langsam...!«

Ömer traute ihm das ohne weiteres zu. Er hielt nichts von brutalen Foltermethoden und setzte lieber auf Psychologie.

Bei der GSO gab es Gerüchte, Jos Achten van Haag habe einmal einen Robonen einem stundenlangen ultimativen Verhör unterzogen, um Scholfs geheimes Hauptquartier im Dschungel von Borneo ausfindig zu machen. Sein Ziel habe Jos erreicht, doch der Robone wäre dadurch zum brabbelnden Idioten geworden, hieß es. Da man sich die Geschichte nur hinter vorgehaltener Hand erzählte, wußte Ömer nicht, ob sie der Wahrheit entsprach.

Er wollte es auch gar nicht wissen.

Damit Klut Kahr nicht ein ähnliches Schicksal blühte, schlug er vor, einen terranischen Verhörspezialisten hinzuziehen.

Frikk lehnte ab. »Bis der Mann auf Cromar eintrifft, könnte es zu spät sein.«

Ömer lächelte. »Keine Sorge, er ist bereits hier.«

*

Jorge Pinheiro brauchte nur eine knappe Stunde terranischer Zeitrechnung, dann brach Klut Kahr zusammen. Er erklärte sich bereit, eine vollständige Aussage zu Protokoll zu geben und nichts auszulassen.

Pinheiro hatte darum gebeten, ihn mit dem Gefangenen allein zu lassen. Niemand erfuhr jemals, was hinter den verschlossenen Türen des Verhörzimmers geschehen war. Fest stand nur, daß Klut Kahr keinerlei äußerliche Verletzungen aufwies und auch sein Verstand unter dem Druck der Befragung in keiner Weise gelitten hatte.

»Wie konnten Sie sicher sein, daß es Ihrem Botschafter gelingen würde, Kahrs Willen zu brechen?« erkundigte sich Bor Frikk leise bei Giray, kurz bevor beide den Verhörraum betraten.

»Menschenkenntnis«, flüsterte Ömer und verschwieg ihm, wie sehr er sich anfangs in Pinheiro getäuscht hatte.

Ganz sicher gewesen war er sich natürlich nicht, aber er hatte aufgrund seiner Beobachtungen die besondere Fähigkeit des Botschafters erkannt und an den Erfolg geglaubt.

Im Beisein von Frikk, Giray und Pinheiro sagte der Chefinformatiker aus, daß gar kein alternatives Kluis-Programm an die Flotte verschickt wurde, um sie extern zu steuern. Statt dessen hatte man die Bordrechner mit einem Virus verseucht, um dem Kluis den Eingriff von außen unmöglich zu machen.

Die Überlagerung des Signals war zu spät erfolgt. Der Kluis

hatte, wie sich rasch herausstellte, tatsächlich keinen Zugriff mehr auf die Schiffe der Flotte. Und in der waren die Rebellen überproportional stark vertreten. Mittlerweile war es ihnen gelungen, gut achttausend der mehr als zwanzigtausend Doppelkugelraumer der Telin-Flotte in die Hand zu bekommen.

Bor Frikk war entsetzt. Anfangs war er von einer Handvoll Verblendeter ausgegangen, dann von einigen hundert… um wie viele handelte es sich tatsächlich?

»Welches Ziel verfolgen die Verschwörer?« fragte Frikk scharf. »Sind Gnun, Vlc und Gbagbo noch am Leben?«

»Sie waren nicht in der Basis«, gab Kahr bereitwillig Auskunft. »Unser Ziel ist es, Terra zur neuen Kolonie des Telin-Imperiums zu machen.«

»Welche Rolle spielen die Robonen dabei?« wollte Ömer wissen.

»Sie kennen eine Möglichkeit, den Schutzschirm zu durchbrechen, der Terra umgibt. Owo Gbagbo will sie uns verraten. Zum Dank für seine Hilfe erhalten die Robonen nach der Eroberung Ihres Planeten zehn Ringraumer. Sie wollen damit die Erde verlassen und zu ihren Freunden zurückkehren, von denen sie seit der Installation des Schirms nichts mehr gehört haben.«

»Wann soll die Machtübernahme stattfinden?«

Klut Kahr sah den Geheimdienstchef mit ernster Miene an und sagte mit heiserer Stimme: »Jetzt!«

»Jetzt?« hakte Frikk ungläubig nach.

»Wer Bol Gnun ist nicht die einzige starke Kraft in der Flotte, die gegen die neue Regierung interveniert«, erwiderte der Gefangene und lächelte grimmig. »Hinter ihm stehen zahllose tapfere Männer und Frauen, die bereit sind, gemeinsam mit ihm in den Tod zu gehen, wenn es die Sache fordert. In diesem Augenblick übernehmen sie gerade eine große Anzahl Kriegsschiffe, und keiner kann sie mehr stoppen! Nicht der Geheimdienst, nicht der Vank – und auch nicht der Kluis!«

*

Damit das Militär jederzeit in jeder Region von Cromar präsent und einsatzbereit war, hatte die Tel-Führung ihre Raumflughäfen, Übungscamps und Kasernen strategisch über den gesamten Planeten verteilt – eine gute Entscheidung, die seinerzeit noch vom Kluis getroffen worden war. Die zivile Bevölkerung hatte sich daran gewöhnt, mit den Soldaten in der Nachbarschaft zu leben, trotz gelegentlicher Lärmbelästigung und sonstiger Strapazen. Der Gedanke, mittels Schließungen die militärischen Standorte auszudünnen, wäre den Cromanern nie in den Sinn gekommen, weshalb über derartige Absurditäten niemals ernsthaft debattiert wurde.

Am späten Nachmittag meldete ein junger Wachtposten in der Region Boron dem Übungsgefechtsstand seiner Kompanie, entlang der äußeren Abgrenzung seien zahllose Lichtpunkte aufgeflammt.

»Äußere Abgrenzung« war auf Cromar in etwa das gleiche wie auf Terra der Begriff »Bannmeile«. Es war verboten, sich innerhalb eines bestimmten Umkreises den Manöverlagern zu nähern. Andernfalls wurde man ohne viel Federlesens als Aggressor eingestuft und entsprechend behandelt.

Gelegentliche Zwischenfälle entpuppten sich glücklicherweise meist als Versehen, überwiegend ausgelöst durch neugierige Zivilisten. Weil man es sich mit der Bevölkerung nicht verderben wollte, löste man derlei harmlose Probleme so unbürokratisch wie möglich.

Einen ernsthaften Angriff auf die äußere Abgrenzung hatte es in der Geschichte der Tel noch nie gegeben…

… bis jetzt!

Zahllose Lichtpunkte. Zunächst dachte der Wachhabende an einen Irrtum. Vielleicht ein unangemeldetes Feuerwerk?

Erst als die ersten Strahlenbahnen einschlugen, wurde allen plötzlich klar, daß die Lichter nichts anderes sein konnten als das Feuer feindlicher Geschütze. Der Wachtposten war erster Augenzeuge der Rebellenoffensive am Boden.

In den Übungscamps herrschte Betrieb rund um die Uhr. Zu jeder Tageszeit hatte eine Schicht Ruhe. Durch das jäh einsetzende Strahlengewitter wurden zahlreiche nichtsahnende Regierungssoldaten aus dem Schlaf gerissen.

Strahlenbahnen schlugen pfeifend in die Stellung ein und setzten Büsche, Bäume und Unterkünfte in Brand. Eilig zusammengestellte Löschkommandos gaben ihr Bestes und verhüteten zunächst das Schlimmste.

An den Brandstellen blieben häßliche schwarze Flecken zurück. Spuren der Zerstörung. Vorboten des Todes.

Die Erde erbebte immer stärker unter dem Beschuß.

Nicht nur in Boron, sondern überall auf dem Planeten.

Die Rebellen hatten sich lange und intensiv vorbereitet. Schon in den Vorplanungen hatten sie ihre Angriffsziele ausgewählt und ihre Taktik festgelegt. Die Überraschungsoffensive, die Frikks Truppe am Südpol mißlungen war, zogen die Verschwörer allerorts auf Cromar nun unbeirrt durch.

Die im Übungslager Boron stationierten Soldaten formierten sich und suchten mit dem Gewehr in der Hand Deckung hinter Schutzwänden, in Schützenlöchern und -gräben. Per Funk setzten sie sich mit anderen Standorten in Verbindung – kein leichtes Unterfangen, angesichts laufend dazwischenfunkender Störsender der Verschwörer.

Das Trommelfeuer verstummte. Im Lager breitete sich Schweigen aus. Tödliches Schweigen. Die beängstigende Ruhe vor dem Sturm.

Allmählich kroch die Dunkelheit in jeden Winkel des Camps. Riesige Scheinwerfer, von den Wolken reflektiert, erhellten die Stellung.

In diesem künstlichen Licht erschienen spukhafte Gestalten an der Umzäunung. Sie kamen von überallher. Eine mit Strahlengewehren bewaffnete Bodentruppe machte sich bereit zur Erstürmung des Lagers.

Beim Tel-Militär legte man Wert auf eine solide Ausbildung. Normalerweise wäre selbst ein noch stärkerer Gegner mit geballter Feuerkraft in seine Schranken verwiesen worden.

Aber das hier war kein Normalfall.

Der Feind kam nicht aus dem All. Es waren keine Fremden auf Cromar gelandet und versuchten nun, die Macht an sich zu reißen. Statt dessen kämpften Tel gegen Tel.

Auf einen Bürgerkrieg in diesem Ausmaß waren die Soldaten nicht vorbereitet. Kluis, Vank und Vankko hatten das Volk stets auf Geschlossenheit und Loyalität eingeschworen. In jeder Sekunde ihres Lebens hatten sie sich als unbesiegbare Einheit gesehen.

Und auf einmal sollten sie gegen sich selbst kämpfen?

Wie besiegte man einen Feind, wenn man selber der Feind war?

Bruder gegen Bruder. Schwester gegen Schwester. Das war im Lebensplan eines Tel nicht vorgesehen, ob Zivilist oder Soldat.

Doch es gab keinen Ausweg. Das nachfolgende blutige Gemetzel war unausweichlich.

Auf Seiten der Gegner des Friedensvertrages mit Terra kämpften blinder Haß und Fanatismus mit. Dem hatten die Friedensbefürworter nur wenig entgegenzusetzen. Ihr einziger Verbündeter war die nackte Angst ums eigene Leben. Um sich selbst zu retten waren sie gezwungen, genauso kompromißlos zu kämpfen und zu töten wie die Angreifer. Das war keine Schlacht, die sie gewollt hatten, aber sie waren wild entschlossen, sie nicht zu verlieren.

Im Lichtgewitter der Strahlenwaffen hielt der Tod reichlich Ernte.

Furcht war eine nicht zu unterschätzende Antriebskraft. Die Soldaten von Boron schlugen sich zäh und verbissen gegen den übermächtig wirkenden Gegner, dem es nicht gelang, in den Kernbereich des Lagers vorzudringen.

Immer weiter konnte der Aggressor zurückgedrängt werden. Was zu Beginn des Angriffs aussichtslos erschienen war, rückte mehr und mehr in die Nähe der Realität. Alles sah danach aus, als ob sich das Blatt zugunsten der Regierungstreuen wenden würde.

Rko Rhol, der junge Wachtposten, der den feigen Überfall als erster bemerkt und gemeldet hatte, schlug sich tapfer in vorderster Linie. Als bester Schütze seiner Einheit verfehlte er selten sein Ziel. Ohne Rücksicht auf sein eigenes Leben mischte er überall dort mit, wo die Provokateure die Oberhand zu gewinnen schienen.

Daheim warteten Frau und Kind auf ihn. Sie sollten stolz auf ihn sein können.

*

Auf ganz Cromar brannte es. Die Verschwörerarmeen schlugen rücksichts- und erbarmungslos zu. Es gab unzählige Opfer auf beiden Seiten... der Krieg forderte seinen Blutzoll.

Und das war erst der Auftakt.

Überall auf dem Planeten starteten Tausende von Rebellenschiffen ins All. Gleichzeitig gab die Regierung Startbefehl für jene Flottenschiffe, die sich weiterhin in ihrer Hand befanden. Der Krieg, der am Boden begonnen hatte, wurde im planetennahen Raum mit noch größerer Härte fortgesetzt.

Außer Cromar umkreisten noch drei weitere Planeten die kleine G0-Sonne im Telin-System. Methangaswelten.

Sni Fult, Kapitän des Patrouillenschiffs SPONG, befand sich auf Höhe einer dieser für Tel unbewohnbaren Welten auf einem Routineeinsatz im All, als ihn die Einsatzkoordinationszentrale auf Cromar vor den Aufständischen warnte. Umgehend versetzte er seine Mannschaft in Alarmbereitschaft.

»Wir schicken Ihnen Verstärkung«, versprach man ihm. »Dort oben dürfte bald die Hölle los sein. Viel Glück – Sie werden es brauchen.«

Die angekündigte Unterstützung kam früher als erwartet. Zwei Doppelkugelraumer plazierten sich jeweils links und rechts neben der SPONG. Ihre Besatzungen unterstellten sich Fults Befehl.

Noch war es in diesem Teil des Weltalls verhältnismäßig ruhig. Der Kapitän des Patrouillenraumers nutzte die Gelegenheit zu einem Systemcheck.

Für eine Sekunde wurde der Schutzschirm abgeschaltet.

Es war die Sekunde, die zwischen Leben und Tod entschied.

Die angeblich zur Verstärkung angerückten beiden Schiffe feuerten gleichzeitig auf die SPONG und beschädigten sie schwer.

Sni Fult reagierte unglaublich schnell und gab Befehl zum Durchstarten. Weit kam er mit dem angeschlagen Antrieb jedoch nicht. Ein weiterer Volltreffer gab seinem Raumer den Rest. Das Schiff verging in einem gleißenden Feuerball.

Beinahe in derselben Sekunde hauchte im Lager von Boron der junge Wachtposten Rko Rhol sein Leben aus. Ein Rebellenraumschiff stand über dem Camp am Himmel und verwandelte es in eine glühendheiße Strahlenhölle. Keiner der Lagerinsassen konnte diesem Inferno entkommen.

David gegen Goliath – nur daß David diesmal der Verlierer war.

Daß auch einige ihrer eigenen Leute an diesem Ort der Verdammnis den Tod fanden, nahmen die Verschwörer billigend in Kauf. Es ging um die Sache, und die war – wie bei allen Fanatikern – das oberste Gebot, dem sich alles unterzuordnen hatte. Auch die Vernunft.

*

Das Chaos verbreitete sich über ganz Telin.

Zu Beginn der Kämpfe im All war es nahezu unmöglich, Freund und Feind zu unterscheiden.

Zwei Flottenschiffe der Regierung merkten erst im letzten Moment, daß sie keinen Rebellenraumer, sondern einen Verbündeten jagten. Der Befehlshaber eines Verschwörerschiffs nutzte die Verwirrung für eine Blitzaktion. Im Sturzflug feuerte er unablässig auf die drei Raumschiffe und richtete schwere Schäden an. Dann drehte er ab, um sich in Sicherheit zu bringen.

Die attackierten Schiffe waren beschädigt, aber nicht handlungsunfähig. Noch bevor der hinterhältige Angreifer außer Schußweite geriet, machten ihm mehrere Treffer den Garaus.

Andernorts waren die Fronten klarer.

Sechs Regierungsraumer hatten sich durch ungeschickte Manöver selbst ins Aus gesetzt. Jetzt saßen sie in der Falle. Achtzehn Schiffe der Abtrünnigen nahmen sie in die Zange und zogen den Kreis immer enger.

Die Eingeschlossenen hatten nichts mehr zu verlieren. Sie setzten alles auf eine Karte.

Aus sämtlichen Abstrahlpolen feuernd riskierten sie den Durchbruch in geschlossener Formation.

Es gelang ihnen, die von ihren Gegnern gebildete Kette an ihrer schwächsten Stelle zu zerreißen.

Drei der sechs Schiffe schafften es nicht, zu entkommen, aber auch der Feind büßte zwei Schiffe ein.

Von Cromar aus rückte Verstärkung für die fliehenden Raumer an. Das Gleichgewicht wurde dadurch wiederhergestellt. Sechzehn gegen sechzehn. Es entbrannte eine wüste Schlacht – hier und an anderen Orten des Telin-Imperiums, das sich allmählich zum Höllenpfuhl entwickelte.

*

Mittlerweile war das gesamte Militär über die planetenweite Insurrektion unterrichtet. Wo man noch nicht in Gefechte verwickelt war, bereitete man sich aufs Eingreifen vor.

Im Komplex des Kluis, wo sich Vank und Vankko zu einer Krisensitzung zusammengefunden hatten, trafen fortwährend neue Schreckensmeldungen ein. Bor Frikk und Ömer Giray nahmen nicht an der Sitzung teil, sie hielten sich gegenüber im Gebäude des Schutzverbandes auf. Jorge Pinheiro war mittlerweile ins Botschaftshotel zurückgekehrt, um seine Mitarbeiter auf die neue Lage vorzubereiten.

Sagla machte sich Vorwürfe, das Militär nicht rechtzeitig vor den bevorstehenden Angriffen gewarnt zu haben.

»Niemand konnte wissen, welches Ausmaß der Rebellenaufstand annehmen würde«, äußerte sich Gen Punfk dazu. »Daher war es klug, vorerst nur den Geheimdienst einzuschalten. Verschwörungen werden nun mal nicht in aller Öffentlichkeit bekämpft.«

»Wo wir gerade vom Geheimdienst reden«, warf Url Bnako ein. »Bor Frikk verfügt über Hinweise, den Aufenthaltsort des abtrünnigen Wer betreffend.«

»Er weiß, wo Bol Gnun steckt?« staunte Sagla. »Wieso läßt er ihn nicht verhaften?«

»Leichter gesagt als getan«, erwiderte Bnako. »Gnun ist von einer kleinen Privatarmee umgeben, persönlichen Leibwächtern, die den Kopf für ihn hinhalten. Laut Frikk will er vom Hafen Larcoon aus Richtung Terra starten – mit vier Raumern in seiner Begleitung.«

»Er will die Erde mit insgesamt fünf Raumschiffen angreifen?« meldete sich einer der Vankko zu Wort. »Ist er komplett verrückt geworden? Die Terraner schießen das Häufchen ab, bevor es auch nur in die Nähe ihres Planeten gelangt.«

»Der Wer ist kein Dummkopf«, entgegnete Punfk. »Ich durchschaue sein waghalsiges Vorhaben auch noch nicht, doch ich bin sicher, er weiß genau, was er tut. – Woher hat Frikk überhaupt seine Informationen?«

»Von einem geheimen Informanten, den er bei Gnun eingeschleust hat«, klärte Bnako ihn auf.

»Und warum hat uns Frikks Gewährsmann nicht schon längst von den Verschwörerplänen in Kenntnis gesetzt?«

»Weil er bis vor kurzem noch nichts davon wußte. Es gab nie einen begründeten Verdacht gegen den Wer. Der Agent, ein junger Offizier, hatte lediglich den allgemeinen Auftrag, Gnun zu überwachen – ohne konkreten Einsatzbefehl. Frikks Spione sind überall. Gerade bei höheren Dienstgraden hält er eine ständige

Überwachung aus Sicherheitsgründen für unbedingt notwendig. Leider ist es dem Mann erst jetzt gelungen, sich Gnuns Vertrauen zu erschleichen. Somit hat er viel zu spät von dessen Zugehörigkeit zur Verschwörergruppe erfahren, ungefähr zum selben Zeitpunkt wie wir. Hoffentlich wird er nicht enttarnt, bevor er herausgefunden hat, wie der Wer mit so wenigen Raumern einen Großangriff gegen Terra ausführen will.«

»Soll das heißen, Frikk unternimmt nichts?« regte sich Crt Sagla auf. »Er setzt seine Ermittlungen fort und läßt den Wer und seine Männer unbehelligt starten? Ich bin dagegen! Bol Gnun muß sofort verhaftet werden!«

Er setzte sich mit dem Leiter des Schutzverbandes in Verbindung und erteilte ihm den entsprechenden Befehl. Bor Frikk protestierte, doch der Vank ließ sich auf keine Diskussion ein.

»Verhindern Sie den Abflug!« wies er ihn an. »Schicken Sie einen bewaffneten Trupp nach Larcoon. Sie selbst fliegen nicht mit, wir brauchen Sie hier.«

Die Sitzung der obersten Herren von Telin wurde fortgesetzt.

Gen Punfk lobte Frikks Eigeninitiative, äußerte aber auch seinen Unmut darüber, daß der Geheimdienstchef höheren Orts Agenten einschmuggelte, ohne den Vank oder wenigstens den Vankko darüber zu unterrichten.

»Wer weiß, wen seine Leute sonst noch alles bespitzeln? Womöglich ist sogar einer von uns Frikks Spion.«

»Damit könnte ich leben«, meinte Sagla. »Viel schlimmer wäre, würde sich herausstellen, daß einer von uns doch zu den Verschwörern gehört. Ich vertraue inzwischen jedem hier in der Runde wie mir selbst. Aber ganz sicher kann man sich nie sein...«

Die neuesten Kriegsmeldungen trafen ein. Durch die Heranziehung weiter entfernter Verbände gewannen die Regierungstreuen in den meisten Raumschlachten allmählich die Oberhand.

Auch die Bodenkämpfe entschieden sich überwiegend zu Ungunsten der Verschwörer. An Aufgabe dachten die Rebellen jedoch nicht. Ganz im Gegenteil.

*

Als der Kluis den Anflug von zwanzig Doppelkugelraumern registrierte, die nicht mehr seinem Einfluß unterstanden, schaltete er umgehend seine mächtigen Schutzschirme ein. Gleichzeitig gab er Alarm und aktivierte seine Abwehr.

Nur ein einziges Mal wurden die Kommandanten der feindlichen Raumer über Funk aufgefordert, beizudrehen, dann eröffnete der Zentralrechner das Strahlfeuer. Alles funktionierte automatisch, ohne daß Tel oder Tel-Roboter daran beteiligt waren. Der Kluis war darauf programmiert, sich gegen Angriffe von außen mit aller Macht zu verteidigen.

Doch die Mannschaften in den Schiffen waren Profis. Außerdem verfügten sie über Insider-Informationen. Geschickt manövrierten sie sich über den Komplex des Kluis und schalteten mit gezielten Schüssen nacheinander dessen Verteidigungsanlagen aus. Dabei büßten sie selbst kein einziges Schiff ein.

Clos Vlc höchstpersönlich befehligte den Verband. Als Vankko wußte er, wo die Schwachstellen im Kluis-Komplex zu suchen waren und wie man den Zentralrechner kampfunfähig machen konnte.

Gegen die gewaltigen Schutzschirme, die nicht nur die Gebäude von Kluis, Vank und Vankko überspannten, sondern auch die gegenüberliegende »Akademie« mit einbezogen, konnte er jedoch nichts ausrichten. Noch nicht.

Bor Frikk fühlte sich unter dem Schutz der Schirme relativ sicher. Kein Tel-Raumer war in der Lage, sie zu durchbrechen.

»Ein einzelner Raumer vielleicht nicht«, entgegnete Ömer Giray. »Wahrscheinlich reichen auch drei oder vier nicht aus. Aber das konzentrierte Feuer von zwanzig Raumern...?«

Clos Vlc stellte seine Forderungen. Er verlangte die bedingungslose Kapitulation des Vank und die sofortige Einstellung der Angriffe überlegener Flottenverbände auf unterlegene Rebellen.

Unverhohlen drohte er mit der Zerstörung des Kluis.

Zugleich appellierte er an die zehn Mitglieder der beiden Führungsgremien, zu den Verschwörern überzulaufen. Somit stand fest, daß keiner der noch verbliebenen drei Vank und sieben Vankko den Rebellen zugehörig war.

»Diese Wahnsinnigen!« fluchte Sagla. »Bevor sie eine Niederlage einstecken, zerstören sie lieber jedes Leben auf unserem Planeten! Was wollen sie noch übernehmen, wenn alles tot, zerstört und verseucht ist?«

*

Der kleine Raumhafen Larcoon lag nicht allzu weit vom Regierungssitz entfernt. Die wenigen dort befindlichen Schiffe dienten sozusagen als stille Reserve und wurden nur selten eingesetzt.

Schon vor geraumer Zeit hatte sich das militärische Flughafenpersonal auf die Seite der Rebellen geschlagen. Diejenigen, die nicht hatten mitmachen wollen, waren seither spurlos verschwunden – und niemand hatte etwas gesehen oder gehört, geschweige denn eine Vermißtenmeldung erstattet.

Wer Bol Gnun befand sich noch außerhalb seines Flaggschiffs, als mehrere Schweber des Schutzverbandes auf dem Startfeld zur Landung ansetzten. Seine Leibwache eröffnete sofort das Feuer auf die Männer des SFT.

Auch das abtrünnige Bodenpersonal beteiligte sich an der Schießerei. Frikks Agenten wurden aus verschiedenen Richtungen unter Beschuß genommen. Sie verteilten sich über das Gelände und versuchten, an den Wer heranzukommen.

Die Leibwächter formierten sich als lebende Schutzschilde um ihren Anführer. Auf diese Weise gelangte er unverletzt an Bord. Ungerührt nahm er in Kauf, daß einige seiner Beschützer tot auf dem Raumfeld zurückblieben. Sie hatten ihren Zweck erfüllt, er weinte ihnen keine Träne nach. Seine körperliche Unversehrtheit hatte Vorrang.

Gnun betrachtete sich als den eigentlichen Kopf der Verschwörung. Zwar stand Clos Vlc in der Rangordnung über ihm, doch nach Ansicht des Wer war er zu inkonsequent. Der ehemalige Vankko hatte seinen Plan, den Kluis zu zerstören, aufgrund von Skrupeln zunächst abgelehnt, sich letztlich aber doch noch dazu überreden lassen.

Auch von Klut Kahr hielt der Wer nicht sonderlich viel. Der Chefinformatiker hatte zu viele Fehler gemacht. Außerdem war er ein Schwächling, für den jede Eigenverantwortung eine schwere Bürde bedeutete. Vor allem deshalb wollte Kahr dem Kluis wieder die volle Macht verschaffen.

Owo Gbagbo diente Gnun in erster Linie als Mittel zum Zweck – er war genauso ersetzbar wie die beiden anderen. Sobald der Schutzschirm um Terra überwunden war, wurde der Robone nicht mehr gebraucht. Der Wer würde ihm die versprochenen Raumschiffe überlassen und ihn mitsamt seinen Artgenossen zum Teufel schicken.

Draußen entwickelte sich der Kampf zugunsten von Frikks Männern. Die zum Flughafen gehörigen abtrünnigen Soldaten wurden immer weniger.

Zwei von ihnen liefen um sich schießend auf den Einstieg des Flaggschiffs zu, der noch nicht geschlossen war.

Bol Gnun gab den Befehl, die Luken sofort zu schließen und zu starten. Mit regloser Miene sah er zu, wie die beiden Soldaten entsetzt innehielten und versuchten, zurück in die Deckung des Raumhafengebäudes zu gelangen. Sie schafften es nicht mehr und starben im Strahlenfeuer ihrer Gegner.

Der Wer nahm auf dem Kommandantensessel Platz und gab den Startbefehl.

Gnuns persönliche Leibgarde, beziehungsweise das, was noch davon übrig war, befand sich mit ihm auf der Brücke. Ein junger Offizier trat vor und richtete seine Handfeuerwaffe auf ihn.

»Befehl widerrufen!« ordnete er an. »Wir bleiben hier und ergeben uns.«

»Was soll das?« fragte der Wer barsch, ohne Anstalten zu machen, der Anweisung nachzukommen. »Hast du plötzlich die Hose voll, mein Junge? Als ich dich kürzlich in den Kreis meiner engsten Vertrauten aufnahm, habe ich dir deutlich zu verstehen gegeben, daß dies keine leichte Aufgabe ist. An den Anblick des Todes wirst du dich gewöhnen müssen, wenn du auf der Siegerseite stehen willst.«

Ein anderer Leibwächter wollte den Leutnant entwaffnen.

»Stehenbleiben!« warnte er ihn. »Wenn mir jemand zu nahe kommt, schmelze ich ihn zu einem Haufen Asche zusammen!«

»Tut was er sagt!« befahl Gnun seiner Mannschaft. »Er hat uns in der Hand.«

»Gut, daß Sie das einsehen«, entgegnete der Offizier, Angehöriger des Schutzverbandes gegen die Feinde Telins – Frikks letzter Trumpfkarte in diesem Spiel. »Und jetzt öffnet...«

Seine Stimme erstarb mitten im Satz. Ein leises, kaum hörbares Zischen ertönte. Von einem Moment auf den anderen steckte ein Wurfmesser im Hals des jungen Soldaten und Agenten.

Der Trumpf stach nicht mehr. Leblos brach der Mann zusammen. Blut spritzte auf die Uniformjacke des Wer, wie aus einer Fontäne.

Bol Gnun blieb davon unberührt. In seiner Kabine hing eine Ersatzuniform, er brauchte nur die Jacken auszutauschen.

»Bringt den Verräter weg und entsorgt ihn später im All«, wies er zwei seiner Männer an. »Danach wischt ihr die Schweinerei hier auf.«

Unbemerkt von Frikks Spion war Owo Gbagbo auf die Brücke gekommen. Der Schlitzer hatte keine Sekunde gezögert und eingegriffen, so schnell und lautlos, wie nur er es konnte. Er bückte sich, hob sein Messer auf, säuberte es und steckte es weg.

Gnun hatte nicht einmal ein Dankeschön für ihn übrig. Die Rettung seines wertvollen Lebens betrachtete er als Selbstverständlichkeit.

Den Tel auf dem Raumflughafen hinterließ er einen tödlichen

Abschiedsgruß. Die fünf starteten Schiffe bombten im Abflug das gesamte Gelände zusammen und ließen eine monströse Brandhölle zurück, aus der es kein Entrinnen gab.

In den Weiten des Weltalls stießen verabredungsgemäß weitere Verschwörerschiffe zum Flaggschiff des Wer. Sie waren von diversen Häfen gestartet, lösten sich aus Gefechten oder hatten sich bisher im Ortungsschutz der drei Methangaswelten verborgen.

Ein riesiger Verband von 2.000 Doppelkugelraumern fand sich zusammen.

Ihre Besatzungen hatten ein gemeinsames Ziel: die Eroberung Terras und die Versklavung der dort lebenden Menschen.

REN DHARK
Drakhon-Zyklus Band 8
Herkunft unbekannt
erscheint Ende September 2001

Ren Dhark Event 2001 – Ein Abend mit Ren Dhark im Mercure Hotel Koblenz

6. Oktober 2001

REN DHARK präsentiert:

Hajo F. Breuer, Manfred Weinland, Uwe Helmut Grave, Ömer Giray und Hansjoachim Bernt

35 Jahre REN DHARK, sieben Jahre REN DHARK Buchausgabe und ein erfolgreiches Jahr der Fortsetzung sind für uns Grund genug, in kleiner Runde mit unseren Lesern zu diskutieren und natürlich auch zu feiern. Seien Sie dabei, wenn wir Zukunft schreiben!

Werfen Sie einen Blick hinter die Kulissen der REN DHARK–Serie und lernen Sie die Menschen hinter den Büchern kennen.
Seien Sie dabei, wenn wir über die Zukunft von Ren Dhark reden, und stehen Sie im direkten Austausch mit den Romanautoren und dem Exposéautor, wenn es um die nächsten Abenteuer unserer Helden geht.

Uwe Helmut Grave nimmt Sie mit auf seiner Reise zu REN DHARK und berichtet über die Herausforderungen, nach Exposé zu schreiben.

Manfred Weinland und Hajo F. Breuer erzählen über die Wirrungen in der alten Heftserie und die Schwierigkeiten, daraus eine straff geschriebene Buchreihe zu machen.

Aber wir möchten Ihnen nicht nur ein interessantes Programm und den Kontakt zu unseren Autoren bieten, sondern wir möchten auch SIE kennenlernen.

Dazu findet am Abend ein exquisites Dinner statt, bei dem Sie sich mit Gleichgesinnten, Ömer Giray und Autoren im direkten Dialog austauschen können.

Nach einer großen Diskussionsrunde über REN DHARK, Interviews mit den Machern und Anregungen über den weiteren Verlauf der Reihe bietet sich schlußendlich die Hotelbar als Schauplatz eines ereignisreichen Abends mit offenem Ende an. Schon seit Generationen ist dies immer wieder der kommunikativste Ort im Leben von Autoren und Fans. So manch legendär-literarischer Abend an der Bar blieb allen Teilnehmern stets in unvergeßlicher Erinnerung.

Der REN DHARK-Event findet am Samstag, dem 6. Oktober 2001, ab 16 Uhr im Mercure Hotel in Koblenz statt (direkt zwischen der Rhein-Mosel-Halle und der Pfaffendorfer Brücke).

Die Zahl der Gäste ist streng auf 80 Personen limitiert, um eine private und festliche Atmosphäre zu gewährleisten. Sichern Sie sich also schnell eine Karte im Vorverkauf auf unserer Homepage www.ren-dhark.de oder durch telefonische Bestellung unter 0 26 31 – 35 48 32

Die Teilnahme am REN DHARK-Event kostet inklusive Dinner und einer Überraschung 75 DM.

Sie sind sich noch nicht schlüssig? Verbinden Sie doch einfach den wundervollen Abend mit einem Wochenendbesuch in der traditionsreichen Stadt Koblenz, deren bekannte Sehenswürdigkeiten immer eine Reise wert sind!

Für unsere Gäste haben wir exklusive Hotelkonditionen ausgehandelt:

Einzelzimmer: 189,00 DM Doppelzimmer: 231,00 DM

inklusive reichhaltigem Frühstücksbuffet! (Abrufbar bis zum 01.09.2001 unter dem Stichwort ”HJB”)

Zimmerreservierungen richten Sie bitte an:

Hotel Mercure Koblenz, Julius-Wegeler-Straße 6, 56068 Koblenz
Telefon (49) 0261 / 1 36-0, Telefax (49) 0261 / 1 36 11 99
E-Mail: H2004@accor-hotels.com

Ren Dhark-Programm

Kurt Brand schuf von 1966 bis 1969 die Heftserie **Ren Dhark.** Für die HJB-Buchausgabe wurde der SF-Klassiker bearbeitet und im Drakhon-Zyklus und in Sonderbänden fortgeschrieben, denn in den Tiefen des Alls ist das Rätsel der Mysterious noch immer zu lösen...

Bereits erschienen und noch lieferbar:

1. Zyklus (die alte Heftserie)*, Buchausgabe (352 Seiten), DM 29,80*

- Handlungsabschnitt „G'Loorn" (Bücher 6-8)

Bd. 7 „Im Zentrum der Galaxis"
Bd. 8 „Die Meister des Chaos"

- Handlungsabschnitt „Suche nach den Mysterious" (Bücher 9-16)

Bd. 9 „Das Nor-ex greift an"
Bd. 10 „Gehetzte Cyborgs"
Bd. 11 „Wunder d. bl. Planeten"
Bd. 12 „Die Sternenbrücke"
Bd. 13 „Durchbruch n. Erron-3"
Bd. 14 „Sterbende Sterne"
Bd. 15 „Das Echo des Alls"
Bd. 16 „Straße zu den Sternen"

Sonderausgaben des 1. Zyklus
(inhaltsgleich mit 1. Zyklus, lediglich anderes Cover)
Buchausgabe (352 Seiten), DM 19,80
Bd. 4 „Todeszone T-XXX"
Bd. 5 „Die Hüter des Alls"
Bd. 6 „Botschaft aus dem Gestern"

Sonderbände
Buchausgabe (192 Seiten), DM 19,80
(1) „Die Legende der Nogk"
(2) „Gestrandet auf Bittan"
(3) „Wächter der Mysterious"
(4) „Hexenkessel Erde"
(5) „Der Todesbefehl"
(6) „Countdown z. Apokalypse"
(7) „Der Verräter"
(8) „Der schwarze Götze"
(9) „Erron 2 - Welt im Nichts"
(10) „Ex"
(11) „Türme des Todes"
(12) „Die Schwarze Garde"